長生殿

洪　昇　著
樓含松
江興祐　校注

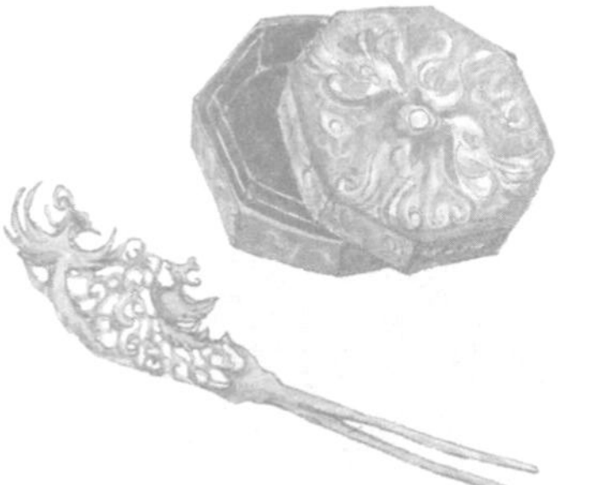

三民書局

總目

引言

樓含松　江興祐

洪昇創作的長生殿是清代傳奇的雙璧之一。它如同桃花扇一樣，三百年來深受讀者和觀眾的喜愛，至今仍活躍在戲劇舞臺上，成為我國古典戲劇的經典之作。

誠如傳概所言，洪昇創作長生殿是「借太真外傳譜新詞，情而已」，作品成功地演繹了唐明皇李隆基與楊貴妃之間悲歡離合的愛情故事。就結構而言，以第二十五齣埋玉楊貴妃死於馬嵬驛為分水嶺，整部作品可分為前後兩部分，前半部分展現了唐明皇與楊貴妃的現實之愛，後半部分表現了他們的精神之思。在前二十五齣中，如果說，楊貴妃僅僅憑美貌被冊封的話，那麼發展到唐明皇願意「世世生生」與她「共為夫婦」（密誓），則完全是她主動爭取的結果。曲江禊遊的宴會上，當她發現唐明皇與虢國夫人關係曖昧時，不歡而散，提前回宮，鬧得唐明皇十分不高興，以「忤旨」之名將她逐出皇宮。楊貴妃的行為固然是表現了「悍妒」的個性，但「悍妒」的深層含義卻是對專一愛情的嚮往。被遣回娘家是對楊貴妃的沉重打擊，反映了封建時代的夫權，尤其是君權的強大，甚至是神聖不可侵犯。但是，楊貴妃卻憑藉「獻髮」的表衷腸和獻殷勤，促使唐明皇當天夜裡就將她「復召」回宮。這一去一回，說明楊貴妃在唐明皇的心中的地位已是他人不可替代的，尤其是唐明皇「這原是寡人不是，拚把百般親媚，酬他半日分離」的表白，恰恰印證了這一點。此後，楊貴妃通過譜霓裳羽衣曲以及「舞盤」等系列行為，表現了才藝過人之處，深得唐明皇的賞識。即便如此，唐明皇仍然舊情未斷，在翠華西閣與梅妃幽會。這一舉動激起了楊貴妃的憤怒，第二天清晨大鬧翠華西閣。與曲江褉遊時提前回宮相反，楊貴妃這次面對唐明皇，進行激烈的責問，步步逼進，而唐明皇卻步步後退，以至於認為楊貴妃「媚處嬌何限，情深妒亦真」，並向楊貴妃認錯：「總朕錯，請莫惱，請莫惱。」（絮閣）楊貴妃的兩次「悍妒」，採取的手段不一樣，前後形成鮮明的對比。至此，楊貴妃在唐明皇心中的地位已根深蒂固。

密誓是唐明皇與楊貴妃生前愛情達到高潮的一齣戲。他們於夜深人靜之時，面對牛郎星和織女星，發誓：「願世世生生，共為夫婦，永不相離。」兩人成為平等的夫妻關係。而這一結果是楊貴妃不斷主動爭取得來的。甚至楊貴妃的死，也是她主動爭取的結果。在馬嵬驛事變中，她為了唐明皇的生命安全和唐王朝的前景，請求自盡，以安定軍心，並表示「陛下得安穩至蜀，妾雖死猶生也」（埋玉），而這正是兩人愛情真摯感人之處。

唐明皇李隆基對楊貴妃的寵愛是逐步加深的。第二齣定情是兩人關係的開始。此時的唐明皇如同歷史上其他風流皇帝一樣，只是「近來機務餘閑，寄情聲色」，他對楊貴妃的欣賞，也僅僅局限於「佳麗今朝，天付與，端的絕世無雙」，看重的是楊貴妃的色貌。第四齣春睡「愛他紅玉一團」的唱詞，也透露了唐明皇相同的心思。他對楊貴妃的愛，經歷了從不專一到專一的過程。他愛著楊貴妃的同時，既會與虢國夫人發生曖昧關係，也會夜召梅妃幽會，這些正是他感情不專一的表現。他以「忤旨」之名遣送楊貴妃回楊丞相府後整日不思茶飯，不賞舞樂，「觸目總是生憎，對景無非惹恨」（復召），才意識到楊貴妃是揮之不去的影子，才會下決心召回楊貴妃，也才會向楊貴妃陪笑臉。這充分說明他對楊貴妃的感情非同一般。到了密誓，兩人的感情再次昇華。因此，在馬嵬驛楊貴妃被迫自盡時，唐明皇竟然說出「寧可國破家亡，決不肯拋捨你也」的癡情話來。

應該說，作品情節的高潮在前半部，感情的高潮在後半部。馬嵬驛兵變，結束了唐明皇和楊貴妃的人間之愛，但並沒有切斷兩人的彼此思念。唐明皇與楊貴妃以不同的方式，緊緊圍繞著誓言，苦苦地思念，苦苦地追尋，為「共為夫婦，永不相離」而努力。具體地說，唐明皇的思念是以內疚的形式表現出來的。他一方面不斷地悔恨自己的無能，另一方面又希望早日與楊貴妃在地下相會。他恨自己身為皇帝，在生死關頭卻不能保全楊貴妃的生命，這是縈繞在他心頭揮之不去的陰影，猶如他在獻飯中所說：「空做一朝天子，竟成千古忍人。」唐明皇總是在內疚的心理狀態中不斷地追憶過去，因而，「定情」時的情景，「舞盤」時的情態，「密誓」時的情形，這三者有機地交織在一起，成為馬嵬驛事件後唐明皇追思的主要內容，構成了他晚年生活的全部內容。無論是避雨劍閣聞鈴聲，還是駐蹕鳳儀見明月，唐明皇都難以排遣內疚之情，思念之意。與此相關，他希望早日離開人世，以便同楊貴妃相會。「只悔倉皇負了卿，負了卿！我獨在人間委實的不願生」（聞鈴），「惟只願速離塵埃，早赴泉臺，和伊地中將連理栽」（見月），正是這種情緒的典型表現。

較之唐明皇的內疚，楊貴妃的思念更多地表現為悔恨與癡情。情悔集中反映了楊貴妃的悔恨之情。她根本沒有責怪唐明皇的賜死，而是認為由於自己的罪愆深重，才導致與唐明皇的生死離別。隱含在悔恨之後的是她癡情的追尋。對楊貴妃來說，回復她與唐明皇往日的愛情是最重要的。因而當馬嵬驛土地神道明她原是「蓬萊仙子」的真相時，她不是急於成仙，而是急切地問：「只不知奴與皇上，還有相見之日麼？」（冥追）她甚至表示不願「做蓬萊座的仙班，只願還楊玉環舊日的匹聘」。土地神希望她「莫戀迷途，早歸舊程」，她卻要「依月傍星，重尋釵盒盟」（情悔）。楊貴妃始終希望「金釵鈿盒完前好，七夕盟香續斷頭」。即便是尸解時，她還想到唐明皇將來會來改葬，留下錦香囊以作提示（尸解）。回到蓬萊山，她仍然相信「金釵鈿盒情猶在」（仙憶）。為此，她不斷地作出努力，在織女面前提出「思量再續前緣」的要求，並表示「倘得情絲再續，情願謫下仙班」（補恨）。她的真情感動了織女、牛郎和嫦娥。在他們的撮合下，楊貴妃與唐明皇終於在忉利天宮永為夫婦（重圓），實現了她與唐明皇的誓言。至此，洪昇也達到了「要使情留萬古無窮」的創作意圖。無怪乎，洪昇的門人汪熷認為作者是「唐帝功臣」、「玉妃說客」（長生殿序）。從這個角度說，不無道理。

不可否認，洪昇在描寫唐明皇與楊貴妃生死不渝的愛情的同時，也在一定程度上反映了唐明皇「弛了朝綱，占了情場」的狀況，真實地表現出唐明皇在政治上的昏昧和過失。儘管作者極力為唐明皇辯解，將安祿山叛亂的原因歸到誤任邊將、委政權奸上，但唐明皇的疏於朝政還是從不同的側面透露出來。安祿山在漁陽更換番將，積極訓練軍隊，為叛亂作準備之時，恰恰是唐明皇在宮內欣賞楊貴妃輕歌曼舞之際。將合圍與舞盤兩齣戲進行對比，反差十分強烈。尤其是當時有人奏告安祿山反狀時，唐明皇卻聽信中使的彙報，「反把告叛的人，送到祿山軍前治罪」。而當楊國忠奏稱「祿山叛跡昭然，請皇上亟加誅戮」時，唐明皇反而說「祿山誠實」（偵報）。更有諷刺意味的是，當安祿山攻陷潼關的消息傳來之時，唐明皇正與楊貴妃在御花園飲酒作樂。匆忙之中，只得決定逃往四川。即便在國破家亡的要緊關頭，他仍不是考慮如何禦敵，而是擔心楊貴妃受不了長途奔波之苦（驚變）。應該說，專注於愛情是一個方面，招致國家混亂是另一個方面。這兩者的有機結合，才構成唐明皇真實的藝術形象。或許可以這樣認為，唐明皇的昏昧恰恰源於他對愛情的專注。他為了使楊貴妃能在生日這天吃到鮮荔枝，飭令涪洲、海南兩地進貢荔枝，且於七天之內送達長安。這固然是唐明皇愛楊貴妃的一種方式，但事實上，兩地使臣為完成詔令，只得日夜兼程，一路上不知踩壞了多少莊稼，踏死多少人。沿途驛站也因連年受累，出現了缺馬少糧的情形。進果恰如其分地表現了唐明皇形象的兩重性。

不僅如此，長生殿還展現了錯綜複雜的社會矛盾。首先，作品描繪了楊國忠與安祿山的衝突。安祿山征討契丹失敗後，被解押到京城問罪。他通過關係，向楊國忠行賄，不但被免去死罪，反而受到唐明皇的賞識，被封為東平郡王。他從此飛揚跋扈，與楊國忠分庭抗禮。楊國忠是楊貴妃之兄，憑藉裙帶關係，位至右相，納賄招權，買爵鬻官，胡作非為。權鬨描寫了楊國忠與安祿山的正面交鋒。他們互不買帳，在唐明皇面前奏告對方。唐明皇對他們的哄鬧也無可奈何，只得以委任安祿山為范陽節度使來平息爭端。而這恰恰為此後安祿山的叛亂埋下了隱患。其次，作品表現了郭子儀與安祿山、楊國忠之間的鬥爭。郭子儀是統治集團中眾人皆醉、唯我獨醒式的人物。他還未被任用之前，目睹楊氏家族大興土木與安祿山受恩得寵的現象，既憤憤不平，又憂心忡忡，表示要「肩擔日月，手把大唐扶」（疑讖）。郭子儀任靈武太守後，密切注視安祿山的動靜，同時積極操練士兵（偵報）。正因為如此，郭子儀成為安祿山叛亂時堅強的抵抗力量，是唐朝中興的大功臣（收京）。再次，作品展現了忠臣義士與奸臣逆子的矛盾。雷海青只不過是梨園中的一名樂工，但他在忠孝問題上卻表現得大義凜然。他不僅痛恨文武百官貪富貴、事新朝的投降行徑，還破口大罵安祿山的稱兵作亂，最後以身殉國（罵賊）。此外，刺逆描寫了安祿山集團內部的明爭暗鬥。安祿山迷戀段夫人，欲立段夫人之子慶恩為太子。此事引起長子慶緒的不滿，他派安祿山的義子李豬兒刺殺了安祿山。安祿山的被刺正是其內部爭權奪利的結果。

通過不同人物的不同經歷，藝術地再現安祿山叛亂給社會造成的巨大影響，是長生殿不可忽視的一個內容。唐明皇從長安逃到扶風地面，軍資糧餉緊缺，不得不接受草民郭從謹供獻的麥飯，聊以充饑；也不得不以成都貢獻的春綵分給士兵，聊作軍餉（獻飯）。當時的國庫空虛於此可見一斑。情悔以馬嵬驛土地神的視角，再現了百姓逃散、廟宇荒涼的景象。宮廷樂工賀懷智病死在逃亡途中，李龜年則流落到南京，以賣藝為生，宮女永新、念奴在女貞觀中做了道士（私祭）。不同人物的不同遭際，反映了社會悲涼的狀況。

洪昇在自序中說：「樂極哀來，垂戒來世，意即寓焉。」無論是展現錯綜複雜的社會矛盾，還是再現悲涼的社會狀況，作品都隱含著家國興亡之恨。彈詞通過李龜年之口集中表現了這一點。李龜年的上場詩：「一從鼙鼓起漁陽，宮禁俄看蔓草荒。留得白頭遺老在，譜將殘恨說興亡。」即點明這齣戲的題意。而「唱不盡興亡夢幻，彈不盡悲傷感嘆，大古裡淒涼滿眼對江山」幾句唱詞，更是準確地傳遞了江山易人的亡國之恨。私祭中李龜年同永新、念奴的合唱：「白首紅顏，對話興亡。」充滿悲哀之氣，催人淚下。

與此前描寫李、楊愛情的文學作品相比，長生殿的最大成功在於極度純化了唐明皇與楊貴妃的關係，使之成為美麗動人的愛情故事。洪昇自稱：「凡史家穢語，概削不書。」（自序）他還表明：「若一涉穢跡，恐妨風教，絕不闌入。」（例言）可以說，楊貴妃的形象就是根據這個原則塑造出來的。據史實，楊氏原是壽王李瑁的妃子，後被唐明皇奪取而封為貴妃；而楊貴妃與安祿山之間也存在說不清的關係。樂史的楊太真外傳沒有迴避楊貴妃出於壽王邸的史實，它關於楊貴妃贈瑞腦等物給安祿山的細節，洩露了兩人之間的私情。王伯成的天寶遺事諸宮調雖沒有完全拘泥於史實，但也不免「涉穢跡」，它描寫了唐明皇、安祿山與楊貴妃之間的三角關係。梧桐雨是元雜劇中表現李、楊愛情最為成功的作品，也直書楊氏為壽王妃之事，而安祿山透露與楊貴妃私情的道白，損害了楊貴妃的形象。長生殿則根本不提壽王之事，也完全避開了楊貴妃與安祿山的曖昧關係，將楊貴妃描寫成德性溫和的美女。

舊唐書、新唐書和資治通鑑都提到楊貴妃的兩次出宮之事。第一次發生在天寶五年（西元七四六年），第二次發生在天寶九年（西元七五〇年）。楊太真外傳如實描寫了兩次出宮的情況，並說楊貴妃第一次出宮的原因是「妒悍忤旨」，第二次出宮是因為「竊寧王紫玉笛吹」，也就是行為不檢點。長生殿不僅將兩次出宮改為一次，而且把出宮的原因也改變了，即唐明皇勾搭上虢國夫人，楊貴妃鬧得他們不愉快而被遣。責任不在楊貴妃，而在唐明皇。

長生殿為楊貴妃之死抹上了光彩奪目的一筆。在梧桐雨第三折中，楊貴妃面對六軍譁變，向唐明皇提出：「陛下，怎生救妾身一救！」這是一個令唐明皇兩難的問題。也就是說，唐明皇是選擇楊貴妃還是選擇社稷，都是難以處置的問題。如果選擇前者，則唐明皇成為昏聵之君，有損於唐明皇的形象；如果選擇後者，則說明唐明皇對楊貴妃的感情是不真摯的。而在長生殿第二十五齣埋玉中，楊貴妃主動提出：「望陛下捨妾之身，以保宗社。」完全站在唐明皇的角度，以社稷為重，替唐明皇著想。這一改動，不僅不會破壞唐明皇的形象，而且楊貴妃的形象更加美麗動人。因而，第三十三齣神訴馬嵬驛土地神的唱詞：「痛紅顏不敢將恩負，哭哀哀拜辭了君主。一霎時如花命懸三尺組，生擦擦為國捐軀。」將楊貴妃的死說成是殉國，就不顯得突兀了。

梧桐雨是專寫李、楊愛情的作品，但它是一個末本戲，自始至終由唐明皇一人唱到底，楊貴妃沒有一句唱詞。而長生殿的楊貴妃與唐明皇在角色方面，可謂平分秋色。在春睡、獻髮、聞樂、製譜、舞盤、夜怨、絮閣、密誓、冥追、情悔、尸解、仙憶、補恨等十幾齣戲中，楊貴妃都是主角。洪昇在自序中說：「玉環傾國，卒至隕身。死而有知，情悔何極。苟非怨艾之深，尚何證仙之與有。」十分看重情悔這齣戲。而情悔幾乎是楊貴妃一人唱到底，並且是決定她今後能否昇仙的關鍵所在。

洪昇有意識地純化了唐明皇的形象。唐明皇奪取兒媳的事，見於史冊，文學作品從長恨歌傳到梧桐雨都點明這一史實。吳世美的驚鴻記不僅明白不誤地寫出了楊玉環原是壽王李瑁之妃的事實，而且描寫兩人感情深厚。屠隆的彩毫記第十齣長安豪飲則通過眾女樂工之口，以略改數字的李商隱龍池一詩來諷刺唐明皇納子婦的醜行。長生殿自始至終不提及這一有損李、楊愛情的史實。不僅如此，作者在極力描寫李、楊之間動人的愛情故事之時，有意識地將唐明皇寫成勤於朝政的皇帝。製譜點出唐明皇與大臣們討論靈武太守的人選，很晚才退朝，便是一個例證。即使在描寫楊貴妃大鬧翠華西閣之時，作者也不忘帶上楊貴妃的勸說：「請陛下早出視朝。」（絮閣）更為明顯的是，作者儘量將安祿山叛亂的原因歸結為藩將與奸臣的爭鬥，讓安祿山、楊國忠來全面承擔國破家亡的罪責。

長生殿不是歷史劇。作品的前半部分在史實方面能夠找到一些根據，即沒有完全脫離史實，後半部分則幾乎純是傳說的再現。即便是根據史實創作的那幾齣戲中，作者對歷史事件、人物、時間、地點等都進行了移花接木式的組織。安祿山失機問罪之事發生在開元二十九年（西元七四一年），與他勾結並替他開脫死罪的人物是李林甫，而作者卻將這事安排在賄權和春睡之間，李林甫變成了楊國忠。經過這樣張冠李戴的安排，直接將安祿山與楊國忠這對矛盾凸現出來，有利於劇情的發展。郭子儀被任命為靈武太守是在安祿山事變爆發之後，作者卻將此事安排在製譜中，從而使情節顯得更加緊湊。梧桐雨過分拘泥於史實，將安祿山的對立面張九齡、李林甫、楊國忠一一進行描寫，劇情過於分散，缺乏典型性。同樣地，唐明皇讓位給太子，於表現李、楊愛情並無太大的關係。梧桐雨第三折的劇情卻既有唱詞又有對白，純為正面描寫。長生殿對此則以虛筆帶過。兩者相較，優劣十分明顯。

此次校注，我們做了兩個方面的工作。一是校勘。我們選擇稗畦草堂本為底本，參校了道光三十年小嫏嬛山館校刊本、暖紅室初刻本、暖紅室二刻本、文業堂刻本、上海掃葉山房石印本、上海進步書局石印本等版本。長生殿的版本體系並不複雜，與其他參校本相比，底本除了刊刻時間較早和訛誤較少外，保留了大量的異體字恐怕是其明顯的特徵。校勘時一般將異體字改為常用字。而對底本的幾處改動，均注明版本依據，以便讀者參考。書中的插圖均取自暖紅室初刻本。二是注釋。我們側重於解釋疑難詞語的含義和闡述典故的意思，對戲曲角色、時間、人名、地名以及紀年等作簡明扼要的說明，同時還注明各齣戲下場詩的出處，對個別難讀到的字加上注音。重見的注釋條目，一般不再加注，只是對少數重要的條目予以標明「參見」某齣某注條。在校注過程中，我們參考了前人和當代學者的研究成果。但由於我們的水平有限，缺點和錯誤在所難免，還望讀者不吝賜教。

長生殿考證

樓含松　江興祐

長生殿的作者洪昇，字昉思，號稗畦，又號稗村、南屏樵者，生於清順治二年（西元一六四五年）七月初一日，一說生於順治十四年（西元一六五七年），錢塘人。洪氏是錢塘望族，家中藏書豐富，有「學海」之稱。其父洪起鮫，字武衛，生於明天啟六年（西元一六二六年），入清後「以例授官」，好讀書，善談論。洪昇十歲起從師受業，讀書甚為勤奮。十五歲開始寫詩，名列作者之林。二十四歲赴京，入國子監讀書。第二年，他又從北京返回故鄉杭州。二十九歲，洪昇被迫離開故鄉而去北京謀生。從三十歲到四十六歲的十七年間，洪昇除了曾數度返回家鄉「覲省」和去武康隱居幾個月外，基本上都是在北京度過的。四十四歲時洪昇完成了著名作品長生殿。第二年，因在「國喪」期間上演長生殿，洪昇受到斥革監生的處分。四十七歲那年，他攜家屬回到故鄉杭州。康熙四十三年（西元一七〇四年）六月初一日，洪昇自江寧返回杭州，行經烏鎮，醉後登舟，失足墮水而死。時年六十歲。

楊友敬刻白樸天籟集前有徐材跋：「稗畦填詞四十餘種，自謂一生精力在長生殿。」可見洪昇一生創作豐富，但大部分作品已失傳，其名稱也無從考證。而曲目可考者，傳奇為九種，即回文錦、迴龍記、錦繡圖、鬧高唐、孝節坊、長生殿、天涯淚、青衫濕、長虹橋；雜劇一種，名四嬋娟。洪昇的詩文，在當時頗負盛名。他的詩集，除舊稿幽憂草外，尚有嘯月樓集、稗畦集、稗畦續集。他的詞集有昉思詞、四嬋娟室填詞、嘯月詞。此外，他還著有詩騷韻注六卷。在上述書名可考的著述中，存世的作品僅為六種，即長生殿、四嬋娟、嘯月樓集、稗畦集、稗畦續集、詩騷韻注。今人劉輝校箋的洪昇集（浙江古籍出版社，一九九二年出版），除詩騷韻注外，搜集了現存的洪昇的所有創作作品，當為目前最為齊備的本子。

一、長生殿的創作

洪昇在例言中說：「憶與嚴十定隅坐皐園，談及開元、天寶間事，偶感李白之遇，作沉香亭傳奇。尋客燕臺，亡友毛玉斯謂排場近熟，因去李白，入李泌輔肅宗中興，更名舞霓裳，優伶皆久習之。後又念情之所鍾，在帝王家罕有。馬嵬之變，已違夙誓，而唐人有玉妃歸蓬萊仙院、明皇遊月宮之說，因合用之，專寫釵合情緣，以長生殿題名……蓋經十餘年，三易稿而始成。」這篇文字提供了長生殿創作的基本情況，即從沉香亭到長生殿是「三易稿而始成」的，而整個創作過程「經十餘年」。徐麟在長生殿序中提到：「歲戊辰，先生重取而更定之……易名曰長生殿。」戊辰為康熙二十七年（西元一六八八年）。從「重取而更定之」來看，洪昇直到康熙二十七年才最後改定這個作品，並最終命名為長生殿。而在此之前，他已在舞霓裳的基礎上進行了多次修改。洪昇於「康熙己未仲秋」寫了一篇自序。有的論者據此認為舞霓裳寫定於康熙十八年己未（西元一六七九年），但這種推測是難以成立的。首先，自序提到的楊玉環「隕身」、「情悔」、「證仙」以及「廣寒聽曲」、「游仙上升」、「雙星作合」等劇情，在長生殿中都得到表現，而例言中所說的「李泌輔肅宗中興」這樣重要的事例，卻未被自序提及，這決不是作者的疏忽。

其次，曲學大師吳梅先生曾校勘長生殿，他認為：「沉香亭原文，因與赤水彩毫相類，刪汰已盡，獨〈驚變折〉【泣顏回】二曲，隱括『清平調』，尚是原作。舞霓裳原文，存者亦少，祇舞盤全曲，及重圓折【羽衣第三疊】猶是昉思舊詞。」言之鑿鑿，當有所據。舞霓裳的曲文在長生殿中保留既少，則長生殿劇情難以沿用舞霓裳。從而可見，自序應為長生殿所作，而不是為舞霓裳所寫。也就是說，至遲到康熙十八年，洪昇已著手長生殿的創作。焦循劇說卷四：「秋谷年二十三，典試山西，回時騾車中惟攜元人百種曲一部，日夕吟諷。至都門，值長生殿初成，因為點定數折。」秋谷為趙執信（西元一六六二～一七四四年）的號。據飴山詩集卷一並門集吳雯的序文，趙執信典試山西在康熙二十三年（西元一六八四年），而這一年趙執信恰為二十三歲。這說明長生殿的某個稿本至遲在康熙二十四年已完成。

既然自序是為長生殿所作，那麼舞霓裳必定寫定於康熙十八年之前。而從例言來看，洪昇是在杭州與嚴定隅交談後創作沉香亭的，不久就客遊燕臺（今北京），聽取了友人毛玉斯的意見，遂改沉香亭為舞霓裳。在此，嚴定隅、毛玉斯及洪昇客遊北京的時間，成為考定沉香亭與舞霓裳創作情況的關鍵。據國朝杭郡詩輯卷七載，嚴曾榘，字定隅，為嚴沆之子，餘杭監生。章藻功思綺堂文集卷一嚴定隅三十初度序：「僕則昏姻初締，長一歲之鄉人。」可知章藻功長嚴定隅一歲。又，同書卷六五十初度自序：「蓋從前閱歷，乙亥之初度備詳。」其下原注：「余四十初度，自為之序。」章藻功乙亥年為四十歲，逆推可知生於丙申年，那麼嚴定隅則生於丁酉年。另據清史列傳卷七一，章藻功為康熙四十二年（西元一七〇三年）癸未進士，則知丙申當為順治十三年（西元一六五六年），丁酉即為順治十四年（西元一六五七年）。毛玉斯的生平無考，但據洪昇嘯月樓集卷二與毛玉斯和稗畦續集卷一毛玉斯邀飲二詩詩意，知二人交情深厚。另據沈謙東江集鈔的贈毛玉斯和東江別集的念奴嬌用彭羨門韻留別毛玉斯及哪吒令讀昉思贈毛玉斯曲戲作，知毛玉斯工於詞曲，且淪落不遇。又，沈謙卒於康熙九年（西元一六七〇年），則洪昇與毛玉斯的交遊當不遲於此年。據今人章培恒洪昇年譜的考證，在康熙十八年之前，洪昇五次往返於杭州與北京之間。第一次為康熙七年（西元一六六八年）春，洪昇赴北京國子監肄業，次年秋始南返杭州。第二次為康熙十二年（西元一六七三年）仲冬，洪昇離家北上，於次年三、四月間到達北京。第三次為康熙十四年（西元一六七五年）春，洪昇離京南返，於四、五月間抵達杭州，又於當年秋天離杭返京。第四次為康熙十六年（西元一六七七年）冬，洪昇南返杭州，於次年春攜弟、妻、女共寓武康，直到初夏後才攜家至北京。第五次為康熙十八年（西元一六七九年）冬日，洪昇奔歸杭州，侍其父北上。長生殿的自序寫於康熙十八年的「仲秋」，則洪昇第五次往返的時間，自然排除在創作舞霓裳的限度之外。同時，洪昇在例言中明確提到，創作沉香亭後「尋客燕臺」。在這裡，「客」是指客遊、客居。而從洪昇的行蹤來看，自康熙十七年（西元一六七八年）攜家到北京，至康熙三十年（西元一六九一年）又攜家歸杭州止，這段時間應為移居，而不是客遊、客居。再者，洪昇第四次往返時間倉促，在杭州逗留的時間很短，可謂行色匆匆，基本上可排除創作沉香亭的可能性。又康熙七年，嚴定隅僅為十二歲。洪昇與他「坐皐園，談及開元、天寶間事」則不太可能發生在這一年。這樣，沉香亭的創作時間只能確定在康熙十二年仲冬或康熙十四年秋洪昇去北京之前。

相比較而言，我們更傾向於沉香亭的創作年代為康熙十四年，其理由如次。第一，康熙十四年，嚴定隅為十九歲，洪昇為三十一歲。從年齡上看，兩人一起發思古之幽情，談及開元、天寶間事，是很正常的。第二，洪昇於這年的四、五月間回到杭州，並請乞假在杭的吏部尚書黃機為他的詩集嘯月樓集作序（黃機的序作於「端陽後五日」），這說明此時洪昇的心理狀態較佳。而從四、五月返杭到秋天離杭，其間有數月的時間，創作沉香亭在時間上是寬裕的。第三，洪昇於康熙七年上北京入國子監，次年四月遇康熙皇帝到國子監祭奠孔子。他為此寫了恭遇皇上視學，釋奠先聖，敬賦四十韻、太和門早朝四首、午門頒御賜恭紀三首等詩作，其中「盛世真多幸，儒生竊自思。凌雲無彩筆，向日有丹葵」、「儒生一何幸，得問聖躬勞」、「青袍能伏謁，一日即千春」等詩句，充滿了感恩和對未來憧憬之情。此後，洪昇返回杭州，並開始到各地漫遊。直到康熙十二年冬，家難愈演愈烈，洪昇才再次離開杭州赴京，於次年三、四月間到北京，得到李天馥的賞識，並在士林中詩名大震。然而，由於他的傲岸個性，受到時俗的嫉妒，他的旅次述懷呈學士李容齊先生敘述了這種狀況。黃機為作者嘯月樓集所作的序言中也提到「悲涼感慨之中，有冠冕堂皇之氣，決其非久於貧賤者」，這說明直到康熙十四年，作者仍為貧賤者。一方面是心志高遠、自視不凡、性格傲岸，另一方面是遭遇家難、受到嫉妒、久處貧賤，這就是作者「偶感李白之遇」而產生創作衝動的緣由所在。第四，例言指出從沉香亭到長生殿「蓋經十餘年」。據傳統的表述方式，「十餘年」當指十五年之內。我們已考定長生殿最終改定於康熙二十七年，而康熙十四年至康熙二十七年為十四年，符合「十餘年」之說。因此，我們認為沉香亭寫於康熙十四年是能夠成立的。

洪昇寫成沉香亭後，即往北京，此後直到康熙十六年冬天，才返回杭州，準備攜家屬北上。此間兩年多的時間裡，洪昇一直客居北京。例言提到，完成沉香亭後，作者「尋客燕臺」。「尋」表明兩個事件先後接連發生，其間隔時間較為短暫，（劉淇助字辨略卷二：「尋，旋也；隨也。凡相因而及曰尋，猶今之隨即如何也。」）這完全符合洪昇的行蹤。而從整段文字的敘述語氣看，作者創作舞霓裳是在沉香亭寫就後的不長時間內。從而，舞霓裳的完成不會遲於康熙十五年（西元一六七六年）。又，據例言所述，舞霓裳成後，即被搬上舞臺，「優伶皆久習之」。從舞霓裳的搬演到長生殿的最後定稿，前後歷時十四年，確實稱得上「久」。

沉香亭與舞霓裳的稿本已無從得見。但從例言的內容來看，沉香亭主要寫李白的懷才不遇，李白是劇中的主角。到了舞霓裳，作者刪去李白而增添「李泌輔肅宗中興」事。這一刪一增，徹底改變了劇情，李白已不是劇中的主角。而「李泌輔肅宗中興」，一定與安史之亂相關。從「後又念情之所鍾，在帝王家罕有。馬嵬之變，已違夙誓」等文字看，舞霓裳的主角已從李白轉化為唐明皇和楊貴妃，只是作者在劇中對他們的情愛持批判的態度。沉香亭和舞霓裳的曲文在長生殿中保留下來的極少，前引吳梅的論述已十分明瞭。又，有關李白的劇情，第四齣春睡，作者只是以唐明皇的一句道白一筆帶過，即「高力士，可宣翰林李白，到沉香亭上，立草新詞供奉」。這恐怕是作者刪稿時留下的痕跡。而第二十四齣驚變，唐明皇的道白：「記得那年在沉香亭上賞牡丹，召翰林李白草清平調三章，令李龜年度成新譜，其詞甚佳。不知妃子還記得麼？」與其說是對春睡道白的呼應，倒不如說是為此後楊貴妃演唱據李白的清平調改寫的【南泣顏回】作鋪墊。

二、長生殿的演出及刊印

洪昇在例言中說：舞霓裳脫手後，「優伶皆久習之」，長生殿一經定稿，「樂人請是本演習，遂傳於時」。

這說明洪昇的創作自始至終受到伶人的關注，尤其是長生殿的演出，更是空前熱鬧。毛奇齡在長生殿序中稱長生殿在京城「一時勾欄多演之」。尤侗的長生殿序更道出了演出的盛況：「一時梨園子弟，傳相搬演。關目既巧，裝飾復新，觀者堵牆，莫不俯仰稱善。」而無名氏的長生殿序進而說明長生殿已經成為家庭宴會的必備曲目：「近時讌會家糾集伶工，必詢長生殿有無。」吳舒鳧在長生殿序中介紹了長生殿在偏遠地區傳演的情況：「他友遊西川，數見演此，北邊、南越可知已。」現據有關資料，依時間先後，對在京城、蘇州、杭州、松江、江寧等地幾次有影響的演出情況作一梳理。

康熙二十八年（西元一六八九年）八月中旬，洪昇在京城寓所宴會友人，招伶人聚和班演出長生殿。友人醵金往觀。此時尚在孝懿皇后喪期之內，黃六鴻以演出長生殿為大不敬之舉，上奏本於吏部，彈劾與會諸人。結果，洪昇被革去國子監監生。趙執信、查慎行、朱典、陳奕培等人也受到革職的處分。這就是當時著名的長生殿演出之禍。

康熙三十六年（西元一六九七年）秋天，吳越好事者請洪昇去蘇州。江寧巡撫宋犖命梨園在虎丘演出長生殿，往觀者如蟻。王錫聞吳門演長生殿傳奇，一時稱勝，不得往遊與觀有作，并小序記述了當時的盛況，其詩曰：「虎丘歌舞地，士女四時遊。燈月原無夜，池臺不易秋。忍寒辭半臂，扶醉贈纏頭。況演長生殿，傾城倚畫樓。」「宋璟梅花賦，何嫌鐵石腸（原注：宋大中丞命梨園演長生殿，水陸觀者如蟻）。」「畫舩燈萬點，爭看舞霓裳（原注：長生殿原名舞霓裳）。」（見嘯竹堂集）尤侗在長生殿序中說：「吳越好事聞而慕之，重合伶倫，醵錢請觀焉。洪子狂態復發，解衣箕踞，縱飲如故。」提到的演出及洪昇觀看演出的情況，大約是同一件事。

康熙四十二年（西元一七〇三年）春天，孫鳳儀招優伶在吳山演出長生殿。洪昇恰好遇上，贈詩給孫鳳儀。孫鳳儀作有和贈洪昉思原韻十首，其中：「吳山頂上逢高士，廣席當頭坐一人。短髮蕭疏公瑾在，看他裙屐門妝新（原注：予於吳山演長生殿，是日恰遇昉思）。」「萍蹤偶合果然奇，豔曲明妝賽夜輝。雖是天涯淪落客，尊前未許濕羅衣（原注：昉思以此曲賈禍放歸）。」（見牟山詩鈔）提到兩人巧遇及演出情況。可惜的是，洪昇的詩作已佚，我們無法瞭解更多的情況。

康熙四十三年（西元一七〇四年）春末，洪昇應江南提督張雲翼之邀，往遊松江。張雲翼延洪昇為上客，在九峰三泖間開筵，選吳優數十人搬演長生殿，軍士執殳者亦許觀看。此後，曹寅邀洪昇去江寧，聚集江南江北名士為高會，獨讓洪昇坐上座，置長生殿一本於其席。曹寅亦自置一本。優人為演出一折，洪昇與曹寅即讎對其本以合節奏，凡三晝夜始畢，一時傳為盛事（見金值巾箱說、不下帶編雜綴兼詩話卷一）。

傳世的長生殿最早刻本為稗畦草堂本，其封面署「稗畦草堂藏板」，說明它的刊刻當在稗畦草堂築成之後。李孚青野香亭集甲戌懷洪昉思詩有「夫子竟辭榮，西湖卜築成」句。甲戌是康熙三十三年（西元一六九四年）。洪昇之女洪之則於本年所作的吳人三婦評牡丹亭跋云：「今大人歸里，將於孤嶼築稗畦草堂，為吟嘯之地。」則李孚青所說的「西湖卜築成」當指稗畦草堂於康熙三十三年（西元一六九四年）築成。據此，稗畦草堂的刊本不早於康熙三十三年。又，毛奇齡長生殿序：「康熙乙亥，予醫痹杭州，遇昉思于錢湖之濱。道無恙外，即出其院本，固請予序。」康熙乙亥為康熙三十四年（西元一六九五年）。這一年，洪昇在杭州遇見毛奇齡並請毛奇齡為長生殿作序。但稗畦草堂刊本卷首僅有汪熷序而無毛奇齡的序。可能性只有一種，即長生殿開始刊刻時，毛奇齡的序尚未寫成。也就是說，毛奇齡的序完成之後已來不及刊刻。從而，我們可以斷定，稗畦草堂本開始刊刻的時間，不會遲於康熙三十四年。朱襄長生殿序：「往至武林，過昉思，索其稿，僅得下半。後五年，為康熙庚辰歲，夏六月，復至武林，乃索其上半讀之。」康熙庚辰歲為康熙三十九年（西元一七〇〇年），其前五年為康熙三十四年。長生殿除原稿外，應有過錄的副本供刻工用。原稿此時或許正在毛奇齡處，而副本的上半部正在刊刻，因而朱襄僅能見到它的下半部。由此，長生殿的刊刻時間應為康熙三十四年。而從朱襄於康熙三十九年得以讀長生殿上半部的情況來看，至遲到這一年已完成上半部的刊刻。而下半部的刊刻則拖延到康熙四十二年（西元一七〇三年）初夏。王丹麓於這年初夏給張潮的信中言明：「長生殿下卷，雖已動刻，還未知何日成書？」（尺牘友聲集卷四）洪昇溺水身亡後，王士禎寫了挽洪昉思詩，其中「新詞傳樂部，猶聽雪兒歌」句下有原注：「昉思工詞曲，所製長生殿傳奇刻初成。」（帶經堂全集蠶眉續詩卷七）可見，直到康熙四十三年洪昇去世後，長生殿才刊刻完畢。從康熙三十四年開始，到康熙四十三年結束，長生殿的刊刻延續了整整十年。至於一部書稿的刊刻為何會拖延這麼長的時間，限於材料，其中的原因不得而知。

三、長生殿的演出之禍

長生殿的演出之禍，對洪昇的一生產生了極其嚴重的影響，他從此結束了在京城十幾年的生活。然而，長期以來，對演出之禍的有關史實存在著多種說法。在此作一考辨。

演出之禍發生的時間，有四種說法。阮葵生（西元一七二七～一七八九年）的茶餘客話卷九說：「趙秋谷以丁卯國喪，赴洪昉思寓觀劇，被黃給事疏劾落職。」金埴（西元一六六三～一七四〇年）的巾箱說和董潮（西元一七二九～一七六四年）的東皐雜鈔卷三認為是「康熙戊辰」年。王應奎（西元一六八四～一七六七年後）的柳南隨筆卷六則說是「康熙丁卯、戊辰間」。查為仁（西元一六九三～一七四九年）的蓮坡詩話卷下和清史列傳趙執信傳都認為是「康熙己巳」。趙執信是國喪之禍的當事人之一，他的飴山文集卷一〇亡室孫孺人行略一文有「孺人生於康熙元年四月二十四日」和「二十八從余放歸」等語。「放歸」即指觀看長生殿演出而被革職歸故鄉一事。又，李孚青（西元一六六四～？年）道旁散人集卷五有詩題偶憶洪昉思己巳被斥事，即題其集後，直接標明洪昇被斥事發生在己巳年，這與趙執信的敘述不謀而合。據此，第四種說法當為可信，即國喪之禍發生在康熙二十八年己巳（西元一六八九年）。又，蓮坡詩話卷下指出：「此康熙己巳秋事也。」查愼行（西元一六五〇～一七二八年）的敬業堂集卷二竿木集原注：「起己巳十月，盡庚午二月。」而此卷所收之詩，開首即為送趙秋谷宮坊歸益都四首，作者自注：「時秋谷與余同被吏議。」則國喪之禍發生在己巳年十月之前，與蓮坡詩話之說相符。據康熙東華錄載，孝懿皇后逝於康熙二十八年己巳七月甲辰。按當時禮制，群臣二十七日除服（見皇朝通志卷四七禮略）。結合毛奇齡長生殿序「其在京朝官大紅小紅已浹日」之語，即此事發生在已除喪服後之旬日，則確切時間當為八月中旬。

有關參與演出的戲班，亦有二種說法。柳南隨筆卷六和東皐雜鈔卷三都說是內聚班，而茶餘客話卷九則認為是聚和班。當時流傳的絕句有「抖擻香金求網脫，聚和班裡制行頭」之語（茶餘客話卷九、兩般秋雨盦隨筆卷四），則演出戲班當為聚和班。

至於演出地點，更是眾說紛紜。柳南隨筆卷六說是在「生公園」；東皇雜鈔卷三不僅說演出地點在「生公園」，而且說「主之者」為梁清標，「具東者」為趙執信；陶孚尹（西元一六三五～一七〇九年）的欣然堂集認為是在趙執信的寓所；厲鶚（西元一六九二～一七五二年）的東城雜記卷下言明為「貴人邸第」；清史列傳趙執信傳則說是「友人寓」，同書洪昇傳明確指為「查樓」；巾箱說、茶餘客話、藤蔭雜記都指出是洪昇寓。按，趙執信的亡室孫孺人行略說：「余為飲席所邀，孺人尼之曰：『君才多忌，宜慎小節。』余不從，果被斥。」此處「飲席」即指長生殿演出之席。趙執信是應邀出席的，演出地點自然不會在其寓所，他當然也不會是具東者，那麼趙執信寓所及「生公園」的說法不能成立。藤蔭雜記的作者戴璐（西元一七三九～一八〇六年）是在吏科見到過彈章的人，彈章中「而無查名」。既然查慎行的姓名沒有出現在彈章上，則演出地點在「查樓」是不可能的。據此，演出地點應為洪昇寓所。

國喪之禍的彈劾者，亦有不同說法。蓮坡詩話卷下說：「乃好事者借事生風，旁加指斥，以致秋谷、初白諸君子皆掛吏議。」態度較為審慎，沒有指出「好事者」的姓名。柳南隨筆卷六敘說那次宴會的情形：「名流之在都下者悉為羅致，而不及吾邑趙□□□□。時趙館給諫王某所，乃言於王，促之入奏，謂是日係皇后忌辰，設樂張宴為大不敬，請按律治罪。」文中趙某名字原闕，據梁章鉅浪跡續談引，其人係趙星瞻徵介。又，東皇雜鈔卷三直接點明是「虞山趙星瞻徵介」促使王給諫「入奏」。但茶餘客話卷九卻說趙執信是「被黃給事疏劾落職」的，只點出姓氏而未言明名字。藤蔭雜記卷二敘述「近於吏科見黃六鴻原奏」，則上奏本的是黃六鴻。陳奕禧（西元一六四八～一七〇九年）的虞州續集卷二得子厚兄京師近聞志感詩有「約顧新翻曲，驚傳劾奏章」兩句，其下原注：「友人洪昉思編長生殿傳奇，同人醵分往觀。是時大行皇后之喪未滿百日，為西臺黃六鴻輩所劾。」其所記與戴璐所見到的彈章上的署名完全吻合。可見，上奏彈劾者為黃六鴻，而不是趙星瞻促使王給諫入奏。

洪昇是國喪之禍的直接受害者。兩般秋雨盦隨筆卷四說「洪昇編管山西」。楊恩壽（西元一八三五～一八九一年）的詞餘叢話卷三則說洪昇「革去監生，枷號一月」。毛奇齡長生殿序指出：「賴聖明寬之，第褫其四門之員，而不予以罪。」尤侗長生殿序也說：「天子薄其罪，僅褫弟子員以去。」毛奇齡、尤侗是洪昇的同時代人，又與洪昇關係密切，他們的記載當為可信。至於因國喪之禍而受牽連的人數，幾種說法相去很遠。柳南隨筆卷六說：「凡士大夫及諸生除名者幾五十人。」東皐雜鈔卷三也說：「凡士大夫除名者幾五十餘也。」兩書雖說除名者「幾五十人」或「幾五十餘」，但前者只列出了洪昇、趙執信、查慎行三人，後者也只列舉洪昇、查慎行、趙執信、陳某四人。戴璐是從吏科見到過黃六鴻原奏的人，據其藤蔭雜記卷二記載，此案牽涉的人除洪昇、趙執信、查慎行三人外，「尚有侍讀學士朱典、侍講李澄中、臺灣知府翁世庸同宴洪寓」。又，陳奕禧的得子厚兄京師近聞志感詩原注有一段話：「讀學朱典、檢討趙執信、臺灣太守翁世庸皆落職。至伯兄子厚輩，不列彈章，為昉思所供，故同時被斥焉。」子厚即陳奕禧之兄陳奕培，是否就是東皐雜鈔所指的陳某，不可知。至此，因此案受牽涉者僅有洪昇、趙執信、查慎行、朱典、李澄中、翁世庸、陳奕培七人。但李澄中雖列名於黃六鴻的奏章中，卻未「被論」除名，不知何故。趙執信懷舊集李澄中小傳也說：「與余同被論，獨得解。」此外，茶餘客話卷九：「時徐勝力編修亦與讌，對簿時賂聚和班優人，詭稱未與，得免。」徐勝力即徐嘉炎。據藤蔭雜記記載，黃六鴻的彈章上本無徐嘉炎之名，其賄賂優人，當是防患於未然之舉。據此，除名者只有六人，即使加上得免者，牽涉此案有姓名可考者也不過八人，與「幾五十人」或「幾五十餘」人之說相去甚遠。或許，所謂的「幾五十人」或「幾五十餘」人，為誇大之辭，亦有可能。

情場恨事有情而無緣者不可勝數惟介生死論之則情緣自相牽引故以青陵冢樹爲徵也

長生殿傳奇上卷

錢唐洪昇昉思塡詞

同里吳人舒鳬論文

長洲徐麟靈昭樂句

傳槩

末上

南呂引子 滿江紅 今古情場，問誰箇眞心到底。但果有精誠不散，終成連理。萬里何愁南共北，兩心那論生和死。笑人間兒女悵緣慳，無情耳。 感金石，回天地。昭白日，垂青史。看臣忠子孝，總由情至。先聖不曾刪鄭衛，吾儕取義翻宮徵。借太眞外傳譜新詞，情而已。

稗畦草堂本

忍人一恨真足千古較如何四紀爲

長生殿傳奇卷下

錢唐洪昇

同里吳人舒鳧論文

長洲徐麟靈昭樂句

獻飯

（生引丑上）

【黃鍾引子】西地錦　懊恨蛾眉輕喪　一宵千種悲傷　早來慵把金鞭颺　午餘玉粒誰嘗

寡人匆匆西幸　昨在馬嵬驛中　六軍不發　無計可施　只得把妃子賜死（淚介）咳　空做一朝天子　竟成千古忍人　勉強行了一程　已到扶風地面　駐蹕鳳

稗畦草堂本

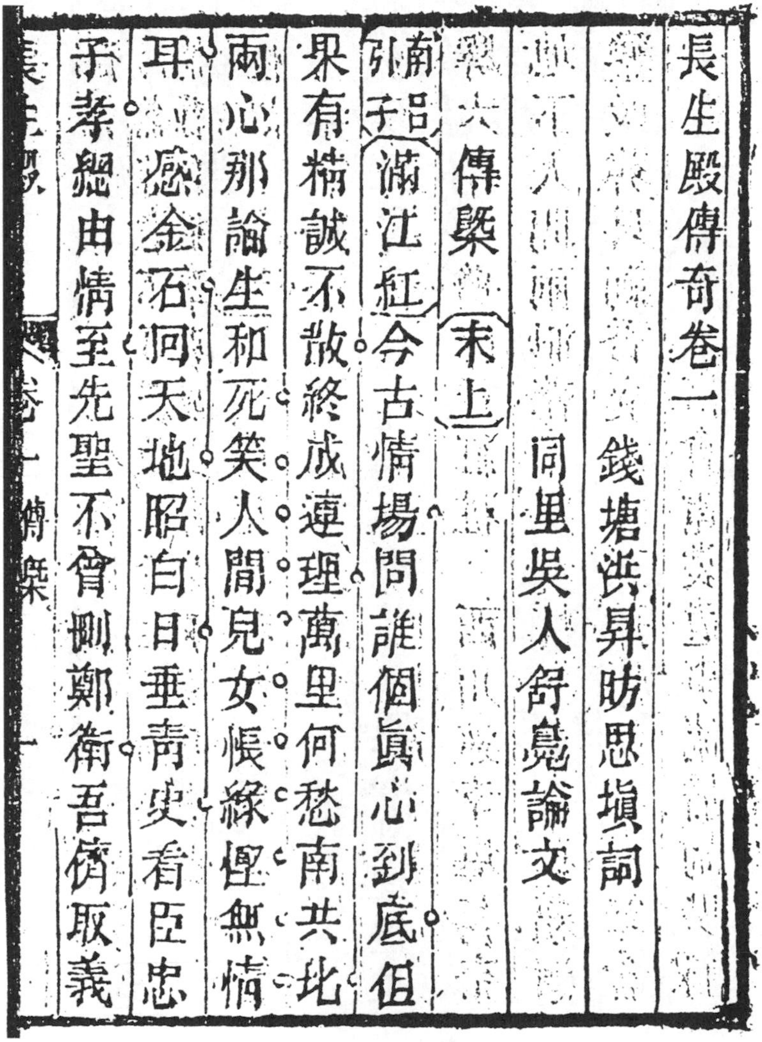

長生殿傳奇卷一

錢塘洪昇昉思塡詞

同里吳人舒鳧論文

傳槩　末上

南呂引子　滿江紅　今古情場，問誰個眞心到底。但果有精誠不散，終成連理。萬里何愁南共北，兩心那論生和死。笑人間兒女悵緣慳，無情耳。感金石，回天地。昭白日，垂青史。看臣忠子孝，總由情至。先聖不曾刪鄭衛，吾儕取義

長生殿　卷一　傳槩　一

小瑯嬛山館校刊本

情場恨事有情而無緣者不可勝數惟合生死論之則情緣自相牽引故以青陵冢樹爲徵也

長生殿卷上

彙刻傳奇第二十四種

錢唐洪昇昉思填詞

夢鳳樓
暖紅室
刊校

第一齣　傳概

【南呂引子】【滿江紅】末上今古情場。問誰箇真心到底。但果有精誠不散。終成連理。萬里何愁南共北。兩心那論生和死。笑人間兒女悵緣慳。無情耳。○感金石。回天地。昭白日。垂青史。看臣忠子孝。總由情至。先聖不曾刪鄭衛。吾儕取義翻宮徵。借太真外傳譜新詞。情而

暖紅室初刻本

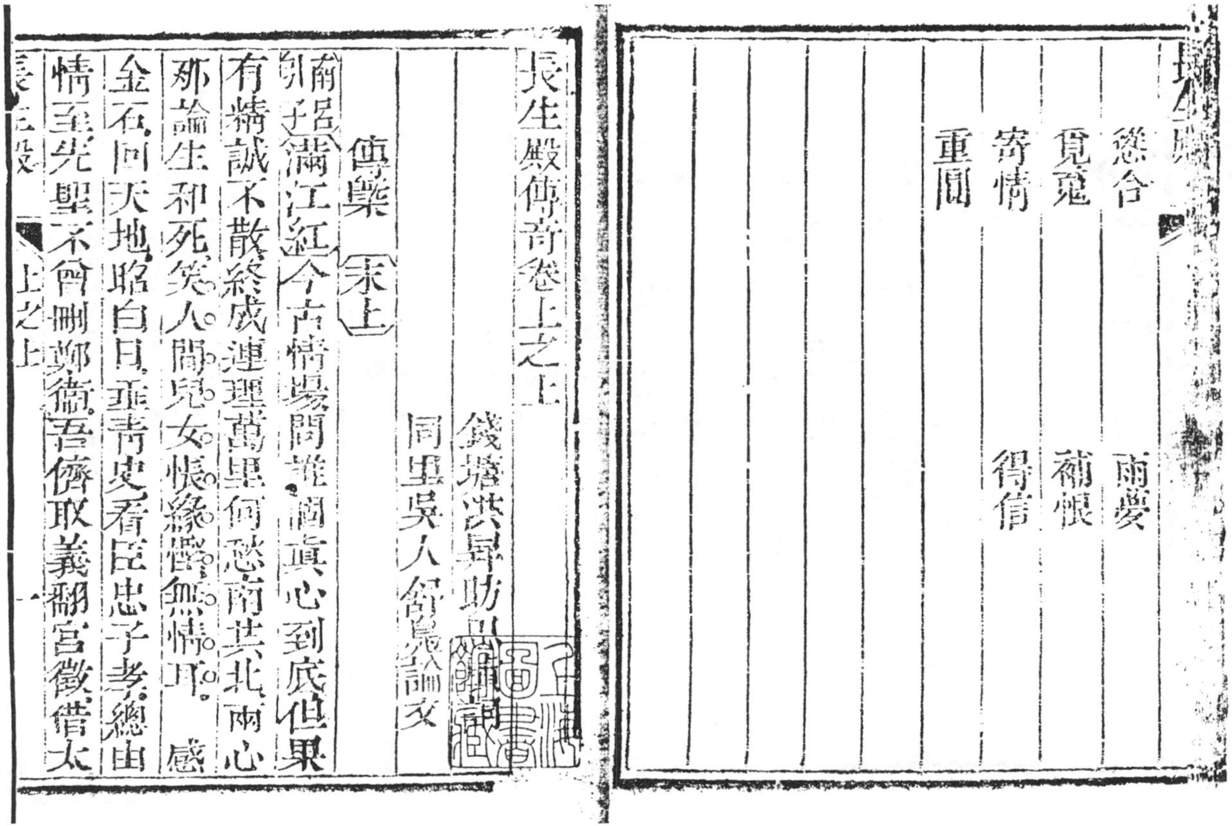
長生殿
慫合 雨夢
覓魂 補恨
寄情 得信
重圓
長生殿傳奇卷上之上
錢塘洪昇昉思
同里吳人舒鳧論文
傳槩 末上
【南呂引子】【滿江紅】今古情場，問誰箇真心到底。但果有精誠不散，終成連理。萬里何愁南共北，兩心那論生和死。笑人間兒女悵緣慳，無情耳。
感金石，回天地。昭白日，垂青史。看臣忠子孝，總由情至。先聖不曾刪鄭衛，吾儕取義翻宮徵。借太
長生殿 上之上

文業堂刻本

情場恨事有情而無緣者不可勝數惟合生死論之則情緣自相牽引故以青陵冢樹為徵也

家門引子須總挈情事又須一氣貫穿今人不講此法久矣廣陵散於斯復見

提明宿緣二字為證仙串合首尾皆動

長生殿卷上

錢唐洪昇昉思填詞

夢鳳樓 暖紅室 刋校

第一齣 傳概

南呂引子【滿江紅】（末上）今古情場問誰箇真心到底但果有精誠不散終成連理萬里何愁南共北兩心那論生和死笑人間兒女悵緣慳無情耳○感金石回天地昭白日垂青史看臣忠子孝總由情至先聖不曾刪鄭衛吾儕取義翻宮徵借太真外傳譜新詞情而已

中呂慢詞【沁園春】天寶明皇玉環妃子宿緣正當自華清賜浴初承恩澤長生乞巧永訂盟香妙舞新成清歌未了鼙鼓喧闐起范陽馬嵬驛六軍不發斷送紅妝○西川巡幸堪傷奈地下人間兩渺茫幸遊魂悔罪已登仙籍迴鑾改葬只剩香囊證合天孫情傳羽客鈿盒金釵重寄將月宮會霓裳遺事流播詞場

齣目

下卷

自序

余覽白樂天長恨歌❶及元人秋雨梧桐❷劇，輒作數日惡❸。南曲驚鴻❹一記，未免涉穢。從來傳奇家非言情之文，不能擅場❺；而近乃子虛烏有，動寫情詞贈答，數見不鮮，兼乖典則❻。因斷章取義，借天寶遺事，綴成此劇。凡史家穢語，概削不書，非曰匿瑕❼，亦要諸詩人忠厚之旨云爾。然而樂極哀來，垂戒來世，意即寓焉。且古今來逞侈心而窮人欲，禍敗隨之，未有不悔者也。玉環傾國，卒至隕身。死而有知，情悔何極。苟非怨艾❽之深，尚何證仙之與有。孔子刪書而錄秦誓❾，嘉其敗而能悔，殆若

---

❶ 白樂天長恨歌：唐元和元年（西元八〇六年），白居易根據唐明皇和楊貴妃的故事，寫成長篇敘事詩長恨歌。樂天，白居易的字。

❷ 秋雨梧桐：即唐明皇秋夜梧桐雨，元代白樸創作的雜劇，敘唐明皇與楊貴妃的愛情故事。

❸ 輒作數日惡：「惡」指感傷、難過。語出晉書卷八〇王羲之傳。

❹ 驚鴻：指驚鴻記傳奇，明代吳世美創作，寫唐明皇同梅妃及楊貴妃的故事。

❺ 擅場：指技藝超群。

❻ 典則：傳奇創作的法則。

❼ 匿瑕：指為尊者諱。

❽ 怨艾：悔恨。

是歟？第曲終難於奏雅，稍借月宮足成之。要之廣寒⑩聽曲之時，即游仙上升之日。雙星⑪作合，生忉利天⑫，情緣總歸虛幻。清夜聞鐘，夫亦可以蘧然⑬夢覺矣。

康熙己未⑭仲秋稗畦洪昇題於孤嶼草堂⑮。

---

⑨ 孔子刪書而錄秦誓：孔子刪訂尚書，保留了秦誓的內容。秦誓，尚書中周書的篇名。魯僖公三十二年（西元前六二八年）冬，秦穆公不聽蹇叔的諫阻，派兵遠道伐鄭。次年四月，無功而返，在崤山遭到晉軍伏擊，致使全軍覆沒。秦穆公悔過自責，誓告群臣，錄為秦誓。

⑩ 廣寒：廣寒宮，對月中仙宮的稱呼。

⑪ 雙星：指織女、牽牛二星。

⑫ 忉利天：梵語。即三十三天，為六欲天之一。此處指稱天堂。

⑬ 蘧然：突然。

⑭ 康熙己未：康熙十八年（西元一六七九年）。

⑮ 孤嶼草堂：洪昇書齋名。孤嶼，即今浙江杭州西湖的孤山。洪昇晚年在孤山築「稗畦草堂」。

例言

憶與嚴十定隅❶坐皇園❷，談及開元、天寶間事，偶感李白之遇，作沉香亭傳奇。尋客燕臺，亡友毛玉斯❸謂排場近熟，因去李白，入李泌❹輔肅宗中興，更名舞霓裳，優伶❺皆久習之。後又念情之所鍾，在帝王家罕有。馬嵬之變，已違夙誓，而唐人有玉妃歸蓬萊仙院、明皇遊月宮之說，因合用之，專寫釵合情緣，以長生殿題名，諸同人頗賞之。樂人請是本演習，遂傳於時。蓋經十餘年，三易稿而始成，予可謂樂此不疲矣。

史載楊妃多汙亂事。予撰此劇，止按白居易長恨歌、陳鴻長恨歌傳❻為之。而中間點染處，多采天

❶ 嚴十定隅：嚴曾榘（西元一六五七～？年），字定隅，嚴沆之子，排行第十，浙江餘杭人。絕意仕進，以酒自放，長於詩文。著有雨堂詩。

❷ 皇園：在杭州城東清泰門之北，嚴沆築造的別墅。

❸ 毛玉斯：洪昇的朋友，工於詞曲，淪落潦倒。其餘不詳。

❹ 李泌：（西元七二二～七八九年）字長源，京兆人。唐玄宗時為皇太子供奉官，歷仕肅宗、代宗、德宗三朝，位至宰相，封鄴侯。

❺ 優伶：戲曲演員。

❻ 陳鴻長恨歌傳：陳鴻創作的傳奇小說長恨歌傳，表現了唐玄宗與楊貴妃的愛情悲劇。陳鴻，字大亮，唐貞元、

寶遺事❼、楊妃全傳❽。若一涉穢跡，恐妨風教，絕不闌入，覽者有以知予之志也。今載長恨歌、傳，以表所由，其楊妃本傳、外傳❾、及天寶遺事諸書，既不便刪削，故概置不錄焉。

棠村相國❿嘗稱予是劇乃一部鬧熱牡丹亭⓫，世以為知言。予自惟文采不逮臨川⓬，而恪守韻調，罔敢稍有踰越。蓋姑蘇⓭徐靈昭氏⓮為今之周郎⓯，嘗論撰九宮新譜，予與之審音協律，無一字不慎也。

曩作鬧高唐⓰、孝節坊⓱諸劇，皆友人吳子舒鳧⓲為予評點。今長生殿行世，伶人苦於繁長難演，

元和間人。

❼天寶遺事：五代王仁裕採集民間傳說中的唐明皇時期遺事，撰成筆記小說開元天寶遺事。

❽楊妃全傳：指楊太真外傳。宋代樂史（西元九三〇～一〇〇七年）撰寫的傳奇小說，描寫楊貴妃一生的經歷。

❾楊妃本傳外傳：分別指新舊唐書中的楊貴妃傳和樂史的楊太真外傳。

❿棠村相國：梁清標（西元一六二〇～一六九一年），字玉立，又字棠村，號蒼岩，又號蕉林，真定人。明崇禎十六年進士，入清歷任戶部尚書、保和殿大學士。

⓫牡丹亭：一名還魂記。明湯顯祖創作的傳奇，敘杜麗娘與柳夢梅的愛情故事。

⓬臨川：湯顯祖為江西臨川人，故稱。他創作的紫釵記、還魂記、南柯記、邯鄲記，合稱臨川四夢。

⓭姑蘇：今江蘇蘇州。

⓮徐靈昭氏：徐麟，字靈昭，長洲人。洪昇的同學，精於音律。其所撰九宮新譜，今不見傳。

⓯周郎：指三國吳周瑜。周瑜精通音律，當時有「曲有誤，周郎顧」之語。

⓰鬧高唐：已佚。據曲海總目提要卷二三載，鬧高唐的劇情，大抵依水滸傳中柴進失陷高唐州及被救的情節改編而成。

⓱孝節坊：已佚。劇情不詳。

竟為傖輩⑲妄加節改，關目⑳都廢。吳子憤之，效墨憨十四種㉑，更定二十八折，而以虢國、梅妃別為饒戲㉒兩劇，確當不易。且全本得其論文，發予意所涵蘊者實多。分兩日唱演殊快。取簡便，當覓吳本教習，勿為傖悞㉓可耳。

是書義取崇雅，情在寫真。近唱演家改換有必不可從者，如增虢國承寵、楊妃忿爭一段，作三家村婦醜態，既失蘊藉，尤不耐觀。其哭像折，以哭題名，如禮之凶奠，非吉祭也。今滿場皆用紅衣，則情事乖違，不但明皇鍾情不能寫出，而阿監宮娥泣涕皆不稱矣。至於舞盤及末折演舞，原名霓裳羽衣，只須白襖紅裙，便自當行本色。細繹曲中舞節，當一二自具。今有貴妃舞盤學浣紗舞，而末折仙女或舞燈、舞汗巾者，俱屬荒唐，全無是處。

洪昇昉思父㉔識

---

⑱ 吳子舒鳧：吳儀一，字瑹符，一字舒鳧，號吳山，錢塘人。洪昇的朋友。有吳山草堂詞傳世。

⑲ 傖輩：晉南北朝時，南人譏笑北人粗鄙，蔑稱傖輩。此指粗鄙淺陋之人。

⑳ 關目：劇本的結構和關鍵情節。

㉑ 墨憨十四種：明馮夢龍改定的十四種傳奇。墨憨，即墨憨齋，馮夢龍的齋名。馮夢龍自署墨憨齋主人。

㉒ 饒戲：正戲之外另加的過場戲。可以演奏一支曲子或表演一段舞蹈，也可以有唱詞。

㉓ 悞：同「誤」。謬誤。

㉔ 父：同「甫」。對男子的稱呼。此處用為自稱。

上卷

第一齣　傳　概❶

【南呂引子】【滿江紅】（末❷上）今古情場，問誰個真心到底？但❸果有精誠不散，終成連理❹。萬里何愁南共北，兩心那論生和死。笑人間兒女悵緣慳❺，無情耳。　感金石，回天地。昭白日，垂青史。看臣忠子孝，總由情至。先聖不曾刪鄭衛❻，吾儕取義翻宮

---

❶ 傳概：傳奇的第一齣，通例是說明本劇的創作緣起（見本齣【滿江紅】），介紹劇情概要（見本齣【沁園春】），稱作「家門引子」。

❷ 末：角色名稱，扮演年紀較大的男性。傳奇的第一齣通常由副末開場。

❸ 但：只要。

❹ 連理：即連理枝，枝幹連在一起的兩棵樹，常用來比喻夫妻。

❺ 緣慳：沒有緣分。

❻ 先聖不曾刪鄭衛：孔子不曾刪去詩經中的鄭風、衛風。先聖，指孔子。鄭、衛，即詩經裡的鄭風、衛風，其中有不少活潑熱烈的戀歌，在封建時代被視為「淫奔之詩」。

徵❼。借太真外傳❽譜新詞，情而已。

【中呂慢詞】【沁園春】天寶明皇，玉環妃子，宿緣❾正當。自華清❿賜浴，初承恩澤，長生乞巧⓫，永訂盟香。妙舞新成，清歌未了，鼙鼓喧闐起范陽⓬。馬嵬驛，六軍不發，斷送紅妝⓭。　西川巡幸⓮堪傷，奈地下人間兩渺茫。幸遊魂悔罪，已登仙籍，回鑾改葬，只剩香囊。證合天孫⓯，情傳羽客⓰，鈿盒金釵重寄將。月宮會，霓裳遺事，流

❼ 吾儕取義翻宮徵：我輩取法先聖的做法，創作長生殿傳奇。吾儕，我輩。取義，指取法孔子不刪鄭、衛之意。翻宮徵，作曲。古代音樂以宮、商、角、徵、羽為音階名。宮徵，代指樂曲。

❽ 太真外傳：宋代樂史作有楊太真外傳。但此處所說的「太真外傳」指「楊貴妃的故事」，並不專指樂史的作品。

❾ 宿緣：佛家語。指前世注定的因緣。

❿ 華清：即華清宮，唐代離宮。故址在今陝西臨潼城南驪山的西北山麓上。

⓫ 長生乞巧：長生，即長生殿，為華清宮中的宮殿之一，建於唐玄宗天寶元年（西元七四二年）。乞巧，舊俗農曆七月七日夜間，天上牛郎織女相會，地上婦女陳設瓜果，向織女乞求刺繡縫紉等手工的技巧。

⓬ 鼙鼓喧闐起范陽：指安祿山在范陽起兵叛亂。鼙鼓，戰鼓。范陽，唐代方鎮名，治所在幽州，即今北京西南。

⓭ 馬嵬驛三句：指唐明皇從長安出走到馬嵬驛時，軍隊不肯前進，逼唐明皇賜死楊貴妃。馬嵬驛，在今陝西興平西。六軍，指護駕的御林軍。斷送，葬送。紅妝，指楊貴妃。

⓮ 西川巡幸：指唐明皇出奔西川。西川，四川的西部。巡幸，本指皇帝出外巡歷，此處諱言唐明皇逃難。

⓯ 天孫：天帝的孫女兒，即神話中的織女。她為唐明皇、楊貴妃的愛情作證，讓他倆最後在月宮相會。故事見本劇補恨諸齣。

⓰ 羽客：道士。此處指道士楊通幽，他為唐明皇、楊貴妃傳情達意，終於使他倆在月宮團圓。故事見本劇最後

播詞場⑰。

唐明皇歡好霓裳讌，楊貴妃魂斷漁陽⑱變。

鴻都客⑲引會廣寒宮，織女星盟證長生殿⑳。

幾齣。

⑰ 詞場：指劇壇。

⑱ 漁陽：即范陽，參見⑫。

⑲ 鴻都客：神仙中人，指道士楊通幽。鴻都，仙府。

⑳ 唐明皇歡好霓裳讌四句：在形式上，第一齣結尾四句與其他齣一樣也是下場詩，但就內容而言，它們仍是全部劇情的概括，其作用相當於雜劇的「題目正名」。

第二齣　定　情

【大石引子】【東風第一枝】（生❶扮唐明皇引二內侍上）端冕中天，垂衣南面❷，山河一統皇唐。層霄雨露回春，深宮草木齊芳。昇平❸早奏，韶華好，行樂何妨。願此生終老溫柔，白雲不羨仙鄉❹。

「韶華入禁闈，宮樹發春暉。天喜時相合，人和事不違。九歌揚政要，六舞散朝衣。別賞陽臺樂，前旬暮雨飛❺。」朕乃大唐天寶皇帝是也。起自潛邸❻，入纘❼皇圖。任人不二，委姚、宋❽於朝堂；

---

❶ 生：角色名稱，在傳奇中扮演男主角。

❷ 端冕中天二句：指天下太平，可以無為而治。端冕，帝王的冠服。中天，比喻盛世。垂衣，表示無為之治。南面，帝王的座位朝南，代指稱王。

❸ 昇平：歌頌太平的曲調。詞牌有昇平樂。

❹ 願此生終老溫柔二句：希望一生能像漢成帝那樣在美色行樂中度過。飛燕外傳載，漢成帝進御趙飛燕之妹合德，以面頰接觸其身體，細膩無比，稱之為「溫柔鄉」。成帝對飛燕的姑姊樊嫕說：「吾老是鄉矣，不能效武皇帝求白雲鄉也。」溫柔鄉，比喻美色迷人之境。白雲鄉，指神仙居住之處。

❺ 韶華入禁闈八句：語本唐玄宗首夏花萼樓群臣宴寧王山亭回樓下，又申之以賞樂賦詩。九歌，夏代的廟堂樂曲。六舞，周代的舞樂，即武王的大武，共六章。別賞陽臺樂二句，語本宋玉高唐賦：「妾在巫山之陽，高丘之岨，旦為朝雲，暮為行雨，朝朝暮暮，陽臺之下。」後以陽臺、暮雨指男女歡會。

從諫如流，列張、韓❾於省闥❿。且喜塞外風清萬里，民間粟賤三錢。真個太平致治，庶幾貞觀之年⓫；刑措⓬成風，不減漢文之世⓭。近來機務餘閑，寄情聲色。昨見宮女楊玉環⓮，德性溫和，丰姿秀麗。卜茲吉日，冊為貴妃。已曾傳旨，在華清池賜浴，命永新、念奴伏侍更衣。即著高力士⓯引來朝見，想必就到也。

---

❻ 潛邸：指皇帝即位前所住的府第。易經乾卦：「初九，潛龍勿用。」後以潛龍指未做皇帝之前。唐明皇李隆基是唐睿宗李旦的第三個兒子，初為臨淄郡王，因起兵誅殺韋氏，被封為平王。李旦即位，隆基立為皇太子，先天元年（西元七一二年）立為皇帝。

❼ 纘：音ㄗㄨㄢˇ。繼承。

❽ 姚宋：姚崇、宋璟，唐開元時著名的賢相。

❾ 張韓：張九齡、韓休，唐開元時的賢相。

❿ 省闥：中央政府。

⓫ 貞觀之年：唐太宗貞觀（西元六二七～六四九年）年間，是歷史上著名的太平盛世，號稱「貞觀之治」。

⓬ 刑措：即刑錯，廢置刑法而不用。

⓭ 漢文之世：漢文帝時社會安定，百姓安寧。

⓮ 楊玉環：（西元七一九～七五六年）開元二十三年（西元七三五年）冊為玄宗第十八子壽王李瑁的妃子。後被玄宗看中，先入宮為女道士，號太真。隨後得到寵幸，於天寶四年（西元七四五年）冊為貴妃。以上據歷史記載，與本劇內容有所不同。

⓯ 高力士：（西元六八四～七六二年）唐宦官，玄宗時知內侍省事，進封渤海郡公，四方奏事都經他手，權傾一時。安史之亂中隨玄宗到四川，後遭放逐病死。

【玉樓春】（丑⑯扮高力士，二宮女執扇，引旦⑰扮楊貴妃上）恩波自喜從天降，浴罷妝成趨彩仗。

（宮女）六宮未見一時愁⑱，齊立金階偷眼望。

（到介，丑進見生跪介）奴婢高力士見駕。冊封貴妃楊氏，已到殿門候旨。（生）宣進來。（丑出介）萬歲爺有旨，宣貴妃楊娘娘上殿。（旦進，拜介）臣妾貴妃楊玉環見駕，願吾皇萬歲！（內侍）平身。（旦）臣妾寒門陋質，充選掖庭⑲，忽聞寵命之加，不勝隕越⑳之懼。（生）妃子世胄名家，德容兼備。取供內職㉑，深愜朕心。（旦）萬歲。（丑）平身。（旦起介，生）傳旨排宴。（丑傳介）（內奏樂。旦送生酒，宮女送旦酒。生正坐，旦傍坐介）

【大石過曲】【念奴嬌序】（生）寰區萬里，遍徵求窈窕㉒，誰堪領袖嬪嬙？佳麗今朝，天付與，端的㉓絕世無雙。思想，擅寵瑤宮，褒封玉冊㉔，三千粉黛總甘讓。（合）惟願取，

---

⑯ 丑：角色名稱，扮演插科打諢式的人物。

⑰ 旦：角色名稱，在傳奇中扮演女性主角。

⑱ 六宮未見一時愁：語出唐代王建宮詞一百首其五十七。

⑲ 掖庭：皇宮中嬪妃的住所。

⑳ 隕越：顛墜，跌倒。

㉑ 內職：皇帝的妻妾嬪妃。

㉒ 窈窕：形容女人體態美好，此代指美女。

㉓ 端的：的確，正是。

㉔ 玉冊：刻在玉版上的文書，此處指冊封楊貴妃的文書。

恩情美滿，地久天長。

【前腔】【換頭】㉕（旦）蒙獎。沉吟半晌，怕庸姿下體，不堪陪從椒房㉖。受寵承恩，一霎裡身判人間天上。須彷，馮嫕當熊㉗，班姬辭輦㉘，永持彤管㉙侍君傍。（合）惟願取，恩情美滿，地久天長。

【前腔】【換頭】（宮女）歡賞，借問從此宮中，阿誰第一？似趙家飛燕在昭陽㉚。寵愛處，應是一身承當。休讓，金屋裝成，玉樓歌徹，千秋萬歲捧霞觴。（合）惟願取，恩情美滿，地久天長。

㉕ 前腔換頭：古代戲曲術語。南曲中和前面一個樂調曲牌相同的叫前腔。和前面曲調相同而開頭略有改變的叫換頭。

㉖ 椒房：漢代皇后的居室，以花椒和泥塗抹，取其溫暖、芳香、多子之義，後因以代稱后妃的住處。

㉗ 馮嫕當熊：馮嫕是漢元帝的婕妤（女官名）。一次，元帝遊獸圈，有熊逃出。她怕元帝受到傷害，挺身而出，站在熊的前面，因此為元帝所重，被封為昭儀（皇妃）。事見漢書外戚傳。

㉘ 班姬辭輦：班姬是漢成帝的婕妤。有一次，成帝遊後庭欲與班姬同車而坐，她辭而不就，說皇帝應該常常和賢臣在一起，不該寵幸女色。事見漢書外戚傳。

㉙ 彤管：紅桿的筆，後宮女史（官名）用來記事。

㉚ 趙家飛燕在昭陽：趙飛燕是漢成帝的皇后，她和妹妹昭儀曾長期受到成帝的寵幸。事見漢書外戚傳。昭陽，漢宮名，為趙昭儀所居。

【前腔】【換頭】（內侍）瞻仰，日繞龍鱗，雲移雉尾㉛，天顏有喜對新妝。頻進酒，合殿春風飄香。堪賞，圓月搖金，餘霞散綺㉜，五雲多處㉝易昏黃。（合）惟願取，恩情美滿，地久天長。

（丑）月上了。啟萬歲爺撤宴。（生）朕與妃子同步階前，玩月一回。（內作樂。生攜旦前立，眾退後，齊立介）

【中呂過曲】【古輪臺】（生）下金堂，籠燈就月細端相㉞，庭花不及嬌模樣。輕偎低傍，這鬢影衣光，掩映出丰姿千狀。（低笑，向旦介）此夕歡娛，風清月朗，笑他夢雨暗高唐㉟。（旦）追遊宴賞，幸從今得侍君王。瑤階小立，春生天語，香縈仙仗㊱，玉露冷沾裳。還凝望，重重金殿宿鴛鴦。

㉛ 日繞龍鱗二句：語出杜甫秋興八首其五：「雲移雉尾開宮扇，日繞龍鱗識聖顏。」龍鱗，指皇帝袞服上的龍紋。雉尾，指雉尾扇，宮廷儀仗的一種。

㉜ 餘霞散綺：語本謝朓晚登三山還望京邑：「餘霞散成綺，澄江靜如練。」

㉝ 五雲多處：相傳天子所在的地方有五色雲彩。

㉞ 籠燈就月細端相：語本宋代周邦彥意難忘：「籠燈就月，子細端相。」端相，細看。

㉟ 笑他夢雨暗高唐：用楚王遊高唐，夢中與神女歡會的典故。事見宋玉高唐賦。此處唐明皇認為他和楊貴妃的愛情比前代君王的愛情故事更美妙。

㊱ 仙仗：皇帝的儀仗。

（生）掌燈往西宮去。（丑應介，內侍、宮女各執燈引生、旦行介）（合）

【前腔】【換頭】輝煌，簇擁銀燭影千行。回看處珠箔㊲斜開，銀河微亮。複道㊳迴廊，到處有香塵飄颺。夜色如何？月高仙掌㊴。今宵占斷㊵好風光，紅遮翠障，錦雲中一對鸞凰。瓊花玉樹㊶，春江夜月㊷，聲聲齊唱，月影過宮牆。褰羅幌，好扶殘醉入蘭房。

（丑）啟萬歲爺，到西宮了。（生）內侍迴避。（丑）「春風開紫殿，（內侍）天樂下珠樓㊸。」（同下）

【餘文】（生）花搖燭，月映窗，把良夜歡情細講。（合）莫問他別院離宮玉漏長。

（宮女與生、旦更衣，暗下，生、旦坐介，生）「銀燭回光散綺羅，（旦）御香深處奉恩多。（生）六宮此夜含顰望，（合）明日爭傳得寶歌㊹。」（生）朕與妃子偕老之盟，今夕伊始。（袖出釵、盒介）特擕得金釵、鈿盒在此，與卿定情。

㊲ 珠箔：珠簾。

㊳ 複道：樓閣間上下兩重通道。

㊴ 月高仙掌：形容夜深。仙掌，即仙人掌，漢代宮中的一種裝置，以銅鑄仙人，手托承露盤以儲露水。

㊵ 占斷：占盡。

㊶ 瓊花玉樹：古代歌曲名，即玉樹後庭花，為南朝陳後主所作。

㊷ 春江夜月：即春江花月夜，亦為陳後主所作之曲。

㊸ 春風開紫殿二句：語出李白宮中行樂詞八首其二。

㊹ 得寶歌：即得寶子。楊太真外傳載，唐明皇與楊貴妃定情之夕，對後宮人說：「朕得楊貴妃，如得至寶也。」因此而製曲子名曰得寶子。

【越調近詞】【綿搭絮】（生）這金釵鈿盒百寶翠花攢。我緊護懷中，珍重奇擎有萬般。今夜把這釵呵，與你助雲盤[45]，斜插雙鸞；這盒呵，早晚深藏錦袖，密裹香紈。願似他並翅交飛，牢扣同心結合歡。（付旦介，旦接釵、盒謝介）

【前腔】【換頭】謝金釵鈿盒賜予奉君歡。只恐寒姿，消不得天家雨露團。（作背看介）恰偷觀，鳳翥龍蟠，愛殺這雙頭[46]旖旎，兩扇[47]團圞。惟願取情似堅金，釵不單分盒永完。

（生）朧明春月照花枝[48]，元稹　（旦）始是新承恩澤時[49]。白居易

（生）長倚玉人心自醉[50]，雍陶　（合）年年歲歲樂於斯[51]。趙彥昭

---

[45] 雲盤：形容女子高盤的髮髻。

[46] 雙頭：指兩股金釵。

[47] 兩扇：指鈿盒。

[48] 朧明春月照花枝：詩見元稹仁風李著作園醉後寄李十。自本齣起，下場詩均用唐詩集句。

[49] 始是新承恩澤時：詩見白居易長恨歌。

[50] 長倚玉人心自醉：詩見雍陶再下第將歸荊楚上白舍人。

[51] 年年歲歲樂於斯：詩見趙彥昭奉和幸安樂公主山莊應制。

第三齣　賄權

【正宮引子】【破陣子】（淨❶扮安祿山箭衣、氈帽上）失意空悲頭角❷，傷心更陷羅罝❸。異志十分難屈伏，悍氣千尋❹怎蔽遮？權時寧耐❺些。

「腹垂過膝力千鈞，足智多謀膽絕倫。誰道孽龍甘蠖屈❻，翻江攪海便驚人。」自家安祿山，營州柳城人也。俺母親阿史德，求子軋犖山中，歸家生俺，因名祿山。那時光滿帳房，鳥獸盡都鳴竄。後隨母改嫁安延偃❼，遂冒姓安氏。在節度使張守珪❽帳下投軍。他道我生有異相，養為義子。授我討擊使之職，去征討奚契丹。一時恃勇輕進，殺得大敗逃回。幸得張節度寬恩不殺，解京請旨。昨日到京，

---

❶ 淨：角色名稱，扮演性格、品行或相貌等方面有特異之處的男性。
❷ 頭角：比喻青少年時的氣概或才華。
❸ 羅罝：羅網。此指解京問罪。
❹ 悍氣千尋：形容悍氣高漲。尋，八尺為一尋。
❺ 權時寧耐：權時，暫時。寧耐，忍耐。
❻ 蠖屈：比喻人不逢時，屈居下位。
❼ 安延偃：突厥族一個部落的首領。
❽ 張守珪：陝州河北（今山西平陸東北）人。鎮守瓜州時，連敗吐蕃兵。移鎮幽州後，任河北節度副使，屢次戰勝契丹。

吉凶未保。且喜有個結義兄弟，喚作張千，原是楊丞相❾府中幹辦。昨已買囑解官，暫時鬆放。尋他通個關節❿，把禮物收去了。著我今日到彼候覆，不免前去走遭。（行介）唉，俺安祿山，也是個好漢，難道便這般結果⓫了麼？想起來好恨也！

【正宮過曲】【錦纏道】莽龍蛇，本待將河翻海決，翻做了失水甕中鱉，恨樊籠霎時困了豪傑。早知道失軍機要遭斧鉞，倒不如喪沙場免受縲絏⓬，驀地裡腳雙跌。全憑仗金投暮夜⓭，把一身離阱穴。算有意天生吾也，不爭待⓮半路枉摧折。

來此已是相府門首，且待張兄弟出來。（丑扮張千上）「君王舅子三公⓯位，宰相家人七品官。」（見介）安大哥來了。丞相爺已將禮物全收，著你進府相見。（淨揖介）多謝兄弟周旋。（丑）丞相爺尚未出堂，且到班房少待。「全憑內閣調元手⓰，（淨）救取邊關失利人。」（同下）

---

❾ 楊丞相：指楊國忠。楊國忠，本名釗，楊玉環的從祖兄。楊氏冊封時，推恩不及楊釗。天寶九載（西元七五〇年），「賜名國忠」，十一載，任右相兼吏部尚書。

❿ 通個關節：暗中行賄，買通官吏。

⓫ 結果：結束生命。

⓬ 縲絏：捆綁犯人的繩索。

⓭ 金投暮夜：東漢時，昌邑令王密以金十斤送東萊太守楊震。楊震拒收。王密說：「暮夜無知者。」楊震回答道：「天知，地知，我知，子知。何謂無知！」事見後漢書楊震傳。此處指安祿山私下向楊國忠行賄。

⓮ 不爭待：不至於，哪見得。

⓯ 三公：東漢時以太尉、司徒、司空合稱三公。唐代仍沿此稱。

【仙呂引子】【鵲橋仙】（副淨⑰扮楊國忠引祗從⑱上）榮誇帝里，恩連戚畹⑲，兄妹都承天眷。中書⑳獨坐攬朝權，看炙手㉑威風赫烜。

「國政歸吾掌握中，三臺八座㉒極尊崇。退朝日晏歸私第，無數官僚拜下風。」下官楊國忠，乃西宮貴妃之兄也。官居右相，秩晉司空㉓。分日月之光華，掌風雷之號令。（冷笑介）窮奢極慾，無非行樂及時；納賄招權，真個回天有力。左右迴避。（從應下）（副淨）適才張千稟說，有個邊將安祿山，為因臨陣失機，解京正法。特獻禮物到府，要求免死發落。我想勝敗乃兵家常事，臨陣偶然失利，情有可原。（笑介）就將他免死，也是為朝廷愛惜人才。已曾分付令他進見，再作道理。（丑暗上，見介）張千稟事：安祿山在外伺候。（副淨）著他進來。（丑）領鈞旨。（虛下，引淨青衣、小帽上，丑）這裡來。（淨

⑯ 調元手：指治理國家的人。
⑰ 副淨：角色名稱，為傳奇中居於次要地位的淨角。
⑱ 祗從：侍從。底本作「祇從」，誤。據暖紅室初刻本改。
⑲ 戚畹：戚里，外戚居住的地方。
⑳ 中書：即中書令，為中書省的長官。唐代中書令即為右相。
㉑ 炙手：炙手可熱，比喻權勢熾盛。
㉒ 三臺八座：封建統治的最高政權機關。漢代以尚書、御史、謁者為三臺。隋唐時期以六部尚書、左右僕射為八座。
㉓ 秩晉司空：天寶十三載，楊國忠進位司空。秩，官階。司空，三公之一，品位極高。唐代司空僅是榮譽性的官階，並無實職。

膝行進見介）犯弁㉔安祿山，叩見丞相爺。（副淨）起來。（淨）犯弁是應死囚徒，理當跪稟。（副淨）你的來意，張千已講過了。且把犯罪情由，細說一番。（淨）丞相爺聽稟：犯弁遵奉軍令，去征討奚契丹呵，（副淨）起來講。（淨起介）

【仙呂過曲】【解三酲】恃勇銳衝鋒出戰，指征途所向無前。不隄防番兵夜來圍合轉，臨白刃，剩空拳㉕。（副淨）後來怎生得脫？（淨）那時犯弁殺條血路，奔出重圍。**單鎗匹馬身幸免，只指望鑒錄微功折罪愆。**誰想今日呵，**當刑憲**㉖！（叩首介）**望高擡貴手，曲賜矜憐。**

【前腔】【換頭】（副淨起介）**論失律**㉗**喪師關鉅典，我雖總朝綱敢擅專？況刑書已定難更變，恐無力可回天。**（淨跪哭介）丞相爺若肯救援，犯弁就得生了。（副淨笑介）**便道我言從計聽微有權，這就裡機關**㉘**不易言。**（淨叩頭介）全仗丞相爺做主！（副淨）也罷。待我明日進朝，相機而行便了。**乘其便，便好開羅撤網，保汝生全。**

（淨叩頭介）蒙丞相爺大恩，容犯弁犬馬圖報。就此告辭。（副淨）張千引他出去。（丑應，同淨出介）「眼望捷旌旗，耳聽好消息。」（同下）（副淨想介）我想安祿山乃邊方末弁，從未著有勞績。今日犯了

㉔弁：武官服皮弁，因稱之。

㉕剩空拳：箭射完了，只剩下一張弓。拳，音ㄑㄩㄢ。弩弓。

㉖刑憲：刑罰。

㉗失律：指戰事失利。

㉘機關：計謀，心機。

死罪，我若特地救他，必動聖上之疑。（笑介）哦，有了。前日張節度疏內，曾說他通曉六番言語㉙，精熟諸般武藝，可當邊將之任。我就授意兵部，以此為辭，奏請聖上，召他御前試驗。於中乘機取旨，卻不是好。

專權意氣本豪雄㉚，盧照鄰　萬態千端一瞬中㉛。吳　融
多積黃金買刑戮㉜，李咸用　不妨私薦也成公㉝。杜荀鶴

㉙ 六番言語：六種少數民族語言。
㉚ 專權意氣本豪雄：詩見盧照鄰長安古意。
㉛ 萬態千端一瞬中：詩見吳融無題。
㉜ 多積黃金買刑戮：詩見李咸用金谷園。
㉝ 不妨私薦也成公：詩見杜荀鶴投從叔補闕。

長生殿
卷上
十
暖紅室

第四齣 春睡

【越調引子】【祝英台近】（旦引老旦❶扮永新、貼旦❷扮念奴上）夢回初，春透了，人倦懶梳裹。欲傍妝臺，羞被粉脂涴❸。（老旦、貼旦）趁他遲日房櫳，好風簾幕，且消受薰香閑坐。

永新、念奴叩頭。（旦）起來。〔海棠春〕「流鶯窗外啼聲巧，睡未足，把人驚覺。（老）翠被曉寒輕，（貼）寶篆沉烟裊。（旦）宿酲未醒宮娥報，（老、貼）道別院笙歌會早。（旦）試問海棠花，（合）昨夜開多少❹？」

（旦）奴家楊氏，弘農人也。父親元琰，官為蜀中司戶❺。早失怙恃❻，養在叔父之家。生有玉環，在於左臂，上隱「太真」二字。因名玉環，小字太真。性格溫柔，姿容豔麗。漫揩羅袂，淚滴紅冰；薄試霞綃，汗流香玉。荷蒙聖眷，拔自宮嬪。位列貴妃，禮同皇后。有兄國忠，拜為右相，三姊盡封夫人❼，一門榮寵極矣。昨宵侍寢西宮，（低介）未免雲嬌雨怯。今日晌午時分，才得起來。（老、貼）

---

❶ 老旦：角色名稱，在傳奇中扮演年紀較大的婦女。

❷ 貼旦：角色名稱，簡稱「貼」，扮演傳奇中居於次要地位的旦角。

❸ 羞被粉脂涴：擔心膚色被脂粉沾汙。羞，怕。涴，沾汙。

❹ 流鶯窗外啼聲巧九句：語出宋代秦觀海棠春詞，見淮海居士長短句補遺。寶篆，熏香的美稱，因其燃燒時煙如篆狀而得名。宿酲，宿醉。

❺ 司戶：官名，掌管百姓戶籍。

❻ 怙恃：父母。

鏡奩齊備，請娘娘理妝。（旦行介）綺疏⑧曉日珠簾映，紅粉春妝寶鏡催。

【越調過曲】【祝英台】（坐對鏡介）把鬢輕撩，鬢細整，臨鏡眼頻睃⑨。（老）請娘娘貼上這花鈿。（旦）貼了翠鈿，（貼）再點上這臙脂。（旦）注了紅脂，（老）請娘娘畫眉。（旦畫眉介）著意再描雙蛾。（旦立起介）延俄⑩，慢支持楊柳腰身。（貼）呀，娘娘花兒也忘戴了。（代旦插花介）好添上櫻桃花朵。（老、貼作看旦介）看了這粉容嫩，只怕風兒彈破。（老、貼）請娘娘更衣。（與旦更衣介）

【前腔】【換頭】飄墮，麝蘭香，金繡影，更了杏衫羅。（旦步介）（老、貼看介）你看小顫步搖⑪，輕蕩湘裙⑫，（旦兜鞋介）低蹴半彎凌波⑬，停妥。（旦顧影介）（老、貼）裊臨風百種嬌嬈，（旦回身臨鏡介）（老、貼）還對鏡千般婀娜。（旦作倦態，欠伸介）（老、貼扶介）娘娘，恁懨懨⑭，何妨

---

⑦ 三姊盡封夫人：據資治通鑑載，楊玉環姐適崔氏者為韓國夫人、適裴氏者為虢國夫人、適柳氏者為秦國夫人。本書「裴家姐姐」即指虢國夫人、「柳家妹子」即指秦國夫人。

⑧ 綺疏：雕刻成精美圖案的窗戶。

⑨ 睃：音ㄙㄨㄛ。斜視。

⑩ 延俄：耽擱片刻。

⑪ 步搖：古代婦女附在簪釵上的首飾。

⑫ 湘裙：湘地絲織品製成的女裙，此處泛指美麗的女裙。

⑬ 半彎凌波：指纖小的腳。凌波，形容步履輕盈。曹植洛神賦：「凌波微步，羅襪生塵。」

⑭ 懨懨：精神不振的樣子。

重就衾窩。

（旦）也罷，身子困倦，且自略睡片時。永新、念奴，與我放下帳兒。正是：「無端春色薰人困，才起梳頭又欲眠。」（睡介）（老、貼放帳介）（老）萬歲爺此時不進宮來，敢是到梅娘娘⑮那邊去麼？（貼）姐姐，你還不知道，梅娘娘已遷置上陽樓東了！（老）哦，有這等事！（貼）永新姐姐，這幾日萬歲爺耑愛楊娘娘，不時來往西宮，連內侍也不教隨駕了。我與你須要小心伺候。（生行上）

【前腔】【換頭】欣可⑯，後宮新得嬌娃，一日幾摩挲！（生作進，老、貼見介）萬歲爺駕到。娘娘剛才睡哩。（生）不要驚他。（作揭帳介）試把綃帳慢開，龍腦⑰微聞，一片美人香和。瞧科，愛他紅玉一團，壓著鴛衾側臥。（老、貼背介）這溫存，怎不占了風流高座！

【前腔】【換頭】（旦作驚醒，低介）誰個？驀然揭起鴛幃，星眼倦還挼。（作坐起，摩眼、撩鬢介）（生）早則淺淡粉容，消褪唇朱，掠削⑱鬢兒欹矬⑲。（老、貼作扶旦起，旦作開眼復閉，立起又坐倒介）（生）憐他，侍兒扶起腰肢，嬌怯怯難存難坐。（老、貼扶旦坐介）（生扶住介）恁朦騰⑳，

---

⑮ 梅娘娘：梅妃，即江采蘋。參見本書第十八齣夜怨、第十九齣絮閣。
⑯ 欣可：高興。
⑰ 龍腦：即龍腦香，俗稱冰片。產於龍腦香樹上，為名貴的香料。
⑱ 掠削：梳理。
⑲ 欹矬：傾斜下垂。
⑳ 朦騰：迷迷糊糊的樣子。

且索消詳停和㉑。

（旦）萬歲！（生）春晝晴和，正好及時游賞，為何當午睡眠？（旦低介）夜來承寵，雨露恩濃，不覺花枝力弱。強起梳頭，卻又朦朧睡去。因此失迎聖駕。（生笑介）這等說，倒是寡人唐突了。（旦嬌羞不語介）（生）妃子，看你神思困倦，且同到前殿去，消遣片時。（旦）領旨。（生、旦同行，老、貼隨行介）（生）「落日留王母，（旦）微風倚少兒。（老、貼合）宮中行樂秘，少有外人知㉒。」（生、旦轉坐介）（丑上）「晝漏稀聞高閣報，天顏有喜近臣知㉓。」啟萬歲爺：國舅楊丞相，遵旨試驗安祿山，在宮門外回奏。（生）宣奏來。（丑宣介）楊丞相有宣。（副淨上）「天下表章經院過，宮中笑語隔牆聞㉔。」（拜見介）臣楊國忠見駕。願吾皇萬歲，娘娘千歲！（丑）平身。（副）臣啟陛下：蒙委試驗安祿山，果係人才壯健，弓馬熟嫻，特此覆旨。（生）朕昨見張守珪奏稱：祿山通曉六番言語，精熟諸般武藝，可當邊將之任。今失機當斬，是以委卿驗之。既然所奏不誣，卿可傳旨祿山，赦其前罪。明日早朝引見，授職在京，以觀後效。（副）領旨。（下）（丑）啟萬歲爺：沉香亭牡丹盛開，請萬歲爺同娘娘賞玩。（生）今日對妃子，賞名花。高力士，可宣翰林㉕李白，到沉香亭上，立草新詞供奉。（丑）領旨。（下）（生）

㉑ 且索消詳停和：還需要休息一會兒。消詳停和，休息。

㉒ 落日留王母四句：杜甫七律詩宿昔的後四句。王母，即西王母，傳說中的女神。此處比擬楊貴妃。少兒，即衛少兒，漢武帝皇后衛子夫的姐姐，此處代指因楊貴妃而得寵的三國夫人。

㉓ 晝漏稀聞高閣報二句：詩見杜甫紫宸殿退朝口號。

㉔ 天下表章經院過二句：詩見王建贈郭將軍。

妃子，和你賞花去來。

倚檻繁花帶露開㉖，羅虬　（旦）相將游戲繞池臺㉗。孟浩然

（生）新歌一曲令人豔㉘，萬楚　（合）只待相如奉詔來㉙。李商隱

㉕ 翰林：官名。唐玄宗初置翰林待詔，為文學侍從之官。

㉖ 倚檻繁花帶露開：詩見羅虬比紅兒詩其五十一。

㉗ 相將游戲繞池臺：詩見孟浩然春情。

㉘ 新歌一曲令人豔：詩見萬楚五日觀妓。

㉙ 只待相如奉詔來：詩見李商隱贈庾十二朱版。相如，即司馬相如（西元前一七九～前一一七年），西漢辭賦家，所著子虛賦、上林賦為漢武帝所賞識，用為郎。

長生

第五齣 禊游

【雙調引子】【賀聖朝】（丑上）崇班❶內殿稱尊，天顏親奉朝昏。金貂玉帶蟒袍新，出入荷殊恩。

咱家高力士是也，官拜驃騎將軍❷。職掌六宮❸之中，權壓百僚之上。迎機導窾❹，摸揣聖情；曲意小心，荷承天寵。今乃三月三日，萬歲爺與貴妃娘娘游幸曲江❺，命咱召楊丞相並秦、韓、虢三國夫人，一同隨駕。不免前去傳旨與他。「傳聲報戚里，今日幸長楊❻。」（下）

【前腔】（淨冠帶引從上）一從請託權門，天家雨露重新。纍臣❼今喜作親臣，壯懷會當伸。

俺安祿山，自蒙聖恩復官之後，十分寵眷。所喜俺生的一個大肚皮，直垂過膝。一日聖上見了，笑問

---

❶ 崇班：高位。

❷ 官拜驃騎將軍：高力士原為左監門大將軍知內侍省事，天寶七載加驃騎大將軍，從一品。

❸ 六宮：古代皇后的寢宮，正寢一，燕寢五，合為六宮。

❹ 導窾：本指殺牛時刀從骨節空處割過去，此喻見機行事。窾，音ㄎㄨㄢˇ。

❺ 曲江：曲江池，故址在今陝西西安東南。漢武帝在此造宜春苑。唐玄宗開元時重加疏鑿，是當時長安的風景勝地。

❻ 長楊：秦漢時的宮殿名。此指皇帝行幸的場所。

❼ 纍臣：有罪之臣。

此中何有？俺就對說，惟有一片赤心。天顏大喜，自此愈加親信，許俺不日封王。豈不是非常之遇！左右，迴避。（從應下）（淨）今乃三月三日，皇上與貴妃遊幸曲江，三國夫人隨駕。傾城士女，無不往觀。俺不免換了便服，單騎前往，遊玩一番。（作更衣、上馬行介）出得門來，你看香塵滿路，車馬如雲，好不熱鬧也。正是：「當路遊絲縈醉客，隔花啼鳥喚行人。」（下）（副淨、外❽扮王孫，末扮公子；各麗服，同行上）（合）

【仙呂入雙調】【夜行船序】春色撩人，愛花風如扇，柳煙成陣。行過處，辨不出紫陌❾紅塵❿。（見介）請了。（副淨、外）今日修禊⓫之辰，我每⓬同往曲江遊玩。（末、小生⓭）便是，那邊簇擁著一隊車兒，敢是三國夫人來了。我每快些前去。（行介）紛紜，繡幕雕軒，珠繞翠圍，爭妍奪俊。氤氳⓮，蘭麝逐風來，衣綵珮光遙認。

（同下）（老旦繡衣扮韓國，貼白衣扮虢國，雜⓯緋衣扮秦國，引院子⓰、梅香⓱各乘車行上）（合）

---

❽ 外：角色名稱，扮演傳奇中的老年男性。
❾ 紫陌：都城郊野的道路。
❿ 紅塵：都城中的繁華之處。
⓫ 修禊：三月上巳在水邊祓除邪祟的一種祭禮。上巳，陰曆三月上旬的巳日，魏晉以後以三月三日為上巳。
⓬ 每：同「們」。
⓭ 小生：角色名稱，扮演傳奇中居於次要地位的生角或其他青年男性。
⓮ 氤氳：雲煙彌漫的樣子。
⓯ 雜：角色名稱，扮演傳奇中不重要或不知名的人物。

【前腔】【換頭】安頓，羅綺如雲，鬥妖嬈，各逞黛蛾蟬鬢⑱。蒙天寵，特敕共探江春。（老旦）奴家韓國夫人，（貼）奴家虢國夫人，（雜）奴家秦國夫人，（合）奉旨召遊曲江。院子把車兒趲行前去。（院）曉得。（行介）（合）朱輪，碾破芳堤，遺珥墜簪，落花相襯。榮分，戚里從宸⑲遊，幾隊宮妝前進。（同下）

【黑蠊序】【換頭】（淨策馬上，目視三國下介）妙啊，回瞬，絕代丰神，猛令咱一見，半晌銷魂。恨車中馬上，杳難親近。俺安祿山，前往曲江，恰好遇著三國夫人，一個個天姿國色。唉，唐天子，唐天子！你有了一位貴妃，又添上這幾個阿姨⑳，好不風流也！評論，群花歸一人，方知天子尊。且趲上前去，飽看一回。望前塵，饞眼迷奚㉑，不免揮策頻頻。

（作鞭馬前奔，雜扮從人上，攔介）咄，丞相爺在此，什麼人這等亂撞！（副淨騎馬上）為何喧嚷？（淨、副淨作打照面，淨回馬急下）（從）小的方才見一人，騎馬亂撞過來，向前攔阻。（副淨笑介）那去的是安祿山。怎麼見了下官，就疾忙躲避了。（作沉吟介）三位夫人的車兒在那裡？（從）就在前面。（副淨）

---

⑯ 院子：僕人。
⑰ 梅香：丫鬟。
⑱ 蟬鬢：即蟬鬢，古代婦女的一種髮式。兩鬢薄如蟬翼，故稱。鬢，音ㄅㄧㄣˋ。
⑲ 宸：皇帝的住處，此指皇帝。
⑳ 阿姨：對妻子姐妹的稱呼。
㉑ 迷奚：半閉著眼看。

呀，安祿山那廝怎敢這般無禮！

【前腔】【換頭】堪恨，藐視皇親，傍香車行處，無禮廝混。陡衝衝怒起，心下難忍。叫左右，緊緊跟隨著車兒行走，把閒人打開。（眾應行介）（副淨）忙奔，把金鞭辟路塵㉒，將雕鞍逐畫輪。（合）語行人，慎莫來前，怕惹丞相生嗔。（同下）

【錦衣香】（淨扮村婦，丑扮醜女，老旦扮賣花娘子，小生扮舍人㉓，行上）（合）妝扮新，添淹潤㉔；身段村㉕，喬丰韻㉖。更堪憐芳草沾裾，野花堆鬢。（見介）（淨）列位都是去遊曲江的麼？（眾）正是。今日皇帝、娘娘，都在那裡，我每同去看一看。（丑）聽得皇帝把娘娘愛的似寶貝一般，不知比奴家容貌如何？（老旦笑介）（小生作看丑介）（丑）你怎麼只管看我？（小生）我看大姐的臉上，倒有幾件寶貝。（淨）什麼寶貝？（小生）你看眼嵌貓睛石，額雕瑪瑙紋，蜜蠟裝牙齒，珊瑚鑲嘴唇。（淨笑介）（丑將扇打小生介）小油嘴，偏你沒有寶貝。（小生）你說來。（丑）你後庭㉗像銀礦，掘過幾多人！（淨笑介）

㉒ 辟路塵：開路。辟，叫行人走開。
㉓ 舍人：貴家子弟。
㉔ 淹潤：嫵媚，豐潤。
㉕ 村：土氣笨拙。
㉖ 喬丰韻：怪模樣。
㉗ 後庭：肛門。

休得取笑。聞得三國夫人的車兒過去，一路上有東西遺下，我每趕上尋看。（丑）如此快走。（行介）（丑作嬌態與小生諢介）（合）和風徐起蕩晴雲，鈿車一過，草木皆春。（小生）且在這草裡尋一尋，可有甚麼？（老旦）我先去了。向朱門繡閣，賣花聲叫的殷勤。（叫賣花下）（眾作尋、各拾介）（丑問淨介）你拾的甚麼？（淨）是一枝簪子。（丑看介）是金的，上面一粒緋紅的寶石。好造化！（淨問丑介）你呢？（丑）一隻鳳鞋套兒。（淨）好好，你就穿了何如？（丑作伸腳比介）啐，一個腳指頭也著不下。鞋尖上這粒真珠，摘下來罷。（作摘珠、丟鞋介）（小生）待我袖了去。（丑）你倒會作攬收拾！你拾的東西，也拿出來瞧瞧。（小生）一幅鮫綃㉘帕兒，裹著個金盒子。（淨接作開看介）咦，黑黑的黃黃的薄片兒，聞著又有些香，莫不是耍藥㉙麼？（小生笑介）是香茶。（丑）待我嘗一嘗。（淨爭吃，各吐介）呸，稀苦的，吃他怎麼！（小生作收介）罷了，大家再往前去。（行介）（合）蜂蝶鬧相趁，柳迎花引，望龍樓倒寫㉚，曲江將近。

（小生、淨先下，丑弔場㉛，叫介）你們等我一等。阿呀，尿急了，且在這裡打個沙窩兒㉜去。（下）（老

㉘ 鮫綃：神話傳說中海裡鮫人所織的綃。
㉙ 耍藥：春藥。
㉚ 龍樓倒寫：宮殿倒映在水中。龍樓，本指太子的宮門，此處借代唐明皇的行宮。
㉛ 弔場：古代戲曲術語。劇情告一個段落，場上留下一二位演員或表演一些簡單動作或獨唱下場詩，以弔住場子，過渡到下一場演出。

旦、貼、雜引院子、梅香行上）

【漿水令】撲衣香花香亂熏，雜鶯聲笑聲細聞。看楊花雪落覆白蘋，雙雙青鳥，銜墮紅巾[33]。春光好，過二分[34]，遲遲麗日催車進。（院）稟夫人，到曲江了。（老旦）丞相爺在那裡？（院）萬歲爺在望春宮[35]，丞相爺先到那邊去了。（老旦、雜、貼作下車介）你看果然好風景也！環曲岸，環曲岸，紅酣綠勻。臨曲水，臨曲水，柳細蒲新。

（丑引小內侍、控馬上）「敕傳玉勒桃花馬，騎坐金泥蛺蝶裙[36]。」（見介）皇上口敕：韓、秦二國夫人，賜宴別殿。虢國夫人，即令乘馬入宮，陪楊娘娘飲宴。（老旦、雜、貼跪介）萬歲！（起介）（丑向貼介）就請夫人上馬。（貼）

【尾聲】內家官[37]，催何緊。姐姐妹妹，偏背了[38]春風獨近。（老旦、雜）不枉你淡掃蛾眉朝至

---

[32] 打個沙窩兒：俗語，指女人就地小便。

[33] 看楊花雪落覆白蘋三句：語本唐代杜甫麗人行：「楊花雪落覆白蘋，青鳥飛去銜紅巾。」

[34] 過二分：過了三分之二。

[35] 望春宮：故址在今陝西西安東。隋開皇中建，唐代重修。

[36] 金泥蛺蝶裙：用泥金顏料染成蝴蝶圖案的裙子，此處代指虢國夫人。金泥，即泥金，一種摻有金屬的高級顏料。蛺蝶，即蝴蝶。

[37] 內家官：宮內官，此處指傳旨的小內侍。

[38] 偏背了：獨自兒。

尊[39]。

（貼乘馬，丑引下）（雜）你看裴家姐姐，竟自揚鞭去了。（老旦）且自由他。（梅香）請夫人別殿裡上宴。

紅桃碧柳禊堂春[40]，沈佺期（老旦）一種佳遊事也均[41]。張諤

（雜）願奉聖情歡不極[42]，武平一（合）向風偏笑豔陽人[43]。杜牧

[39] 淡掃蛾眉朝至尊：語出唐代張祜集靈臺二首其二。至尊，皇帝。

[40] 紅桃碧柳禊堂春：詩見沈佺期上巳日祓禊渭濱應制。禊堂，上巳日舉行祭祀活動的場所。

[41] 一種佳遊事也均：詩見張諤九日。

[42] 願奉聖情歡不極：詩見武平一興慶池侍宴應制。

[43] 向風偏笑豔陽人：詩見杜牧紫微花。

第六齣 傍訝

【中呂過曲】【縷縷金】（丑上）**歡遊罷，駕歸來。西宮❶因個甚，惱君懷？敢為春筵畔，風流尷尬。怎一場樂事陡成乖❷？教人好疑怪，教人好疑怪。**

前日萬歲爺同楊娘娘遊幸曲江，歡天喜地。不想昨日娘娘忽然先自回宮，萬歲爺今日才回，聖情十分不悅。未知何故？遠遠望見永新姐來了，咱試問他。（老旦上）

【前腔】宮幃事❸，費安排。雲翻和雨覆，驀地鬧陽臺❹。（丑見介）永新姐，來得恰好。我問你，萬歲爺為何不到楊娘娘宮中去？（老）唉，公公，你還不知麼！**兩下參商❺後，妝幺作態❻。**（丑）為著甚來？（老）只為**並頭蓮傍有一枝開。**（丑）是那一枝呢？（老笑介）公公，你**聰明人自參解，聰明人自參解。**

❶ 西宮：皇帝妃嬪居住的地方。此處代指楊貴妃。
❷ 陡成乖：突然鬧起彆扭來。乖，違背。
❸ 宮幃事：皇帝和后妃之間的事。宮幃，即宮闈，后妃居住的地方。
❹ 雲翻和雨覆二句：指楊貴妃和唐明皇突然鬧彆扭的事。
❺ 兩下參商：兩人意見不合。參商，參星和商星。參星在西方，商星在東方，出沒兩不相見。
❻ 妝幺作態：裝腔作勢。

（丑笑介）咱那裡得知！永新姐，你可說與我聽。（老）若說此事，原是我娘娘自己惹下的。（丑）為何？

（老）只為娘娘把那虢國夫人呵，

【剔銀燈】常則向君前喝采，妝梳淡天然無賽。那日在望春宮，教萬歲召他侍宴。三杯之後，便暗中築座連環寨❼，哄結上同心羅帶❽。（丑拍手笑介）阿呀，咱也疑心有此。卻為何煩惱哩？（老）後來娘娘恐怕奪了恩寵，因此上嫌猜。恩情頓乖，熱打對鴛鴦散開。

（丑）原來虢國夫人，在望春宮有了言語，才回去的。（老）便是。那虢國夫人去時，我娘娘不曾留得。萬歲爺好生❾不快，今日竟不進西宮去了。娘娘在那裡只是哭哩。（丑）咱想楊娘娘呵，

【前腔】嬌癡性天生忒利害。前時逼得個梅娘娘，直遷置樓東無奈。如今這虢國夫人，是自家的妹子，須知道連枝同氣❿情非外，怎這點兒也難分愛。（老）這且休提。只是往常，萬歲爺與娘娘行坐不離，如今兩下不相見面，怎生是好？（丑）吾儕，如何佈擺，且和你從旁看來。

（內）有旨宣高公公。（丑）來了。

狎宴臨春日正遲⓫，韓偓　（老旦）寵深還恐寵先衰⓬。羅虬

❼ 築座連環寨：比喻兩相勾結。

❽ 哄結上同心羅帶：指兩人搭上關係。同心羅帶，綰有同心結的絲織衣帶。

❾ 好生：很，非常。

❿ 連枝同氣：比喻同胞兄弟姐妹。

⓫ 狎宴臨春日正遲：詩見韓偓侍宴。臨春，即臨春閣，南朝陳後主的宮殿名。

（丑）外頭笑語中猜忌⑬，陸龜蒙

（老旦）若問傍人那得知⑭！崔顥

⑫寵深還恐寵先衰：詩見羅虬比紅兒詩其八十二。

⑬外頭笑語中猜忌：詩見陸龜蒙鶴媒歌。

⑭若問傍人那得知：詩見崔顥孟門行。

三十二
暖紅室

第七齣　倖恩

【商調引子】【遶池遊】（貼上）瑤池陪從❶，何意承新寵！怪青鸞❷把人和哄❸。尋思萬種，這其間無端噷動❹，奈謠諑蛾眉未容❺。

「玉燕輕盈弄雪輝，杏梁偷宿影雙依。趙家姊妹多相妒❻，莫向昭陽殿裡飛。」奴家楊氏，幼適裴門。琴斷朱弦❼，不幸文君早寡❽；香含青瑣，肯容韓掾輕偷❾？以妹玉環之寵，叨膺❿虢國之封。雖居

❶ 瑤池陪從：指曲江池侍宴。瑤池，相傳是西王母的住處。
❷ 青鸞：即青鳥，傳說中西王母的信使。
❸ 和哄：哄騙。
❹ 噷動：情動。
❺ 奈謠諑蛾眉未容：無奈有人造謠，使自己不能容身。謠諑，謠言。蛾眉，虢國夫人自指。
❻ 趙家姊妹多相妒：趙飛燕、趙昭儀姐妹都受到漢成帝寵幸，兩人相互妒忌。事見飛燕外傳。此處借指楊貴妃和虢國夫人的姐妹關係。
❼ 琴斷朱弦：比喻喪偶。
❽ 文君早寡：漢代卓文君年輕時喪偶，寡居在家，後遇司馬相如，得成婚配。事見史記司馬相如列傳。此處虢國夫人指自己寡居。
❾ 香含青瑣二句：指自己恪守行為規範。晉時韓壽美姿容，被賈充辟為司空掾。賈充每次聚會，其女賈午常從青瑣中偷看韓壽，並與韓壽私通。賈午還將賈充的御賜奇香偷出來，送給韓壽。此事被賈充發覺，只得將賈

富貴，不愛鉛華⑪。敢誇絕世佳人，自許朝天素面⑫。不想前日駕幸曲江，敕陪遊賞。諸姊妹俱賜宴於外，獨召奴家，到望春宮侍宴。遂蒙天眷，勉爾承恩。聖意雖濃，人言可畏。昨日要奴同進大內⑬，再四辭歸。仔細想來，好僥倖人也。

【商調過曲】【字字錦】恩從天上濃，緣向生前種。金籠花下開，巧賺娟娟鳳⑭。燭花紅，只見弄盞傳杯。傳杯處，驀自裡話兒唧噥⑮。匆匆，不容宛轉⑯，把人央入帳中。思量帳中，帳中歡如夢。綢繆⑰處兩心同。綢繆處兩心暗同。奈朝來背地，有人在那裡，人在那裡，妝模作樣，言言語語，譏譏諷諷。咱這裡羞羞澀澀，驚驚恐恐，直恁被他摶弄⑱。

【不是路】（末扮院子、副淨扮梅香暗上）（老旦引外扮院子，丑扮梅香上）吹透春風，戚畹花⑲開別

午嫁給韓壽。事見晉書賈充傳及世說新語惑溺。青瑣，刻鏤成格的窗戶。

⑩ 叨膺：承受。

⑪ 鉛華：脂粉。

⑫ 朝天素面：不加打扮去見皇帝。

⑬ 大內：皇宮。

⑭ 金籠花下開二句：在花下張開金色的籠子，巧妙地將美麗的鳳鳥騙進去。娟娟鳳，虢國夫人自指。

⑮ 驀自裡話兒唧噥：私下裡說悄悄話。唧噥，小聲私語而絮叨不休。

⑯ 宛轉：遲疑。

⑰ 綢繆：指男女歡愛。

⑱ 摶弄：耍弄。

樣穠⑳。前日裴家妹子獨承恩幸。我約柳家妹子，同去打覷㉑一番。不料他氣的病了，因此獨自前去。（外）稟夫人，到虢府了。（老旦）通報去。（外報介）（末傳介）韓國夫人到。（貼）道有請。（副淨請介）（外、末暗下）（貼出，迎老旦進介）（貼）姊姊請。（副淨、丑諢下㉒）（老旦）妹妹喜也。（貼）有何喜來？（老旦）**邀殊寵，一枝已傍日邊㉓紅。**（貼作羞介）姊姊，說那裡話！我**進離宮㉔，也不過杯酒相陪奉，湛露君恩內外同。**（老旦笑介）雖則一般賜宴，外邊怎及裡邊。**休調哄，九重春色㉕偏知重，有誰能共？**（貼）**有何難共？**

（老旦）我且問你，看見玉環妹妹，在宮光景如何？

【滿園春】（貼）**春江上景融融。催侍宴望春宮。**那玉環妹妹呵，**新來倚貴添尊重。**（老旦）不知皇上與他怎生恩愛？（貼）**春宵裡，春宵裡，比目兒和同㉖。誰知得雨雲蹤㉗？**（老旦）

---

⑲ 戚畹花：指虢國夫人。戚畹，參見第三齣⑲。

⑳ 穠：音ㄋㄨㄥˊ。豔麗。

㉑ 打覷：打探，探問。

㉒ 諢下：打著諢下場。打諢，戲曲中逗樂的即興表演。

㉓ 日邊：皇帝身邊。日，比喻皇帝。

㉔ 離宮：行宮，此指望春宮。

㉕ 九重春色：皇帝的恩澤。九重，本指天子的住處，此指代皇帝。

㉖ 比目兒和同：如同比目魚一樣，夫妻形影不離。

難道一些不覺？（貼）只見玉環妹妹的性兒，越發驕縱了些。細窺他個中㉘，漫參他意中，使慣嬌憨。慣使嬌憨，尋瘢索綻㉙，一謎兒㉚自逞心胸。

（老旦）他自小性兒是這般的，妹妹，你還該勸他才是。（貼）那個耐煩勸他？

【前腔】【換頭】（老旦）他情性多驕縱，恃天生百樣玲瓏，姊妹行且休傍作誦㉛。況他近日呵，昭陽內，昭陽內，一人獨占三千寵，問阿誰能與競雌雄？（貼）誰與他爭！只是他如此性兒，恐怕君心不測！（老旦起，背介）細聽裴家妹子之言，必有緣故。細窺他個中，漫參他意中，使恁驕嗔。恁使驕嗔，藏頭露尾，敢別有一段心胸！

（末上）「意外聞嚴旨㉜，堂前報貴人。」（見介）稟夫人，不好了。貴妃娘娘忤旨，聖上大怒，命高公公送歸丞相府中了。（老旦驚介）有這等事！（貼）我說這般心性，定然惹下事來。（老旦）雖然如此，我與你姊妹之情，且是關係大家榮辱，須索㉝前去看他才是！（貼）正是，就請同行。（老旦）

㉗ 雨雲蹤：指男女歡愛的情況。
㉘ 個中：其中底細。
㉙ 尋瘢索綻：無端挑剔。
㉚ 一謎兒：一味地。
㉛ 作誦：議論別人。
㉜ 嚴旨：聖旨。
㉝ 須索：必須。

【尾聲】忽聞嚴譴心驚恐，(貼)整香車同探吉凶。姊姊，那玉環妹妹，可不被梅妃笑殺也！(合)倒不如冷淡梅花仍開紫禁中！

(貼)傳聞闕下降絲綸㉞，劉長卿　(老旦)出得朱門入戟門㉟。賈　島

(貼)何必君恩能獨久㊱，喬知之　(老旦)可憐榮落在朝昏㊲。李商隱

㉞ 傳聞闕下降絲綸：詩見劉長卿獄中聞收東京有赦。闕，宮闕。絲綸，指聖旨，語出禮緇衣：「王言如絲，其出如綸。」

㉟ 出得朱門入戟門：詩見賈島上杜駙馬。此處用以比喻楊貴妃出了宮門，進入丞相府門。朱門、戟門，均指顯貴之家。唐制官三品以上者允許私門立戟。戟，兵器名。

㊱ 何必君恩能獨久：詩見喬知之折楊柳。

㊲ 可憐榮落在朝昏：詩見李商隱槿花。朝昏，早晚。

長生殿
卷上

第八齣　獻髮

（副淨急上）「天有不測風雲，人有旦夕禍福。」下官楊國忠，自從妹子冊立貴妃，權勢日盛。不想今早，忽傳貴妃忤旨，被謫出宮，命高內監單車送到門來。未知何故，好生驚駭！且到門前迎接去。（暫下）

【仙呂過曲】【望吾鄉】（丑引旦乘車上）**無定君心，恩光那處尋？蛾眉忽地遭攧窨❶，思量就裡知他怎？棄擲何偏甚！長門❷隔，永巷❸深。回首處愁難禁。**

（副淨上，跪接介）臣楊國忠迎接娘娘。（丑）丞相，快請娘娘進府，咱家還有話說。（副）院子，分付丫鬟每，迎接娘娘到後堂去。（丫鬟上，扶旦下車，擁下）（副淨揖丑介）老公公請坐，不知此事因何而起？（丑）娘娘呵，

【一封書】君王寵最深，冠椒房專侍寢。昨日呵，**無端忤聖心，驟然間商與參。**丞相不要怪咱家多口，娘娘呵，**生性嬌癡多習慣，未免嫌疑生抱衾❹。**（副淨）如今謫遣出來，怎生是好？（丑）

---

❶ 攧窨：音ㄉㄧㄢ ㄧㄣˋ。挫折。

❷ 長門：即長門宮，漢武帝時陳皇后被冷落後的居所，後代指失寵的后妃所居的地方。

❸ 永巷：漢代幽禁有罪的宮女的地方。

❹ 未免嫌疑生抱衾：不免因抱衾而生嫌疑。抱衾，指虢國夫人與唐明皇偷偷地發生關係。

丞相且到朝門謝罪，相機而行。（副淨）老公公，全仗你進規箴，悟當今❺。（丑）這個自然。（合）管重取宮花入上林❻。

（丑）就此告別。（副淨）下官同行。（向內介）分付丫鬟，好生伺候娘娘。（內應介）（副淨）「烏鴉與喜鵲同行，吉凶事全然未保。」（同丑下）

【中呂引子】【行香子】（旦引梅香上）乍出宮門，未定驚魂，漬愁妝滿面啼痕。其間心事，多少難論。但惜芳容，憐薄命，憶深恩。

「君恩如水付東流，得寵憂移失寵愁。莫向樽前奏花落，涼風只在殿西頭❼。」我楊玉環，自入宮闈，過蒙寵眷。只道君心可托，百歲為歡。誰想妾命不猶❽，一朝逢怒。遂致促駕宮車，放歸私第。金門一出，如隔九天❾。（淚介）天那，禁中明月，永無照影之期；苑外飛花，已絕上枝之望。撫躬自悼，掩袂徒嗟。好生傷感人也！

【中呂過曲】【榴花泣】【石榴花】羅衣拂拭猶是御香熏。向何處謝前恩？想春遊春從曉和昏，【泣顏回】豈知有斷雨殘雲。我含嬌帶嗔，往常間他百樣相依順，不隄防為著橫枝❿，陡

❺ 當今：在位的皇帝。此指唐明皇。
❻ 管重取宮花入上林：保證使楊貴妃重新回到皇帝身邊。宮花，喻指楊貴妃。上林，即上林苑，御花園。
❼ 君恩如水付東流四句：詩見唐代李商隱宮辭。花落，即梅花落，樂曲名。
❽ 不猶：不如平常。猶，平常。
❾ 九天：九重天。

然把連理輕分。

丫鬟，此間可有那裡望見宮中？（梅）前面御書樓上，西北望去，便是宮牆了。（旦）你隨我樓上去來。（梅）曉得。（旦登樓介）「西宮渺不見，腸斷一登樓。」（梅指介）娘娘，這一帶黃設設的琉璃瓦，不是九重宮殿麼？（旦作淚介）

【前腔】憑高灑淚遙望九重閽，咫尺裡隔紅雲⑪。嘆昨宵還是鳳幃人，冀回心重與溫存。天乎太忍，未白頭先使君恩盡。（梅指介）呀，遠遠望見一個公公，騎馬而來，敢是召娘娘哩！（旦嘆介）料非他丹鳳銜書⑫，多又恐烏鴉傳信。

（旦下樓介）（丑上）「暗將懷舊意，報與失歡人。」（見介）高力士叩見娘娘。（旦）高力士，你來怎麼？（丑）奴婢恰才覆旨，萬歲爺細問娘娘回府光景，似有悔心。現今獨坐宮中，長吁短嘆。一定是思想娘娘，因此特來報知。（旦）唉，那裡還想著我！（丑）奴婢愚不諫賢，娘娘未可太執意了。倘有甚麼東西，付與奴婢，乘間進上，或者感動聖心，也未可知。（旦）高力士，你教我進什麼東西去好？（想介）

【喜漁燈犯】【喜漁燈】思將何物傳情悃⑬，可感動君？我想一身之外，皆君所賜，算只有愁淚千

⑩ 橫枝：節外生枝，此指虢國夫人。

⑪ 紅雲：傳說神仙所居之處，常有紅雲盤繞。此喻指皇宮。

⑫ 丹鳳銜書：指皇帝的赦書。

⑬ 情悃：衷情。

行，作珍珠亂滾；又難穿成金縷，把雕盤進。哦，有了，【剔銀燈】這一縷青絲香潤，曾共君枕上並頭相偎襯，曾對君鏡裡撩雲。丫鬟，取鏡臺金剪過來。（梅應，取上介）（旦解髮介）哎，頭髮，頭髮！【漁家傲】可惜你伴我芳年，剪去心兒未忍。只為欲表我衷腸，（作剪髮介）剪去心兒自憫。（作執髮起，哭介）頭髮，頭髮！【喜漁燈】全仗你寄我殷勤。（拜介）我那聖上呵，奴身，止鬖鬖⑭髮數根，這便是我的殘絲斷魂。

（起介）高力士，你將去與我轉奏聖上。（哭介）說妾罪該萬死，此生此世，不能再睹天顏！謹獻此髮，以表依戀。（丑跪接髮搭肩上介）娘娘請免愁煩，奴婢就此去了。「好憑縷縷青絲髮，重結雙雙白首緣。」

（下）（旦坐哭介）（老旦、貼上）

【榴花燈犯】【剔銀燈】聽說是貴妃妹忤君，【石榴花】聽說是返家門，【普天樂】聽說是失勢兄憂憫，聽說是中官⑮至，未審何云？（進介）貴妃娘娘那裡？（梅）韓、虢二國夫人到了。（旦作哭不語介）（老旦、貼見介）（老旦）貴妃請免愁煩。（同哭介）（貼）前日在望春宮，皇上十分歡喜，為何忽有此變？【漁家傲】我只道萬歲千秋歡無盡，【尾犯序】我只道任伊行⑯笑顰，【石榴花】我只道縱差池⑰，誰和你評論！（老旦）裴家妹子，【錦纏道】休只管閒言絮陳。貴妃，你逢薄

⑭ 鬖鬖：音ㄙㄢ ㄙㄢ。頭髮下垂的樣子。

⑮ 中官：太監。

⑯ 伊行：她那邊。行，放在人稱代詞後，含這邊、那邊之義。

怒⑱其中有甚根因？（旦作不理介）（貼）貴妃，你莫怪我說，【剔銀燈】自來寵多生嫌釁，可知道秋葉君恩？恁為人，怎趨承至尊？（老旦合）【雁過聲】姊妹每情切來相問，為甚麼耳畔噥噥⑲總似不聞！（旦）

【尾聲】秋風團扇⑳原吾分，多謝連枝㉑特過存。總有萬語千言只在心上忖。

（竟下）（貼）姊姊，你看這個樣子，如何使得？（老旦）正是，我每特來看他，他心上有事，竟自進房去了。妹子，你再到望春宮時，休要學他。（貼羞介）啐！

今朝忽見下天門㉒，張籍（老旦）相對那能不愴神㉓。廖匡圖

（貼）冷眼靜看真好笑㉔，徐夤（老旦）中含芒刺欲傷人㉕。陸龜蒙

---

⑰ 差池：過失。

⑱ 逢薄怒：語出詩經邶風柏舟：「薄言往愬，逢彼之怒。」薄，語助詞，無義。

⑲ 噥噥：形容絮語聲。

⑳ 秋風團扇：秋風起而團扇棄，喻指失寵。

㉑ 連枝：比喻姐妹。

㉒ 今朝忽見下天門：詩見張籍朝日敕賜百官櫻桃。天門，喻指皇宮。

㉓ 相對那能不愴神：詩見廖匡圖九日陪董內召登高。愴神，傷心。

㉔ 冷眼靜看真好笑：詩見徐夤上盧三拾遺以言見黜。

㉕ 中含芒刺欲傷人：詩見陸龜蒙薔薇。芒刺，比喻言詞尖刻。

長生殿
卷上
三十
暖紅室

第九齣　復召

【南呂引子】【虞美人】（生上）無端惹起閑煩惱，有話將誰告？此情已自費支持，怪殺鸚哥不住向人提。

「輦路生春草，上林花滿枝。憑高何限意，無復侍臣知❶。」寡人昨因楊妃嬌妒，心中不忿❷，一時失計，將他遣出。誰想佳人難得，自他去後，觸目總是生憎，對景無非惹恨。那楊國忠入朝謝罪，寡人也無顏見他。（嘆介）咳，欲待召取回宮，卻又難於出口，若是不召他來，教朕怎生消遣，好刮劃❸不下也！

【南呂過曲】【十樣錦】【繡帶兒】春風靜宮簾半啟，難消日影遲遲。聽好鳥猶作歡聲，睹新花似鬥容輝。追悔，【宜春令】悔殺咱一剗兒❹粗疏，不解他十分的嬌殢❺，枉負了憐香惜玉，那些情致。（副淨扮內監上）「膳下玉盤紅縷細，酒開金甕綠醅濃❻。」（跪見介）請萬歲爺上膳。

❶ 輦路生春草四句：詩見唐文宗宮中題。輦路，天子車駕所經的道路。
❷ 不忿：不滿。
❸ 刮劃：籌劃。刮，音ㄅㄞ。
❹ 一剗兒：一味，總是。剗，音ㄔㄢˇ。
❺ 嬌殢：撒嬌。

（生不應介）（副淨又請介）（生惱介）哇，誰著你請來！（副淨）萬歲爺自清晨不曾進膳，後宮傳催排膳伺候。（生）哇，甚麼後宮！叫內侍。（二內侍應上）（生）揣這廝去，打一百，發入淨軍所❼去。（內侍）領旨。（同揣副淨下）（生）哎，朕在此想念妃子，卻被這廝來攪亂一番。好煩惱也！【降黃龍換頭】思伊，縱有天上瓊漿，海外珍饈知他甚般滋味！除非可意❽，立向跟前，方慰調飢❾。（淨扮內監上）「尊前❿綺席陳歌舞，花外紅樓列管弦。」（見跪介）請萬歲爺沉香亭上飲宴，聽賞梨園⓫新樂。（生）哇，說甚沉香亭，好打！（淨叩頭介）非干奴婢之事，是太子諸王，說萬歲爺心緒不快，特請消遣。（生）哇，我心緒有何不快！叫內侍。（內侍應上）（生）揣這廝去，打一百，發入惜薪司⓬當火者⓭去。（內侍）領旨。（同揣淨下）（生）內侍過來。（內侍應上）（生）著你二人看守宮門，不許一人擅入，違者重打。（內侍）領旨。（作立前場介）（生）唉，朕此時有甚心情，還去聽歌飲酒。【醉太平】想亭際，憑闌仍是玉

---

❻ 膾下玉盤紅縷細二句：詩見唐代韓翃宴楊駙馬山池。紅縷，指膾，細切的肉。綠醅，好酒。

❼ 淨軍所：明代監禁太監的地方。

❽ 可意：意中人，此處指楊貴妃。

❾ 調飢：朝饑，早上沒有吃東西時的饑餓狀態，語義雙關。

❿ 尊前：即樽前，筵席前。

⓫ 梨園：唐明皇設立的音樂機構。

⓬ 惜薪司：明代內官四司之一，為負責宮中供應柴炭的機構。

⓭ 火者：太監。

闌干，問新妝有誰同倚？就有新聲呵，知音人逝，他鵾弦⑭絕響，我玉笛羞吹。（丑肩搭髮上）【浣溪紗】離別悲，相思意，兩下裡抹媚⑮誰知！我從旁參透個中機，要打合鸞凰在一處飛。（見內侍介）萬歲爺在那裡？（內侍）獨自坐在宮中。（丑欲入，內侍攔介）（丑）你怎麼攔阻咱家？（內侍）萬歲爺十分著惱，把進膳的連打了兩個，特著我每看守宮門，不許一人擅入。（丑）原來如此，咱家且候著。（生）朕委無聊賴，且到宮門外閒步片時。（行介）看一帶瑤階依然芳草齊，不見蹴裙裾珠履追隨。（丑望介）萬歲爺出來了，咱且閃⑯在門外，覷個機會。（虛下，即上，聽介）（生）寡人在此思念妃子，不知妃子又怎生思念寡人哩！早間問高力士，他說妃子出去，淚眼不乾，教朕寸心如割。這半日間，無從再知消息。高力士這廝，也竟不到朕跟前，好生可惡！（丑見介）奴婢在這裡。（生）（作看丑介）（生）高力士，你肩上搭的甚麼東西？（丑）是楊娘娘的頭髮。（生笑介）什麼頭髮？（丑）娘娘說道：自恨愚昧，上忤聖心，罪應萬死。今生今世，不能夠再睹天顏，特剪下這頭髮，著奴婢獻上萬歲爺，以表依戀之意。（獻髮介）（生執髮看，哭介）哎喲，我那妃子呵！【啄木兒】記前宵枕邊聞香氣，到今朝剪卻和愁寄。覷青絲腸斷魂迷。想寡人與妃子，恩情中斷，就似這頭髮也。一霎裡⑰落金刀長

⑭ 鵾弦：琵琶上用鵾雞筋做的弦，此處借指琵琶。
⑮ 抹媚：癡迷的樣子。
⑯ 閃：躲。
⑰ 一霎裡：瞬間。

辭雲髻。（丑）萬歲爺！【鮑老催】請休慘悽，奴婢想楊娘娘既蒙恩幸，萬歲爺何惜宮中片席之地，乃使淪落外邊！春風肯教天上回，名花便從苑外移。（生作想介）只是寡人已經放出，怎好召還？（丑）有罪放出，悔過召還，正是聖主如天之度。（生點頭介）（丑）況今早單車送出，才是黎明，此時天色已暮，開了安慶坊，從太華宅而入，外人誰得知之。（叩頭介）乞鑒原，賜迎歸，無淹滯⑱。穩情取一笑愁城⑲自解圍。（生）高力士，就著你迎取貴妃回宮便了。（丑）領旨。（下）（生）咳，妃子來時，教寡人怎生相見也！【下小樓】喜得玉人歸矣，又愁他慣嬌嗔，背面啼，那時將何言語飾前非！罷，罷，這原是寡人不是，拚⑳把百般親媚，酬他半日分離。（丑同內侍、宮女紗燈引旦上）【雙聲子】香車曳，香車曳，穿過了宮槐翠。紗籠對，紗籠對，掩映著宮花麗。（內侍、宮女下）（丑進報介）楊娘娘到了。（生）快宣進來。（丑）領旨。楊娘娘有宣。（旦進見介）臣妾楊氏見駕。死罪，死罪！（俯伏介）（生）平身。（丑暗下）（旦跪泣介）臣妾無狀㉑，上干天譴。今得重睹聖顏，死亦瞑目。（生同泣介）妃子何出此言？（旦）【玉漏遲序】念臣妾如山罪累，荷皇恩如天容庇。今自艾㉒，願承魚貫敢妒蛾眉㉓？

⑱ 淹滯：停留。
⑲ 愁城：比喻愁結如圍城般難解。
⑳ 拚：豁出去。
㉑ 無狀：不像樣子，一無是處。

（生扶旦起介）寡人一時錯見，從前的話，不必再提了。（旦泣起介）萬歲！（生攜旦手與旦拭淚介）

【尾聲】**從今識破愁滋味，這恩情更添十倍。**妃子，我且把這**一日相思訴與伊！**

（宮娥上）西宮宴備，請萬歲爺、娘娘上宴。

（生）**陶出真情酒滿尊**㉔，李中　（旦）**此心從此更何言**㉕。羅隱

（生）**別離不慣無窮憶**㉖，蘇頲　（旦）**重入椒房拭淚痕**㉗。柳公權

㉒ 自艾：自怨自責。

㉓ 願承魚貫敢妒蛾眉：願意依次而進，不敢妒嫉別的女子。

㉔ 陶出真情酒滿尊：詩見李中贈史虛白。

㉕ 此心從此更何言：詩見羅隱三衢哭孫員外。

㉖ 別離不慣無窮憶：詩見蘇頲春晚紫微省直寄內。

㉗ 重入椒房拭淚痕：詩見柳公權應制為宮嬪詠。

第十齣 疑讖

（外扮郭子儀將巾、佩劍上）「壯懷磊落有誰知，一劍防身且自隨。整頓乾坤濟時了，那回方表是男兒。」自家姓郭名子儀，本貫華州鄭縣人氏。學成韜略，腹滿經綸。要思量做一個頂天立地的男兒，幹一樁定國安邦的事業。今以武舉出身，到京謁選❶。正值楊國忠竊弄威權，安祿山濫膺寵眷。把一個朝綱，看看弄得不成模樣了。似俺郭子儀，未得一官半職，不知何時，才得替朝廷出力也呵！

【商調集賢賓】論男兒壯懷須自吐，肯空向杞天呼❷？笑他每似堂間處燕❸，有誰曾屋上瞻烏❹！不隄防柙虎樊熊❺，任縱橫社鼠城狐❻。幾回家❼聽雞鳴起身獨夜舞❽。想古來多少乘除❾，顯得個勳名垂宇宙，不爭便姓字老樵漁！

❶ 謁選：等候任用。
❷ 肯空向杞天呼：指自己不願杞人憂天，無所作為。杞天，指杞人憂天，典出列子天瑞。
❸ 堂間處燕：指居安而不知危在旦夕。
❹ 屋上瞻烏：替國家的前途擔憂。語本詩經小雅正月：「瞻烏爰止，于誰之屋。」
❺ 柙虎樊熊：關在欄中的虎、籠裡的熊，此處指安祿山。
❻ 社鼠城狐：藏在社廟裡的鼠、城中的狐，喻內部的奸人，此處指楊國忠。
❼ 幾回家：幾次。家，亦作「價」，助詞。
❽ 聽雞鳴起身獨夜舞：東晉祖逖為國事擔憂，半夜聞雞鳴，便起身舞劍習武。事見晉書祖逖傳。

且到長安市上，買醉一回。（行科）

【逍遙樂】向天街⑩徐步，暫遣牢騷，聊寬逆旅。俺則見來往紛如，鬧昏昏似醉漢難扶，那裡有獨醒行吟楚大夫⑪！俺郭子儀呵，待覓個同心伴侶，悵釣魚人⑫去，射虎人⑬遙，屠狗人⑭無。

（下）（丑扮酒保上）「我家酒鋪十分高，罰誓無賒掛酒標⑮。只要有錢憑你飲，無錢滴水也難消。」小子是這長安市上，新豐館大酒樓，一個小二哥的便是。俺這酒樓，在東、西兩市中間，往來十分熱鬧。凡是京城內外，王孫公子，官員市戶，軍民百姓，沒一個不到俺樓上來吃三杯。也有吃寡酒⑯的，吃案酒⑰的，買酒去的，包酒來的，打發個不了。道猶未了，又一個吃酒的來也。（外行上）

---

⑨ 乘除：成敗興衰。

⑩ 天街：京城的街道。

⑪ 獨醒行吟楚大夫：戰國時，楚國三閭大夫屈原雖被流放，仍為國家的安危而擔憂。楚辭漁父：「舉世皆濁我獨清，眾人皆醉我獨醒。」

⑫ 釣魚人：西周開國功臣呂尚。未遇周文王之前，他曾垂釣於渭濱。事見史記齊太公世家。

⑬ 射虎人：漢代名將李廣。一次行獵時，他見草中石頭，以為是虎，舉箭射擊，簇入石中。事見史記李將軍列傳。

⑭ 屠狗人：漢初功臣樊噲。他年輕時曾以屠狗為業。事見史記樊酈滕灌列傳。

⑮ 酒標：酒旗，酒店的標誌。

⑯ 寡酒：有酒而無下酒菜。

【上京馬】遙望見綠楊斜靠畫樓隅，滴溜溜一片青帘⑱風外舞，怎得個燕市酒人⑲來共沽！（喚科）酒家有麼？（丑迎科）客官，請樓上坐。（外作上樓科）是好一座酒樓也。敞軒窗日朗風疏。見四週遭粉壁上都畫著醉仙圖。

（丑）客官自飲，還是待客？（外）獨飲三杯，有好酒呵取來。（丑）有好酒。（取酒上科）酒在此。（內叫科）小二哥，這裡來。（丑應忙下）（外飲酒科）

【梧葉兒】俺非是愛酒的閑陶令⑳，也不學使酒的莽灌夫㉑，一謎價痛飲與豪粗。撐著這醒眼兒誰偢倸㉒？問醉鄉深可容得吾？聽街市恁喳呼，偏冷落高陽酒徒㉓。

（作起看科）（老旦扮內監，副淨、末、淨扮官，各吉服，雜捧金幣、牽羊擔酒隨行上，繞場下）（丑捧酒上）客官，熱酒在此。（外）酒保，我問你咱㉔，這樓前那些官員，是往何處去來？（丑）客官，你一面吃

---

⑰ 案酒：有酒有菜。

⑱ 青帘：酒旗。

⑲ 燕市酒人：戰國時的俠士荊軻。他將入秦刺殺秦王時，燕太子丹在易水邊置酒為他餞行。事見史記刺客列傳。

⑳ 閑陶令：東晉彭澤縣令陶潛。他性嗜酒，後辭官歸隱。事見晉書隱逸傳。

㉑ 莽灌夫：漢武帝時的猛將灌夫。他性格剛直魯莽，曾因酒罵丞相田蚡，後被害。事見漢書竇田灌韓傳。

㉒ 偢倸：理睬。

㉓ 高陽酒徒：西漢高陽人酈食其。他最初謁見劉邦時，自稱是高陽酒徒，不是儒士，才獲得劉邦的接待，後成為劉邦的謀士。事見史記酈生陸賈列傳。

㉔ 咱：語助詞，表示懇求之意。

酒，我一面告訴你波㉕。只為國舅楊丞相，並韓國、虢國、秦國三位夫人，萬歲爺各賜造新第。在這宣陽里中，四家府門相連，俱照大內一般造法。這一家造來，要勝似那一家的；那一家造來，又要賽過這一家的。若見那家造得華麗，這家便拆毀了，重新再造。定要與那家一樣，方才住手。一座廳堂，足費上千萬貫錢鈔。今日完工，因此合朝大小官員，都備了羊酒禮物，前往各家稱賀，打從這裡過去。

（外驚科）哦，有這等事！（丑）待我再去看熱酒來波。（下）（外嘆科）呀，外戚寵盛，到這個地位㉖，如何是了也！

【醋葫蘆】怪私家恁僭竊㉗，競豪奢誇土木。一班兒公卿甘作折腰㉘趨，爭向權門如市附㉙。再沒有一個人呵，把輿情㉚向九重分訴。可知他朱甍碧瓦總是血膏塗！

（起科）心中一時忿懣，不覺酒湧上來，且向四壁閑看一回。（作看科）這壁廂細字數行，有人題的詩句。我試覷波。（作看念科）「燕市人皆去，函關馬不歸。若逢山下鬼，環上繫羅衣㉛。」呀，這詩是好奇怪也！

㉕ 波：語助詞，相當於「吧」。
㉖ 地位：地步。
㉗ 僭竊：超越名位。
㉘ 折腰：卑躬屈膝。
㉙ 市附：趨集。
㉚ 輿情：民情。
㉛ 燕市人皆去四句：明皇實錄及楊太真外傳有載。

【幺篇㉜】我這裡停睛一直看，從頭兒逐句讀。細端詳詩意少禎符㉝。且看是什麼人題的？（又看念科）李遐周題。（作想科）李遐周，這名字好生識熟！哦，是了，我聞得有個術士李遐周，能知過去未來，必定就是他了。多則是就裡難言藏讖語，猜詩謎杜家㉞何處？早難道醉來牆上信筆亂鴉塗！

（內作喧鬧科）（外喚科）酒保那裡？（丑上）客官，做甚麼？（外）樓下為何又這般喧鬧？（丑）客官，你靠著這窗兒，往下看去就是。（外看科）（淨王服、騎馬，頭踏㉟職事前導引上，繞場行下科）（外）那是何人？（丑笑指科）客官，你不見他那個大肚皮麼？這人姓安名祿山。萬歲爺十分寵愛他，把御座的金雞步障㊱，都賜與他坐過，今日又封他做東平郡王。方才謝恩出朝，賜歸東華門㊲外新第，打從這裡經過。（外驚怒科）呀，這、這就是安祿山麼？有何功勞，遽封王爵？唉，我看這廝面有反相，亂天下者，必此人也！

㉜ 幺篇：北曲中連續使用同一個曲牌時，後面各曲不再標出曲牌名，而寫作「幺篇」或「幺」。

㉝ 少禎符：不吉利。

㉞ 杜家：或作「社家」，內行人，行家。元代陶宗儀輟耕錄卷二五「院本名目」有「猜謎杜大伯」之語。西廂記三本二折、三折則有「猜詩謎的社家」之語。

㉟ 頭踏：古代官員出行時前導的儀仗。

㊱ 金雞步障：畫有金雞圖案的屏風。

㊲ 東華門：明清時的北京城門，唐代長安並無此城門之名。

【金菊香】見了這野心雜種牧羊的奴，料蜂目豺聲定是狡徒。怎把個野狼引來屋裡居？怕不將題壁詩符？更和那私門貴戚一例逞妖狐。

（丑）客官，為甚事這般著惱來？（外）

【柳葉兒】哎，不由人冷颼颼衝冠髮豎，熱烘烘氣夯㊳胸脯，咕噥噥把腰間寶劍頻頻覷。（丑）客官，請息怒，再與我消一壺波。（外）呀，便教俺傾千盞，飲盡了百壺，怎把這重沉沉一個愁擔兒消除！

（作起身科）不吃酒了，收了這酒錢去者。（丑作收科）別人來「三杯和萬事」，這客官「一氣惹千愁」。

（下）（外作下樓、轉行科）我且回到寓中去波。

【浪來裡】見著那一樁樁傷心的時事遻㊴，湊著那一句句感時的詩讖伏，怕天心人意兩難摸，好教俺費沉吟、趷蹅㊵地將眉對蹙。看滿地斜陽欲暮，到蕭條客館兀自㊶意躊躕。

（作到寓進坐科）（副淨扮家將上）（見科）稟爺，朝報到來。（外看科）「兵部一本：為除授官員事。奉聖旨，郭子儀授為天德軍使㊷。欽此。」原來旨意已下，索早收拾行李，即日上任去者。（副淨應科）（外）

㊳ 夯：脹，衝。

㊴ 遻：音ㄨˇ。不順，違背。

㊵ 趷蹅：即疙瘩，形容眉頭緊皺。

㊶ 兀自：仍然。

㊷ 郭子儀授為天德軍使：天寶十二載，郭子儀任天德軍使。

俺郭子儀雖則官卑職小，便可從此報效朝廷也呵！

【高過隨調煞】赤緊似尺水中展鬣鱗，枳棘中拂毛羽43。且喜奮雲霄有分上天衢，直待的把乾坤重整頓，將百千秋第一等勳業圖。縱有妖氛孽蠱44，少不得肩擔日月，手把大唐扶。

馬蹄空踏幾年塵45，胡宿
長是豪家據要津46，司空圖
卑散自應霄漢隔47，王建
不知憂國是何人48？呂溫

---

43 赤緊似尺水中展鬣鱗二句：意謂自己正如魚游淺水、鳥入荊棘叢中，處境艱難。赤緊似，正如。鬣，魚頭的鰭。

44 孽蠱：禍害。蠱，音ㄍㄨˇ。

45 馬蹄空踏幾年塵：詩見胡宿感舊。

46 長是豪家據要津：詩見司空圖有感二首其二：「古來賢俊共悲辛，長是豪家拒要津。」要津，指政府中的重要職位。

47 卑散自應霄漢隔：詩見王建上張弘靖相公：「卑散自知霄漢隔，若為門下賜從容。」卑散，地位低下的閒散官員。

48 不知憂國是何人：詩見呂溫貞元十四年旱甚，見權門移芍藥花。

四十
暖紅室

第十一齣　聞樂

【南呂引子】【步蟾宮】（老旦扮嫦娥❶，引仙女上）清光獨把良宵占，經萬古纖塵不染。散瑤空風露灑銀蟾❷，一派仙音微颭❸。

「藥搗長生❹離劫塵，清妍面目本來真。雲中細看天香❺落，仍倚蒼蒼桂一輪❻。」吾乃嫦娥是也。本屬太陰之主，浪傳后羿之妻❼。七寶團圞❽，周三萬六千年內；一輪皎潔，滿一千二百里中。玉兔、金蟾，產結長明至寶；白榆❾、丹桂，種成萬古奇葩。向有霓裳羽衣❿仙樂一部，久秘月宮，未傳人

❶ 嫦娥：即姮娥，神話中的月中女神，漢代因避文帝劉恆諱而改稱為嫦娥。

❷ 銀蟾：指月亮。神話傳說中月宮裡有蟾蜍，因以代指月亮。

❸ 微颭：輕輕地傳送過來。颭，音ㄓㄢˇ。

❹ 藥搗長生：傳說月宮裡有白兔搗長生藥。

❺ 天香：指月宮中的桂花。

❻ 一輪：一般指月亮，此處代指桂樹。

❼ 浪傳后羿之妻：傳說嫦娥是后羿之妻，偷吃了后羿從西王母處取來的不死之藥，飛奔到月宮。浪傳，無根據的傳說。

❽ 七寶團圞：指月宮。

❾ 白榆：天上的星星。此處指月亮。樂府詩集隴西行：「天上何所有，歷歷種白榆。」

世。今下界唐天子，知音好樂。他妃子楊玉環，前身原是蓬萊玉妃，曾經到此。不免召他夢魂，重聽此曲。使其醒來記憶，譜入管弦。竟將天上仙音，留作人間佳話。卻不是好！寒簧過來。（貼）有。（老旦）你可到唐宮之內，引楊玉環夢魂到此聽曲。曲終之後，仍舊送回。（貼）領旨。（老旦）「好憑一枕遊仙夢，暗授千秋法曲⓫音。」（引丑下）（貼）奉著娘娘之命，不免出了月宮，到唐宮中走一遭也。（行介）

【南呂過曲】【梁州序犯】【本調】明河⓬斜映，繁星微閃，俯將塵世遙覘。只見空濛香霧，早離卻玉府清嚴。一任珮搖風影，衣動霞光，小步紅雲墊。待將天上樂授宮襜⓭，密召芳魂入彩蟾⓮。來此已是唐宮之內。【賀新郎】你看魚鑰⓯閉，龍帷掩，那楊妃呵，似海棠睡足增嬌豔。【本序尾】輕喚起，擁冰簟⓰。

（喚介）楊娘娘起來。（旦扮夢中魂上）

---

❿ 霓裳羽衣：唐代舞曲，宋代已失傳。

⓫ 法曲：原為道觀樂曲，唐明皇加以改造，並選樂伎子弟三百人，在梨園教習，稱梨園法部。此處指霓裳羽衣。

⓬ 明河：銀河。

⓭ 宮襜：宮帷。此處指楊貴妃。

⓮ 彩蟾：月宮。

⓯ 魚鑰：魚形的鎖。

⓰ 冰簟：形容竹席清涼如冰。簟，竹席。

【漁燈兒】恰才的追涼⑰後雨困雲淹，暢好是⑱酣眠處粉膩黃黏⑲。（貼）娘娘有請。（旦）呀，深宮之內，簷下何人叫喚？悄沒個宮娥報輕來畫簷。（貼）娘娘快請。（旦作倦態欠身介）我嬌怯怯朦朧身欠，慢騰騰待自起開簾。

（作出見貼介）呀，原來是一個宮人！（貼）

【前腔】俺不是隸長門帚奉曾嫌⑳，（旦）不是宮人，敢是別院的美人？（貼）俺不是列昭容㉑御座曾瞻。（旦）這等你是何人？（貼）兒家㉒月中侍兒，名喚寒簧，則俺的名在瑤宮月殿僉㉓。（旦驚介）原來是月中仙子，何因到此？（貼）恰才奉姮娥口敕親傳點，請娘娘到桂宮中花下消炎㉔。

（旦）哦，有這等事！（貼）娘娘不必遲疑。兒家引導，就請同行。（引旦行介）（合）

---

⑰ 追涼：乘涼，納涼。

⑱ 暢好是：真正是。

⑲ 粉膩黃黏：形容臉上的殘妝。黃，黃色的粉，化妝用品。

⑳ 俺不是隸長門帚奉曾嫌：我不是失寵的下層宮女。長門，即長門宮，參見第八齣❷。帚奉曾嫌，漢成帝時班婕妤失寵後被派往長信宮，奉侍太后。帚奉，指灑掃之事。

㉑ 昭容：女官名，地位略低於貴妃。

㉒ 兒家：青年女子的自稱。

㉓ 僉：注籍，簽名。

㉔ 消炎：避暑。

【錦漁燈】指碧落㉕足下雲生冉冉，步青霄聽耳中風弄纖纖。乍凝眸星斗垂垂似可拈，早望見爛輝輝宮殿影在鏡㉖中潛。

（旦）呀，時當仲夏，為何這般寒冷？（貼）此即太陰月府，人間所傳廣寒宮者是也。就請進去。（旦喜介）想我濁質凡姿，今夕得到月府，好僥倖也。（作進看介）

【錦上花】清遊勝滿意忺㉗。（想介）這些景物都似曾見過來！環玉砌繞碧簷，依稀風景漫猜嫌。那壁桂花開的恁早！（貼）此乃月中丹桂，四時常茂，花葉俱香。（旦看介）果然好花也。看不足喜更添。金英㉘綴翠葉兼。氤氳芳氣透衣縑㉙，人在桂陰潛。

（內作樂介）（旦）你看一群仙女，素衣紅裳，從桂樹下奏樂而來，好不美聽。（貼）此乃霓裳羽衣之曲也。（雜扮仙女四人、六人或八人，白衣、紅裙、錦雲肩㉚、瓔珞㉛、飄帶，各奏樂，唱，繞場行上介）（旦、貼旁立看介）（眾）

㉕ 碧落：天空。
㉖ 鏡：此指月亮。
㉗ 忺：音ㄒㄧㄢ。歡快，高興。
㉘ 金英：金黃色的桂花。
㉙ 衣縑：細絹做的衣服。
㉚ 錦雲肩：即雲肩，古代婦女的披肩。
㉛ 瓔珞：用珍珠、寶石串成的項圈。

【錦中拍】攜天樂花叢鬥拈㉜，拂霓裳露沾。迥隔斷紅塵荏苒，直寫出瑤臺清豔。縱吹彈舌尖玉纖韻添，驚不醒人間夢魘，停不駐天宮漏籤㉝。一枕遊仙曲終聞鹽㉞，付知音重翻檢。

（同下）（旦）妙哉此樂。清高宛轉，感我心魂，真非人間所有也！

【錦後拍】縹緲中簇仙姿宛曾覘。聽徹清音意厭厭㉟，數琳瑯琬琰㊱；數琳瑯琬琰，一字字偷將鳳鞋輕點，按宮商掐記指兒尖。暈羞臉，枉自許舞嬌歌豔，比著這鈞天雅奏㊲多是歉。

請問仙子，願求月主一見。（貼）要見月主還早。天色漸明，請娘娘回宮去罷。

【尾聲】你攀蟾有路應相念，（旦）好記取新聲無欠，（貼）只誤了你把枕上君王半夜兒閃㊳。

（旦下）（貼）楊妃已回唐宮，我索向月主娘娘覆旨則個。

㉜ 鬥拈：競相演奏。

㉝ 漏籤：即漏箭，古代計時器漏壺上標識時刻的部件。

㉞ 鹽：古樂曲名。

㉟ 厭厭：綿長的樣子。

㊱ 琬琰：音ㄨㄢˇ ㄧㄢˇ。美玉。此處指霓裳羽衣如同美玉相擊般悅耳動聽。

㊲ 鈞天雅奏：天上的樂曲。此處指霓裳羽衣曲。

㊳ 閃：丟下，拋開。

碧瓦桐軒月殿開❸❾，曹唐
鈞天雖許人間聽❹❶，李商隱
還將明月送君回❹⓪。丁仙芝
卻被人間更漏催❹❷。黃滔

❸❾碧瓦桐軒月殿開：詩見曹唐小游仙詩九十八首其五十一：「碧瓦彤軒月殿開，九天花落瑞風來。」桐軒，桐木製成的屋檐。彤軒，紅色的屋檐。

❹⓪還將明月送君回：詩見丁仙芝餘杭醉歌贈吳山人。將，趁著。

❹❶鈞天雖許人間聽：詩見李商隱寄令狐學士。

❹❷卻被人間更漏催：詩見黃滔催妝：「雖言天上光陰別，且被人間更漏催。」

第十二齣　製　譜

【仙呂過曲】【醉羅歌】【醉扶歸】（老旦上）西宮才奉傳呼罷，安排水榭要清佳。慢捲❶晶簾散朝霞，玉鉤❷卻映初陽掛。奴家永新是也。與念奴妹子同在西宮，承應貴妃楊娘娘。我娘娘再入宮闈，萬歲爺更加恩幸。真乃「三千寵愛在一身，六宮粉黛無顏色」。今早娘娘分付，收拾荷亭，要製曲譜。念奴妹子在那裡伏侍曉妝，奴家先到此間，不免將文房四寶❸，擺設起來。【皂羅袍】你看筆牀初拂，光分素箚❹；硯池新注，香浮墨華。綠陰深處多幽雅。【排歌尾】竹風引，荷露灑，對波紋簾影弄參差❺。

呀，蘭麝香飄，珮環風定，娘娘早則到也。（旦引貼上）

【正宮引子】【新荷葉】幽夢清宵度月華，聽霓裳羽衣歌罷。醒來音節記無差，擬翻新譜消長夏。

❶ 慢捲：即漫捲。漫，自由自在地。
❷ 玉鉤：月亮。
❸ 文房四寶：紙、墨、筆、硯。
❹ 素箚：白紙。箚，音ㄓㄚˊ。
❺ 參差：不齊的樣子。

「鬥畫❻長眉翠淡濃，遠山❼移入鏡當中。曉窗日射臙脂頰，一朵紅酥❽旋欲融。」我楊玉環自從截髮感君之後，荷寵彌深。只有梅妃驚鴻一舞，聖上時常誇獎。思欲另製一曲，掩出其上。正在推敲，昨夜忽然夢入月宮。見桂樹之下，仙女數人，素衣紅裳，奏樂甚美。醒來追憶，音節宛然。因此分付永新，收拾荷亭，只待細配宮商，譜成新曲。（老旦）啟娘娘：紙、墨、筆、硯，已安排齊備了。（旦）你與念奴一同在此伺候。（老旦、貼應，作打扇、添香介）（旦作製譜介）

【正宮過曲】【刷子帶芙蓉】【刷子序】荷氣滿窗紗，鸞牋慢伸犀管輕拏，待譜他月裡清音，細吐我心上靈芽。這聲調雖出月宮，其間轉移過度，細微曲折之處，須索自加細審。安插，一字字要調停如法，一段段須融和入化。這幾聲尚欠調勻，拍衺❾怎下？（內作鶯啼，旦執筆聽介）呀，妙阿！（作改介）【玉芙蓉】聽宮鶯、數聲恰好應紅牙❿。

（閣筆介）譜已製完，永新，是什麼時候了？（老旦）晌午了。（旦）萬歲爺可曾退朝？（老旦）尚未。（旦）永新，且隨我更衣去來。念奴在此伺候，萬歲爺到時，即忙通報。（貼）領旨。（旦）「好憑晚鏡增蛾翠，漫試香紗換蝶衣。」（引老旦隨下）（生行上）

---

❻ 鬥畫：對著鏡子描畫。
❼ 遠山：對女子眉毛的美稱。
❽ 紅酥：形容臉色紅潤柔膩。
❾ 拍衺：節拍不合音調。衺，音ㄑㄧˋ。參差。
❿ 紅牙：象牙製的拍板，唱曲時用來打拍子。此處指節拍。

【漁燈映芙蓉】【山漁燈】散千官，朝初罷。擬對玉人，長晝閑話。寡人方才回宮，聽說妃子在荷亭上，因此一徑前來。依流水待覓胡麻⓫，把銀塘路踏。（作到介）（貼見介）呀，萬歲爺到了。（生）念奴，你娘娘在何處閒歡耍？怎堆香几有筆硯交加？（貼）娘娘在此製譜，方才更衣去了。（生）妃子，妃子！美人韻事，被你都占盡也。但不知製甚曲譜，待寡人看來。（作坐翻看介）消詳從頭覷咱。妙哉，只這錦字熒熒銀鉤小，更度羽換宮沒半米差⓬。好奇怪，這譜連寡人也不知道。細按音節，不是人間所有，似從天下，果曲高和寡。妃子，不要說你娉婷絕世，只這一點靈心，有誰及得你來？【玉芙蓉】恁聰明、也堪壓倒上陽花⓭。

【普天賞芙蓉】【普天樂】（旦換妝，引老旦上）換輕妝，多幽雅。試生綃添瀟灑。（見生介）臣妾見駕。（生扶介）妃子坐了。（坐介）（生）妃子，看你晚妝新試，嫵媚益增。似迎風裊裊楊枝，宛凌波濯濯蓮花。芳蘭一朵斜把雲鬟壓，越顯得龐兒⓮風流煞。（旦）陛下今日退朝，因何恁晚？（生）只為靈武太守員缺，地方緊要，與廷臣議了半日，難得其人。朕特擢郭子儀，補授此缺⓯，因此

⓫ 依流水待覓胡麻：傳說劉晨、阮肇到天台山採藥，見溪水上流來一杯胡麻飯餕，就逆流而上，得遇二位仙女。典出南朝宋劉義慶幽明錄。此處以仙女代指楊貴妃。胡麻，芝麻。

⓬ 更度羽換宮沒半米差：作曲沒有半點兒差錯。

⓭ 上陽花：指後宮裡別的美女。上陽，宮殿名。

⓮ 龐兒：臉蛋兒，面龐。

退朝遲了。（旦）妾候陛下不至，獨坐荷亭，愛風來一弄明紗，閒學譜新聲奏雅。【玉芙蓉】怕輸他舞驚鴻、曲終滿座有光華。

（生）寡人適見此譜，真乃千古奇音，驚鴻何足道也！（旦）妾憑臆見，草草創成。其中錯誤，還望陛下更定⑯。（生）再同妃子，細細點勘一番。（老旦、貼暗下）（生、旦並坐翻譜介）

【朱奴折芙蓉】【朱奴兒】倚長袖香肩並亞⑰；翻新譜玉纖同把。（生）妃子，似你絕調佳人世真寡，要覓破綻並無毫髮。再問妃子，此譜何名？（旦）妾於昨夜夢入月宮，見一群仙女奏樂，盡著霓裳羽衣。意欲取此四字，以名此曲。（生）好個「霓裳羽衣」！非虛假，果合伴天香桂花。【玉芙蓉】（作看旦介）覷仙姿、想前身原是月中娃。

此譜即當宣付梨園，但恐俗手伶工，未諳其妙。朕欲令永新、念奴，先抄圖譜，妃子親自指授。然後傳與李龜年等，教習梨園子弟，卻不是好。（旦）領旨。（生攜旦起介）天已薄暮，進宮去來。

【尾聲】晚風吹，新月掛，（旦）正一縷涼生鳳榻。（生）妃子，你看這池上鴛鴦早雙眠並蒂花。

（生）芙蓉不及美人妝⑱，王昌齡　（旦）楊柳風多水殿涼⑲。劉長卿

---

⑮ 朕特擢郭子儀二句：天寶十四載，郭子儀被任命為靈武太守，充朔方節度使。此事發生在安祿山事變爆發之後。

⑯ 更定：改定。

⑰ 亞：壓。

⑱ 芙蓉不及美人妝：詩見王昌齡西宮秋怨。

（老旦）花下偶然歌一曲⑳，曹唐（合）傳呼法部按霓裳㉑。王建

⑲楊柳風多水殿涼：詩見劉長卿昭陽曲。水殿，臨水的殿堂。

⑳花下偶然歌一曲：詩見曹唐小游仙詩九十八首其六十九：「花下偶然吹一曲，人間因識董雙成。」

㉑傳呼法部按霓裳：詩見王建霓裳詞十首其八。法部，即梨園法部，參見第十一齣⑪。

第十三齣　權　鬨

【雙調引子】【秋蕊香】（副淨引祗從上）狼子野心難料，看跋扈漸肆咆哮，挾勢辜恩更堪惱，索假忠言入告❶。

下官楊國忠。外憑右相之尊，內恃貴妃之寵。滿朝文武，誰不趨承！獨有安祿山這廝，外面假作癡愚，肚裡暗藏狡詐。不知聖上因甚愛他，加封王爵！他竟忘了下官救命之恩，每每遇事欺凌，出言挺撞。好生可恨！前日曾奏聖上，說他狼子野心，面有反相，恐防日後釀禍，怎奈未見聽從。今日進朝，須索相機再奏，必要黜退了他，方快吾意。來此已是朝門，左右迴避。（從下）（內喝道介）（副淨）呀，那邊呵殿❷之聲，且看是誰？（淨引祗從上）

【玉井蓮後】寵固君心，暗中包藏計狡。

左右迴避。（從下）（淨見副淨介）請了。（副淨笑介）哦，原來是安祿山！（淨）老楊，你叫我怎麼？（副淨）這是九重禁地，你怎敢在此大聲呵殿？（淨作勢介）老楊，你看我：「脫下御衣親賜著，進來龍馬每教騎。常承密旨趨朝數，獨奏邊機出殿遲❸。」我做郡王的，便呵殿這麼一聲，也不妨。比似你右

---

❶ 索假忠言入告：應該借用忠言入奏皇帝。

❷ 呵殿：古代官員出行，儀衛前呵後殿，喝令行人讓路。

❸ 脫下御衣親賜著四句：語見唐代王建贈王樞密詩。原詩為贈人之作，作者只將原詩的「先」改為「親」，「歸

相還早哩！（副淨冷笑介）好，好個「不妨」！安祿山，我且問你，這般大模大樣是幾時起的？（淨）下官從來如此。（副淨）安祿山，你也還該自去想一想！（淨）想甚麼？（副淨）你只想當日來見我的時節，可是這個模樣麼？（淨）彼一時，此一時，說他怎的。（副淨）唉，安祿山，

【仙呂入雙調過曲】【風入松】你本是**刀頭活鬼罪難逃**，那時節**長跪階前哀告**。我**封章**❹**入奏機關巧，才把你身軀全保**。（淨）赦罪復官，出自聖恩，與你何涉？（副淨）好，倒說得乾淨！**只太把良心昧了。恩和義**付與**水萍飄**。

（淨）唉，楊國忠，你可曉得，

【前腔】**世間榮落**❺**偶相遭？**休誇著**勢壓群僚**。你道我失機之罪，可也記得南詔的事❻麼？**胡盧提**❼**掩敗將功冒，怪浮雲蔽遮天表**❽。（副淨）聖明在上，誰敢朦蔽？這不是謗君麼！（淨）還說**不朦蔽，你賣爵鬻官多少？貪財貨竭脂膏**。（副淨）住了，你道賣官鬻爵，只問你的富貴，是那裡

家少」改為「趱朝數」，就非常符合安祿山的口吻。

❹ 封章：機密的奏章用皂囊重封以進奏，故名。

❺ 榮落：榮辱興衰。

❻ 南詔的事：天寶十載，劍南節度使鮮于仲通征討南詔，大敗而回。楊國忠掩其敗狀，仍敘其功。南詔，古國名，在今雲南西部。

❼ 胡盧提：糊裡糊塗。

❽ 天表：指皇帝。

來的？（冷笑介）（淨）也非止這一樁。若論你、恃戚里，施奸狡，誤國罪，有千條。（副淨）休得把、誣巇語，憑虛造。（扯淨介）我與你、同去面當朝⑨！

（淨）誰怕你來，同去，同去！（作同扭進朝俯伏介）（副淨）臣楊國忠謹奏：

【前腔】【本調】祿山異志⑩腹藏刀，外作癡愚容貌。奸同石勒倚東門嘯⑪。他不拜儲君⑫公然桀驁⑬，這無禮難容聖朝。望吾皇立賜罷斥，除兇惡早絕禍根苗。

（淨伏介）臣安祿山謹奏：

【前腔】念微臣謬荷主恩高，遂使嫌生權要⑭，愚蒙觸忤知難保。（泣介）陛下呵，怕孤立終落他圈套。微臣呵，寸心赤只有吾皇鑒昭。容出鎮⑮犬馬效微勞。（內）聖旨道來：楊國忠、安

⑨ 若論你七句：是急三鎗二支。再下一曲「朝門內」起的數句，亦同。急三鎗，曲牌名，屬南曲【仙呂雙入調】，字數定格為三字句五句。

⑩ 異志：有二心。

⑪ 石勒倚東門嘯：據晉書載，石勒十四歲時，隨邑人行販到洛陽，曾倚嘯上東門。王衍見而異之，謂其將為天下之患。五胡十六國時，石勒自立為後趙皇帝。

⑫ 儲君：太子。

⑬ 桀驁：蠻橫不馴。

⑭ 權要：指楊國忠。

⑮ 出鎮：出任地方長官。

祿山互相訐奏，將相不和，難以同朝共理。特命安祿山為范陽節度使⑯，剋期⑰赴鎮。謝恩。（淨、副淨）萬歲！（起介）（淨向副淨拱手介）老丞相，下官今日去了，你再休怪我大模大樣。朝門內，一任你、張牙爪，我去開幕府⑱，自逍遙。（副淨冷笑介）（淨欲下，復轉向副淨介）還有一句話兒，今日下官出鎮，想也仗、回天力⑲、相提調。（舉手介）請了，我且將冷眼，看伊曹。

（下）（副淨看淨下介）呀，有這等事！

【前腔】【本調】一腔塊壘⑳怎生消。我待把他威風抹倒，誰知反分節鉞㉑添榮耀。這話靶㉒教人嘲笑。咳，但願祿山此去，做出事來㉓，方信我忠言最早！聖上，聖上，到此際㉔可也悔今朝！

⑯ 特命安祿山為范陽節度使：安祿山早在天寶三載即被任命為范陽節度使、河北採訪使兼平盧節度使，此時楊貴妃尚未冊封，楊國忠亦未登上政治舞臺。

⑰ 剋期：限定時間。

⑱ 開幕府：建立府署。此處指擔任節度使。

⑲ 回天力：即回天之力，比喻權勢重大。

⑳ 塊壘：鬱積在心裡的不滿。

㉑ 節鉞：符節與斧鉞，皇帝授予大將的信物。

㉒ 話靶：即話柄，供人談論的對象。

㉓ 做出事來：指反叛。

㉔ 此際：那時。

去邪當斷勿狐疑㉕，周　曇　　禍稔蕭牆竟不知㉖。儲嗣宗

壯氣未平空咄咄㉗，徐　鉉　　甘言狡計奈嬌癡㉘！鄭　嵎

㉕ 去邪當斷勿狐疑：詩見周曇三代門又吟。狐疑，猶豫不決。

㉖ 禍稔蕭牆竟不知：詩見儲嗣宗長安懷古：「禍稔蕭牆終不知，生人力屈盡邊陲。」稔，成熟。蕭牆，宮室用以分隔內外的當門小牆。此處指宮廷內部的禍患。

㉗ 壯氣未平空咄咄：詩見徐鉉陳覺放還至泰州以詩見寄作此答之。咄咄，用晉代殷浩「咄咄怪事」之典。殷浩因戰事失利，由將軍貶為庶人。但他口無怨言，神情自若，談詠不止，只是終日對著天空書寫「咄咄怪事」四字。後以「咄咄怪事」形容懊恨之態。

㉘ 甘言狡計奈嬌癡：詩見鄭嵎津陽門詩：「繡裀衣褓日屓贔，甘言狡計愈嬌癡。」

長生殿
卷上
五十二
暖紅室

第十四齣　偷曲

【仙呂過曲】【八聲甘州】（老旦、貼攜譜上）（老旦）霓裳譜定，（貼合）向綺窗深處秘本翻謄。香喉玉口，親將絕調教成。（老旦）奴家永新，（貼）奴家念奴。（老旦）自從娘娘製就霓裳新譜，我二人親蒙教授。今駕幸華清宮，即日要奏此曲。命我二人，在朝元閣❶上，傳譜與李龜年，連夜教演梨園子弟。（貼）散序❷俱已傳習，今日該傳拍序❸了。（老旦）你看月明如水，正好演奏。我和你攜了曲譜，先到閣中便了。（行介）（合）涼蟾正當高閣升，簾捲薰風❹映水晶。高清，恰稱廣寒宮仙樂聲。（下）

【道宮近詞】【魚兒賺】（末蒼髯，扮李龜年上）樂部舊聞名，班首新推獨老成。早暮趨承，上直更番❺入內廷。自家李龜年是也。向作伶官，蒙萬歲爺點為梨園班首。今有貴妃娘娘霓裳新曲，奉旨

❶ 朝元閣：唐道觀名，在驪山上，原為祭祀老子之處，後成為唐明皇與楊貴妃經常娛樂歡會的場所。
❷ 散序：霓裳羽衣曲的序曲，無拍，不舞。
❸ 拍序：霓裳羽衣曲的一個組成部分，接在「散序」之後，又稱「中序」，始有拍。
❹ 薰風：南風，暖風。
❺ 上直更番：輪流值班。上直，值班。

令永新、念奴傳譜出來，在朝元閣上教演，立等供奉。只得連夜趲習，不免喚齊眾兄弟每同去。兄弟每那裡？（副淨扮馬仙期上）仙期方響❻鬼神驚，（外扮雷海青上）鐵撥❼爭推雷海青。（淨白鬚扮賀懷智上）賀老琵琶擅場屋❽，（丑扮黃旛綽上）黃家旛綽板❾尤精。（同見末介）李師父拜揖。（末）請了。列位呵，君王命，霓裳催演不教停。那永新、念奴呵，兩娉婷，把紅牙小譜攜端正，早向朝元待月明。（眾）如此，我每就去便了。（末）請同行。（同行介）趁遲遲宮漏夜涼生，把新腔敲訂，新腔敲訂。（同下）

【仙呂過曲】【解三酲犯】（小生巾服扮李謩上）【解三酲】趁風魔少年逸興，借曲中妙理陶情。傳聞今夜蓬萊境，翻妙譜奏新聲。小生李謩是也，本貫江南，遨遊京國。自小諳通音律，久以鐵笛擅名。近聞宮中新製一曲，名曰霓裳羽衣。樂工李龜年等，每夜在朝元閣中演習。小生慕此新聲，無從得其秘譜。打聽的那閣子，恰好臨著宮牆，聲聞於外。不免袖了鐵笛，來到驪山，趁此月明如畫，竊聽一回。一路行來，果然好景致也。（行介）林收暮靄天氣清，山入寒空月彩橫。真佳景，【八聲甘州】宛身從畫裡遊行。

❻ 方響：古代打擊樂器，由十六塊鐵片組成。
❼ 鐵撥：彈撥琵琶等弦樂器的用具，由鐵製成，故名。
❽ 擅場屋：指技藝出眾。場屋，演奏的場所。
❾ 板：指拍板。

（場上設紅帷作牆，牆內搭一閣介）（小生）說話之間，早來到宮牆下了。

【道宮調近詞】【應時明近】只見五雲中，宮闕影，窈窕玲瓏映月明。光輝看不定，光輝看不定。想潛通御氣，處處仙樓，闌干畔有玉人閑憑。

聞那朝元閣，在禁苑西首，我且繞著紅牆，迤逦⑩行去。（行介）

【前腔】花陰下，御路平，緊傍紅牆款款行。（望介）只這垂楊影裡，一座高樓露出牆頭，想就是了。凝眸重細省，凝眸重細省，只見畫簾縹緲，文窗掩映。（指介）兀的⑪不是上有紅燈！

（老旦、貼在牆內上閣介）（末眾在內云）今日該演拍序，大家先將散序，從頭演習一番。（小生）你看上面燈光隱隱，似有人聲。一定是這裡了。我且潛聽一回。（作潛立聽介）

【雙赤子】悄悄冥冥，牆陰竊聽。（內作樂介）（小生作袖出笛介）不免取出笛來，倚聲和之⑫。就將音節，細細記明便了。聽到月高初更⑬後，果然弦索齊鳴。恰喜禁垣夜深人靜，琤瑽⑭齊應。這數聲恍然心領，那數聲恍然心領。

（內細十番⑮，小生吹笛和介）（樂止，老旦、貼在內閣上唱後曲，小生吹笛合介）（老旦、貼）

---

⑩ 迤逦：即迤邐，緩行的樣子。
⑪ 兀的：這個，這邊。
⑫ 倚聲和之：按照聽到的樂調吹起來。
⑬ 初更：晚上七時至九時。更，古代計時單位，每夜分為五個更次，每更約為兩小時。
⑭ 琤瑽：弦樂聲。

【畫眉兒】驪珠散迸⑯，入拍初驚。雲翻袂影，飄然迴雪舞風輕。飄然迴雪舞風輕，約略煙蛾⑰態不勝。（小生接唱）這數聲恍然心領，那數聲恍然心領。

（內細十番如前，老旦、貼內唱，小生笛合介）（老旦、貼

【前腔】珠輝翠映，鳳翥⑱鸞停。玉山蓬頂⑲，上元⑳揮袂引雙成。上元揮袂引雙成，萼綠回肩招許瓊。（小生接唱）這數聲恍然心領，那數聲恍然心領。

（內又如前十番，老旦、貼內唱，小生笛合介）（老旦、貼

【前腔】音繁調騁，絲竹縱橫。翔雲忽定，慢收舞袖弄輕盈。慢收舞袖弄輕盈，飛上瑤天歌一聲。（小生接唱）這數聲恍然心領，那數聲恍然心領。

（內又十番一通，老旦、貼暗下）（小生）妙哉曲也。真個如敲秋竹，似戛㉑春冰，分明一派仙音，信非

---

⑮ 細十番：即十番鼓，包括笛、管、簫、弦、提琴、雲鑼、湯鑼、木魚、檀板、大鼓等十種樂器，可奏多種樂曲。

⑯ 驪珠散迸：形容音樂如同珠玉散落般美妙動聽。驪珠，傳說中驪龍頷下的寶珠。

⑰ 約略煙蛾：淡淡的黑色的眉毛。

⑱ 翥：音ㄓㄨˋ。飛舞。

⑲ 玉山蓬頂：指仙山。玉山，傳說中西王母住的仙山。蓬頂，蓬萊山頂，相傳為神仙居住之處。

⑳ 上元：即上元夫人，傳說中的仙女。下文「雙成」、「萼綠」、「許瓊」，即董雙成、萼綠華、許飛瓊，均為傳說中的仙女，地位都比上元夫人低。

㉑ 戛：音ㄐㄧㄚˊ。敲。

人世所有。被我都從笛中偷得，好僥倖也！

【鵲鴨滿渡船】霓裳天上聲，牆外行人聽。音節明，宮商正，風內高低應。偷從笛裡寫出無餘賸。呀，閣上寂然無聲，想是不奏了。人散曲終紅樓靜，半牆殘月搖花影。

你看河斜月落，斗轉參橫㉒，不免回去罷。（袖笛轉行介）

【尾聲】卻迴身，尋歸徑。只聽得玉河流水韻幽清，猶似霓裳嫋嫋聲。

倚天樓殿月分明㉓，杜　牧

歌轉高雲夜更清㉔。趙　嘏

偷得新翻數般曲㉕，元　稹

酒樓吹笛有新聲㉖。張　祜

㉒ 斗轉參橫：北斗轉向，參星橫斜，表示天色將明。

㉓ 倚天樓殿月分明：詩見杜牧過華清宮絕句三首其三。

㉔ 歌轉高雲夜更清：詩見趙嘏婺州宴上留別：「雙溪樓影向雲橫，歌舞高臺晚更清。」

㉕ 偷得新翻數般曲：詩見元稹連昌宮詞。

㉖ 酒樓吹笛有新聲：詩見張祜李謩笛：「無奈李謩偷曲譜，酒樓吹笛是新聲。」按，元稹連昌宮詞：「李謩擪笛傍宮牆，偷得新翻數般曲。」原注：「明皇嘗於上陽宮夜後按新翻一曲，屬明夕正月十五日，潛遊燈下，忽聞酒樓上有笛奏前夕新曲，大駭之。明日，密遣捕笛者，詰驗之。自云：某其夕竊於天津橋玩月，聞宮中度曲，遂於橋柱上插譜記之。臣即長安少年善笛者李謩也。明皇異而遣之。」本齣內容據此敷衍。

第十五齣　進　果

【過曲】【柳穿魚】（末扮使臣持竿挑荔枝籃，作鞭馬急上）一身萬里跨征鞍，為進離支❶受艱難。上命遣差不由己❷，算來名利怎如閑！巴❸得個到長安，只圖貴妃看一看。

自家西州道❹使臣，為因貴妃楊娘娘，愛吃鮮荔枝，奉敕涪州❺，年年進貢。天氣又熱，路途又遠，只得不憚辛勤，飛馬前去。（作鞭馬重唱「巴得個」三句跑下）

【撼動山】（副淨扮使臣持荔枝籃，鞭馬急上）海南荔子味尤甘，楊娘娘偏喜啖。採時連葉包，緘封貯小竹籃。獻來曉夜不停驂❻，一路裡怕耽，望一站也麼奔一站！

自家海南道❼使臣。只為楊娘娘愛吃鮮荔枝，俺海南所產，勝似涪州，因此敕與涪州並進。但是俺海

❶ 離支：荔枝。
❷ 不由己：由不得自己。己，底本作「巳」。據暖紅室初刻本改。
❸ 巴：急切盼望。
❹ 西州道：指巴蜀地區。按，唐代有劍南道，而無西州道。又，掃葉山房本作「西川道」。
❺ 涪州：今重慶涪陵。
❻ 驂：同駕一輛車的三匹馬。
❼ 海南道：指南部濱海地區，即嶺南。按，唐代有嶺南道，而無海南道。

南的路兒更遠，這荔枝過了七日，香味便減，只得飛馳趕去。（鞭馬重唱「一路裡」二句跑下）

【十棒鼓】（外扮老田夫上）**田家耕種多辛苦，愁旱又愁雨。一年靠這幾莖苗，收來半要償官賦，可憐能得幾粒到肚！每日盼成熟，求天拜神助。**

老漢是金城縣❽東鄉一個莊家。一家八口，單靠著這幾畝薄田過活。早間聽說進鮮荔枝的使臣，一路上稍著徑道行走，不知踏壞了人家多少禾苗！因此，老漢特到田中看守。（望介）那邊兩個算命的來了。

（小生扮算命瞎子手持竹板，淨扮女瞎子彈弦子，同行上）

【蛾郎兒】住褒城❾，走咸京❿，細看流年與五星⓫。生和死，斷分明，一張鐵口⓬盡聞名。瞎先生真靈聖，叫一聲：賽神仙來算命。

（淨）老的，我走了幾程，今日腳疼，委實走不動。不是算命，倒在這裡掙命了。（小生）媽媽⓭，那邊有人說話，待我問他。（叫介）借問前面客官，這裡是什麼地方了？（外）這是金城東鄉，與渭城⓮

---

❽ 金城縣：今陝西興平。

❾ 褒城：縣名，在今陝西南鄭縣西北。

❿ 咸京：原指秦代京城咸陽。此處代指長安。

⓫ 細看流年與五星：給人看相算命。流年，指人一年的運氣。五星，原指金、木、水、火、土五大行星。算命者以人的生辰所值的星位來推算祿命，因以指命運。

⓬ 鐵口：形容看相算命準確無誤。

⓭ 媽媽：稱呼老妻。

⓮ 渭城：今陝西咸陽東北。

西鄉⑮交界。（小生斜揖介）多謝客官指引。（內鈴響，外望介）呀，一隊騎馬的來了。（叫介）馬上長官，往大路上走，不要踏了田苗！（小生一面對淨語介）媽媽，且喜到京不遠，我每叫向前去，僱個毛驢子與你騎。（重唱「瞎先生」三句走介）（末鞭馬重唱前「巴得個」三句急上，衝倒小生、淨下）（副淨鞭馬重唱前「一路裡」二句急上，踏死小生下）（外跌腳向鬼門⑯哭介）天啊，你看一片田禾，都被那廝踏爛，眼見的沒用了。休說一家性命難存，現今官糧緊急，將何辦納！好苦也！（淨一面作爬介）哎呀，踏壞人了，老的啊，你在那裡？（作摸著小生介）呀，這是老的。怎麼不做聲，敢是踏昏了？（又摸介）哎呀，頭上濕渰渰的。（又摸聞手介）不好了，踏出腦漿來了！（哭叫介）我那天呵，地方⑰救命。（外轉身作看介）原來一個算命先生，踏死在此。（淨起斜福⑱介）只求地方，叫那跑馬的人來償命。（外）哎，那跑馬的呵，乃是進貢鮮荔枝與楊娘娘的。一路上來，不知踏壞了多少人，不敢要他償命。何況你這一個瞎子！（淨）如此怎了！（哭介）我那老的呵，我原算你的命，是要倒路死的。只這個屍首，如今怎麼斷送！（外）也罷，你那裡去叫地方，就是老漢同你擡去埋了罷。（淨）如此多謝，我就跟著你做一家兒⑲，可不是好！（同擡小生）（哭，諢下）（丑扮驛卒上）

---

⑮ 西鄉：底本作「門鄉」。據暖紅室初刻本改。

⑯ 鬼門：戲臺兩側供演員上下場的門。

⑰ 地方：地保。

⑱ 福：即萬福。古代婦人相見行禮，多口稱「萬福」，因以指婦人行禮的敬禮。

⑲ 做一家兒：做夫妻。

【小引】驛官逃，驛官逃，馬死單單剩馬膫⑳。驛子有一人，錢糧沒半分。拚受打和罵，將身去招架，將身去招架！

自家渭城驛中，一個驛子便是。只為楊娘娘愛吃鮮荔枝，六月初一是娘娘的生日，涪州、海南兩處進貢使臣，俱要趕到。路由本驛經過，怎奈驛中錢糧沒有分文，瘦馬剛存一匹。本官怕打，不知逃往那裡去了，區區㉑就便權知㉒此驛。只是使臣到來，如何應付？且自由他！（末飛馬上）

【急急令】黃塵影內日銜山，趕趕趕，近長安。（下馬介）驛子，快換馬來。（丑接馬，末放果籃，整衣介）（副淨飛馬上）一身汗雨四肢癱，趲趲趲，換行鞍。

（下馬介）驛子，快換馬來。（丑接馬，副淨放果籃，與末見介）請了，長官也是進荔枝的？（末）正是。（副淨）驛子，下程酒飯在那裡？（丑）不曾備得。（末）也罷，我每不喫飯了，快帶馬來。（丑）兩位爺在上，本驛只剩有一匹馬，但憑那一位爺騎去就是。（副淨）哇，偌大一個渭城驛，怎麼只有一匹馬！快喚你那狗官來，問他驛馬那裡去了？（丑）若說起驛馬，連年都被進荔枝的爺每騎死了。驛官沒法，如今走了。（副淨）既是驛官走了，只問你要。（丑指介）這棚內不是一匹馬麼？（末）驛子，我先到，且與我先騎了去。（副淨）我海南的來路更遠，還讓我先騎。（末作向內介）

⑳ 馬膫：馬屌，雄馬的生殖器。膫，音ㄌㄧㄠˇ。
㉑ 區區：自稱的謙詞。
㉒ 權知：暫時代理。

【恁麻郎】我只先換馬，不和你鬥口。（副淨扯介）休恃強，惹著我動手。（末取荔枝在手介）你敢把我這荔枝亂丟！（副淨取荔枝向末介）你敢把我這竹籠碎扭！（丑勸介）請罷休，免氣吼，不如把這匹瘦馬同騎一路走！（副淨放荔枝打丑介）哇，胡說！

【前腔】我只打你、這潑腌臢㉓死囚！（末放荔枝打丑介）我也打你這放刁頑賊頭！（副淨）剋官馬嘴兒太油。（末）誤上㉔用膽兒似斗。（同打介）（合）鞭亂抽，拳痛毆，打得你難捱那馬自有！

【前腔】（丑叩頭介）向地上連連叩頭，望臺下㉕輕輕放手。（末、副淨）若要饒你，快換馬來。（丑）馬一匹驛中現有。（末、副淨）再要一匹。（丑）第二匹實難補湊。（末、副淨）沒有只是打！（丑）且慢紐㉖，請聽剖，我只得脫下衣裳與你權當酒！

（脫衣介）（末）誰要你這衣裳！（副淨作看衣、披在身上介）也罷，趕路要緊。我原騎了那馬，前站換去。（取果上馬，重唱前「一路裡」二句跑下）（末）快換馬來我騎。（丑）馬在此。（末取果上馬，重唱前「巴得個」三句跑下）（丑弔場）咳，楊娘娘，楊娘娘，只為這幾個荔枝呵！

㉓ 腌臢：骯髒。

㉔ 上：皇帝。

㉕ 臺下：對長官的尊稱。

㉖ 紐：即扭，扭打。

鐵關金鎖徹明開㉗，崔液　黃紙初飛敕字回㉘。元稹
驛騎鞭聲砉流電㉙，李郢　無人知是荔枝來㉚。杜牧

㉗ 鐵關金鎖徹明開：詩見崔湜上元夜六首其一。鐵關，宮禁的城門。又，崔液為崔湜之弟，作者誤將引句題為「崔液」。

㉘ 黃紙初飛敕字回：詩見竇鞏送元稹西歸：「南州風土滯龍媒，黃紙初飛敕字來。」作者誤以此句為元稹所作。黃紙，指皇帝的敕令。

㉙ 驛騎鞭聲砉流電：詩見李郢茶山貢焙歌。砉，音ㄏㄨㄛˋ。形容動作迅速的樣子。

㉚ 無人知是荔枝來：詩見杜牧過華清宮絕句三首其一。

長生殿
卷

第十六齣　舞　盤

【仙呂引子】【奉時春】（生引二內侍、丑隨上）山靜風微晝漏長，映殿角火雲❶千丈。紫氣東來❷，瑤池西望，翩翩青鳥庭前降❸。

朕同妃子避暑驪山。今當六月朔日❹，乃是妃子誕辰。特設宴在長生殿中，與他稱慶，並奏霓裳新曲。高力士，傳旨後宮，宣娘娘上殿。（丑）領旨。（向內傳介）（內應「領旨」介）（旦盛妝，引老旦、貼上）

【唐多令】日影耀椒房，花枝弄綺窗。門懸小帨❺赭羅黃。繡得文鸞成一對，高傍著五雲❻翔。

（見介）臣妾楊氏見駕。願陛下萬歲，萬萬歲！（生）與妃子同之。（旦坐介）（生）紫雲深處婺光明❼，

❶ 火雲：夏日的紅雲。

❷ 紫氣東來：相傳函谷關令尹喜，望見紫氣從東方飄來，知道將有真人出現。不久老子果然乘青牛到達。事見劉向列仙傳。此處用以表示祥瑞。

❸ 瑤池西望二句：傳說住在瑤池的西王母，去看望漢武帝之前，有一隻青鳥先飛去報信。事見班固漢武故事。此處指祥瑞的徵兆。

❹ 朔日：每月初一。

❺ 帨：佩巾。帨，音ㄕㄨㄟˋ。

❻ 五雲：五色雲，一種祥雲。

（旦）帶露靈桃倚日榮⑧。（老旦、貼）歲歲花前人不老，（丑合）長生殿裡慶長生。（生）今日妃子初度⑨，寡人特設長生之宴，同為竟日之歡。（旦）薄命生辰，荷蒙天寵。願為陛下進千秋萬歲之觴。（丑）酒到。（旦拜，獻生酒，生答賜，旦跪飲，叩頭呼「萬歲」，坐介）（生）

【高平過曲】【八仙會蓬海】【八聲甘州】**風薰日朗，看一葉階蓂搖動炎光⑩。華筵初啟，南山遙映霞觴。**【甌仙燈】（合）**果合歡⑪桃生千歲，花並蒂⑫蓮開十丈。**【月上海棠】**宜歡賞，恰好殿號長生，境齊蓬閬⑬。**

（小生扮內監，捧表上）「手捧金花紅榜子，齊來寶殿祝千秋。」（見介）啟萬歲爺、娘娘，國舅楊丞相，同韓、虢、秦三國夫人，獻上壽禮賀箋，在外朝賀。（丑取箋送生看介）（生）生受他每。丞相免行禮，回朝辦事。三國夫人，候朕同娘娘回宮筵宴。（小生）領旨。（下）（淨扮內監捧荔枝、黃袱蓋上）「正逢瑤圃千秋宴⑭，進到炎州十八娘⑮。」（見介）啟萬歲爺，涪州、海南貢進鮮荔枝在此。（生）取上來。（丑

---

⑦ 紫雲深處婺光明：指楊貴妃在宮中得寵。婺，女宿星座。

⑧ 帶露靈桃倚日榮：楊貴妃自指深得皇帝的恩澤。靈桃，傳說中的仙桃，此處指楊貴妃。日，比喻皇帝。

⑨ 初度：生日。

⑩ 一葉階蓂搖動炎光：喻指楊貴妃的生日。階蓂，即蓂莢，為瑞草，生長在階前。傳說它前半月每日長一莢，後半月每日落一莢。楊貴妃的生日是六月初一，正當炎夏，故有此說。

⑪ 果合歡：即合歡果，一個果實有兩個果仁，此處指桃子。

⑫ 花並蒂：即並蒂花，一個蒂上開出兩朵花，此處指蓮花。

⑬ 蓬閬：蓬萊閬苑，傳說中的神仙住處。

接荔枝去袱，送上介）（生）妃子，朕因你愛食此果，特敕地方飛馳進貢。今日壽宴初開，佳果適至，當為妃子再進一觴。（旦）萬歲！（生）宮娥每，進酒。（老、貼進酒介）（旦）

【杯底慶長生】【傾杯序】【換頭】盈筐，佳果香，幸黃封⑯，遠敕來川廣。愛他濃染紅綃⑰，薄裹晶丸⑱，入手清芬，沁齒甘涼。【長生導引】（合）便火棗交梨⑲應讓，只合來萬歲臺前，千秋筵上，伴瑤池阿母⑳進瓊漿。

高力士，傳旨李龜年，押梨園子弟上殿承應。（丑）領旨。（向內傳介）（末引外、淨、副淨、丑各錦衣、花帽，應「領旨」上）「紅牙待拍箏排柱㉑，催著紅羅㉒上舞筵。換戴柘枝新帽子㉓，隨班行到御階前。」（見介）樂工李龜年，押領梨園子弟，叩見萬歲爺、娘娘。（生）李龜年，霓裳散序昨已奏過，羽衣第

---

⑭ 瑤圃千秋宴：指宮殿裡舉行的楊貴妃的壽筵。瑤圃，傳說中神仙居住處，此處指宮殿。

⑮ 炎州十八娘：指南方的荔枝。炎州，南方。十八娘，荔枝的一個品種。

⑯ 黃封：指黃袱包裹。

⑰ 紅綃：指荔枝的果皮。

⑱ 晶丸：指鮮荔枝的果肉。

⑲ 火棗交梨：傳說中兩種能使人長生、昇天的仙果。

⑳ 瑤池阿母：西王母。此處指楊貴妃。

㉑ 箏排柱：將箏上的弦柱調好。箏，撥弦樂器，由十三根弦線固定在小柱上。排柱，調校箏的弦柱。

㉒ 紅羅：指舞女。

㉓ 柘枝新帽子：用黃色的柘枝汁染成的新帽子。

二疊㉔可曾演熟？（末）演熟了。（生）用心去奏。（末）領旨。（起介）（暗下）（旦）妾啟陛下，此曲散序六奏，止有歇拍㉕而無流拍。中序六奏，有流拍而無促拍，其時未有舞態。

【八仙會蓬海】【換頭】只是**悠揚，聲情俊爽。要停住彩雲飛繞虹梁㉖。**至羽衣三疊，名曰飾奏㉗。**一聲一字，都將舞態含藏。**其間有慢聲㉘，有纏聲，有衮聲，**應清圓驪珠一串，**有入破，有攤破，有出破，**合嬝娜氍毹㉙千狀。**還有花犯，有道和，有傍拍，有間拍，有催拍，有偷拍，**多音響，皆與慢舞相生，緩歌交暢。**

（生）妃子所言，曲盡歌舞之蘊。（旦）妾製有翠盤一面，請試舞其中，以博天顏一笑。（生）妃子妙舞，寡人從未得見。永新、念奴，可同鄭觀音、謝阿蠻伏侍娘娘，上翠盤來者。（老、貼）領旨。（旦起福介）告退更衣。「整頓衣裳重結束㉚，一身飛上翠盤中。」（引老、貼下）（生）高力士，傳旨李龜年，領梨園子弟按譜奏樂。朕親以羯鼓㉛節之。（丑）領旨。（向內傳介）（生起更衣，末、眾在場內作樂介）（場上

㉔ 羽衣第二疊：指霓裳羽衣的中序。疊，即遍，亦即下文所說「六奏」的奏。
㉕ 歇拍：「歇拍」以及下文的「流拍」、「促拍」，都是用來表示節拍快慢急緩的古代音樂術語。
㉖ 飛繞虹梁：形容樂聲悠揚，餘音繞梁。
㉗ 飾奏：指為舞蹈伴奏。
㉘ 慢聲：「慢聲」以及下文的「纏聲」、「衮聲」、「入破」、「攤破」、「出破」、「花犯」、「道和」、「傍拍」、「間拍」、「催拍」、「偷拍」，均為古代音樂術語。
㉙ 氍毹：地毯。
㉚ 結束：穿戴。

設翠盤，旦花冠、白繡袍、瓔珞、錦雲肩、翠袖、大紅舞裙，老、貼同淨、副淨扮鄭觀音、謝阿蠻，各舞衣、白袍，執五彩霓旌、孔雀雲扇，密遮旦簇上翠盤介）（樂止，旌扇徐開，旦立盤中舞，老、貼、淨、副唱，丑跪捧鼓，生上坐擊鼓，眾在場內打細十番合介）

【羽衣第二疊】【畫眉序】羅綺合花光，一朵紅雲自空漾。【皂羅袍】看霓旌四繞，亂落天香。【醉太平】安詳，徐開扇影露明妝。【白練序】渾一似天仙，月中飛降。（合）輕颺，彩袖張，向翡翠盤中顯伎長。【應時明近】飄然來又往，宛迎風菡萏㉜，【雙赤子】翩翻葉上。舉袂向空如欲去，乍回身側度無方。（急舞介）【畫眉兒】盤旋跌宕，花枝招颭柳枝揚，鳳影高騫㉝鸞影翔。【拗芝麻】體態嬌難狀，天風吹起眾樂繽紛響。【小桃紅】冰弦玉柱聲嘹喨，鸞笙象管音飄蕩，【花藥欄】恰合著羯鼓低昂。按新腔，度新腔，【怕春歸】裊金裙齊作留仙想㉞。（生住鼓，丑攜去介）【古輪臺】舞住斂霞裳，（朝上拜介）重低顙，山呼萬歲㉟

㉛ 羯鼓：打擊樂器，由羯族傳入。

㉜ 菡萏：荷花。

㉝ 高騫：高飛。騫，音ㄒㄧㄢ。

㉞ 裊金裙齊作留仙想：形容楊貴妃舞姿輕盈飄逸。飛燕外傳載，漢成帝在太液池作千人舟，趙飛燕在舟上歌舞歸風送遠之曲。歌酣之際，大風突起，趙飛燕揚袖欲飛去，口中說道：「仙乎仙乎，去故而就新，寧忘懷乎？」漢成帝急忙令侍從拉住舞裙，舞裙因而起皺。這種皺裙就號稱「留仙裙」。

㉟ 山呼萬歲：叩頭高呼「萬歲」三次，為祝頌皇帝的儀式。

拜君王。

（老、貼、淨、副扶旦下盤介）（淨、副暗下）（生起，前攜旦介）妙哉，舞也！逸態橫生，濃姿百出。宛若翾風㊱迴雪，恍如飛燕游龍。真獨擅千秋矣。宮娥每，看酒來，待朕與妃子把杯。（老、貼奉酒，生擎杯介）

【千秋舞霓裳】【千秋歲】把金觴，含笑微微向，請一點點檀口輕嘗。（付旦介）休得留殘，休得留殘，酬謝你舞怯腰肢勞攘㊲。（旦接杯謝介）萬歲！【舞霓裳】親頒玉醞恩波廣，惟慚庸劣怎承當！（生看旦介）俺仔細看他模樣，只這持杯處，有萬種風流殢人腸㊳。

（生）朕有鴛鴦萬金錦十疋，麗水紫磨金㊴步搖一事㊵，聊作纏頭㊶。（出香囊介）還有自佩瑞龍腦八寶錦香囊一枚，解來助卿舞珮。（旦接香囊謝介）萬歲。（生攜旦行介）

【尾聲】（生）霓裳妙舞千秋賞，合助千秋祝未央㊷。（旦）微倖殺親沐君恩透體香。

㊱ 翾風：疾風。翾，音ㄒㄩㄢ。
㊲ 勞攘：辛苦。
㊳ 殢人腸：讓人牽掛。殢，困擾，糾纏。
㊴ 麗水紫磨金：指上等的金子。麗水，即金沙江，為我國著名的金沙產地。
㊵ 一事：一件。
㊶ 纏頭：賞給歌舞藝人的財物。
㊷ 未央：未盡。此處指長壽。

（生）長生秘殿倚青蒼43，吳融　（旦）玉醴還分獻壽觴44。張說

（生）飲罷更憐雙袖舞45，韓翃　（旦）滿身新帶五雲香46。曹唐

---

43 長生秘殿倚青蒼：詩見吳融華清宮二首其二。青蒼，指天。

44 玉醴還分獻壽觴：詩見張說舞馬千秋萬歲樂府詞三首其一：「金天誕聖千秋節，玉醴還分萬壽觴。」

45 飲罷更憐雙袖舞：詩見韓翃贈王隨。

46 滿身新帶五雲香：詩見曹唐小游仙詩九十八首其三十。

第十七齣　合圍

（外末、副淨、小生扮四番將上）（外）三尺鑌刀❶耀雪光，（末）腰間明月❷角弓張。（副淨）葡萄酒醉臙脂血，（小生）貂帽花添錦繡裝。（外）俺范陽鎮東路將官何千年❸是也。（末）俺范陽鎮西路將官崔乾祐是也。（副淨）俺范陽鎮南路將官高秀巖是也。（小生）俺范陽鎮北路將官史思明是也。（各彎腰見科）請了，昨奉王爺將令，傳集我等，只得齊至帳前伺候。道猶未了，王爺❹升帳也。（內鼓吹、掌號科）（淨戎裝引番姬、番卒上）

【越調紫花撥四】統貔貅❺雄鎮邊關。雙眸覷破番和漢，掌兒中握定江山，先把這四週圍爪牙❻迭辦❼。

---

❶ 鑌刀：用精鐵鑄成的刀。

❷ 明月：指月形之弓。

❸ 何千年：何千年以及下文的「崔乾祐」、「高秀巖」、「史思明」，都是安祿山部下的將官。作者以東、西、南、北四路將官來概括安祿山的所有部將，只是根據劇情的需要，而不是上述四人的真實官銜。按史實，史思明的地位遠高於何千年等人。

❹ 王爺：底本作「正爺」，誤。據暖紅室初刻本改。

❺ 貔貅：音ㄆㄧˊ ㄒㄧㄡ。古代猛獸名。此處比喻勇猛的將士。

❻ 爪牙：指何千年等部將。

我安祿山夙懷大志，久蓄異謀。只因一向在朝，受封東平王爵，寵倖無雙，富貴已極，咱的心願倒也罷了。叵耐❽楊國忠那廝，與咱不合，出鎮范陽。且喜跳出樊籠，正好暗圖大事。俺家所轄，原有三十二路將官，番漢並用，性情各別，難以任為腹心。因此奏請一概俱用番將。如今大小將領，皆咱部落。（笑科）任意所為，都無顧忌了。昨日傳集他每俱赴帳前，這喒❾敢待齊也。（眾進見科）三十二路將官參見。（淨）諸將少禮。（眾）請問王爺，傳集某等，不知有何鈞令？（淨）眾將官，目今秋高馬壯，正好演習武藝。特召你等，同往沙地，大合圍場，較獵❿一番。多少是好！（眾）謹遵將令。（淨）就此跨馬前去。（同眾作上馬科）（淨）

【胡撥四犯】紫韁輕挽，（合）雙手把紫韁輕挽，騙上馬⓫，將盔纓低按。（行科）閃旗影雲殷，沒揣的動龍蛇⓬，一直的通霄漢。按奇門⓭布下了九連環⓮，覷定了這小中原在眼，消不得俺眾路強蕃。（眾四面立，淨指科）這一員身材慓悍，那一員結束牢拴，這一員莽兀喇

---

❼ 迭辦：安排。
❽ 叵耐：不可容忍，可恨。
❾ 這喒：這時。
❿ 較獵：比賽打獵。
⓫ 騙上馬：上馬疾馳。
⓬ 沒揣的動龍蛇：突然地指揮起軍隊。龍蛇，軍旗上的圖案，此處指軍隊。
⓭ 奇門：即奇門遁甲，古代一種神秘術數，可用於行軍布陣。
⓮ 九連環：九宮連環八卦陣。

拳毛高鼻⑮，那一員惡支沙⑯雕目胡顏⑰，這一員會急迸格邦⑱的弓開月滿，那一員會滴溜撲碌⑲的鎚落星寒，這一員會咭吒克擦⑳的鎗風閃爍，那一員會悉力颯剌㉑的劍雨澎灘，端的是人如猛虎離山澗，顯英雄天可汗㉒！（眾行科）（合）振軍威，撲通通鼓鳴，驚魂破膽；排陣勢，韻悠悠角聲，人疾馬鬧。抵多少雷轟電轉，可正是海沸也那河翻。折末㉓的銅作壁，鐵作壘，有甚麼攻不破、攻不破也雄關！（淨）這裡地闊沙平，就此擺開圍場，射獵一回者。（淨同番姬立高處，眾排圍射獵下）（淨）擺圍場這間、這間，四下裡來擠攢、擠攢。馬蹄兒潑剌剌旋風赸㉔，不住的把弓來緊彎，弦來急攀。一回可滾沙場兔鹿兒無頭趕，都難

⑮ 莽兀喇拳毛高鼻：粗莽的捲頭髮高鼻梁。兀喇，語助詞，無義。
⑯ 惡支沙：兇狠的。支沙，語助詞，無義。
⑰ 雕目胡顏：形容臉相。雕，即鵰，一種兇猛的飛禽。胡顏，外族人的臉相。
⑱ 急迸格邦：擬聲詞，形容拉弓時急促有力。
⑲ 滴溜撲碌：擬聲詞，形容拋鍾時迅速沉重。
⑳ 咭吒克擦：擬聲詞，形容出槍時急速碰撞。
㉑ 悉力颯剌：擬聲詞，形容擊劍時密集交錯。
㉒ 天可汗：唐代外族對中國皇帝的尊稱。此處指安祿山以天可汗自居。
㉓ 折末：即折莫，任憑。
㉔ 赸：音ㄕㄢˋ。跳躍。

動撣，就地裡踠跧㉕。（眾射鳥獸上）（淨）把鷹、犬放過去者。（眾應，放鷹、犬科，跑下）（淨）呀呀呀，疾忙裡一壁廂把翅摩霄的玉爪㉖騰空散，一壁廂把足駕霧的金獒㉗逐路攔，霎時間獸積、獸積如山。（眾上獻獵物科）稟王爺眾將獻殺㉘。（淨）打的鳥獸，散給眾軍。就此高坡上，把人馬歇息片時。大家炙肉暖酒，番姬每歌的歌，舞的舞，灑落㉙一回者。（眾）得令。（同席地坐，番姬送淨酒，眾作拔刀割肉，提背壺斟酒，大飲啖科）（番姬彈琵琶、渾不是㉚，眾打太平鼓板㉛）（合）斟起這酪漿兒，滿滿的浮金盞，滿滿的浮金盞。更把那連毛帶血肉生餐，笑擁著番姬雙頰丹，把琵琶忒楞楞彈也麼彈，唱新聲菩薩蠻㉜。（淨起科）喫了一會，酒醉肉飽。天色已晚，諸將各回汛地㉝。須要整頓兵器，練習軍馬，聽候將令便了。（眾應科）得令。（作同上馬吹海螺，側帽、擺手繞場疾行科）聽

㉕ 踠跧：音ㄨㄢˇ ㄑㄩㄢˊ。踡伏。
㉖ 玉爪：指獵鷹。
㉗ 金獒：指獵犬。獒，音ㄠˊ。
㉘ 獻殺：敬獻獵物。
㉙ 灑落：痛快。
㉚ 渾不是：彈撥樂器。
㉛ 太平鼓板：即太平鼓，一種單面羊皮鼓。
㉜ 菩薩蠻：唐時教坊樂曲。
㉝ 汛地：軍隊駐地。

罷了令，疾翻身躍登錦鞍，側著帽、擺手輕儇㉞。各自裡回還，鎮守定疆藩。擺捌些旗竿，裝摺著輪轓㉟，聽侯傳番，施逞凶頑。天降摧殘，地起波瀾。把漁陽凝盼㊱，一飛羽箭，爭赴兵壇，專等你個抱赤心的將軍、將軍來調揀。

（眾下）（淨）你看諸路番將，一個個人強馬壯，眼見得的羽翼已成。（笑科）唐天子，唐天子，你怎當得也！

【煞尾】沒照會㊲，先去了那掣肘㊳漢家官；有機謀，暗添上這助臂番兒漢。等不的宴華清霓裳法曲終，早看俺鬧鼓鼙漁陽驍將反。

六州番落從戎鞍㊴，薛逢　戰馬閑嘶漢地寬㊵。劉禹錫
倏忽摶風生羽翼㊶，駱賓王　山川龍戰血漫漫㊷。胡曾

㉞輕儇：輕快。儇，音ㄒㄩㄢ。
㉟轓：音ㄈㄢ。車兩旁的擋泥板。
㊱把漁陽凝盼：等待安祿山的命令。漁陽，此處指范陽節度使安祿山。盼，底本作「盻」，據暖紅室初刻本改。
㊲沒照會：不讓朝廷知道。
㊳掣肘：牽制。掣，音ㄔㄜˋ。
㊴六州番落從戎鞍：詩見薛逢送靈州田尚書。六州番落，六州的番人部落，此處指安祿山所統轄的各部落。又，原詩作「六州蕃落」。
㊵戰馬閑嘶漢地寬：詩見劉禹錫令狐相公自太原累示新詩因以酬寄。

41 倏忽摶風生羽翼：詩見駱賓王帝京篇。摶風，乘風向上飛翔。

42 山川龍戰血漫漫：詩見胡曾題周瑜將軍廟。龍戰，原指陰陽二氣交戰，此處指爭奪天下。

第十八齣　夜怨

【正宮引子】【破齊陣】【破陣子頭】（旦上）寵極難拚輕捨，歡濃分外❶生憐。【齊天樂】比目游雙，鴛鴦眠並，未許恩移情變。【破陣子尾】只恐行雲隨風引，爭奈❷閒花❸競日妍，終朝心暗牽。

【清平樂】「捲簾不語，誰識愁千縷。生怕韶光無定主，暗裡亂催春去。心中剛自疑猜，那堪蹤跡全乖。鳳輦卻歸何處？淒涼日暮空階。」奴家楊玉環，久邀聖眷，愛結君心。叵耐梅精江采蘋，意不相下❹。恰好觸忤聖上，將他遷置樓東。但恐采蘋巧計回天，皇上舊情未斷，因此常自隄防。唉，江采蘋，江采蘋，非是我容你不得，只怕我容了你，你就容不得我也！今早聖上出朝，日色已暮，不見回宮，連著永新、念奴打聽去了。此時情緒，好難消遣也！

【仙呂入雙調】【風雲會四朝元】【四朝元頭】燒殘香串，深宮欲暮天。把文窗頻啟，翠箔高捲，眼兒幾望穿。但常時此際，但常時此際，【會河陽】定早駕到西宮，執手齊肩。【四朝元】

---

❶ 分外：特別。
❷ 爭奈：無奈。
❸ 閒花：比喻男性配偶以外的情人，亦指妓女。此處喻指梅妃。
❹ 意不相下：不相讓。

花映房櫳，春生顏面，【駐雲飛】百種耽歡戀。嗏，今夕問何緣，【一江風】芳草黃昏，不見承回輦？（內作鸚哥叫「聖駕來也」介）（旦作驚看介）呀，聖上來了！（作看介）呸，原來是鸚哥弄巧言，把愁人故相騙。【四朝元尾】只落得徘徊佇立，思思想想畫欄憑遍。

（老旦上）「聞道君王前殿宿，內家❺各自撤紅燈。」（見介）啟娘娘：萬歲爺已宿在翠華西閣了。（旦呆介）有這等事！（泣介）

【前腔】君情何淺，不知人望懸！正晚妝慵卸，暗燭羞剪，待君來同笑言。向瓊筵啟處，向瓊筵啟處，醉月觴飛，夢雨牀連。共命無分，同心不舛，怎驀把人疏遠！（老旦）萬歲爺今夜偶不進宮，料非有意疏遠，娘娘請勿傷懷！（旦）嗏，若不是情遷，便宿離宮❻，阿監❼何妨遣。我想聖上呵，從來未獨眠，鴛衾厭孤展，怎得今宵枕畔，清清冷冷竟無人薦❽！

（貼上）「雪隱鷺鷥飛始見，柳藏鸚鵡語方知。」（見介）娘娘，奴婢打聽翠閣的事來了。（旦）怎麼說？

（貼）娘娘聽啟，奴婢方才呵，【月臨江】「悄向翠華西閣，守將❾時近黃昏，急聞密旨遣黃門❿。」

---

❺ 內家：宮內妃嬪。每當夜幕降臨，她們在自己門前點上紅燈，準備接待皇帝。等皇帝到某一個妃嬪處宿後，各人便撤去自己門前的紅燈。

❻ 離宮：正宮之外供皇帝出巡時居住的宮室。此處指宮中別院。

❼ 阿監：太監。

❽ 無人薦：沒有人伴眠。薦，薦枕席，同寢。

❾ 守將：等到。

（旦）遣他何處去呢？（貼）「飛鞭乘戲馬，滅燭召紅裙。」（旦急問介）召那一個？（貼）「貶置樓東怨女，梅亭舊日妃嬪。」（旦驚介）呀，這是梅精了。他來也不曾？（貼）「須臾簇擁那佳人，暗中歸翠閣。」（老旦問介）此話果真否？（貼）「消息探來真。」（旦）唉，天那，原來果是梅精復邀寵幸了。（作不語悶坐、掩淚介）（老旦、貼）娘娘請免愁煩。（旦）

【前腔】**聞言驚顫，傷心痛怎言。**（淚介）**把從前密意，舊日恩眷，**都付與**淚花兒彈向天。記歡情始定，記歡情始定，**願似**釵股成雙，盒扇團圓。不道君心，霎時更變。總是奴當譴，**嗏，**也索把罪名宣。**怎教**凍蕊寒葩，暗識東風面**⑪。可知道**身雖在這邊，心終繫別院。**一味**虛情假意，瞞瞞昧昧只欺奴善。**

（貼）娘娘還不知道，奴婢聽得小黃門說，昨日萬歲爺在華萼樓上，私封珍珠一斛去賜他，他不肯受。回獻一詩，有「長門自是無梳洗，何必珍珠慰寂寥」之句，所以致有今夜的事。（旦）哦，原來如此，我那裡知道！

【前腔】他向**樓東寫怨，**把**珍珠暗裡傳。**直恁的**兩情難割，**不由我**寸心如剪。也非咱心太褊，只笑君王見錯；笑君王見錯，**把一個**罪廢殘妝，**認是**金屋嬋娟**⑫。可知我**守拙鸞凰，**鬥不上

⑩ 黃門：太監。

⑪ 怎教凍蕊寒葩二句：指梅妃暗中得到寵幸。凍蕊寒葩，梅花，喻指梅妃。東風，喻指唐明皇。

⑫ 金屋嬋娟：比喻美女。金屋，典出漢武故事。漢武帝幼時，姑母長公主指著女兒阿嬌問：「要阿嬌作媳婦好嗎？」武帝說：「如果得到阿嬌為媳婦，當作金屋藏起來。」

爭春鶯燕！（老旦）萬歲爺既不忘情於他，娘娘何不迎合上意，力勸召回。萬歲爺必然歡喜，料他也不敢忘恩。（旦）唉，此語休提。他自會把紅絲⑬纏。嗏，何必我重牽。只怕沒頭興⑭的媒人，反惹他憎賤。你二人隨我到翠閣去來。（貼）娘娘去怎的？（旦）我到那裡，看他如何逞媚妍，如何賣機變，取次⑮把君情鼓動，顛顛倒倒暗中迷戀。

（貼）奴婢想今夜翠閣之事，原怕娘娘知道。此時夜將三鼓，萬歲爺必已安寢。娘娘猝然⑯走去，恐有未便。不如且請安眠，到明日再作理會。（旦作不語，掩淚嘆介）唉，罷罷，只今夜教我如何得睡也！

【尾聲】他歡娛只怕催銀箭⑰，我這裡寂寥深院，只索背著燈兒和衣將空被捲。

紫禁迢迢宮漏鳴⑱，戴叔倫
碧天如水夜雲生⑲。溫庭筠

⑬ 紅絲：比喻男女姻緣。唐李復言續玄怪錄定婚店載，韋固在宋城遇見一位老人倚囊而坐，在月下翻檢書籍。韋固問：「囊中裝著何物？」老人說：「是赤繩子，用來繫夫妻之足。即便是仇敵之家或貴賤懸殊或天涯海北，只要男女雙方足上繫上此繩，都將成為夫妻。」

⑭ 沒頭興：沒興頭，倒運。

⑮ 取次：隨便，輕易。

⑯ 猝然：突然。

⑰ 催銀箭：時間很快過去。銀箭，銀製的漏箭，用於計時。

⑱ 紫禁迢迢宮漏鳴：詩見戴叔倫宮詞。

⑲ 碧天如水夜雲生：詩見溫庭筠瑤瑟怨：「冰簟銀牀夢不成，碧天如水夜雲輕。」

淚痕不與君恩斷⑳，劉皂

斜倚薰籠坐到明㉑。白居易

⑳ 淚痕不與君恩斷：詩見劉皂長門怨三首其一：「淚痕不與君恩斷，拭卻千行更萬行。」

㉑ 斜倚薰籠坐到明：詩見白居易後宮詞。薰籠，用來薰衣的火籠。

第十九齣　絮閣

（丑上）「自閉昭陽春復秋，羅衣濕盡淚還流。一種❶蛾眉明月夜，南宮歌舞北宮愁。」咱家高力士，向年奉使閩粵，選得江妃進御，萬歲爺十分寵幸。為他性愛梅花，賜號梅妃，宮中都稱為梅娘娘。自從楊娘娘入侍之後，寵愛日奪，萬歲爺竟將他遷置上陽宮東樓。昨夜忽然托疾，宿於翠華西閣，遣小黃門密召到來。戒飭❷宮人，不得傳與楊娘娘知道。命咱在閣前看守，不許閒人擅進。此時天色黎明，恐要送梅娘娘回去，只索在此伺候咱。（虛下）（旦行上）

【北黃鍾】【醉花陰】一夜無眠亂愁攪，未拔白❸潛踪來到。往常見紅日影弄花梢，軟咍咍❹春睡難消，猶自壓繡衾倒。今日呵，可甚的鳳枕急忙拋，單則為那籌兒❺撇不掉。

（丑一面暗上望科）呀，遠遠來的，正是楊娘娘，莫非走漏了消息麼？現今梅娘娘還在閣裡，如何是好？（旦到科）（丑忙見科）奴婢高力士，叩見娘娘。（旦）萬歲爺在那裡？（丑）在閣中。（旦）還有何人在

---

❶ 一種：同是。

❷ 戒飭：告戒。

❸ 未拔白：天未亮。拔白，天發亮。

❹ 軟咍咍：軟綿綿。咍，音ㄏㄞ。

❺ 那籌兒：那件事。此處指唐明皇和梅妃的事。

內？（丑）沒有。（旦冷笑科）你開了閤門，待我進去看者。（丑慌科）娘娘且請暫坐。（旦坐科）（丑）奴婢啟上娘娘，萬歲爺昨日呵，

【南畫眉序】只為政勤勞，偶爾違和❻厭煩擾。（旦）既是聖體違和，怎生在此駐宿？（丑）愛清幽西閣，暫息昏朝。（旦）在裡面做甚麼？（丑）偃龍牀靜養神疲。（旦）你在此何事？（丑）守玉戶不容人到。（旦怒科）高力士，你待不容我進去麼？（丑慌叩頭科）娘娘息怒，只因親奉君王命，量奴婢敢行違拗！

【北喜遷鶯】（旦怒科）唗，休得把虛脾來掉❼，嘴喳喳弄鬼妝幺。（丑）奴婢怎敢？（旦）焦也波焦，急的咱滿心越惱。我曉得你今日呵，別有個人兒掛眼稍❽，倚著他寵勢高，明欺我失恩人時衰運倒。（起科）也罷，我只得自把門敲。（丑）娘娘請坐，待奴婢叫開門來。（作高叫科）楊娘娘來了，開了閤門者。（旦坐科）（生披衣引內侍上，聽科）

【南畫眉序】何事語聲高，驀忽❾將人夢驚覺。（丑又叫科）楊娘娘在此，快些開門。（內侍）啟萬

---

❻ 違和：患病的委婉說法。
❼ 把虛脾來掉：耍花招，說假話。
❽ 眼稍：即眼梢。
❾ 驀忽：忽然。

歲爺，楊娘娘到了。（生作呆科）呀，這春光漏泄怎地開交？（內侍）這門還是開也不開？（生）慢著。（背科）且教梅妃在夾幕⑩中，暫躲片時罷。（急下）（內侍笑科）哎，萬歲爺，萬歲爺，笑黃金屋恁樣藏嬌⑪，怕葡萄架霎時推倒⑫。（生上作伏桌科）內侍，我著牀傍枕伴推睡，你索把獸環⑬開了。（內侍）領旨。（作開門科）（旦直入，見生科）妾聞陛下聖體違和，特來問安。（生）寡人偶然不快，未及進宮。何勞妃子清晨到此。（旦）陛下致疾之由，妾倒猜著幾分了。（生笑科）妃子猜著何事來？（旦）

【北出隊子】多則是相思縈繞，為著個意中人把心病挑。（生笑科）寡人除了妃子，還有甚意中人？（旦）妾想陛下向來鍾愛，無過梅精。何不宣召他來，以慰聖情牽掛。（生驚科）呀，此女久置樓東，豈有復召之理！（旦）只怕悄東君偷洩小梅梢⑭，單只待望著梅來把渴消⑮。（生）寡人那有此意。

---

⑩ 夾幕：指廳堂廊廡中懸掛的帷幕。

⑪ 黃金屋恁樣藏嬌：用漢武帝「金屋藏嬌」的典故，參見第十八齣⑫。

⑫ 葡萄架霎時推倒：宋元以來曲中的熟語，指爭風吃醋。

⑬ 獸環：宮門上的裝飾。此處指宮門。

⑭ 東君偷洩小梅梢：指唐明皇暗中寵愛梅妃。東君，司春之神，此處指唐明皇。小梅梢，語涉雙關，既指梅花，亦指梅妃。

⑮ 望著梅來把渴消：世說新語假譎載，曹操領兵行軍，途中缺水，士兵乾渴。曹操傳令說：「前面有一片大梅林，梅子肥大而甘酸，可以解渴。」士兵們聽到後均流口水，從而順利到達有水源的地方。此處用「望梅止渴」的典故，語涉雙關，暗指唐明皇需要梅妃來慰藉。

（旦）既不沙⑯，怎得那一斛珍珠去慰寂寥！

（生）妃子休得多心。寡人昨夜呵，

【南滴溜子】偶只為微痾，暫思靜悄。恁蘭心蕙性⑰，慢多度料，把人無端奚落。（作欠伸科）我神虛懶應酬，相逢話言少。請暫返香車，圖個睡飽。

（旦作看科）呀，這御榻底下，不是一雙鳳舄麼？（生急起，作欲掩科）在那裡？（懷中掉出翠鈿科）（旦拾看科）呀，又是一朵翠鈿！此皆婦人之物，陛下既然獨寢，怎得有此？（生作羞科）好奇怪！這是那裡來的？連寡人也不解。（旦）陛下怎麼不解？（丑作急態，一面背對內侍低科）呀，不好了，見了這翠鈿、鳳舄，楊娘娘必不干休。你每快送梅娘娘，悄從閣後破壁而出，回到樓東去罷。（內侍）曉得。（從生背後虛下）（旦）

【北刮地風】子⑱這御榻森嚴宮禁遙，早難道有神女飛度中宵。則問這兩般信物何人掉？（作將舄、鈿擲地，丑暗拾科）（旦）昨夜誰侍陛下寢來？可怎生般鳳友鸞交，到日三竿猶不臨朝？外人不知呵，都只說殢君王是我這庸姿劣貌。那知道戀歡娛別有個雨窟雲巢！請陛下早出視朝，妾在此候駕回宮者。（生）寡人今日有疾，不能視朝。（旦）雖則是蝶夢餘，鴛浪中，春情顛倒，困

---

⑯ 既不沙：不然，否則。

⑰ 蘭心蕙性：形容女子性情芳潔高雅。蘭、蕙，兩種香草。

⑱ 子：同「只」。不過。

迷離精神難打熬，怎負他鳳墀前鵠立群僚！

（旦作向前背立科）（丑悄上與生耳語科）梅娘娘已去了，萬歲爺請出朝罷。（生點頭科）妃子勸寡人視朝，只索勉強出去。高力士，你在此送娘娘回宮者。（丑）領旨。（向內科）擺駕。（內應科）（生）「風流惹下風流苦，不是風流總不知。」（下）（旦坐科）高力士，你瞞著我做得好事！只問你這翠鈿、鳳舄，是那一個的？（丑）

【南滴滴金】告娘娘省可⑲閒煩惱。奴婢看萬歲爺與娘娘呵，百縱千隨真是少。今日這翠鈿、鳳舄，莫說是梅亭舊日恩情好，就是六宮中新窈窕，娘娘呵，也只合佯裝不曉，直恁破工夫多計較！不是奴婢擅敢多口，如今滿朝臣宰，誰沒有個大妻小妾，何況九重，容不得這宵！

【北四門子】（旦）呀，這非是衾裯不許他人抱，道的咱量似斗筲⑳！只怪他明來夜去裝圈套，故將人瞞的牢。（丑）萬歲爺瞞著娘娘，也不過怕娘娘著惱，非有他意。（旦）把似㉑怕我焦，則休將彼邀。卻怎的劣雲頭只思別岫飄㉒。將他假做拋，暗又招，轉關兒心腸難料㉓。

（作掩淚坐科）（老旦上）清早起來，不見了娘娘，一定在這翠閣中，不免進去咱。（作進見旦科）呀，

---

⑲ 省可：免得，不要。

⑳ 量似斗筲：形容氣量狹小。斗筲，斗與筲，斗容十升，筲容一斗二升，均為量小的容器。

㉑ 把似：如果。

㉒ 劣雲頭只思別岫飄：指唐明皇移情於梅妃。劣雲頭，喻指唐明皇。別岫，喻指梅妃。

㉓ 轉關兒心腸難料：耍手段的心思讓人難以預料。

娘娘呵，

【南鮑老催】為何淚拋，無言獨坐神暗消？（問丑科）高公公，是**誰觸著他情性嬌？**（丑低科）不要說起。（作暗出鈿、爲與老旦看科）只為見了這兩件東西，故此發惱。（老旦笑，低問科）如今那人呢？（丑）早已去了。（老旦）萬歲爺呢？（丑）出去御朝了。永新姐，你來得甚好，可勸娘娘回宮去罷。（老旦）曉得了。（回向旦科）娘娘，你慢將**眉黛顰，啼痕滲，芳心惱。晨餐未進過清早，**怎自將**千金玉體輕傷了？**請**回宮去尋歡笑。**

（內）駕到。（旦起立科）（生上）「媚處嬌何限，情深妒亦真。且將個中意，慰取眼前人。」寡人圖得半夜歡娛，反受十分煩惱。欲待呵叱他一番，又恐他反道我偏愛梅妃，只索忍耐些罷。高力士，楊娘娘在那裡？（丑）還在閣中。（老旦、丑暗下）（生作見旦，旦背立不語掩泣科）（生）呀，妃子，為何掩面不語？（旦不應科，生笑科）妃子休要煩惱，朕和你到華萼樓上看花去。（旦）

【北水仙子】問、問、問、問**華萼嬌**，怕、怕、怕、怕**不似樓東花更好**。有、有、有、有**梅枝兒曾占先春**，又、又、又、又何用**綠楊牽繞**。（生）寡人一點真心，難道妃子還不曉得！（旦）請、請、請、請**真心向故交**，免、免、免、免**人怨為妾情薄**。（跪科）妾有下情，望陛下俯聽。（生扶科）妃子有話，可起來說。（旦泣科）妾自知無狀，謬竊寵恩。若不早自引退，誠恐謠諑日加，禍生不測，有累君德鮮終㉔，益增罪戾。今幸天眷猶存，望賜斥放。陛下善視他人，勿以妾為念也。（泣拜科）拜、拜、

㉔ 鮮終：有始無終。

拜、拜辭了往日君恩天樣高。（出釵、盒科）這釵、盒是陛下定情時所賜，今日將來交還陛下。把、把、把、把深情密意從頭繳。（生）這是怎麼說？（旦）省、省、省、省可自承舊賜福難消。

（旦悲咽，生扶起科）妃子何出此言，朕和你兩人呵，

【南雙聲子】情雙好，情雙好，縱百歲猶嫌少。怎說到，怎說到，平白地分開了。總朕錯，總朕錯，請莫惱，請莫惱。（笑覷旦科）見了你這顰眉淚眼，越樣㉕生嬌。

妃子可將釵、盒依舊收好。既是不耐看花，朕和你到西宮閒話去。（旦）陛下誠不棄妾，妾復何言。（袖釵、盒，福生科）

【北尾煞】領取釵盒再收好，度芙蓉帳暖今宵，重把那定情時心事表。

（生攜旦並下）（丑復上）萬歲爺同娘娘進宮去了。咱如今且把這翠鈿、鳳舄，送還梅娘娘去。

柳色參差映翠樓㉖，司馬札　君王玉輦正淹留㉗。錢起
豈知妃后多嬌妒㉘，段成式　惱亂東風卒未休㉙。羅隱

㉕ 越樣：出眾。
㉖ 柳色參差映翠樓：詩見司馬札宮怨：「柳色參差掩畫樓，曉鶯啼送滿宮愁。」
㉗ 君王玉輦正淹留：詩見錢起長信怨。淹留，逗留。
㉘ 豈知妃后多嬌妒：詩見段成式漢宮詞二首其二。
㉙ 惱亂東風卒未休：詩見羅隱柳：「明年更有新條在，繞亂春風卒未休。」

第二十齣 偵報

（外引末扮中軍，四雜執刀棍上）「出守巖疆❶典鉅城❷，風聞邊事實堪驚。不知憂國心多少，白髮新添四五莖。」下官郭子儀，叨蒙聖恩，擢拜靈武太守。前在長安，見安祿山面有反相，知其包藏禍心。不想聖上命彼出鎮范陽，分明縱虎歸山。卻又許易番將，一發添其牙爪。下官自天德軍陞任以來，日夜擔憂。此間靈武，乃是股肱重地❸，防守宜嚴。已遣精細哨卒，前往范陽探聽去了。且待他來，便知分曉。

【雙調夜行船】（小生扮探子，執小紅旗上）**兩腳似星馳和電捷，把邊情打聽些些。急離燕山，早來靈武。**（作進見外，一足跪叩科）向黃堂❹**爆雷般唱一聲高喏❺。**

（外）探子，你回來了麼？（小生）我「肩挑令字小旗紅，晝夜奔馳疾似風。探得邊關多少事，從頭來報主人公。」（外）分付掩門。（眾掩門科下）（外）探子，你探的安祿山軍情怎地，兵勢如何？近前來，

---

❶ 巖疆：形勢險要的邊疆。
❷ 典鉅城：掌管大城的事務。鉅，大。
❸ 股肱重地：形容地理位置極其重要。股肱，大腿與胳膊，比喻重要。
❹ 黃堂：太守辦公的廳堂。此處指太守。
❺ 唱一聲高喏：即唱喏，古代男子向人行禮、口稱頌詞的一種動作。

細細說與我聽者。（小生）爺爺聽啟，小哨一到了范陽鎮上呵，

【喬木查】見鎗刀似雪，密匝匝鐵騎連營列。端的是號令如山把神鬼慴。那知有朝中天子尊，單遑他將軍令閫外嗹嘛❻。

（外）那祿山在邊關，近日作何勾當？（小生）

【慶宣和】他自請那番將更來把那漢將撤，四下裡牙爪排設。每日價躍馬彎弓鬥馳獵，把兵威耀也耀也。

（外）還有什麼舉動波？（小生）

【落梅花】他賊行藏❼真難料，歹心腸忒肆邪。誘諸番密相勾結，更私招四方亡命者，巢窟內盡藏凶孽。

（外驚科）呀，有這等事！難道朝廷之上，竟無人奏告麼？（小生）聞得一月前，京中有人告稱祿山反狀，萬歲爺暗遣中使，去到范陽，瞰其動靜❽。那祿山見了中使呵，

【風入松】十分的小心禮貌假妝呆，儘金錢遍佈蓋奸邪。把一個中官哄騙的滿心悅，來回奏

---

❻ 將軍令閫外嗹嘛：形容安祿山在管轄之地權勢顯赫。閫外，外任將吏駐守管轄的地域。閫，音ㄎㄨㄣˇ。嗹嘛，音ㄔㄜ ㄓㄜ。厲害。

❼ 行藏：行為。

❽ 萬歲爺暗遣中使三句：資治通鑑載，天寶十四年二月，宰相韋見素、楊國忠奏告安祿山有反叛的陰謀。唐明皇派中使輔璆琳送柑子到范陽，察看安祿山的動靜。璆琳接受賄賂，回京後辯解說安祿山無異心。

把逆跡全遮。因此萬歲爺愈信不疑，反把告叛的人，送到祿山軍前治罪。一任他橫行奡桀，有誰人敢再弄唇舌！

（外嘆介）如此怎生是了也！（小生）前日楊丞相又上一本，說祿山叛跡昭然，請皇上亟加誅戮。那祿山見了此本呵，

【撥不斷】也不免腳兒跌，口兒嗟，意兒中忐忑心兒裡怯。不想聖旨倒說祿山誠實，丞相不必生疑。他一聞此信，便就呵呵大笑，罵這讒臣奈我耶，咬牙根誓將君側權奸滅，怒轟轟急待把此仇來雪。

（外）呀，他要誅君側之奸，非反而何？且住，楊相這本怎麼不見邸抄❾？（小生）此是密本，原不發抄。只因楊丞相要激祿山速反，特著塘報❿抄送去的。（外怒科）唉，外有逆藩，內有奸相，好教人髮指也！（小生）小哨還打聽的祿山近有獻馬一事，更利害哩！

【離亭宴歇拍煞】他本待逞豺狼魆地裡思抄竊⓫。巧借著獻騂騮⓬乘勢去行強劫。（外）怎麼獻馬？可明白說來者。（小生）他遣何千年賫表，奏稱獻馬三千匹，每馬一匹，有甲士二人，又有二人御

❾ 邸抄：即邸報。地方長官在京城設邸，邸中傳抄詔令、奏章等信息，以報於諸藩，故稱。
❿ 塘報：即邸報。清制，在邊遠地方設有軍塘，配備軍塘夫傳送文報，稱為塘報。
⓫ 魆地裡思抄竊：企圖暗中偷襲。魆地裡，暗地裡。抄竊，繞小道偷襲。
⓬ 騂騮：周穆王八駿之一。此處指駿馬。

馬，一人芻牧⑬，共三五一萬五千人，護送入京。一路裡兵強馬劣，鬧洶洶怎隄防！亂紛紛難鎮壓，急攘攘誰攔截。生兵入帝畿，野馬臨城闕，怕不把長安來鬧者！（外驚科）唉，罷了，此計若行，西京⑭危矣。（小生）這本方才進去，尚未取旨⑮。只是祿山呵，他明把至尊欺，狡將奸計使，險備機關設。馬蹄兒縱不行，狼性子終難帖。逗的⑯鼙鼓向漁陽動也，爺爺呵，莫待傳白羽⑰始安排。小哨呵，準備閃紅旗再報捷。

（外）知道了。賞你一罈酒，一腔羊，五十兩花銀，免一月打差。去罷。（小生叩頭科）謝爺。（外）叫左右，開門。（眾應上，作開門科）（小生下）（外）中軍官。（末應介）（外）傳令眾軍士，明日教場操演，準備酒席犒賞。（末）領鈞旨。（先下）

（外）數騎漁陽探使回⑱，杜牧　威雄八陣役風雷⑲。劉禹錫

⑬ 芻牧：餵養牲口。

⑭ 西京：唐代以洛陽為東都，稱京城長安為西京。

⑮ 這本方才進去二句：資治通鑑載，天寶十四年七月，安祿山奏請獻馬三千匹，每匹配馬伕二人，遣蕃將二十二人押送。河南尹達奚珣懷疑其中有變，奏請唐明皇曉諭安祿山，進車馬之事等到冬天後舉行，馬伕由朝廷提供。唐明皇因而有所醒悟。

⑯ 逗的：等到。

⑰ 傳白羽：發布命令。白羽，古代調動軍隊的文書，插上鳥羽以示緊急，故稱。

⑱ 數騎漁陽探使回：詩見杜牧過華清宮絕句三首其二。

⑲ 威雄八陣役風雷：詩見劉禹錫江陵嚴司空見示與成都武相公唱和因命同作。

胸中別有安邊計⑳，曹唐

軍令分明數舉杯㉑。杜甫

⑳ 胸中別有安邊計：詩見曹唐羽林賈中丞。

㉑ 軍令分明數舉杯：詩見杜甫諸將五首其五。

八十四
暖紅室

第二十一齣　窺浴

【仙呂入雙調】【字字雙】（丑扮宮女上）自小生來貌天然，花面；宮娥隊裡我為先，掃殿。忽逢小監在階前，胡纏；伸手摸他褲兒邊，不見。

「我做宮娥第一，標致無人能及。腮邊花粉糊塗，嘴上胭脂狼籍。秋波❶俏似銅鈴，弓眉彎得筆直。春纖❷十個擂槌，玉體渾身糙漆。柳腰松段十圍，蓮瓣灘船半隻❸。楊娘娘愛我伶俐，選做霓裳部色。只因喉嚨太響，歌時嘴邊起個霹靂。身子又太狼伉❹，舞去衝翻了御筵桌席。皇帝見了發惱，打落子弟❺名籍。登時發到驪山，派到溫泉殿中承值。昨日鑾輿臨幸，同楊娘娘在華清駐蹕❻。傳旨要來共浴湯池❼，只索打掃鋪陳收拾。」道猶未了，那邊一個宮人來也。

---

❶ 秋波：比喻女子靈動的眼睛。

❷ 春纖：比喻女子纖細的手指。

❸ 蓮瓣灘船半隻：一隻鞋只能容納半隻腳，形容腳掌極大。蓮瓣，蓮花的花瓣，比喻女子嬌小的纏足。灘船，敞篷船，比喻女子的大足。

❹ 狼伉：笨重。伉，音ㄎㄤˋ。

❺ 子弟：教坊子弟，皇宮中的音樂舞蹈藝人。

❻ 駐蹕：帝王出巡途中停留住宿。蹕，音ㄅㄧˋ。

❼ 湯池：華清宮的溫泉。

【雁兒舞】（副淨扮宮女上）擔閣❽青春，後宮怨女，漫跌腳搥胸，有誰知苦。拚著一世沒有丈夫，做一隻孤飛雁兒舞。

（見介）（丑）姐姐，你說甚麼雁兒舞！如今萬歲爺，有了楊娘娘的霓裳舞，連梅娘娘的驚鴻舞，也都不愛了。（副淨）便是。我原是梅娘娘的宮人。只為我娘娘，自翠閣中忍氣回來，一病而亡，如今將我撥到這裡。（丑）原來如此，楊娘娘十分妒忌，我每再休想有承幸之日。（副淨）罷了。（丑）萬歲爺將次❾到來，我和你且到外廂伺候去。（虛下）（末、小生扮內侍，引生、旦、老旦，貼隨行上）

【羽調近詞】【四季花】別殿景幽奇：看雕梁畔，珠簾外，雨捲雲飛。逶迤，朱闌幾曲環畫溪，脩廊❿數層接翠微。遶紅牆，通玉扉。（末、小生）啟萬歲爺，到溫泉殿了。（生）內侍迴避。（末、小生應下）（生）妃子，你看清渠屈注，洄瀾皺漪，香泉柔滑宜素肌。朕同妃子試浴去來。（老、貼與生、旦脫去大衣介）（生）妃子，只見你款解⓫雲衣，早現出珠輝玉麗，不由我對你愛你，扶你覷你憐你！

（生攜旦同下）（老旦）念奴姐，你看萬歲爺與娘娘恁般恩愛，真令人羨殺也。（貼）便是。（老旦）

---

❽ 擔閣：耽誤。
❾ 將次：將要，快要。
❿ 脩廊：長廊。
⓫ 款解：慢慢地解開。

【鳳釵花絡索】【金鳳釵】花朝擁，月夜偎，嘗盡溫柔滋味。【勝如花】（貼合）鎮相連似影追形，分不開如刀劃水。【醉扶歸】千般擱縱⑫百般隨，兩人合一副腸和胃。【梧葉兒】密意口難提，寫不迭⑬鴛鴦帳，綢繆無盡期。（老旦）姐姐，我與你伏侍娘娘多年，雖睹嬌容，未窺玉體。今日試從綺疏隙處，偷覷一覷何如？（貼）恰好，（同作向內窺介）【水紅花】（合）悄偷窺，亭亭玉體，宛似浮波菡萏，含露弄嬌輝。【浣溪紗】輕盈臂腕消香膩，綽約腰身漾碧漪。【望吾鄉】（老旦）明霞骨，沁雪肌。【大勝樂】（貼）一痕酥透雙蓓蕾，（老旦）半點春藏小麝臍。【傍妝臺】（貼）愛殺紅巾罅，私處露微微。永新姐，你看萬歲爺呵，【解三酲】凝睛睇，【八聲甘州】恁孜孜含笑渾似呆癡。【一封書】（合）休說俺偷眼宮娥魂欲化，則他個見慣的君王也不自持。【皂羅袍】（老旦）恨不把春泉翻竭，（貼）恨不把玉山洗頹⑭，（老旦）不住的香肩嗚嘬⑮，（貼）不住的纖腰抱圍，【黃鶯兒】（老旦）俺娘娘無言匿笑含情對。（貼）意怡怡⑯，【月

---

⑫ 擱縱：撒嬌。
⑬ 寫不迭：描繪不盡。
⑭ 恨不把玉山洗頹：形容唐明皇對楊貴妃姿容如癡如醉的情態。玉山頹，典出世說新語容止：「（嵇康）其醉也，傀俄若玉山之將崩。」後人以「玉山倒」或「玉山頹」形容酒醉欲倒之態。
⑮ 嗚嘬：親吻。
⑯ 怡怡：和順喜悅的樣子。

兒高】靈液春風，澹蕩恍如醉。【排歌】（老旦）波光暖，日影暉，一雙龍戲出平池。【桂枝香】（合）險把個襄王渴倒陽臺下，恰便似神女攜將暮雨歸⑰。

（丑、副淨暗上笑介）兩位姐姐，看得高興啊，也等我每看看。（老旦、貼）姐姐，我每伺候娘娘洗浴，有甚高興。（丑、副淨笑介）只怕不是伺候娘娘，還在那裡偷看萬歲爺哩。（老旦、貼）啐，休得胡說，萬歲爺同娘娘出來也。（丑、副淨暗下）（生同旦上）

【二犯掉角兒】【掉角兒】出溫泉新涼透體，睹玉容愈增光麗。最堪憐殘妝亂頭，翠痕乾晚雲⑱生膩。（老旦、貼與生、旦穿衣介）（旦作嬌軟態，老旦、貼扶介）（生）妃子，看你似柳含風，花怯露。軟難支，嬌無力，倩人扶起。（二內侍引雜推小車上）請萬歲爺、娘娘上如意小車，回華清去。（生）將車兒後面隨著。（二內侍）領旨。（生攜旦行介）妃子，【排歌】朕和你肩相並，手共攜，不須花底小車催，【東甌令】趁撲面好風歸。

【尾聲】（合）意中人，人中意。則那些無情花鳥也情癡，一般的解結雙頭學並棲。

（生）花氣渾如百和香⑲，杜甫
（旦）避風新出浴盆湯⑳。王建

---

⑰ 險把個襄王渴倒陽臺下二句：形容唐明皇與楊貴妃歡會時情深意濃。典出宋玉神女賦序：「楚襄王與宋玉游於雲夢之浦，使玉賦高唐之事。其夜王寢，果夢與神女遇。」

⑱ 晚雲：指頭髮。

⑲ 花氣渾如百和香：詩見杜甫即事。百和香，由各種香料和成的香。

（生）侍兒扶起嬌無力㉑，白居易

（旦）笑倚東窗白玉牀㉒。李白

⑳ 避風新出浴盆湯：詩見王建宮詞一百首其八十八：「雨入珠簾滿殿涼，避風新出玉盆湯。」

㉑ 侍兒扶起嬌無力：詩見白居易長恨歌。

㉒ 笑倚東窗白玉床：詩見李白口號吳王美人半醉。

第二十二齣　密誓

【越調引子】【浪淘沙】（貼扮織女，引二仙女上）雲護玉梭兒，巧織機絲。天宮原不著相思，報道今宵逢七夕，忽憶年時❶。

【鵲橋仙】「纖雲弄巧，飛星傳信，銀漢秋光暗度。金風玉露一相逢，便勝卻人間無數。柔腸似水，佳期如夢，遙指鵲橋前路。兩情若是久長時，又豈在朝朝暮暮❷。」吾乃織女是也。蒙上帝玉敕，與牛郎結為天上夫婦。年年七夕，渡河相見。今乃下界天寶十載，七月七夕。你看明河無浪，烏鵲將填，不免暫撤機絲，整妝而待。（內細樂扮烏鵲上，繞場飛介）（前場設一橋，烏鵲飛止橋兩邊介）（二仙女）鵲橋已駕，請娘娘渡河。（貼起行介）

【越調過曲】【山桃紅】【下山虎頭】俺這裡乍拋錦字❸，暫駕香輜❹。（合）趁碧落無雲滓，新涼暮颸❺，（作上橋介）踹上這橋影參差，俯映著河光淨沘❻。【小桃紅】更喜殺新月纖，華露滋，

---

❶ 年時：去年。

❷ 纖雲弄巧十句：語本秦觀鵲橋仙詞。作者對個別字進行了改動，從而更加符合織女的身分。

❸ 錦字：即錦字書。典出晉書列女傳。前秦苻堅時，秦州刺史竇滔被流放到流沙。其妻蘇蕙日夜思念他，織錦為迴文旋圖詩，寄給竇滔，語詞悽惋。此處指織女對牛郎的相思之情。

❹ 香輜：香車。

低繞著烏鵲雙飛翅也，【下山虎尾】陡覺的銀漢秋生別樣姿。（作過橋介）（二仙女）啟娘娘，已渡過河來了。（貼）星河之下，隱隱望見香烟一簇，搖颺騰空，卻是何處？（仙女）是唐天子的貴妃楊玉環，在宮中乞巧❼哩。（貼）生受❽他一片誠心，不免同了牛郎，到彼一看。（合）天上留佳會，年年在斯，卻笑他人世情緣頃刻時。（齊下）

【商調過曲】【二郎神】（二內侍挑燈，引生上）秋光靜，碧沉沉輕烟送暝。雨過梧桐微做冷，銀河宛轉，纖雲點綴雙星❾。（內作笑聲，生聽介）順著風兒還細聽，歡笑隔花陰樹影。內侍，是那裡這般笑語？（內侍問介）萬歲爺問，那裡這般笑語？（內）是楊娘娘到長生殿去乞巧哩。（內侍回介）楊娘娘到長生殿去乞巧，故此笑語。（生）內侍每不要傳報，待朕悄悄前去。撤紅燈，待悄向龍墀覷個分明。（虛下）

【前腔】【換頭】（旦引老旦、貼同二宮女各捧香盒、紈扇、瓶花、化生金盆❿上）宮庭，金爐篆靄，燭

❺暮飀：晚風。
❻淨泚：清靜明亮。
❼乞巧：農曆七月初七夜，婦女在庭院中陳設瓜果，向織女星乞求智巧，稱為「乞巧」。
❽生受：難為。
❾雙星：牽牛星和織女星。
❿化生金盆：置有蠟製嬰兒的金盆。唐代風俗，七月初七，婦女以蠟做成嬰兒的形狀，浮在水中以為戲，作為求子之兆，稱為「化生」。

光掩映。米大蜘蛛廝抱定⑪，金盤種豆⑫，花枝招颭⑬銀瓶。（老旦、貼）已到長生殿中，巧筵齊備，請娘娘拈香。（作將瓶花、化生盆設桌上，老旦捧香盒，旦拈香介）妾身楊玉環，虔爇⑭心香，拜告雙星，伏祈鑒祐。願釵盒情緣長久訂，（拜介）莫使做秋風扇冷。（生潛上窺介）覷娉婷，只見他拜倒在瑤階暗祝聲聲。

（老旦、貼作見生介）呀，萬歲爺到了。（旦急轉，拜生介）（生扶起介）妃子在此，作何勾當？（旦）今乃七夕之期，陳設瓜果，特向天孫乞巧。（生笑介）妃子巧奪天工，何須更乞。（旦）惶愧。（生、旦各坐介）（老旦、貼同二宮女暗下）（生）妃子，朕想牽牛、織女隔斷銀河，一年才會得一度，這相思真非容易也。

【集賢賓】秋空夜永碧漢清，甫⑮靈駕逢迎，奈天賜佳期剛半頃，耳邊廂容易雞鳴。雲寒露冷，又趲上⑯經年孤另。（旦）陛下言及雙星別恨，使妾淒然。只可惜人間不知天上的事。如打

---

⑪ 米大蜘蛛廝抱定：七月初七，婦女將蜘蛛放在小盒子中，次日早晨開視盒子，以蜘蛛織網的疏密來判斷乞巧的多少。廝，相。抱定，捉住。

⑫ 金盤種豆：七夕前數日，將綠豆、小豆、小麥放在磁器內，用水澆浸，待芽長至數寸，再用紅藍絲線繞起來，稱為「種生」。

⑬ 招颭：招展。

⑭ 爇：音ㄖㄨㄛˋ。點燃。

⑮ 甫：剛才。

聽，決為了相思成病。

（做淚介）（生）呀，妃子為何掉下淚來？（旦）妾想牛郎織女，雖則一年一見，卻是地久天長。只恐陛下與妾的恩情，不能夠似他長遠。（生）妃子說那裡話！

【黃鶯兒】仙偶縱長生，論塵緣也不恁爭⑰。百年好占風流勝，逢時對景，增歡助情，怪伊底事翻悲哽？（移坐近旦低介）問雙星，朝朝暮暮，爭似我和卿！

（旦）臣妾受恩深重，今夜有句話兒……（住介）（生）妃子有話，但說不妨。（旦對生嗚咽介）妾蒙陛下寵眷，六宮無比。只怕日久恩疏，不免白頭之嘆⑱！

【鶯簇一金羅】【黃鶯兒】提起便心疼，念寒微侍掖庭，更衣傍輦多榮幸。【簇御林】瞬息間，怕花老春無剩，【一封書】寵難憑。（牽生衣泣介）論恩情，【金鳳釵】若得一個久長時死也應，若得一個到頭時死也瞑。【皂羅袍】抵多少平陽歌舞，恩移愛更⑲；長門孤寂，魂銷淚零：斷腸枉泣紅顏命！

---

⑯ 趲上：趕上。

⑰ 不恁爭：差不了多少。

⑱ 白頭之嘆：女人因年老色衰而被拋棄。漢代司馬相如想娶妾，其妻卓文君寫了白頭吟。相如見後，放棄了這一念頭。事見葛洪西京雜記卷三。

⑲ 平陽歌舞二句：漢武帝的皇后衛子夫，原是平陽公主的歌女，得到武帝寵幸，封為皇后，終因年老色衰而失寵。事見漢書外戚傳。

（生舉袖與旦拭淚介）妃子，休要傷感。朕與你的恩情，豈是等閑可比。

【簇御林】休心慮，免淚零，怕移時，有變更。（執旦手介）做酥兒拌蜜膠粘定，總不離須臾頃。（合）話綿藤⑳，花迷月暗，分不得影和形。

（旦）既蒙陛下如此情濃，趁此雙星之下，乞賜盟約，以堅終始。（生）朕和你焚香設誓去。（攜旦行介）

【琥珀貓兒墜】（合）香肩斜靠，攜手下階行。一片明河當殿橫，（旦）羅衣陡覺夜涼生。（生）惟應，和你悄語低言，海誓山盟。

（生上香揖同旦福介）雙星在上，我李隆基與楊玉環，（旦合）情重恩深，願世世生生，共為夫婦，永不相離。有渝㉑此盟，雙星鑒之。（生又揖介）在天願為比翼鳥，（旦拜介）在地願為連理枝。（合）天長地久有時盡，此誓綿綿無絕期。（旦拜謝生介）深感陛下情重，今夕之盟，妾死生守之矣。（生攜旦介）

【尾聲】長生殿裡盟私訂。（旦）問今夜有誰折證㉒？（生指介）是這銀漢橋邊雙雙牛女星。（同下）

【越調過曲】【山桃紅】（小生扮牽牛，雲巾、仙衣，同貼引仙女上）只見他誓盟密矢㉓，拜禱孜孜，

---

⑳ 綿藤：纏綿的樣子。

㉑ 渝：違背，改變。

㉒ 折證：作證。

㉓ 矢：發誓。

兩下情無二，口同一辭。（小生）天孫，你看唐天子與楊玉環，好不恩愛也！悄相偎倚著香肩，沒些縫兒。我與你既締天上良緣，當作情場管領㉔。況他又向我等設盟，須索與他保護。見了他戀比翼，慕並枝，願生生世世情真至也，合令他長作人間風月司㉕。（貼）只是他兩人劫難將至，免不得生離死別。若果後來不背今盟，決當為之綰合㉖。（小生）天孫言之有理。你看夜色將闌，且回斗牛宮去。

（攜貼行介）（合）天上留佳會，年年在斯，卻笑他人世情緣頃刻時！

何用人間歲月催㉗，羅鄴　星橋橫過鵲飛回㉘。李商隱

莫言天上稀相見㉙，李郢　沒得心情送巧來㉚。羅隱

㉔ 情場管領：掌管男女情愛的神。

㉕ 風月司：掌管男女風月戀愛的人。

㉖ 綰合：結合。

㉗ 何用人間歲月催：詩見羅鄴下第。

㉘ 星橋橫過鵲飛回：詩見李商隱七夕。

㉙ 莫言天上稀相見：詩見李郢七夕：「莫嫌天上稀相見，猶勝人間去不回。」

㉚ 沒得心情送巧來：詩見羅隱七夕。

九十四
暖紅室

第二十三齣　陷關

【越調引子】【杏花天】（淨領二番將，四軍執旗上）狼貪虎視威風大，鎮漁陽兵雄將多。待長驅直把殽函❶破，奏凱日齊聲唱歌。

咱家安祿山，自出鎮以來，結連塞上諸蕃，招納天下亡命，精兵百萬，大事可舉。只因唐天子待我不薄，思量等他身後方才起兵。叵耐楊國忠那廝，屢次說我反形大著，請皇上急加誅戮。天子雖然不聽，只是咱在邊關，他在朝內，若不早圖，終恐遭其暗算。因此假造敕書，說奉密旨，召俺領兵入朝誅戮國忠。乘機打破西京，奪取唐室江山，可不遂了我平生大願！今乃黃道吉日❷，蕃將每，就此起兵前去。（眾）得令。（發號行介）（淨）

【越調過曲】【豹子令】只為奸臣釀大禍，（眾）釀大禍，（淨）致令邊鎮起干戈，（眾）起干戈。

（合）逢城攻打逢人剁，屍橫遍野血流河，燒家劫舍搶嬌娥❸。（喊殺下）

【水底魚】（丑白鬚扮哥舒老將❹引二卒上）年紀無多，剛剛八十過。漁陽兵至，認咱這老哥。

---

❶ 殽函：即函谷關，在潼關的東面，為安祿山攻占長安必經之路。

❷ 黃道吉日：古代星相家認為，青龍、明堂、金匱、天德、玉堂、司命等六辰是吉神。六辰值日之時，民間幹辦諸事都可以不避凶忌，順利成功，稱為「黃道吉日」。

❸ 嬌娥：美女。

自家老將哥舒翰是也，把守潼關。不料安祿山造反，殺奔前來，決意閉關死守。爭奈監軍內侍❺，立逼出戰。勢不由己❻，軍士每，與我併力殺上前去。（卒）得令。（行介）（淨領眾殺上）（丑迎殺大戰介）（淨眾擒丑綁介）（淨）拏這老東西過來。我今饒你老命，快快獻關降順。（丑）事已至此，只得投降。（眾推丑下）（淨）且喜潼關已得❼，勢如破竹，大小三軍，就此殺奔西京便了。（眾應，吶喊行介）**躍馬揮戈，精兵百萬多。靴尖略動，踏殘山與河，踏殘山與河。**

平旦交鋒晚未休❽，王　諲　動天金鼓逼神州❾。韓　偓
潼關一敗番兒喜❿，司空圖　倒把金鞭上酒樓⓫。薛　逢

---

❹ 哥舒老將：即哥舒翰（西元？～七五七年），突厥族哥舒部人。天寶六年任隴右節度使，後兼河西節度使，封西平郡王。不久因病居家。安祿山反叛時，被朝廷起用為兵馬副元帥，統兵守潼關。兵敗被俘，後被殺。

❺ 監軍內侍：朝廷派來監督軍隊的太監。

❻ 勢不由己：指形勢的發展變化不是自己所能把握的。己，底本作「巳」，據暖紅室初刻本改。

❼ 且喜潼關已得：天寶十四年十一月九日，安祿山在范陽起兵反叛，於次年六月八日攻占潼關。

❽ 平旦交鋒晚未休：詩見王諲戰城南。平旦，清晨。

❾ 動天金鼓逼神州：詩見韓偓代小玉家為蕃騎所虜後寄故集賢裴公相國。

❿ 潼關一敗番兒喜：詩見司空圖劍器：「潼關一敗胡兒喜，簇馬驪山看御湯。」

⓫ 倒把金鞭上酒樓：詩見薛逢俠少年。把，握。

長生殿
卷七
九十六
暖紅室

第二十四齣　驚變

（丑上）「玉樓天半起笙歌，風送宮嬪笑語和。月殿影開聞夜漏，水晶簾捲近秋河。」咱家高力士，奉萬歲爺之命，著喒在御花園中安排小宴，要與貴妃娘娘同來遊賞，只得在此伺候。（生、旦乘輦，老旦、貼隨後，二內侍引，行上）

【北中呂粉蝶兒】天淡雲閒，列長空數行新雁。御園中秋色斕斑：柳添黃，蘋減綠，紅蓮脫瓣。一抹雕闌，噴清香桂花初綻。

（到介）（丑）請萬歲爺娘娘下輦。（生、旦下輦介）（丑同內侍暗下）（生）妃子，朕與你散步一回者。（旦）陛下請。（生攜旦手介）（旦）

【南泣顏回】攜手向花間，暫把幽懷同散。涼生亭下，風荷映水翩翻❶。愛桐陰靜悄，碧沉沉並遶迴廊看。戀香巢秋燕依人，睡銀塘鴛鴦蘸眼❷。

（生）高力士，將酒過來，朕與娘娘小飲數盃。（丑）宴已排在亭上，請萬歲爺娘娘上宴。（旦作把盞，生止住介）妃子坐了。

---

❶ 翩翻：飄忽搖曳的樣子。

❷ 蘸眼：引人注目。蘸，音ㄓㄢˋ。

【北石榴花】不勞你玉纖纖高捧禮儀煩，子待借小飲對眉山❸。俺與你淺斟低唱互更番，三杯兩盞，遣興消閒。妃子，今日雖是小宴，倒也清雅。迴避了御廚中，迴避了御廚中烹龍炰鳳堆盤案，咿咿啞啞樂聲催趲。只幾味脆生生，只幾味脆生生蔬和果清肴饌，雅❹稱你仙肌玉骨美人餐。

妃子，朕與你清遊小飲，那些梨園舊曲，都不耐煩聽他。記得那年在沉香亭上賞牡丹，召翰林李白草清平調三章，令李龜年度成新譜，其詞甚佳。不知妃子還記得麼？（旦）妾還記得。（生）妃子可為朕歌之，朕當親倚玉笛以和。（旦）領旨。（老旦進玉笛，生吹介）（旦按板介）

【南泣顏回❺】花繁，穠豔想容顏。雲想衣裳光璨。新妝誰似，可憐飛燕嬌懶。名花國色，笑微微常得君王看。向春風解釋春愁，沉香亭同倚闌干。

（生）妙哉，李白錦心，妃子繡口，真雙絕矣。宮娥，取巨觴來，朕與妃子對飲。（老旦、貼送酒介）

---

❸ 子待借小飲對眉山：暗用舉案齊眉的典故。後漢書梁鴻傳載，梁鴻與孟光避亂到吳地時，梁鴻每天替人舂米。回到家中，妻子孟光送上食物，舉案齊眉，不敢仰視。此處指唐明皇與楊貴妃相互敬重。子待，只待。眉山，眉毛。

❹ 雅：很，甚。

❺ 南泣顏回：李白清平調其一：「雲想衣裳花想容，春風拂檻露華濃；若非群玉山頭見，會向瑤臺月下逢。」其二：「一枝紅顏露凝香，雲雨巫山枉斷腸；借問漢宮誰得似，可憐飛燕倚新妝。」其三：「名花傾國兩相歡，長得君王帶笑看；解釋春風無限恨，沉香亭北倚闌干。」此曲是根據李白原詩改寫的。

（生）

【北鬥鵪鶉】暢好是喜孜孜駐拍停歌，喜孜孜駐拍停歌，笑吟吟傳杯送盞。妃子乾一杯，（作照乾介）不須他絮煩煩射覆藏鉤❻，鬧紛紛彈絲弄板。（又作照杯介）妃子，再乾一杯。（旦）妾不能飲了。（生）宮娥每，跪勸。（老旦、貼）領旨。（跪旦介）娘娘，請上這一杯。（旦勉飲介）（老旦、貼作連勸介）（生）我這裡無語持觴仔細看，早子見花一朵上腮間。（旦作醉介）妾真醉矣。（生）一會價軟咍咍柳嚲花欹❼，軟咍咍柳軃花欹，困騰騰鶯嬌燕懶。

妃子醉了，宮娥每，扶娘娘上輦進宮去者。（老旦、貼）領旨。（作扶旦起介）（旦作醉態呼介）萬歲！（老旦、貼扶旦行）（旦作醉態介）

【南撲燈蛾】態懨懨輕雲軟四肢，影濛濛空花亂雙眼，嬌怯怯柳腰扶難起，困沉沉強擡嬌腕，軟設設金蓮❽倒褪，亂鬆鬆香肩嚲雲鬟，美甘甘思尋鳳枕，步遲遲，倩宮娥攙入繡幃間。

（老旦、貼扶旦下）（丑同內侍暗上）（內擊鼓介）（生驚介）何處鼓聲驟發？（副淨急上）「漁陽鼙鼓動地來，驚破霓裳羽衣曲。」（問丑介）萬歲爺在那裡？（丑）在御花園內。（副淨）軍情緊急，不免逕入。

❻ 射覆藏鉤：古代的兩種猜物遊戲。射覆，猜測藏在器物中的某物名稱。藏鉤，將物藏在手中，令對方猜出名稱。

❼ 一會價軟咍咍柳嚲花欹：形容楊貴妃的醉態。一會價，一會兒。軟咍咍，軟綿綿。嚲，音ㄉㄨㄛˇ。下垂。

❽ 金蓮：形容女子纏足的嬌小。南朝齊東昏侯時，潘妃纏足嬌小。齊東昏侯使人鑿金為蓮花以貼地，令潘妃行走其上，說：「此步步生蓮華也！」典出南史齊東昏侯紀。

（進見介）陛下，不好了。安祿山起兵造反，殺過潼關，不日就到長安了。（生大驚介）守關將士何在？（副淨）哥舒翰兵敗，已降賊了。（生）

【北上小樓】呀，你道失機的哥舒翰，稱兵的安祿山，赤緊的離了漁陽，陷了東京，破了潼關。唬得人膽戰心搖，唬得人膽戰心搖，腸慌腹熱，魂飛魄散，早驚破月明花粲。

卿有何策，可退賊兵？（副淨）當日臣曾再三啟奏，祿山必反，陛下不聽，今日果應臣言。事起倉卒，怎生抵敵？不若權時幸蜀，以待天下勤王⑨。（生）依卿所奏。快傳旨，諸王百官，即時隨駕幸蜀便了。（副淨）領旨。（急下）（生）高力士，快些整備軍馬。傳旨令右龍武將軍陳元禮⑩，統領羽林⑪軍士三千，扈駕⑫前行。（丑）領旨。（下）（內侍）請萬歲爺回宮。（生轉行嘆介）唉，正爾歡娛，不想忽有此變，怎生是了也！

【南撲燈蛾】穩穩的宮庭宴安，擾擾的邊廷造反。鼕鼕的鼙鼓喧，騰騰的烽火黫⑬。的溜撲碌⑭臣民兒逃散，黑漫漫乾坤覆翻，磣磕磕⑮社稷摧殘，磣磕磕社稷摧殘。當不得蕭蕭

---

⑨ 勤王：出兵救援朝廷。

⑩ 陳元禮：即陳玄禮，因避清康熙皇帝玄燁諱而改「玄」為「元」。

⑪ 羽林：皇宮禁衛軍。

⑫ 扈駕：隨駕。

⑬ 黫：音ㄧㄢ。黑色。

⑭ 的溜撲碌：擬聲詞，表示跌倒爬起的聲音。

颯颯西風送晚，黯黯的，一輪落日冷長安。

（向內問介）宮娥每，楊娘娘可曾安寢？（老旦、貼內應介）已睡熟了。（生）不要驚他，且待明早五鼓同行。（泣介）天那，寡人不幸，遭此播遷，累他玉貌花容，驅馳道路。好不痛心也！

【南尾聲】在深宮兀自嬌慵慣，怎樣支吾⑯蜀道難！（哭介）我那妃子呵，愁殺你玉軟花柔要將途路趲。

宮殿參差落照間⑰，盧綸　漁陽烽火照函關⑱。吳融

遏雲聲絕悲風起⑲，胡曾　何處黃雲是隴山⑳。武元衡

---

⑮ 磣磕磕：淒慘可怕的樣子。

⑯ 支吾：抵擋，承受。

⑰ 宮殿參差落照間：詩見盧綸長安春望：「川原繚繞浮雲外，宮闕參差落照間。」

⑱ 漁陽烽火照函關：詩見吳融華清宮四首其二。

⑲ 遏雲聲絕悲風起：詩見胡曾詠史銅雀臺。遏雲，停住了行雲，形容音樂的美妙。

⑳ 何處黃雲是隴山：詩見武元衡摩訶池送李侍御之鳳翔：「他時欲寄相思字，何處黃雲是隴間。」隴山，六盤山南段的別稱。位於今陝西隴縣西北，延伸於陝、甘邊境，為由長安進入成都所經之路。

第二十五齣　埋　玉

【南呂過曲】【金錢花】（末扮陳元禮引軍士上）擁旄仗鉞❶前驅，前驅，羽林擁衛鑾輿，鑾輿。匆匆避賊就征途。人跋涉，路崎嶇。知何日，到成都。

下官右龍武將軍陳元禮是也。因祿山造反，破了潼關，聖上避兵幸蜀，命俺統領禁軍扈駕。行了一程，早到馬嵬驛了。（內鼓噪介）（末）眾軍為何吶喊？（內）祿山造反，聖駕播遷，都是楊國忠弄權，激成變亂。若不斬此賊臣，我等死不扈駕。（末）眾軍不必鼓噪，暫且安營。待我奏過聖上，自有定奪❷。

（內應介）（末引軍重唱「人跋涉」四句下）（生同旦騎馬，引老旦、貼、丑行上）

【中呂過曲】【粉孩兒】匆匆的棄宮闈珠淚灑，嘆清清冷冷半張鑾駕，望成都直在天一涯。漸行來漸遠京華❸，五六搭剩水殘山，兩三間空舍崩瓦。

（丑）來此已是馬嵬驛了，請萬歲爺暫住鑾駕。（生、旦下馬，作進坐介）（生）寡人不道，誤寵逆臣，致此播遷，悔之無及。妃子，只是累你勞頓，如之奈何！（旦）臣妾自應隨駕，焉敢辭勞。只願早早

---

❶ 擁旄仗鉞：指揮軍隊。旄，指白旄，古代竿頭以旄尾為飾的一種軍旗，用以指揮全軍。鉞，指黃鉞，飾以黃金的長柄斧子，常用為皇帝的儀仗，亦用以征戰。旄、鉞，此處借指軍權。

❷ 定奪：決定。

❸ 京華：京都。

破賊，大駕還都便好。（內又喊介）楊國忠專權誤國，今又交通❹吐蕃，我等誓不與此賊俱生。要殺楊國忠的，快隨我等前去。（雜扮四軍提刀趕副淨上，繞場奔介）（軍作殺副淨，吶喊下）（生驚介）高力士，外面為何喧嚷？快宣陳元禮進來。（丑）領旨。（宣介）（末上見介）臣陳元禮見駕。（生）眾軍為何吶喊？（末）臣啟陛下：楊國忠專權召亂，又與吐蕃私通。激怒六軍，竟將國忠殺死了。（生作驚介）呀，有這等事。（旦作背掩淚介）（生沉吟介）這也罷了，傳旨起駕。（末出傳旨介）聖旨道來，赦汝等擅殺之罪。作速起行。（內又喊介）國忠雖誅，貴妃尚在。不殺貴妃，誓不扈駕。（末見生介）眾軍道，國忠雖誅，貴妃尚在，不肯起行。望陛下割恩正法。（生作大驚介）哎呀，這話如何說起！（旦慌牽生衣介）（生）將軍，

【紅芍藥】國忠縱有罪當加，現如今已被劫殺。妃子在深宮自隨駕，有何干六軍疑訝。

（末）聖諭極明，只是軍心已變，如之奈何！（生）卿家❺，作速曉諭他，恁狂言沒些高下。（內又喊介）（末）陛下呵，聽軍中恁地喧譁，教微臣怎生彈壓！

（旦哭介）陛下呵，

【耍孩兒】事出非常堪驚詫。已痛兄遭戮，奈臣妾又受波查❻。是前生，事已定薄命應折

❹ 交通：勾結。
❺ 卿家：皇帝對臣下的親切稱呼。
❻ 波查：折磨，劫難。

罰。望吾皇急切抛奴罷，只一句傷心話。

（生）妃子且自消停。（內又喊介）不殺貴妃，死不扈駕。（末）臣啟陛下：貴妃雖則無罪，國忠實其親兄，今在陛下左右，軍心不安。若軍心安，則陛下安矣。願乞三思。（生沉吟介）

【會河陽】無語沉吟，意如亂麻。（旦牽生衣哭介）痛生生怎地捨官家❼！（合）可憐，一對鴛鴦，風吹浪打，直恁的遭強霸！（內又喊介）（旦哭介）眾軍，逼得我心驚唬，（生作呆想，忽抱旦哭介）貴妃，好教我難禁架❽！

（眾軍吶喊上，繞場、圍驛下）（丑）萬歲爺，外廂軍士已把驛亭圍了。若再遲延，恐有他變，怎麼處？（生）陳元禮，你快去安撫三軍，朕自有道理！（末）領旨。（下）（生、旦抱哭介）（旦）

【縷縷金】魂飛顫，淚交加。（生）堂堂天子貴，不及莫愁家❾。（合哭介）難道把恩和義，霎時抛下！（旦跪介）臣妾受皇上深恩，殺身難報。今事勢危急，望賜自盡，以定軍心。陛下得安穩至蜀，妾雖死猶生也。算將來無計解軍譁，殘生願甘罷，殘生願甘罷！

（哭倒生懷介）（生）妃子說那裡話！你若捐生，朕雖有九重之尊，四海之富，要他則甚！寧可國破家

❼ 官家：皇帝。

❽ 禁架：應付，抵擋。

❾ 堂堂天子貴二句：嫁給皇帝，還不如莫愁嫁給盧家郎那樣，能夠相愛到老。莫愁為洛陽女，十五歲嫁為盧家婦，十六歲生兒名叫阿侯，從此過上安順的生活。事見樂府詩集卷八五河中之水歌。又，唐李商隱詩馬嵬：「如何四紀為天子，不及盧家有莫愁。」

亡，決不肯拋捨你也！

【攤破地錦花】任讙譁，我一謎⑩粧聾啞，總是朕差。現放著一朵嬌花，怎忍見風雨摧殘，斷送天涯。若是再禁加⑪，拚代你隕黃沙。

（旦）陛下雖則恩深，但事已至此，無路求生。若再留戀，倘玉石俱焚⑫，益增妾罪。望陛下捨妾之身，以保宗社⑬。（丑作掩淚，跪介）娘娘既慷慨捐生，望萬歲爺以社稷為重，勉強割恩罷。（內又喊介）（生頓足哭介）罷罷，妃子既執意如此，朕也做不得主了。高力士，只得但、但憑娘娘罷！（作哽咽、掩面哭下）（旦朝上拜介）萬歲！（作哭倒介）（丑向內介）眾軍聽著，萬歲爺已有旨，賜楊娘娘自盡了。（眾內呼介）萬歲，萬歲，萬萬歲！（丑扶旦起介）娘娘，請到後邊去。（扶旦行介）（旦哭介）

【哭相思】百年離別在須臾，一代紅顏為君盡⑭！

（轉作到介）（丑）這裡有座佛堂在此。（旦作進介）且住，待我禮拜佛爺。（拜介）佛爺，佛爺！念楊玉環呵，

【越恁好】罪孽深重，罪孽深重，望我佛度脫咱。（丑拜介）願娘娘好處生天。（旦起哭介）（丑跪

---

⑩ 一謎：一味。

⑪ 禁加：逼迫，吵鬧。

⑫ 玉石俱焚：指唐明皇與楊貴妃同時遭難。語出尚書胤征：「火炎昆崗，玉石俱焚。」

⑬ 宗社：宗廟和社稷。此處指代國家。

⑭ 百年離別在須臾二句：語出唐喬知之綠珠篇：「百年離別在高樓，一代紅顏為君盡。」

哭介）娘娘，有甚話兒，分付奴婢幾句。（旦）高力士，聖上春秋⑮已高，我死之後，只有你是舊人，能體聖意，須索小心奉侍。再為我轉奏聖上，今後休要念我了。（丑哭應介）奴婢曉得。（旦）高力士，我還有一言。（作除釵、出盒介）這金釵一對，鈿盒一枚，是聖上定情所賜。你可將來⑯與我殉葬，萬萬不可遺忘。（丑接釵盒介）奴婢曉得。（旦哭介）**斷腸痛殺，說不盡恨如麻。**（末領軍擁上）楊妃既奉旨賜死，何得停留，稽遲⑰聖駕。（軍吶喊介）（丑向前攔介）眾軍士不得近前，楊娘娘即刻歸天了。（旦）唉，陳元禮，陳元禮，你**兵威不向逆寇加，逼奴自殺。**（軍又喊介）（丑）不好了，軍士每擁進來了。（旦看介）唉，罷、罷，這一株梨樹，是我楊玉環結果之處了。（作腰間解出白練，拜介）臣妾楊玉環，叩謝聖恩。從今再不得相見了。（丑泣介）（旦作哭縊介）我那聖上啊，我**一命兒便死在黃泉下，一靈兒只傍著黃旗下⑱。**

（作縊死下）（末）楊妃已死，眾軍速退。（眾應同下）（丑哭介）我那娘娘啊！（下）（生上）「六軍不發無奈何，宛轉蛾眉馬前死。」（丑持白練上，見生介）啟萬歲爺，楊娘娘歸天了。（生作呆不應介）（丑又啟介）楊娘娘歸天了。自縊的白練在此。（生看大哭介）哎喲，妃子，妃子，兀的不痛殺寡人也！（倒

---

⑮ 春秋：年紀。

⑯ 將來：拿來。

⑰ 稽遲：遲延，滯留。

⑱ 黃旗下：皇帝的行蹤。黃旗，皇帝出巡時的儀仗之一。

介）（丑扶介）（生哭介）

【紅繡鞋】當年貌比桃花，桃花，（丑）今朝命絕梨花，梨花。（出釵盒介）這金釵、鈿盒，是娘娘分付殉葬的。（生看釵盒哭介）這釵和盒，是禍根芽。長生殿，恁歡洽，馬嵬驛，恁收煞！

（丑）倉卒之間，怎生整備棺槨？（生）也罷，權將錦褥包裹。須要埋好記明，以待日後改葬。這釵盒就繫娘娘衣上罷。（丑）領旨。（下）（生哭介）

【尾聲】溫香豔玉須臾化，今世今生怎見他！（末上跪介）請陛下起駕。（生頓足恨介）咳，我便不去西川[19]也值甚麼！（內吶喊、掌號，眾軍上）

【仙呂入雙調過曲】【朝元令】（丑暗上，引生上馬行介）（合）長空霧黏，旌旆寒風颭。長征路淹，隊仗黃塵染。誰料君臣，共嘗危險。恨賊寇橫興逆焰，烽火相兼，何時得將豺虎殲。遙望蜀山尖，回將鳳闕瞻，浮雲數點，咫尺把長安遮掩，長安遮掩。

翠華西拂蜀雲飛[20]，章碣　天地塵昏九鼎危[21]。吳融

---

[19] 西川：即西蜀，今四川省。

[20] 翠華西拂蜀雲飛：詩見崔櫓華清宮三首其二。洪昇題此句作者為「章碣」，不知所據。翠華，以翠鳥羽毛為飾的旗幟，為皇帝的儀仗之一。

[21] 天地塵昏九鼎危：詩見吳融敷水有丐者云是馬侍中諸孫憫而有贈。九鼎，象徵國家政權的傳國之寶，借指國家。

蟬鬢不隨鑾駕去㉒，高駢
空驚鴛鷺忽相隨㉓。錢起

㉒ 蟬鬢不隨鑾駕去：詩見高駢馬嵬驛。蟬鬢，古代婦女鬢髮的一種式樣。此處代指楊貴妃。
㉓ 空驚鴛鷺忽相隨：詩見錢起同程九早入中書：「不意雲霄能自致，空驚鵷鷺忽相隨。」

下卷

第二十六齣 獻飯

【黃鍾引子】【西地錦】（生引丑上）懊恨蛾眉輕喪，一宵千種悲傷。早來慵把金鞭颺，午餘玉粒❶誰嘗。

寡人匆匆西幸，昨在馬嵬驛中，六軍不發。無計可施，只得把妃子賜死。（淚介）咳，空做一朝天子，竟成千古忍人。勉強行了一程，已到扶風地面。駐蹕鳳儀宮內，不免少息片時。（外扮老人持麥飯上）「炙背可以見天子，獻芹由來知野人❷。」老漢扶風野老郭從謹是也。聞知皇上西巡，暫駐鳳儀宮內。

❶ 玉粒：飯粒。

❷ 炙背可以見天子二句：禮物雖然輕微，情意卻很深重。炙背，晒太陽。野人，粗野之人。列子楊朱載，從前宋國有位農夫，常穿亂麻做的冬衣過冬。到了春天，他晒太陽以取暖，告訴妻子說：「負日之暄，人莫知者；以獻吾君，將有重賞。」又，從前有個以戎菽、甘枲、莖芹、萍子等野菜為美味的人，向鄉中富豪作了推薦。富豪取來品嘗，不僅難於入口，而且使肚子也不好受。後以「野人獻日」、「野人獻芹」喻指微薄的禮物。

老漢煮得一碗麥飯，特來進獻，以表一點敬心。（見丑介）公公，煩乞轉奏一聲，說野人郭從謹特來進飯。（丑傳介）（生）召他進來。（外進見介）草莽小臣❸郭從謹見駕。（生）你是那裡人？（外）念小臣呵，

【黃鍾過曲】【降黃龍】生長扶風，白首躬耕，共慶時康。聽驀然變起，鳳輦游巡，無限驚惶。聊將，一盂麥飯，匍匐向旗門❹陳上。願吾君不嫌粗糲，野人供養。

（生）生受你了，高力士取上來。（丑接飯送生介）（生看介）寡人晏處深宮，從不曾嘗著此味。

【前腔】【換頭】尋常，進御大官❺，饌玉炊金❻，食前方丈❼，珍羞百味，猶兀自嫌他調和無當。（淚介）**不想今日，卻將此物充飢。淒涼，帶麩連麥，這飯兒如何入嗓？**（略吃便放介）**抵多少滹沱河畔，失路蕭王❽！**

（外）陛下，今日之禍，可知為誰而起？（生）你道為著誰來？（外）陛下若赦臣無罪，臣當冒死直言。

---

❸ 草莽小臣：不做官的平民。

❹ 旗門：樹有旗幟的門。古代皇帝出行時，於住宿的帷幕前設立旗幟。

❺ 大官：掌管皇帝膳食的官員。

❻ 饌玉炊金：形容食品的珍貴、奢華。

❼ 食前方丈：食品擺滿一丈見方的餐桌，形容食品極其豐富。語出孟子盡心下：「食前方丈，侍妾數百人。」

❽ 抵多少滹沱河畔二句：更始二年（西元二四年）正月，劉秀率領的軍隊在滹沱河畔苦戰，饑寒交迫。部將馮異送豆粥給劉秀充饑。滹沱河之戰後，劉秀被劉玄封為蕭王。事見後漢書光武本紀。抵多少，好比是。

（生）但說不妨。（外）只為那楊國忠呵，

【前腔】【換頭】猖狂，倚恃國親，納賄招權，毒流天壤。他與安祿山十年搆釁⑨，一旦裡兵戈起自漁陽。（生）國忠搆釁，祿山謀反，寡人那裡知道。（外）那祿山呵，包藏，禍心日久，四海都知逆狀。去年有人上書，告祿山逆跡，陛下反賜誅戮。誰肯再甘心鈇鉞⑩，來奏君王！

（生作恨介）此乃朕之不明，以致於此。

【前腔】【換頭】斟量，明目達聰，原是為君的理當察訪。朕記得姚崇、宋璟為相的時節，把直言數進，萬里民情，如在同堂。不料姚、宋亡後，滿朝臣宰，一味貪位取容⑪。郭從謹呵，倒不如伊行⑫，草野懷忠，直指出逆藩奸相。（外）若不是陛下巡幸到此，小臣那裡得見天顏。（生淚介）空教我噬臍無及⑬，恨塞饑腸。

（外）陛下暫息龍體，小臣告退。（嘆介）「從饒⑭白髮千莖雪，難把丹心一寸灰。」（下）（副淨扮使臣、

⑨ 十年搆釁：據史實，安祿山與楊國忠之間的矛盾始於天寶十一年，終於安史之亂爆發，前後為四年時間。搆釁，結怨。
⑩ 甘心鈇鉞：甘遭死刑。鈇鉞，即斧鉞，古代處死刑的刑具。
⑪ 取容：討好人。
⑫ 伊行：你們。
⑬ 噬臍無及：自己的肚臍是咬不到的，比喻後悔莫及。
⑭ 從饒：即使。

（二雜抬綵上）

【太平令】鳥道羊腸，春綵⑮馱來驛路長。連山鈴鐸頻搖響，看日近帝都旁。自家成都道使臣，奉節度使之命，解送春綵十萬疋到京。聞得駕幸扶風，不免就此進上。（向丑介）煩乞啟奏一聲，說成都使臣，貢春綵到此。（丑進奏介）（生）春綵照數收明，打發使臣回去。（二雜抬綵進介）（副淨同二雜下）（生）高力士，可召集將士，朕有面諭。（丑）萬歲爺宣召龍武軍將士聽旨。（眾扮將士上）「曉起聽金鼓，宵眠抱玉鞍。」龍武軍將士叩見萬歲爺。（生）將士每，聽朕道來，

【前腔】變出非常，遠避兵戈涉異方。勞伊倉卒隨行仗，今日呵，別有個好商量。（眾）不知萬歲爺有何諭旨？（生）

【黃龍袞】征人憶故鄉，征人憶故鄉，蜀道如天上。不忍累伊每，把妻兒父母輕撇漾⑯。朕待獨與子孫中官，慢慢的捱到蜀中。爾等今日，便可各自還家。省得跋涉程途，飢寒勞攘。高力士，可將使臣進來春綵，分給將士，以為盤費。沒軍資，分綵幣，聊充餉。（丑應分綵介）（眾哭介）萬歲爺聖諭及此，臣等寸心如割。自古養軍千日，用在一朝。臣等呵，

【前腔】無能滅虎狼，無能滅虎狼，空愧熊羆將。生死願從行，軍聲齊恃天威壯。這春綵，臣等斷不敢受。請留待他時論功行賞，若有違心，皇天鑒，決不爽。

⑮ 春綵：唐代的一種貢賦。

⑯ 撇漾：拋棄。

（生）爾等忠義雖深，朕心實有不忍，還是回去罷。（眾）呀，萬歲爺，莫不因貴妃娘娘之死，有些疑惑麼？（生）非也，

【尾聲】他長安父老多懸望，你每回去呵，煩說與翠華無恙。（眾）萬歲爺休出此言，臣等情願隨駕，誓無二心。（合）只待淨掃妖氛一同返帝鄉。

（生）天色已晚，今夜就此權駐，明日早行便了。（眾）領旨。

萬里飛沙咽鼓鼙⑰，錢　起　（丑）沉沉落日向山低⑱。駱賓王

（生）如今悔恨將何益⑲，韋　莊　（丑）更忍車輪獨向西⑳？周　曇

⑰萬里飛沙咽鼓鼙：詩見錢起盧龍塞行送韋掌記。

⑱沉沉落日向山低：詩見駱賓王豔情代郭氏答盧照鄰。

⑲如今悔恨將何益：詩見韋莊悔恨。

⑳更忍車輪獨向西：詩見周曇春秋戰國門楚懷王再吟。

第二十七齣　冥追

【商調過曲】【山坡五更】【山坡羊】（魂旦白練繫頸上，服色照前「埋玉」折）惡噷噷一場嘍囉❶，亂匆匆一生結果。蕩悠悠一縷斷魂，痛察察❷一條白練香喉鎖。【五更轉】風光盡，信誓捐，形骸涴。只有痴情一點一點無摧挫，拚向黃泉，牢牢擔荷。

我楊玉環隨駕西行，剛到馬嵬驛內，不料六軍變亂，立逼投繯❸。（泣介）唉，不知聖駕此時到那裡了！我一靈渺渺，飛出驛中，不免望著塵頭，追隨前去。（行介）

【北雙調新水令】望鑾輿才離了馬嵬坡，咫尺間不能飛過。俺悄魂輕似葉，他征騎疾如梭。剛打個磨陀❹，翠旗尖又早被樹煙鎖。（虛下）

【南仙呂入雙調】【步步嬌】（生引丑、二內侍、四軍擁行上）沒揣❺傾城遭凶禍，去住渾無那❻，

---

❶ 惡噷噷一場嘍囉：惡狠狠的一場擾亂。嘍囉，擾亂，喧譁。此處指軍隊譁變。
❷ 痛察察：痛煞煞。
❸ 投繯：自殺。
❹ 打個磨陀：兜個圈子。
❺ 沒揣：沒料到。
❻ 無那：無可奈何。

行行喚奈何。馬上回頭，兩淚交墮。（丑）啟萬歲爺，前面就是駐蹕之處了。（生嘆介）唉，我已厭一身多，傷心更說甚今宵臥。（齊下）

【北折桂令】（旦行上）一停停⑦古道逶迤，俺只索虛趁雲行，弱倩風馱。（向內望科）呀，好了，望見大駕，就在前面了也。這不是羽蓋飄揚，鸞旌蕩漾，翠輦嵯峨！不免疾忙趕上者。（急行科）願一靈早依御座，便牢牽袞袖黃羅⑧。（內鳴鑼作風起科）（旦作驚退科）呀，我望著鑾輿，正待趕上，忽然黑風過處，遮斷去路，影都不見了。好苦呵，暗濛濛煙障林阿⑨，杳沉沉霧塞山河。閃搖搖不住徘徊，悄冥冥怎樣騰挪⑩？

（貼在內叫苦介）（旦）你看那邊愁雲苦霧之中，有個鬼魂來了，且閃過一邊。（虛下）（貼扮虢國夫人魂上）

【南江兒水】豔冶風前謝，繁華夢裡過。風流誰識當初我？玉碎香殘荒郊臥，雲拋雨斷重泉⑪墮。（二鬼卒上）唗，那裡去？（貼）奴家虢國夫人。（鬼卒笑介）原來就是你。你生前也忒受用了，

---

⑦ 一停停：一站又一站。

⑧ 袞袖黃羅：指皇帝的衣袖。

⑨ 林阿：長有林木的山丘。

⑩ 騰挪：走動。

⑪ 重泉：黃泉，九泉。

如今且隨我到枉死城⑫中去。（貼哭介）哎喲，好苦呵，怨恨如山堆垛。只問你多大幽城⑬，怕著不下這愁魂一個！

（雜拉貼叫苦下）（旦急上看科）呀，方才這個是我裴家姊姊，也被亂兵所害了。兀的不痛殺人也！

【北雁兒落帶得勝令】想當日天邊奪笑歌⑭，今日裡地下同零落。痛殺俺冤由一命招，更不想慘累全家禍。呀，空落得提起著淚滂沱，何處把恨消磨！怪不得四下愁雲裹，都是俺千聲怨氣呵⑮。（望科）那邊又是一個鬼魂，滿身鮮血，飛奔前來。好怕人也！悲麼，泣孤魂獨自無回和。驚麼，只落得伴冥途野鬼多。（虛下）

【南僥僥令】（副淨扮楊國忠鬼魂跑上）生前遭劫殺，死後見閻羅⑯。（牛頭⑰執鋼叉，夜叉⑱執鐵鎚、索上，攔介）（副淨跑下）（牛頭、夜叉復趕上）楊國忠那裡走！（副淨）呀，我是當朝宰相，方才被亂兵所害。你每做甚又來攔我？（牛頭）奸賊，俺奉閻王之命，特來拿你。還不快走。（副淨）那裡去？（牛

---

⑫ 枉死城：陰間，枉死鬼所住的地方。

⑬ 幽城：陰間地府。

⑭ 天邊奪笑歌：指虢國夫人與楊貴妃在唐明皇身邊爭寵。

⑮ 呵：吐出來。

⑯ 閻羅：佛教所說主管地獄的神。

⑰ 牛頭：佛教所說的陰間鬼卒。

⑱ 夜叉：佛教所說的陰間惡鬼。

頭、夜叉）向小小酆都城⑲一座，教你去劍樹與刀山尋快活。

（牛頭拉副淨，執叉叉背，夜叉鎖副淨下）（旦急上看科）阿呀，那不是我的哥哥。好可憐人也！（作悲科）

【北收江南】呀，早則是五更短夢瞥眼醒南柯⑳。把榮華拋卻只留得罪殃多。唉，想我哥哥如此，奴家豈能無罪？怕形消骨化懺不了舊情魔。且住，一望茫茫，前行無路，不如仍舊到馬嵬驛中去罷。（轉行科）待重轉驛坡，心又早怯懦。聽了這歸林暮雀猶錯認亂軍訶㉑。

（虛下）（副淨扮土地㉒上）「地下常添枉死鬼，人間難覓返魂香㉓。」小神馬嵬坡土地是也。奉東岳帝君㉔之命，道貴妃楊玉環原係蓬萊仙子，今死在吾神界內，特命將他肉身保護，魂魄安頓，以候玉旨，不免尋他去來。（行介）

【南園林好】只他在翠紅鄉㉕歡娛事過，粉香叢冤孽債多，一霎做電光石火㉖。將肉質護

---

⑲ 酆都城：傳說中的陰司地府，人死後的去處。

⑳ 瞥眼醒南柯：一眨眼的時間，夢就醒了，比喻人生短促。唐李公佐南柯太守傳載，書生淳于棼臥宅南古槐下，夢入大槐安國，任南柯太守二十年，享盡榮華富貴。醒來後，他發覺大槐安國原來是古槐樹下的蟻穴。後以「南柯」指代夢境。

㉑ 訶：喝叫聲。

㉒ 土地：土地神，掌管、守護某個地方。

㉓ 返魂香：相傳是由返魂樹的樹根煎成的一種香料，死者聞到香氣後即可活過來。

㉔ 東岳帝君：即東岳大帝，道教所奉東岳廟中的泰山神，認為掌管人間生死。

㉕ 翠紅鄉：與下文「粉香叢」均指享樂的生活。

泉窩，教魂魄守墳窠。（虛下）

【北沽美酒帶太平令】（旦行上）度寒烟蔓草坡，行一步一延俄㉗。（看介）呀，這樹上寫的有字，待我看來。（作念科）貴妃楊娘娘葬此。（作悲科）原來把我就埋在此處了。唉，玉環，玉環！（泣科）只這冷土荒堆樹半棵，便是娉婷嬝娜，落來的好巢窩。我臨死之時，曾分付高力士，將金釵、鈿盒與我殉葬，不知曾埋下否？怕舊物向塵埃拋墮，則俺這真情肯為生死差訛？就是果然埋下呵，還只怕這殘屍敗蛻㉘，抱不牢同心並朵。不免叫喚一聲，（叫科）楊玉環，你的魂靈在此。我呵，悄臨風叫他，喚他。（泣科）可知道伊原是我，呀，直恁地推眠妝臥！

（副淨上喚科）兀那啼哭的，可是貴妃楊玉環鬼魂麼？（旦）奴家正是。是何尊神？乞恕冒犯。（副淨）吾神乃馬嵬坡㉙土地。（旦）望尊神與奴做主咱。（副淨）貴妃聽吾道來：你本是蓬萊仙子，因微過謫落凡塵。今雖是浮生限滿，舊仙山隔斷紅雲。（代旦解白練科）吾神奉岳帝敕旨，解冤結免汝沉淪。（旦福科）多謝尊神，只不知奴與皇上，還有相見之日麼？（副淨）此事非吾神所曉。（旦作悲科）（副淨）貴妃，且在馬嵬驛暫住幽魂。吾神去也。（下）（旦）苦阿，不免到驛中佛堂裡，暫且棲托則個。（行科）

㉖ 電光石火：一閃即滅，佛家用以比喻人生短暫。

㉗ 延俄：遲疑。

㉘ 敗蛻：腐爛的屍體。

㉙ 馬嵬坡：底本作「馬嵬玻」，據暖紅室初刻本改。

【南尾聲】重來絕命庭中過，看樹底淚痕猶涴。怎能夠飛去蓬山尋舊果！

土埋冤骨草離離㉚，儲嗣宗　回首人間總禍機㉛。薛能
雲雨馬嵬分散後㉜，韋絢　何年何路得同歸㉝。韋莊

㉚ 土埋冤骨草離離：詩見儲嗣宗長安懷古。
㉛ 回首人間總禍機：詩見薛能留題汾上舊居。
㉜ 雲雨馬嵬分散後：詩見韋絢楊太真。
㉝ 何年何路得同歸：詩見韋莊寄舍弟。

第二十八齣　罵　賊

（外扮雷海青抱琵琶上）「武將文官總舊僚，恨他反面事新朝。綱常留在梨園內，那惜伶工命一條。」自家雷海青是也。蒙天寶皇帝隆恩，在梨園部內做一個供奉❶。不料祿山作亂，破了長安，皇帝駕幸西川去了。那滿朝文武，平日裡高官厚祿，蔭子封妻，享榮華，受富貴，那一件不是朝廷恩典！如今卻一個個貪生怕死，背義忘恩，爭去投降不迭。只圖安樂一時，那顧罵名千古。唉，豈不可羞，豈不可恨！我雷海青雖是一個樂工，那些沒廉恥的勾當，委實做不出來。今日祿山與這一班逆黨，大宴凝碧池❷頭，傳集梨園奏樂。俺不免乘此，到那廝跟前，痛罵一場，出了這口憤氣。便粉骨碎身，也說不得了。且抱著琵琶，去走一遭也呵！

【仙呂村裡迓鼓】雖則俺樂工卑濫，硜硜❸愚暗，也不曾讀書獻策，登科及第，向鵷班❹高站。只這血性中，胸脯內，倒有些忠肝義膽。今日個睹了喪亡，遭了危難，值了變慘，不

❶ 供奉：以技藝侍奉皇帝的人。

❷ 凝碧池：唐禁苑中池名。安祿山兵入長安，曾大宴其部下於此處。池，底本字跡不清，據下文及暖紅室初刻本補。

❸ 硜硜：音ㄎㄥ　ㄎㄥ。形容淺陋固執。

❹ 鵷班：朝官的行列。鵷和鷺飛行有序，因以「鵷班鷺序」比喻朝官的排列有序。

由人痛切齒，聲吞恨銜。

【元和令】恨子恨潑腥羶莽將龍座渰❺，癩蝦蟆妄想天鵝啖，生克擦❻直逼的個官家下殿走天南。你道恁胡行堪不堪？縱將他寢皮食肉也恨難劖❼。誰想那一班兒沒掂三❽，歹心腸，賊狗男。

【上馬嬌】平日家張著口將忠孝談，到臨危翻著臉把富貴貪。早一齊兒搖尾受新銜，把一個君親仇敵當作恩人感。咱，只問你蒙面可羞慚？

【勝葫蘆】眼見的去做忠臣沒個敢。雷海青呵，若不把一肩擔，可不枉了戴髮含牙❾人是俺。但得綱常無缺，鬚眉無愧❿，便九死也心甘。（下）

【南中呂引子】【遶紅樓】（淨引二軍士上）搶占山河號大燕，袍染赭冠戴衝天⓫。凝碧清秋，梨園小部，歌舞列瓊筵。

---

❺ 潑腥羶莽將龍座渰：指安祿山篡奪了帝位。潑腥羶，對北方少數民族的蔑稱。龍座，皇帝的座位。渰，淹沒。
❻ 生克擦：活生生。
❼ 劖：音ㄔㄢˊ。消除。
❽ 沒掂三：沒有頭腦，糊塗。
❾ 戴髮含牙：指真正的人。語出列子黃帝：「戴髮含齒，倚而趣者謂之人。」
❿ 鬚眉無愧：不愧為堂堂正正的男子漢。鬚眉，指男子漢。
⓫ 袍染赭冠戴衝天：赭黃袍、衝天冠，都是皇帝的穿戴衣著。

孤家安祿山，自從范陽起兵，所向無敵。長驅西入，直抵長安。唐家皇帝，逃入蜀中去了，錦繡江山歸吾掌握。（笑介）好不快活。今日聚集百官，在凝碧池上做個太平筵宴，灑樂⑫一回。內侍每，眾官可曾齊到？（雜）都在外殿伺候。（淨）宣過來。（軍）領旨。（宣介）主上宣百官進見。（四偽官上）「今日新天子，當時舊宰臣。同為識時者，不是負恩人。」（見介）臣等朝見。願主上萬歲，萬萬歲！（淨）眾卿平身。孤家今日政務稍閒，特設宴在凝碧池上，與卿等共樂太平。（四偽官）萬歲。（軍）筵宴完備，請主上升宴。（內奏樂，四偽官跪送酒介）（淨）

【中呂過曲】【尾犯序】龍戲碧池邊，正五色雲開，秋氣澄鮮。紫殿逍遙，暫停吾玉鞭。開宴，走緋衣鑾刀細割，擡錦袖犀盤滿獻。（四偽官獻酒再拜介）瑤池下，熊羆鵷鷺⑬拜送酒如泉。

（淨）內侍每，傳旨喚梨園子弟奏樂。（軍）領旨。（向內介）主上有旨，著梨園子弟奏樂。（內應，奏樂介）（軍送淨酒介）（合）

【前腔】【換頭】當筵，眾樂奏鈞天⑭。舊日霓裳，重按歌遍⑮。半入雲中，半吹落風前。希見，除卻了清虛洞府⑯，只有那沉香亭院。今日個，仙音法曲不數大唐年。

---

⑫ 灑樂：縱情歡樂。

⑬ 熊羆鵷鷺：武將與文官。熊羆，喻指武將。鵷鷺，喻指文官。

⑭ 鈞天：天上的音樂。此處指霓裳羽衣曲。

⑮ 歌遍：指歌。遍就是歌。

（淨）奏得好。（四偽官）臣想天寶皇帝，不知費了多少心力，教成此曲，今日卻留與主上受用。真乃齊天之福也。（淨笑介）眾卿言之有理。再上酒來。（軍送酒介）（外在內泣唱介）

【前腔】幽州鼙鼓喧，萬戶蓬蒿，四野烽煙。葉墮空宮，忽驚聞歌弦，奇變。真個是天翻地覆，真個是人愁鬼怨。（大哭介）我那天寶皇帝呵，金鑾上，百官拜舞何日再朝天⑰？

（淨）呀，什麼人啼哭？好奇怪！（軍）是樂工雷海青。（淨）拏上來。（軍拉外上，見介）（淨）雷海青，孤家在此飲太平筵宴，你敢擅自啼哭，好生可惡！（外罵介）唉，安祿山，你本是失機邊將，罪應斬首。倖蒙聖恩不殺，拜將封王。你不思報效朝廷，反敢稱兵作亂，穢汙神京，逼遷聖駕。這罪惡貫盈⑱，指日⑲天兵到來誅戮，還說什麼太平筵宴！（淨大怒介）唉，有這等事。孤家入登大位，臣下無不順從。量你這一個樂工，怎敢如此無禮！軍士看刀伺候。（二軍作應，拔刀介）（外一面指淨罵介）

【撲燈蛾】怪伊忒負恩，獸心假人面，怒髮上衝冠。我雖是伶工微賤也，不似他朝臣靦覥⑳。安祿山，你竊神器㉑上逆皇天，少不得頃刻間屍橫血濺。（將琵琶擲淨介）我擲琵琶，將賊臣碎

---

⑯ 清虛洞府：指月宮。

⑰ 朝天：朝見皇帝。此處指朝見唐玄宗。

⑱ 罪惡貫盈：惡貫滿盈，形容罪大惡極。

⑲ 指日：為期不遠。

⑳ 靦覥：羞愧的樣子。此處為反話正說。

㉑ 神器：指帝位。

首報開元㉒。

（軍奪琵琶介）（淨）快把這廝拏去砍了。（軍應，拏外砍下）（淨）好惱，好惱！（四偽官）主上息怒。無知樂工，何足介意。（淨）孤家心上不快，眾卿且退。（四偽官）領旨。臣等恭送主上回宮。（跪送介）（淨）酒逢知己千鍾少，話不投機半句多。（怒下）（四偽官起介）殺得好，殺得好。一個樂工，思量做起忠臣來，難道我每喫太平宴的，倒差了不成！

【尾聲】大家都是花花面，一個忠臣值甚錢。（笑介）雷海青，雷海青，畢竟你未戴烏紗㉓識見淺！

三秦流血已成川㉔，羅隱　為虜為王事偶然㉕。李山甫

世上何人憐苦節㉖，陸希聲　直須行樂不言旋㉗。薛稷

㉒ 開元：唐玄宗的年號。此處指唐玄宗。

㉓ 未戴烏紗：未做官。烏紗，烏紗帽。

㉔ 三秦流血已成川：詩見羅隱即事中元甲子。三秦，指今陝西一帶。

㉕ 為虜為王事偶然：詩見李山甫項羽廟：「為虜為王盡偶然，有何羞見漢江船。」「為虜」，底本作「為鹵」。「鹵」通「虜」。

㉖ 世上何人憐苦節：詩見陸希聲陽羨雜詠十九首其一。

㉗ 直須行樂不言旋：詩見薛稷奉和聖製春日幸望春宮應制：「喜奉仙游歸路遠，直言行樂不言旋。」

長生殿
卷下
十四
暖紅室

第二十九齣　聞鈴

（丑內叫介）軍士每趲行，前面伺候。（內鳴鑼，應介）（丑）萬歲爺，請上馬。（生騎馬，丑隨行上）

【雙調近詞】【武陵花】**玉輦巡行，多少悲涼途路情。看雲山重疊處，似我亂愁交并。無邊落木響秋聲，長空孤雁添悲哽。**寡人自離馬嵬，飽嘗辛苦。前日遣使臣齎奉璽冊，傳位太子去了❶。行了一月，將近蜀中。且喜賊兵漸遠，可以緩程而進。只是對此鳥啼花落，水綠山青，無非助朕悲懷。如何是好！（丑）萬歲爺，途路風霜，十分勞頓。請自排遣，勿致過傷。（生）唉，高力士，朕與妃子，坐則並几，行則隨肩。今日倉卒西巡，斷送他這般結果，教寡人如何撇得下也！（淚介）**提起傷心事，淚如傾。**回望馬嵬坡下，不覺恨填膺。（丑）前面就是棧道❷了，請萬歲爺挽定絲韁，緩緩前進。（生）**裊裊旗旌，背殘日風搖影。匹馬崎嶇怎暫停，怎暫停！**只見陰雲黯淡天昏暝，**哀猿斷腸❸，子規叫血❹，好教人怕聽。兀的不慘殺人也麼哥，兀的不苦殺人也麼哥！蕭條**

❶ 前日遣使臣齎奉璽冊二句：據資治通鑑載，天寶十五年（唐肅宗至德元年）七月，太子李亨在靈武即皇帝位，尊唐玄宗為上皇天帝。八月，李隆基派韋見素、房琯、崔渙奉送傳國寶、玉冊到靈武，傳位給李亨。而此時，李隆基已到達成都。本齣所寫，與史實有所出入。

❷ 棧道：在懸崖邊用木頭鋪成的小道。

❸ 哀猿斷腸：形容極度悲傷，典出世說新語黜免。桓溫率兵入蜀，行至三峽中，有士卒捉到一幼猿。猿母沿岸

恁生⑤，峨眉山⑥下少人經，冷雨斜風撲面迎。

（丑）雨來了，請萬歲爺暫登劍閣避雨。（生作下馬，登閣坐介）（丑作向內介）軍士每，且暫駐扎，雨住再行。（內應介）（生）「獨自登臨意轉傷，蜀山蜀水恨茫茫。不知何處風吹雨，點點聲聲迸斷腸。」（內作鈴響介）（生）你聽那壁廂，不住的聲響，聒的人好不耐煩。高力士，看是甚麼東西？（丑）是樹林中雨聲，和著簷前鈴鐸，隨風而響。（生）呀，這鈴聲好不做美也！

【前腔】淅淅零零，一片淒然心暗驚。遙聽隔山隔樹，戰合風雨高響低鳴。一點一滴又一聲，一點一滴又一聲，和愁人血淚交相迸。對這傷情處，轉自憶荒塋。白楊蕭瑟雨縱橫，此際孤魂淒冷。鬼火光寒草間濕亂螢。只悔倉皇負了卿，負了卿！我獨在人間委實的不願生。語娉婷⑦，相將早晚伴幽冥。一慟空山寂，鈴聲相應，閣道崚嶒⑧，似我迴腸

哀叫，隨行百餘里，忽然跳上船而死。剖開其腹，腸皆寸寸斷。

④ 子規叫血：即杜鵑啼血，形容極其悲痛。子規，即杜鵑鳥。杜鵑鳥口紅，春天杜鵑花開即鳴啼，聲音非常哀切。古人誤傳牠夜啼吐血，又認為聞其聲者將有離別之事，後遂以「杜鵑啼血」用為悲痛、傷別之典。事見禽經張華注、異苑卷三。

⑤ 恁生：如此。

⑥ 峨眉山：在四川峨眉縣西南，因山勢逶迤，有山峰相對如蛾眉，故名。

⑦ 娉婷：美人，佳人。此處指楊貴妃。

⑧ 崚嶒：高險不平的樣子。

恨怎平！

（丑）萬歲爺且免愁煩。雨止了，請下閣去罷。（生作下閣、上馬介，丑向內介）軍士每，前面起駕。（眾內應介）（丑隨生行介）（生）

【尾聲】迢迢前路愁難罄❾，招魂❿去國⓫兩關情。（合）望不盡雨後尖山萬點青。

（生）劍閣連山千里色⓬，駱賓王　離人到此倍堪傷⓭。羅鄴

空勞翠輦衝泥雨⓮，秦韜玉　一曲淋鈴淚數行⓯。杜牧

❾ 罄：盡。

❿ 招魂：指思念楊貴妃。

⓫ 去國：離開國都。

⓬ 劍閣連山千里色：詩見駱賓王疇昔篇：「陽關積霧萬里昏，劍閣連山千種色。」

⓭ 離人到此倍堪傷：詩見羅鄴僕射陂晚望。

⓮ 空勞翠輦衝泥雨：詩見秦韜玉吹笙歌。

⓯ 一曲淋鈴淚數行：詩見杜牧華清宮。

第三十齣　情悔

【仙呂入雙調】【普賢歌】（副淨上）馬嵬坡下太荒涼，土地公公也氣不揚。祠廟倒了牆，沒人燒炷香，福禮三牲❶誰祭享！

小神馬嵬坡土地是也，向來香火頗盛。只因安祿山造反，本境人民盡皆逃散，弄得廟宇荒涼，香煙斷絕。目今野鬼甚多，恐怕出來生事，且往四下裡巡看一回。正是「只因神倒運，常恐鬼胡行」。（虛下）

（魂旦上）

【雙調引子】【搗練子】冤疊疊，恨層層，長眠泉下幾時醒？魂斷蒼煙寒月裡，隨風窣窣度空庭。

「一曲霓裳逐曉風，天香國色❷總成空。可憐只有心難死，脈脈常留恨不窮。」奴家楊玉環鬼魂是也。自從馬嵬被難，荷蒙岳帝❸傳敕，得以棲魂驛舍，免墮冥司❹。（悲介）我想生前與皇上在西宮行樂，

---

❶ 福禮三牲：祭祀用的牛、羊、豬。福禮，祭祀時所用的牲物禮品。

❷ 天香國色：本指牡丹花香色不凡，此處用以形容楊貴妃的美貌。松窗雜錄載，唐文宗在內殿賞花，問程修己：「現在京城傳唱牡丹花詩，誰寫的最為出色？」程修己回答道：「我聽說公卿間都在吟賞中書舍人李正封的詩：『天香夜染衣，國色朝酣酒。』」

❸ 岳帝：即東岳帝君，參見第二十七齣㉔。

何等榮寵！今一旦紅顏斷送，白骨寃沉，冷驛荒垣，孤魂淹滯。你看月淡星寒，又早黃昏時分，好不悽慘也！

【過曲】【三仙橋】古驛無人夜靜，趁微雲，移月暝，潛潛趄趄暫時偷現影。魆地間，心耿耿，猛想起我舊丰標教我一想一淚零。想、想當日那態娉婷❺，想、想當日那粧豔靚，端得是賽丹青描成畫成。那曉得不留停，早則肌寒肉冷❻。（悲介）苦變做了鬼胡由❼，誰認得是楊玉環的行徑❽！

（淚介）（袖出釵盒介）這金釵、鈿盒，乃皇上定情之物，已從墓中取得。不免向月下把玩一回。（副淨潛上，指介）這是楊貴妃鬼魂，且聽他說些甚麼。（背立聽介）（旦看釵盒介）

【前腔】看了這金釵兒雙頭比並，更鈿盒同心相映。只指望兩情堅如金似鈿，又怎知翻做斷綆❾。若早知為斷綆，枉自去將他留下了這傷心欛柄。記得盒底夜香清，釵邊曉鏡明，有多少歡承愛領。（悲介）但提起那恩情，怎教我重泉目暝！（哭介）苦只為釵和盒，那夕的綢

❹ 冥司：陰間地府。
❺ 娉婷：姿態美好的樣子。
❻ 肌寒肉冷：底本作「饑寒肉冷」，據暖紅室初刻本改。
❼ 鬼胡由：鬼魂。
❽ 行徑：指姿容、模樣。
❾ 斷綆：指斷絕了連接愛情的線索。綆，音ㄍㄥˇ。繩子。

繆，翻成做楊玉環這些時的悲哽。

（副淨背聽，作點頭介）（旦）咳，我楊玉環，生遭慘毒，死抱沉冤。或者能悔前愆，得有超拔⑩之日，也未可知。且住，（悲介）只想我在生所為，那一庄⑪不是罪案。況且弟兄姊妹，挾勢弄權，罪惡滔天，總皆由我，如何懺悔得盡！不免趁此星月之下，對天哀禱一番。（對天拜介）

【前腔】對星月發心至誠，拜天地低頭細省。皇天，皇天！念楊玉環呵，重重罪孽折罰來遭禍橫。今夜呵，懺愆尤，陳罪眚⑫，望天天高鑒宥我垂證明。只有一點那癡情，愛河沉未醒。說到此悔不來惟天表證。縱冷骨不重生，拚向九泉待等。那土地說，我原是蓬萊仙子，譴謫人間。天呵，只是奴家恁般業⑬重，敢仍望做蓬萊座的仙班，只願還楊玉環舊日的匹聘⑭！

（副淨）貴妃，吾神在此。（旦）原來是土地尊神。（副淨）

【越調過曲】【憶多嬌】我趁月明，獨夜行。見你拜禱深深仔細聽，這一悔能教萬孽清。管感動天庭，感動天庭，有日重圓舊盟。

（旦）多蒙尊神鑒憫。只怕奴家呵，

---

⑩ 超拔：超度昇天。

⑪ 一庄：即一樁，一件。

⑫ 陳罪眚：陳述罪過。眚，音ㄕㄥˇ。過錯。

⑬ 業：佛教語，指罪孽。

⑭ 匹聘：配偶。此處指唐明皇。

【前腔】業障縈，夙慧⑮輕。今夕徒然愧悔生，泉路茫茫隔上清⑯。（悲介）說起傷情，說起傷情，只落得千秋恨成。

（副淨）貴妃不必悲傷，我今給發路引⑰一紙。千里之內，任你魂遊便了。（作付路引介）聽我道來，

【鬥黑麻】你本是蓬萊籍中有名，為墮落皇宮，癡魔頓增。歡娛過，痛苦經。雖謝塵緣，難返仙庭。喜今宵夢醒，教你逍遙擇路行。莫戀迷途，莫戀迷途，早歸舊程。

【前腔】（旦接路引謝介）深謝尊神與奴指明，怨鬼愁魂，敢望仙靈！（背介）今後呵，隨風去，信路行。蕩蕩悠悠，日隱宵征。依月傍星，重尋釵盒盟。還怕相逢，還怕相逢，兩心痛增。

（副淨）吾神去也。

（旦）曉風殘月正潸然⑱，韓　琮　（副淨）對影聞聲已可憐⑲。李商隱

（旦）昔日繁華今日恨⑳，司空圖　（副淨）只應尋訪是因緣㉑。方　干

⑮夙慧：佛教語，指前世所作的善業。

⑯隔上清：隔了一重天。上清，道家稱天有三清境，即玉清、上清、太清。

⑰路引：通行證。

⑱曉風殘月正潸然：詩見韓琮露。潸然，淚流不斷的樣子。

⑲對影聞聲已可憐：詩見李商隱碧城三首其二。

⑳昔日繁華今日恨：詩見司空圖南北史感遇十首其九。

㉑只應尋訪是因緣：詩見方干題龜山穆上人院。

第三十一齣 剿寇

【中呂引子】【菊花新】(外戎裝，領四軍上)謬承新命陟崇階❶，掛印催登上將臺❷。慚愧出群才，敢自許安危全賴。

「建牙吹角不聞喧，三十登壇眾所尊。家散萬金酬士死，身留一劍答君恩❸。」下官郭子儀，叨蒙聖恩，特拜朔方節度使，領兵討賊。現今上皇❹巡幸西川，今上❺即位靈武。當此國家多事之秋，正我臣子建功之日。誓當掃清群寇，收復兩京❻，再造唐家社稷，重睹漢官威儀，方不負平生志願也。眾將官，今乃黃道吉日，就此起兵前去。(眾應，吶喊、發號啟行介)(合)

【中呂過曲】【馱環著】擁鸞旂羽葢，擁鸞旂羽葢❼，蹴起塵埃。馬掛征鞍，將披重鎧，畫

---

❶ 謬承新命陟崇階：錯誤地接受新的任命，登上了極高的官位。

❷ 上將臺：帝王任命大將時所築的高臺。

❸ 建牙吹角不聞喧四句：詩見唐劉長卿獻淮寧軍節度使李相公。建牙，指被任命為節度使。

❹ 上皇：唐肅宗即位後，尊唐玄宗李隆基為上皇天帝。參見第二十九齣❶。

❺ 今上：當今皇帝，指唐肅宗。

❻ 兩京：西京長安和東京洛陽。

❼ 擁鸞旂羽葢：據暖紅室二刻本補。

戟雕弓耀彩。軍令分明，爭看取奮鷹揚❽堂堂元帥。端的是孫吳❾無賽，管淨掃妖氛毒害。機謀運，陣勢排。一戰收京，萬方寧泰。（齊下）

【前腔】（丑末扮番將、引軍卒行上）倚兵強將勇，倚兵強將勇，一鼓前來。陣似推山，勢如倒海，不斷征雲靉靆❿。鬼哭神號，到處裡染腥風殺人如芥。自家大燕皇帝麾下大將史思明、何千年是也。唐家立了新皇帝，遣郭子儀殺奔前來。奉令著我二人迎敵。（末）聞得郭子儀兵勢頗盛，我等二人分作兩隊，待一人與他交戰，一人橫衝出來，必獲大勝。（丑）言之有理。大小三軍，就此分隊殺上前去。（四雜應，作分行介）向兩下分兵迎待，先一合拖刀佯敗。磨旗⓫慘，戰鼓哀。奮勇先登，振威奪帥。

（末領眾先下）（外領軍上，與丑對戰一合介）（丑）來將何名？（外）吾乃大唐朔方節度使郭。天兵到此，還不下馬受縛，更待何時？（丑）不必多講，放馬過來。（戰介，丑敗介，走下）（末領卒上，截外戰介）（外）來的賊將，快早投降。（末）郭子儀，你可贏得我麼？（外）休得饒舌。（戰介，丑復上混戰介）（丑、末大敗逃下）（外）且喜賊將大敗而逃，此去長安不遠，連夜殺奔前去便了。（眾）得令。（行介）

---

❽ 鷹揚：形容威武雄壯。

❾ 孫吳：春秋戰國時期著名軍事家孫武和吳起。

❿ 靉靆：濃雲密布的樣子。

⓫ 磨旗：「磨旗」原為「揮旗」、「搖旗」之意，此用作名詞，指旌旗。

（合）

【添字紅繡鞋】三軍笑口齊開，齊開，旌旗滿路爭排，爭排。擁大將，氣雄哉。合圖畫上雲臺⑫。把軍書忙裁，忙裁，捷奏報金階⑬，捷奏報金階。

【尾聲】兩都早慰雲霓待⑭，九廟⑮重瞻日月開，復立皇唐億萬載。

悲風殺氣滿山河⑯，白居易　師克由來在協和⑰。胡曾
行望鳳京旋凱捷⑱，賀朝　千山明月靜干戈⑲。杜荀鶴

---

⑫ 合圖畫上雲臺：東漢明帝為追念前代功臣，圖畫二十八將於南宮雲臺。事見後漢書朱景王杜馬劉傅堅馬傳。此處將郭子儀視為名傳萬世的功臣。合，應該。
⑬ 金階：代稱朝廷。
⑭ 雲霓待：如大旱之望雲霓，表示渴望。
⑮ 九廟：帝王的宗廟。
⑯ 悲風殺氣滿山河：詩見白居易亂後過流溝寺。
⑰ 師克由來在協和：詩見胡曾詠史昆陽。
⑱ 行望鳳京旋凱捷：詩見賀朝從軍行。
⑲ 千山明月靜干戈：詩見杜荀鶴獻新安于尚書。

第三十二齣　哭像 ❖

第三十二齣　哭像

（生上）「蜀江水碧蜀山青，贏得朝朝暮暮情。但恨佳人難再得，豈知傾國與傾城。」寡人自幸成都，傳位太子，改稱上皇。喜的郭子儀兵威大振，指日蕩平。只念妃子為國捐軀，無可表白，特敕成都府建廟一座。又選高手匠人，將旃檀香雕成妃子生像。命高力士迎進宮來，待寡人親自送入廟中供養。敢待到也。（嘆科）咳，想起我妃子呵，

【正宮端正好】是寡人昧了他誓盟深，負了他恩情廣，生拆開比翼鸞凰。說甚麼生生世世無拋漾❶，早不道❷半路裡遭魔障。

【滾繡毬】恨寇逼的慌，促駕起的忙。點三千羽林兵將，出延秋❸便沸沸揚揚。甫傷心第一程到馬嵬驛舍傍，猛地裡爆雷般齊吶起一聲的喊響，早子見❹鐵桶似密圍住四下裡刀鎗。惡噷噷單施逞著他領軍元帥威能大，眼睜睜只逼拶❺的俺失勢官家氣不長，落可便❻手腳慌張。

---

❶ 拋漾：拋棄。
❷ 早不道：卻不料。
❸ 延秋：即延秋門，為長安禁苑的西門。
❹ 早子見：就只見。
❺ 逼拶：逼迫。

恨子恨陳元禮呵，

【叨叨令】不催他車兒馬兒一謎家延延挨挨的望，硬執著言兒語兒一會裡喧喧騰騰的謗，更排些戈兒戟兒一哄中重重疊疊的上，生逼個身兒命兒一霎時驚驚惶惶的喪。（哭科）兀的不痛殺人也麼哥，兀的不痛殺人也麼哥！閃的❼我形兒影兒這一個孤孤悽悽的樣。

寡人如今好不悔恨也！

【脫布衫】羞殺咱掩面悲傷，救不得月貌花龐。是寡人全無主張，不合呵將他輕放。

【小梁州】我當時若肯將身去抵搪❽，未必他直犯君王；縱然犯了又何妨，泉臺❾上，倒博得永成雙。

【幺篇】如今獨自雖無恙，問餘生有甚風光！只落得淚萬行愁千狀！（哭科）我那妃子呵，人間天上，此恨怎能償！

（丑同二宮女、二內監捧香爐、花旛，引雜擡楊妃像，鼓樂行上）（丑見生科）啟萬歲爺，楊娘娘寶像迎到了。（生）快迎進來波。（丑）領旨。（出科）奉旨：宣楊娘娘像進。（宮女）領旨。（作擡像進、對生，宮

---

❻ 落可便：曲中襯字，無實義。

❼ 閃的：拋下，丟下。

❽ 抵搪：抵擋。

❾ 泉臺：指陰間。

女跪，扶像略俯科）楊娘娘見駕。（丑）平身。（宮女起科）（生起立對像哭科）我那妃子呵，

【上小樓】別離一向，忽看嬌樣。待與你敘我冤情，說我驚魂，話我愁腸。（近前叫科）妃子，妃子，怎不見你回笑龐，答應響，移身前傍。（細看像，大哭科）呀，原來是刻香檀做成的神像！

（丑）鑾輿已備，請萬歲爺上馬，送娘娘入廟。（雜扮校尉，瓜、旗、傘、扇，鑾駕隊子上）（生）高力士傳旨，馬兒在左，車兒在右，朕與娘娘並行者。（丑）領旨。（生上馬，校尉擡像，排隊引行科）（生）

【么篇】谷碌碌⑩鳳車呵緊貼著行，裊亭亭⑪龍鞭呵相對著揚。依舊的輦兒廝並，肩兒齊亞，影兒成雙。情暗傷，心自想。想當時聯鑣⑫遊賞，怎到頭來剛做了恁般隨倡⑬！

（到科）（丑）到廟中了，請萬歲爺下馬。（生下馬科）內侍每，送娘娘進廟去者。（鑾駕隊子下）（內侍擡像，同宮女、丑隨生進，生作入廟看科）

【滿庭芳】我向這廟裡擡頭覷望，問何如西宮南苑，金屋輝光？那裡有鴛幃繡幙芙蓉帳！空則見顫巍巍神幔高張，泥塑的宮娥兩兩，帛裝的阿監雙雙。剪簇簇旛旌颺，招不得香魂再轉，卻與我搖曳弔心腸。

⑩ 谷碌碌：翻滾聲。
⑪ 裊亭亭：細長輕盈的樣子。
⑫ 聯鑣：並騎。鑣，馬銜，借指馬。
⑬ 隨倡：夫唱婦隨。

（生前坐科）（丑）吉時已屆，候旨請娘娘升座。（生）宮人每，伏侍娘娘升座者。（宮女應科）領旨。（內細樂，宮女扶像對生，如前略俯科）楊娘娘謝恩。（丑）平身。（生起立，內鼓樂，眾扶像上座科）（生）

【快活三】俺只見宮娥每簇擁將，把團扇護新妝。猶錯認定情初夜入蘭房。（悲科）可怎生冷清清獨坐在這彩畫生綃帳⓮！

（丑）啟萬歲爺，楊娘娘升座畢。（生）看香過來。（丑跪奉香，生拈香科）

【朝天子】爇騰騰寶香，映熒熒燭光，猛逗著往事來心上。記當日長生殿裡御爐傍，對牛女把深盟講。又誰知信誓荒唐，存歿參商！空憶前盟不暫忘。今日呵，我在這廂，你在那廂，把著這斷頭香在手添悽愴。

高力士看酒過來，朕與娘娘親奠一杯者。（丑奉酒科）初賜爵⓯。（生捧酒哭科）

【四邊靜】把杯來擎掌，怎能夠檀口還從我手內嘗。按不住悽惶，叫一聲妃子也親陳上。淚珠兒溶溶滿觴，怕添不下半滴葡萄釀。

（丑接杯獻座科）（生）我那妃子呵，

【耍孩兒】一杯望汝遙來享，痛煞煞古驛身亡。亂軍中抔土⓰便埋藏，並不曾瀽半碗涼

⓮ 彩畫生綃帳：用彩色畫絹織成的幃帳。生綃，指畫絹。

⓯ 初賜爵：在古代祭祀的禮儀上，要斟三次酒，敬獻三次，分別稱為「初獻爵」、「亞獻爵」、「終獻爵」。此處所寫，為皇帝祭貴妃，因而改「獻爵」為「賜爵」。爵，酒杯。

漿⑰。今日呵，恨不誅他肆逆三軍眾，祭汝含酸一國殤⑱。對著這雲幃像，空落得儀容如在，越痛你魂魄飛揚。

（丑又奉酒科）亞賜爵。（生捧酒哭科）

【五煞】碧盈盈酒再陳，黑漫漫恨未央，天昏地暗人凝望。今朝廟宇留西蜀，何日山陵改北邙⑲！（丑又接杯獻座科）（生哭科）寡人呵，與你同穴葬，做一株塚邊連理，化一對墓頂鴛鴦⑳。

（丑又奉酒科）終賜爵。（生捧酒科）

【四煞】奠靈筵禮已終，訴衷情話正長。你嬌波不動可見我愁模樣？只為我金釵鈿盒情辜負，致使你白練黃泉恨渺茫。（丑接杯獻科）（生哭科）向此際搥胸想，好一似刀裁了肺腑，火烙了肝腸。

---

⑯ 抔土：一捧土。

⑰ 瀽半碗涼漿：奠半杯冷酒。瀽，音ㄐㄧㄢˇ。將酒倒在地上。

⑱ 國殤：為國捐軀的人。

⑲ 何日山陵改北邙：何時改葬，建成正式的陵墓。山陵，帝王后妃的墳墓。北邙，即北邙山，在洛陽北，東漢時恭王劉祉葬於此，其後王侯公卿多葬在這裡。

⑳ 做一株塚邊連理二句：表示對愛情忠貞不渝。典出干寶搜神記。宋康王貪圖舍人韓憑妻何氏的美色，奪走何氏，並囚禁韓憑。韓憑自殺身亡。何氏亦跳樓自盡，在遺書中請求康王將她與韓憑合葬。康王竟將兩人分葬。不料，次日有梓木長在二冢之上，枝根交錯。又有雌雄鴛鴦各一隻，交頸悲鳴，日夜相守。

（丑、宮女、內侍俱哭科）（生看像驚科）呀，高力士，你看娘娘的臉上，兀的不流出淚來了。（丑同宮女看科）呀，神像之上，果然滿面淚痕。奇怪，奇怪！（生哭科）哎呀，我那妃子呵，

【三煞】只見他垂垂的濕滿頤，汪汪的含在眶，紛紛的點滴神臺上。分明是牽衣請死愁容貌，回顧吞聲慘面龐。這傷心真無兩，休說是泥人墮淚，便教那鐵漢也腸荒！

（丑）萬歲爺請免悲傷，待奴婢每叩見娘娘。（同宮女、內侍哭拜科）（生）

【二煞】只見老常侍㉑雙膝跪，舊宮娥伏地傷。叫不出娘娘千歲一個個含悲向。（哭科）妃子呵，只為你當日在昭陽殿裡施恩遍，今日個錦水㉒祠中遺愛㉓長。悲風蕩，腸斷殺數聲杜宇㉔，半壁斜陽。

（丑）請萬歲爺與娘娘焚帛。（生）再看酒來。（丑奉酒焚帛，生酹酒㉕科）

【一煞】疊金銀山百座，化幽冥帛萬張。紙銅錢怎買得天仙降？空著我衣沾殘淚鵑留怨，不能夠魂逐飛灰蝶化雙，驀地裡增悲愴。甚時見鸞驂碧漢，鶴返遼陽㉖？

㉑ 老常侍：指高力士。常侍，太監。

㉒ 錦水：錦江，在今四川成都。

㉓ 遺愛：指對楊貴妃的懷念。

㉔ 杜宇：杜鵑鳥。

㉕ 酹酒：祭奠時將酒灑在地上。

㉖ 甚時見鸞驂碧漢二句：何時能見到你回來。鸞驂碧漢，西王母來見漢武帝，先有青鳥報信，又有二青鳥如鸞，

（丑）天色已晚，請萬歲爺回宮。（生）宮娥，可將娘娘神帳放下者。（宮娥）領旨。（作下神幔，內暗擡像下科）（生）起駕。（丑應科）（生作上馬，鑾駕隊子復上，引行科）（生）

【煞尾】出新祠淚未收，轉行宮痛怎忘？對殘霞落日空凝望！寡人今夜呵，把哭不盡的衷情，和你夢兒裡再細講。

數點香煙出廟門㉗，曹鄴　巫山雲雨洛川神㉘。權德輿
翠蛾彷彿平生貌㉙，白居易　日暮偏傷去住人㉚。封彥沖

夾侍在西王母身旁。事見漢武故事。鶴返遼陽，遼東人丁令威在靈虛山學道成仙，後化作白鶴返回遼陽。事見搜神後記。

㉗ 數點香煙出廟門：詩見曹鄴題女郎廟：「數點煙香出廟門，女娥飛去影中存。」

㉘ 巫山雲雨洛川神：詩見權德輿雜興五首其五。洛川神，本指洛水女神宓妃，此處借指楊貴妃。

㉙ 翠蛾彷彿平生貌：詩見白居易李夫人。

㉚ 日暮偏傷去住人：詩見封彥卿和李尚書命妓餞崔侍御。去住人，遊子，此處指唐明皇。洪昇將作者寫成「封彥沖」，當為記憶有誤。

第三十三齣　神訴

【南仙呂入雙調】【柳搖金】（貼引二仙女、二仙官隊子行上）工成玉杼，機絲巧殊。呈錦過天除❶，搖珮還星渚，雲中引鳳輿。卻望著銀河一縷，碧落映空虛。俯視塵寰，山川米聚。吾乃天孫織女是也。織成天錦，進呈上帝。行路中間，只見一道怨氣，直衝霄漢。不知下界是何地方？（叫介）仙官，（官應介）（貼）你看這非烟非霧，怨氣模糊，試問下方何處？

（官應，作看介）啟娘娘，下界是馬嵬坡地方。（貼）分付暫駐雲車，即宣馬嵬坡土地來者。（官應，眾擁貼高處坐介）（官向內喚介）馬嵬坡土地何在？（副淨應上）來也。

【越調鬥鵪鶉】則俺在廟裡安身，忽聽得空中喚取。則他那天上宣差，有俺甚地頭事務？（官喚科）土地快來。（副）他不住的唱叫揚疾❷，諕的我慌忙急遽。只索把急張拘諸❸的袍袖來拂，乞留屈碌❹的腰帶來束。整頓了這破丟不答❺的平頂頭巾，扶定了那滴羞撲速❻的齊眉拐拄。

❶ 天除：天宮前的臺階。
❷ 唱叫揚疾：大聲喊叫。
❸ 急張拘諸：慌慌張張。
❹ 乞留屈碌：彎彎曲曲。
❺ 破丟不答：破破爛爛。

（見官科）仙官呼喚，有何使令？（官）織女娘娘呼喚你哩。（副淨）

【紫花兒序】聽說道喚俺的是天孫織女，我又不曾在河邊去掌渡司橋，可因甚到坡前來覓路尋途？（背科）哦，是了波，敢只為雲中駕過，道俺這裡接待全疏，（哭科）待將咱這卑職來勾除❼。（回向官科）仙官可憐見波，小神官卑地苦，接待不周，特帶得一陌黃錢❽在此，送上仙官，望在娘娘前方便❾咱。則看俺廟宇荒涼鬼判無，常只是塵蒙了神案，土塞在臺基，草長在香爐。

（官笑科）誰要你的黃錢。娘娘有話問你哩，快去，快去。（引副淨見介）（副淨）馬嵬坡土地叩見。願娘娘聖壽無疆。（仙女）平身。（副淨起科）（貼）土地，我在此經過，見你界上有怨氣一道，直衝霄漢。是何緣故？（副淨）娘娘聽啟，

【天淨沙】這的是豔晶晶❿霓裳曲裡嬌姝，裊亭亭翠盤掌上輕軀。（貼）是那一個？（副淨）是唐天子的貴妃楊玉環，磣磕磕黃土坡前怨屈，因此上痛咽咽幽魂不去，靄騰騰黑風在空際吹噓。

（貼）原來就是楊玉環。記得天寶十載渡河之夕，見他與唐天子在長生殿上，誓願世為夫婦。如今已成怨鬼，甚是可憐。土地，你將死時光景說與我聽者。（副淨）

---

❻ 滴羞撲速：物體落地的聲音。

❼ 勾除：免職。

❽ 一陌黃錢：一串紙錢。一陌，一百。

❾ 方便：給予便利。

❿ 豔晶晶：光彩閃耀的樣子。

【調笑令】子為著往蜀，侍鑾輿，鼎沸般軍聲四下裡呼。痛紅顏不敢將恩負，哭哀哀拜辭了君主。一霎時如花命懸三尺組⑪，生擦擦⑫為國捐軀。

（貼）怎生為國捐軀，你再細細說來。（副淨）

【小桃紅】當日個鬧鑊鐸⑬激變羽林徒，把驛庭四面來圍住。若不是慷慨佳人將難輕赴，怎能彀保無虞，扈君王直向西川路，使普天下人心悅服。今日裡中興重睹，兀的不是再造了這皇圖。

（貼）雖如此說，只是以天下之主，不能庇一婦人，長生殿中之誓安在？李三郎⑭暢好薄情也。（副淨）娘娘，那楊妃呵，

【禿廝兒】並不怨九重上情違義忤，單則捱九泉中恨債冤逋⑮。痛只痛情緣兩斷不再續，常則是悲此日，憶當初，欷歔。

（貼）他可說些甚來？（副淨）

【聖藥王】他道是恩已虛，愛已虛，則那長生殿裡的誓非虛。就是情可辜，意可辜，則那金

⑪ 命懸三尺組：以三尺白練自縊而死。組，白練。
⑫ 生擦擦：活生生。
⑬ 鬧鑊鐸：喧鬧的樣子。
⑭ 李三郎：唐玄宗的乳名。唐玄宗在兄弟六人中排行第三，故稱。
⑮ 冤逋：冤債。逋，拖欠。

釵鈿盒的信難誰。拚抱恨守冥途。

（貼）他原是蓬萊仙子，只因夙孽，迷失本真⑯。今到此地位，還記得長生殿中之誓。有此真情，殊堪鑒憫。（副淨）再啟娘娘，楊妃近來，更自痛悔前愆。（貼）怎見得？（副淨）

【麻郎兒】他夜夜向星前捫心泣訴，對月明叩首悲吁。切自悔愆尤積聚，要祈求罪業消除。

【么篇】因此上怨呼恨吐意苦。雖不能貫白虹上達天都⑰，早則是結紫孛⑱衝開地府。不隄防透青霄橫當仙路。

（貼）原來如此。既悔前非，諸愆可釋。吾當保奏天庭，令他復歸仙位便了。（副淨）娘娘呵，

【絡絲娘】雖則保奏他仙班再居，他卻還有癡情幾許。只恐到仙宮但孤處，願永證前盟夫婦。

（貼）是兒好情癡也。你且回本境，吾自有道理。（副淨）領法旨。

【尾聲】代將情事分明訴，幸娘娘與他做主。早則看馬嵬坡少一個苦游魂，穩情取蓬萊山添一員舊仙侶。

⑯ 本真：本性。

⑰ 貫白虹上達天都：表示怨氣衝天。相傳戰國時荊軻為燕國的太子丹去刺殺秦王，精誠感天，出現了白虹貫日的天象。事見史記魯仲連鄒陽列傳及集解。

⑱ 紫孛：紫氣。此處指怨氣。孛，彗星。

（下）（貼）分付起駕，回璇璣宮去。（眾應引行介）

【南仙呂入雙調過曲】【金字段】【金字令】紅顏薄命，聽說真冤苦。黃泉長恨，聽說多酸楚。更抱貞心，初盟不負。【三段子】悔深頓令真元⑲露，情堅鍊出金丹固，只合登仙把人天恨補。

往來朝謁蕊珠宮⑳，趙 嘏　　烏鵲橋成上界通㉑。劉 威
縱目下看浮世事㉒，方 干　　君恩已斷盡成空㉓。盧 弼

⑲ 真元：本性。
⑳ 往來朝謁蕊珠宮：詩見趙嘏贈道者。蕊珠宮，道教所說的仙宮，此處指璇璣宮。
㉑ 烏鵲橋成上界通：詩見劉威七夕。
㉒ 縱目下看浮世事：詩見方干登龍瑞觀北巖。
㉓ 君恩已斷盡成空：詩見盧汝弼薄命妾。「盧弼」當作「盧汝弼」。

第三十四齣　刺逆

（丑扮李豬兒太監帽、氈笠、箭衣上）「小小身材短短衣，高簷能走壁能飛。懷中匕首無人見，一皺眉頭起殺機。」自家李豬兒便是，從小在安祿山帳下。見俺人材俊俏，性格聰明，就與兒子一般看待。一日祿山醉後，忽然現出豬首龍身，自道是個豬龍，必有天子之分。因此把俺名字，就順口喚做豬兒。不想他如今果然做了皇帝，卻寵愛著段夫人，要立他兒子慶恩為太子。眼見這頂平天冠❶，不要說俺李豬兒沒福戴他，就是他長子大將軍慶緒，也輪不到頭上了。因此大將軍心懷忿恨，與俺商量，要俺今夜入宮行刺。唉，安祿山，安祿山，你受了唐天子那樣大恩，尚且興兵反叛，休怪俺李豬兒今日反面無情也。（內打二更介）你聽，譙樓❷已打二鼓，不免乘此夜靜，沿著宮牆前去走一遭也呵。（行介）

【雙調二犯江兒水】陰森夾道，行不盡陰森夾道，更深人靜悄。（內作鳥聲介）怕驚飛宿鳥，（內作犬吠介）犬吠哰哰，禍機兒包貯好。（內打更介）那邊巡軍來了，俺且閃在大樹邊，躲避一回。（躲介）（小生、末、中淨❸、老旦扮四軍，巡更上）「百萬軍中人四個，九重門外月三更。」（末）大哥每，你看那御河橋樹枝，為何這般亂動？（老）莫不有甚奸細在內。（中淨）這所在那得有奸細，想是柳樹成

❶ 平天冠：冕的俗稱，為皇帝參加祭祀時所戴。
❷ 譙樓：城門上的瞭望樓。
❸ 中淨：角色名稱，即丑角。

精了。（小生）呸，你每不聽得風起麼？（眾）不要管，一路巡去就是了。（遶場走下）（丑出行介）好謊人也。只見**刁斗④暗中敲，巡軍過御橋。星影雲飄，月影花搖，險些兒漏風聲難自保**。一路行來，此處已近後殿，不免跳過牆去。**苑牆恁高，那怕他苑牆恁高，翻身一跳**，（作跳過介）已**被俺翻身一跳**。（內作樂介）你聽，恁般時候，還有笙歌之聲。喜得宮中都是熟路，且自慢慢而去。**等待他醉糢糊把錦席拋⑤**。

（虛下）（淨作醉態，老旦、中淨、二宮女扶侍，二雜扮內侍，提燈上）（淨）孤家醉了，到便殿中安息去罷。（雜引淨到介）（淨坐介）（二雜先下）（淨）宮娥，段夫人可曾回宮？（老旦、中淨）回宮去了。（淨）看茶來吃。（老旦、中淨應下）（淨作醒嘆介）唉，孤家原不曾醉。只為打破長安之後，便想席捲中原。不料各路諸將，連被郭子儀殺得大敗，心中好生著急。又因愛戀段夫人，酒色過度，不但弄得孤家身子疲軟，連雙目都不見了。因此今夜假裝酒醉，令他回宮，孤家自在便殿安寢，暫且將息一宵。（老旦、中淨捧茶上）皇爺，茶在此。（淨作飲介）（內打三更介）（中淨）夜已三更，請皇爺安寢罷。（淨）宮娥每，把殿門緊閉了。（老旦、中淨應作閉門介）（淨睡介）（老旦、中淨坐地盹介）（淨作驚介）為何今夜睡臥不寧，只管肉飛眼跳？（叫介）宮娥，宮娥！（中淨驚醒介）想是皇爺獨眠不慣，在那裡喚人哩。姐姐你去。（老旦）姐姐，還是你去。（推，諢介）（淨又叫介）宮娥，是什麼人驚醒孤家？（老旦、中淨⑥）沒

④ 刁斗：古代軍中用具，白天用以煮飯，夜間用以巡更報時。

⑤ 把錦席拋：離開筵席。

有人。（淨）傳令外面軍士，小心巡邏。（老旦、中淨）領旨。（作開門出，向內傳介）（內應介）（老旦、中淨進，忘閉門，復坐地盹介）（淨作睡不著介）又記起一事來，段夫人要孤家立他的兒子慶恩為太子，這事明日也要定了。（作睡著介）（丑潛上）俺李豬兒在黑影裡，等了多時。才聽得笙歌散後，段夫人回宮，說祿山醉了在便殿安息。是好機會也呵。（行介）

【前腔】潛身行到，悄不覺潛身行到。（內喊小心巡邏介）巡更的空鬧吵，怎知俺宮闈暗繞，苑路斜抄，湊昏君沉醉倒。這裡已是便殿了。且喜門兒半開在此，不免捱身而入。（進介）莫把獸環搖，（作聽介）聽鼾聲殿角高。你看守宿的宮女，都是睡著。（作剔燈介）咱剔醒蘭膏❼，（揭帳介）揭起鮫綃❽，（出刀介）管教他潑殘生登時❾了。（淨作夢語，丑驚，伏地，徐起細聽介）夢中絮叨，原來是夢中絮叨。（內打四更介）殘更頻報，趁著這殘更頻報，赤緊的❿向心窩刺一刀。（刺淨急下）（淨作大叫一聲跌地，連跳作死介）（老旦、中淨驚醒介）那裡這般響動？（看介）阿呀，不好了！（向外叫介）外廂值宿軍士快來。（四雜軍上）為何大驚小怪？（老旦、中淨）皇爺忽然夢中大叫，

❻ 中淨：底本作「副淨」，據上下文角色安排的實際及暖紅室二刻本改。又，底本本齣後文尚有四處作「副淨」，均已校改，不再出校。

❼ 蘭膏：古代用澤蘭子煉製的油脂。可以用來點燈。此處指燈燭。

❽ 鮫綃：鮫綃帳的省稱。此處指用薄絹做成的帳子。

❾ 登時：立刻。

❿ 赤緊的：使勁地。

急起看時，只見鮮血滿身，倒在地下。（四雜）有這等事！（作進看介）呀，原來被人刺中心窩而死。好奇怪，我每緊守外廂，還有許多巡軍攔路，這賊從那裡進來？畢竟是你每做出來的。（老旦、中淨）好胡說，你每在外廂護衛，放了賊進來。明日大將軍查問，少不得一個個都是死。（軍）難道你每就推得乾淨？（諢介）（雜扮將官上）「凶音來紫殿⓫，令旨出青宮⓬。」大將軍有令：主上被唐朝郭子儀遣人刺死，即著軍士擡往段夫人宮中收殮，候大將軍即位發喪。（四雜）得令。（擡淨屍，隨雜下）（老旦、中淨向內介）

魚文匕首犯車茵⓭，劉禹錫　當值巡更近五雲⓮。王建
胸陷鋒芒腦塗地⓯，陸龜蒙　已無蹤跡在人群⓰。趙嘏

⓫ 紫殿：皇帝居住的宮殿。
⓬ 青宮：即東宮，太子的居住處。
⓭ 魚文匕首犯車茵：詩見劉禹錫代靖安佳人怨二首其一。魚文匕首，飾有魚形圖案的匕首。車茵，車上的坐褥，此處指乘車人。
⓮ 當值巡更近五雲：詩見王建贈郭將軍。五雲，指皇帝的所在地。
⓯ 胸陷鋒芒腦塗地：詩見陸龜蒙慶封宅古井行。
⓰ 已無蹤跡在人群：詩見趙嘏贈天卿寺神亮上人。

長生殿
卷下
三十七
暖紅室

第三十五齣　收　京

【仙呂過曲】【甘州歌】【八聲甘州】（外金盔、袍服，生、小生、淨、末扮四將，各騎馬，二卒執旗行上）宣威進討，喜日明帝里，風靜皇郊。欃槍滌盡❶，看把乾坤重造。揚鞭漫將金鐙敲，整頓中興事正饒❷。（外）下官郭子儀，奉命統兵討賊。且喜祿山授首，慶緒奔逃，大小三軍就此振旅進城去。（眾應，行介）【排歌】收馳轡，近弔橋，只見長安父老拜前旄。歡聲動，笑語高，賣將珠串奉香醪❸。

（到介）（眾）啟元帥，已進京城。請在龍虎衛衙門，權時駐扎。（外、眾下馬，作進，外正坐，四將傍坐介）（外）「憶昔長安全盛時，（生、小生）今朝重到不勝悲。（淨、末）漫揮滿目河山淚，（外）始悟新豐壁上詩。」（四將）請問元帥，什麼新豐壁上詩？（外）諸將不知，本鎮當年初到西京，偶見酒樓壁上，有術士李遐周題詩一首。（四將）題的是何詩句？（外）那詩上說：「燕市人皆去，函關馬不歸。若逢山下鬼，環上繫羅衣。」（四將）這卻怎麼解？（外）當時也詳解不出。如今看來，卻句句驗了。（四將❹）

❶ 欃槍滌盡：指平定叛亂。欃槍，彗星，相傳主兵事之災。欃，音ㄔㄢˊ。
❷ 饒：繁多。
❸ 賣將珠串奉香醪：賣掉珠玉換來好酒進獻。
❹ 四將：底本作「將」，據暖紅室初刻本補。

請道其詳。（外）祿山統兵、薊軍馬，入犯兩京，可不是「燕市人皆去」麼？後來哥舒兵敗潼關，正是「函關馬不歸」了。（四將）是，果然不差。後面兩句，卻又何解？（外）「山下鬼」者，嵬字也。「環」乃貴妃之名，恰應馬嵬賜死之事。（四將）原來如此，可見事皆前定。今仗元帥洪威，重收宮闕，真乃不世之勳❺也。（外嘆介）唉，西京雖復，只是天子暫居靈武❻，上皇遠狩成都；千官尚竄草萊❼，百姓未歸田里❽。必先肅清宮禁，灑掃園陵❾，務使鐘簴不移❿，廟貌如故，上皇西返，大駕東回，才完得我郭子儀身上的事也。（四將打恭介）全仗元帥。「隻手重扶唐社稷，一肩獨荷李乾坤。」（外）說便這般說，這中興事，大費安排。諸公何以教我？（四將）不敢。（外）

【商調過曲】【高陽臺】九廟灰飛⓫，諸陵塵暗，腥羶滿目狼籍。久闕宮懸⓬，傷心血淚時滴。（合）**今日，妖氛幸喜消盡也，索早自掃除修葺。**（外）左營將官過來。（生）有。（外）你將這令箭一枝，前去星夜僱募人夫掃除陵寢，修葺宗廟，候聖駕回來致祭。（合）**待春園，櫻桃熟綻，**

---

❺ 不世之勳：世間罕見的功勳。
❻ 天子暫居靈武：據資治通鑑卷二二〇載，唐肅宗此時已在鳳翔。
❼ 草萊：鄉野，民間。
❽ 田里：底本作「旧里」，據暖紅室初刻本改。
❾ 園陵：陵墓。
❿ 鐘簴不移：保持宗廟的原貌。鐘，宗廟裡祭祀用的樂器。簴，音ㄐㄩˋ。掛鐘的木架。
⓫ 九廟灰飛：指太廟被安祿山叛軍所焚，事見資治通鑑卷二二〇。九廟，指帝王的宗廟。
⓬ 久闕宮懸：朝廷的禮樂制度被長久廢置。宮懸，帝王宮殿裡四面懸鐘磬等樂器，象徵宮室四面的牆壁，故名。

薦陳時食⑬。

（外付令箭，生收介）領鈞旨。（末）元帥在上，帝京初復，十室九空。為今要務，先當招集流移⑭，使安故業。（外）言之然也。

【前腔】【換頭】堪惜，征調千家，流離百室，哀鴻滿路悲戚。須早招徠，閭閻⑮重見盈實。（合）安輯⑯，春深四野農事早，恰趁取甲兵初釋。（外）右營將官過來。（小生）有。（外）你將這令箭一枝，前去出榜安民，復歸舊業。（合）遍郊圻⑰安寧婦子⑱，勉修耕織。

（外付令箭，小生接介）領鈞旨。（淨）元帥在上，國家新造，綱紀宜張，還須招致舊臣，共圖更始⑲。（外）此言正合我意。

【前腔】【換頭】雖則，暫總綱維⑳，獨肩弘鉅㉑，同心早晚協力。百爾臣工，安危須仗奇

---

⑬ 薦陳時食：以時新食品祭祀祖先。

⑭ 流移：指流離失所的人。

⑮ 閭閻：里巷內外的門。此處指里巷。

⑯ 安輯：安撫。

⑰ 郊圻：郊外。圻，音ㄑㄧˊ。

⑱ 婦子：婦女與男子。

⑲ 更始：除舊更新，再造中興。

⑳ 綱維：法令。

㉑ 弘鉅：重大。

策。（合）欣得，南陽已自佳氣滿㉒，好共把舊章重飭。（外）後營將官過來。（末）有。（外）你將這令箭一枝，榜示百官，限三日內，齊赴軍前，共襄國事。（合）佐中興昇平泰運，景從雲集㉓。（外付令箭，末接介）領鈞旨。（生、小生）元帥在上，長安久無天日，士民渴仰聖顏。庶政以漸舉行，鑾輿必先反正㉔。（外）二位所言，乃中興大本也。本鎮早已修下迎駕表文在此。

【前腔】【換頭】目極，雲蔽行宮，塵蒙西蜀，臣心夙夜㉕難釋。反正鑾輿，群情方自歸一。（眾共泣介）（合）悽惻，無君久切人痛憤，願早把聖顏重識。（外）前營將官過來。（淨）有。（外）你將這令箭一枝，帶領龍虎軍士五千，備齊法駕㉖，齎我表文，前往靈武，奉迎今上皇帝告廟㉗。並候聖旨，遣官前往成都，迎請上皇回鑾。（淨接令箭介）領鈞旨。（外）左右看香案過來，就此拜發表文。（雜應、設香案，丑扮禮生㉘上，贊禮）（外同四將拜表介）（合）就軍前瞻天仰聖，共尊明辟㉙。

㉒ 南陽已自佳氣滿：漢光武帝劉秀是南陽人，他打敗王莽，重建漢朝的統治。此處代指唐肅宗已有中興氣象。

㉓ 景從雲集：指如影子跟隨人、風雲匯集那樣，響應者和追隨者眾多。

㉔ 反正：指皇帝復位。

㉕ 夙夜：朝夕，時時刻刻。

㉖ 法駕：皇帝的儀仗隊。

㉗ 告廟：皇帝外出回京時祭告宗廟的一種儀式。

㉘ 禮生：司儀。

㉙ 明辟：明君。辟，皇帝。

（丑下）（淨捧表文介）（四將）小將等就此前去。

削平妖孽在斯須㉚，方干　（外）依舊山河捧帝居㉛。皮日休

（合）聽取滿城歌舞曲㉜，杜牧　風雲長為護儲胥㉝。李商隱

㉚ 削平妖孽在斯須：詩見方干狂寇後上劉尚書。斯須，片刻。

㉛ 依舊山河捧帝居：詩見皮日休南陽。

㉜ 聽取滿城歌舞曲：詩見杜牧今皇帝陛下一詔徵兵不日功集河湟諸郡次第歸降臣獲睹聖功輒獻歌詠。

㉝ 風雲長為護儲胥：詩見李商隱籌筆驛。儲胥，軍營外的藩籬。

第三十六齣　看　襪

【商調過曲】【吳小四】（老旦扮酒家媼上）驛坡頭，門巷幽，拾得娘娘錦襪收。開著店兒重賣酒，往來客人盡見投。聊度日不用愁。

老身王嬤嬤，一向在這馬嵬坡下，開個冷酒鋪兒度日。自從安祿山作亂，人戶奔逃。那時老身躲入驛內佛堂，只見梨樹之下有錦襪一隻，是楊娘娘遺下的。老身收藏到今，誰想是件至寶。如今郭元帥破賊收京，太平重見，老身仍舊開張酒鋪在此。但是遠近人家，聞得有錦襪的，都來鋪中飲酒，兼求看襪。酒錢之外，另有看錢，生意十分熱鬧。（笑介）也算是老身交運了。今早鋪設下店兒，想必有人來也。（虛下）（小生巾、服行上）

【中呂過曲】【駐馬聽】翠輦西臨，古驛千秋遺恨深。嘆紅顏斷送，一似青塚❶荒涼，紫玉銷沉❷。小生李暮，向因兵戈阻路，不能出京。如今漸喜太平，聞得馬嵬坡下王嬤嬤酒店中，藏有貴妃錦

❶青塚：指王昭君墓，在今內蒙古呼和浩特市的南面。相傳漢代王昭君遠嫁匈奴單于，死後墳墓上草色青青，故稱青塚。

❷紫玉銷沉：相傳紫玉是吳王夫差的小女，愛慕韓重，不得成婚，抑鬱而死。韓重遊學歸來，得知此事，前往墓側弔喪。紫玉現形，贈以明珠。韓重入宮拜見吳王，陳述此事，卻被誤會盜墓，險些被捕，後賴紫玉出面解說得免。吳王夫人得知紫玉歸來，想擁抱她，紫玉卻如輕煙般消失了。事見搜神記。

襪一隻，因此前往借觀。呀，那邊一個道姑來了。（丑扮道姑上）「滿目滄桑都換淚，空留錦襪與人看。」（見介）（小生）姑姑何來？（丑）貧道乃金陵❸女貞觀主，來京請藏❹，兵阻未歸。今聞王嬤嬤店中，有楊娘娘錦襪，特來求看。（小生）原來也是看襪的，就請同行。（同行介）（合）玉人一去杳難尋，傷心野店留殘錦。且買酒徐斟，暫時把玩端詳審。

（小生）此間已是，不免徑入。（同作進介）（老旦迎上）裡面請坐。（小生、丑作坐介）（外上）老漢郭從謹，喜得兵戈寧息，要往華山進香。經過這馬嵬坡下，走的乏了。有座酒店在此，且喫三杯前去。（進介）店主人取酒來。（老旦）有酒。（外與小生、丑見介）請了。（小生向老旦介）王嬤嬤，我等到此，一則飲酒，二則聞有太真娘娘的錦襪，要借一觀。（老旦笑介）錦襪果有一隻。只是老身呵，

【前腔】寶護深深，什襲❺收藏直至今。要使他香痕不滅，粉澤常留，塵涴無侵。果然堪愛又堪欽，行人欲見爭投飲。客官，只要不惜囊金，願與君把玩端詳審。

（小生）這個自然。我每酒錢之外，另有青蚨❻便了。（老旦）如此待老身去取來。（虛下）（持襪上）「玉趾罷穿還帶膩，羅巾深裹便聞香。」客官，錦襪在此。請看。（小生作接，展開同丑看介）呀，你看錦文

❸ 金陵：今江蘇南京。
❹ 請藏：購買道藏。藏，指道教經典。
❺ 什襲：重重包裹，形容鄭重珍藏。什，同「十」。
❻ 青蚨：指錢。青蚨為一種形狀像蟬而體稍大的昆蟲，母子不相分離。相傳以母血塗錢八十一文，以子血塗錢八十一文，每次購物，或先用母錢，或先用子錢，錢復飛回，輪轉不止。事見搜神記。後因稱錢為「青蚨」。

縝緻，製度❼精工。光豔猶存，異香未散。真非人間之物也。（丑）果然好香！（外作飲酒不顧介）（小生作持襪起，看介）

【駐雲飛】你看薄襯香綿，似一朵仙雲輕又軟。昔在黃金殿，小步無人見。憐，今日酒壚邊，等閑攜展。只見線跡針痕，都砌就傷心怨。可惜了絕代佳人絕代冤，空留得千古芳踪千古傳。

（外作惱介）唉，官人，看他則甚！我想天寶皇帝，只為寵愛了貴妃娘娘，朝歡暮樂，弄壞朝綱。致使干戈四起，生民塗炭。老漢殘年向盡，遭此亂離。今日見了這錦襪，好不痛恨也。

【前腔】想當日一捻❽新裁，緊貼紅蓮著地開❾，六幅湘裙蓋，行動君先愛。唉，樂極惹非災❿，萬民遭害。今日裡事去人亡，一物空留在。我驀睹香袎⓫重痛哀，回想顛危還淚揩。

（老旦）呀，這客官見了錦襪，為何著惱？敢是不肯出看錢麼！（外）什麼看錢？（老旦）原來是個村老兒，看錢也不曉得。（小生）些須小事，不必鬥口。（向丑介）姑姑也請細觀。（向老旦介）待小生一並

---

❼ 製度：形狀。

❽ 一捻：一點點，可捻在手指間。形容嬌小、纖細。

❾ 紅蓮著地開：暗用「步步生蓮華」之典，形容楊貴妃深受唐明皇的寵愛。

❿ 非災：橫禍。

⓫ 香袎：香襪。袎，音一ㄠˋ。襪筒。

送錢便了。(遞襪介)(丑接起看介)唉,我想太真娘娘,絕代紅顏,風流頓歇。今日此襪雖存,佳人難再。真可嘆也。

【前腔】你看瑣翠鉤紅,葉子花兒猶自工。不見雙趺⑫瑩,一隻留孤鳳。空,流落恨何窮,馬嵬殘夢。傾國傾城,幻影成何用!莫對殘絲憶舊蹤,須信繁華逐曉風。

(遞襪與老旦介)嬤嬤,我想太真娘娘,原是神仙轉世。欲求喜捨此襪,帶到金陵女貞觀中,供養仙真⑬。未知許否?(老旦笑介)老身無兒無女,下半世的過活都在這襪兒上,實難從命。(小生)小生願出重價買去。如何?(外)這樣遺臭之物,要他何用。(老旦)老身也不賣的。(外作交錢介)拿酒錢去。(小生作交錢介)我每看襪的錢,一總在此。(老旦收介)多謝了。

一醉風光莫厭頻⑭,鮑溶　(丑)幾多珠翠落香塵⑮。盧綸

(小生)惟留坡畔彎環月⑯,李益　(外)郊外喧喧引看人⑰。宋之問

⑫ 雙趺:雙腳。趺,腳背。

⑬ 仙真:道家稱昇仙得道之人。

⑭ 一醉風光莫厭頻:詩見鮑溶范真傳侍御累有寄因奉酬十首其二。

⑮ 幾多珠翠落香塵:詩見盧綸王評事駙馬花燭詩。

⑯ 惟留坡畔彎環月:詩見李益過馬嵬二首其二。彎環月,指錦襪。

⑰ 郊外喧喧引看人:詩見宋之問龍門應制。

第三十七齣 尸解

【正宮引子】【梁州令】（魂旦上）風前蕩漾影難留，嘆前路誰投。死生離別兩悠悠，人不見，情未了，恨無休。

【如夢令】「絕代風流已盡，薄命不須重恨。情字怎消磨？一點嵌牢方寸❶。閑趁，閑趁，殘月曉風誰問！」我楊玉環鬼魂，自蒙土地給與路引，任我隨風來往。且喜天不收，地不管，無拘無繫，煞甚逍遙。只是再尋不到皇上跟前，重逢一面。（悲介）好不悲傷！今日且順著風兒，看到那一處也。（行介）

【正宮過曲】【雁魚錦】【雁過聲全】悄魂靈御風似夢遊，路沉沉不辨昏和晝。經野樹片時權棲宿，猛聽冷煙中烏啾啾，唬得咱早難自停留。青燐荒草浮，倩他照著我向前冥冥走。是何處殿角幾重雲影覆？（看介）呀，原來就是西宮門首了。不免進去一看。（作欲進，二門神黑白面，金甲，執鞭、簡上）（立高處介）「生前英勇安天下，死後威靈護殿門。」（舉鞭、簡攔旦介）何方女鬼，不得擅入。（旦出路引介）奴家楊玉環，有路引在此。（門神）原來是楊娘娘。目今祿山被刺，慶緒奔逃，郭元帥掃清宮禁，只太上皇遠在蜀中，新天子尚留靈武，因此大內寂無一人，宮門盡扃鎖鑰。娘娘請自進去，吾神迴避。（下）（旦作進介）你看「宮花都是斷腸枝，簾幕無人窣地垂。行到畫屏迴合處，分明釵盒奉恩

❶ 方寸：指心。

時。」（淚介）（場上先設宮中舊牀帷、器物介）

【二犯漁家傲】【雁過聲換頭】躊躇，往日風流。【普天樂】（作坐床介）記盒釵初賜，種下這恩深厚。凝情共守，（起介）又誰知慘禍分離驟！唉，你看沉香亭、華萼樓都這般荒涼冷落也。（作登樓介）並沒有人登畫樓，並沒有花開並頭，【雁過聲】並沒有奏新謳。端的有，荒涼滿目生愁！凄然，不由人淚流！呀，這裡是長生殿了。我想起來，（淚介）（場上先設長生殿乞巧香案介）這壁廂是咱那日陳瓜果夜香來乞巧，那壁廂是他恁時向牛女憑肩私拜求。（哭介）我那皇上呵，怎能夠霎時一見也！方才門神說，上皇猶在蜀中。不免閃出宮門，到渭橋❷之上，一望西川則個。（行介）

【二犯傾盃序】【雁過聲換頭】凝眸，一片清秋，（登橋介）【漁家傲】望不見寒雲遠樹峨眉秀。【傾盃序】苦憶蒙塵❸，影孤體倦。病馬嚴霜，萬里橋❹頭，知他健否？縱然無恙，料也為咱消瘦。待我飛將過去。（作飛，被風吹轉介）（哭介）哎喲，天呵！【雁過聲】我只道輕魂弱魄飛能去，又誰知千水萬山途轉修。（作看介）呀，你看佛堂虛掩，梨樹欹斜。怎麼被風一吹，仍在馬嵬驛內了！（場上先設佛堂梨樹介）

【喜漁燈犯】【喜漁燈】驛垣夜冷一燈微漏。佛堂外，陰風四起。看月暗空廄，【朱奴兒】猛

---

❷ 渭橋：橋名。在長安附近渭水上。

❸ 蒙塵：指皇帝流亡。

❹ 萬里橋：橋名。在四川成都南。

傷心淚垂。【玉芙蓉】對著這一株靠簷梨樹幽，（坐地泣介）【漁家傲】這是我斷香零玉沉埋處。好結果，一場廝耨❺，空落得薄命名留。【雁過聲】當日個紅顏豔治千金笑，今日裡白骨拋殘土半坵。我想生受深恩，死亦何悔。只是一段情緣，未能終始，此心耿耿，萬劫難忘耳。【錦纏道犯】【錦纏道】謾回首，夢中緣花飛水流，只一點故情留。似春蠶到死尚把絲抽。劍門關❻離宮自愁，馬嵬坡夜臺❼空守，想一樣恨悠悠。【雁過聲】幾時得金釵鈿盒完前好，七夕盟香續斷頭！

（副淨上）「天邊傳敕使，泉下報幽魂。」（見介）貴妃，有天孫娘娘齎捧玉旨到來，須索準備迎接。吾神先去也。（旦）多謝尊神。（分下）（雜扮四仙女，執水盂、旛節，引貼捧敕上）

【南呂引子】【生查子】玉敕降天庭，鸞鶴飛前後。只為有情真，召取還蓬岫❽。

（副淨上，跪接介）馬嵬坡土地迎接娘娘。（貼）土地，楊妃魂靈何在？速召前來，聽宣玉敕。（副）領法旨。（下）（引旦去魂帕❾上，跪介）（貼宣敕介）玉旨已到，跪聽宣讀。玉帝敕曰：咨爾玉環楊氏，原係太真玉妃，偶因微過，暫謫人間。不合迷戀塵緣，致遭劫難。今據天孫奏爾籲天悔過，夙業已消，

❺ 廝耨：指相愛。

❻ 劍門關：關名。在今四川劍閣東北。此處指幸蜀的唐明皇。

❼ 夜臺：墳墓。此處為楊貴妃自指。

❽ 蓬岫：即蓬萊仙境。

❾ 去魂帕：去掉魂帕，表明楊貴妃此後已成為仙人。此前，魂帕戴在演員頭上，表示扮演的角色為鬼魂。

真情可憫。准授太陰鍊形之術，復籍仙班，仍居蓬萊仙院。欽哉謝恩。（旦叩頭介）聖壽無疆。（見貼介）天孫娘娘叩首。（貼）太真請起。前天寶十載七夕，我正渡河之際，見你與唐天子在長生殿上，密誓情深。昨又聞馬嵬土地訴你悔過真誠，因而奏聞上帝，有此玉音。（旦）多謝娘娘提拔。（貼取水盂，付副淨介）此乃玉液金漿。你可將去，同玉妃到墳前，沃彼原身，即得鍊形度地⑩，尸解⑪上升了。鍊畢之時，即備音樂、旛幢，送歸蓬萊仙院。我先繳玉敕去也。（副淨）領法旨。（貼）「駕回雙鳳闕，雲擁七襄衣⑫。」（引仙女下）（副淨）玉妃恭喜，就請同到塚上去。（副淨捧水盂，引旦行介）

【南呂過曲】【香柳娘】往郊西道北，往郊西道北，只見一拳培塿⑬。（副淨）到了。（旦作悲介）這便是我前生宿髗藏香藪。（副淨）小神向奉東岳帝君⑭敕旨，將仙體保護在此。待我去扶將出來。（作向古門⑮扶雜，照旦妝飾，扮旦尸錦褥包裹上）（副淨解去錦褥，扶尸立介）（旦見作驚介）看原身宛然，看原身宛然，緊緊合雙眸，無言閉檀口。（副淨將水沃尸介）把金漿點透，把金漿點透，神光面浮，（尸作開眼介）（旦）秋波忽溜。

⑩ 鍊形度地：道家的兩種法術。鍊形，指修鍊隱身術。度地，指離塵飛昇術。
⑪ 尸解：道家指離開軀體而成仙。
⑫ 七襄衣：指錦衣。
⑬ 一拳培塿：一堆小土丘。此處指墳墓。一拳，一堆。培塿，小土丘。
⑭ 東岳帝君：底本作「西岳帝君」，據第二十七齣劇情及暖紅室二刻本改。
⑮ 古門：即鬼門道，舞臺上演員的出入口。

（尸作手足動，立起向旦走一二步介）（旦驚介）呀，

【前腔】果霎時再活，果霎時再活，向前移走，覷形模與我無姸醜。（作遲疑介）且住，這個楊玉環已活，我這楊玉環卻歸何處去？（尸作忽走向旦，旦作呆狀，與尸對立介）（副淨拍手高叫介）玉妃休迷，他就是你，你就是他。（指尸向旦介）這軀殼是伊，（指旦向尸介）這魂魄是伊，真性假骷髏，當前自分剖。（尸逐旦繞場急奔一轉，旦撲尸身作跌倒，尸隱下）（副淨）看元神入㲉⑯，看元神入㲉，似靈胎再投，雙環合湊。

【前腔】（旦作起，立定徐唱介）乍沉沉夢醒，乍沉沉夢醒，故吾⑰失久，形神忽地重圓就。猛回思惘然，猛回思惘然，現在自莊周，蝴蝶復何有⑱。我楊玉環，不意今日冷骨重生，離魂再合。真謝天也。似亡家客游，似亡家客游，歸來故丘，室廬⑲依舊。

土地請上，待吾拜謝。（副淨）小神不敢。（旦拜，副淨答拜介）（旦）

【前腔】謝經年護持，謝經年護持，保全枯朽，更斷魂落魄蒙帡覆⑳。（副淨）音樂、旛幢已

⑯ 元神入㲉：靈魂進入軀體。

⑰ 故吾：原來的我。

⑱ 現在自莊周二句：比喻人生變幻無常，典出莊子齊物論。莊周曾夢為蝴蝶，醒來後不知是莊周在夢中化為蝴蝶，還是蝴蝶化為莊周。

⑲ 室廬：指軀體。

⑳ 帡覆：庇護。

備，候送玉妃歸院。（旦欲行又止介）且住，我如今尸解去了，日後皇上回鑾，畢竟要來改葬。須留下一物在此，做個記驗才好。土地，你可將我裏身的錦褥，依舊埋在塚中，不可損壞。（副淨）領仙旨。（作取褥，褥作飛下介）（副淨看介）呀，奇哉，奇哉！那錦褥化作一片彩雲，竟自騰空飛去了。（旦看介）哦，是了。方才鍊形之時，那錦褥也沾著金漿，故此得了仙氣。化飛空彩雲，化飛空彩雲，也似學仙遊，將何更留後？我想金釵、鈿盒，是要隨身緊守的，此外並無他物。（想介）哦，也罷，我胸前有錦香囊一個，乃翠盤試舞之時，皇上所賜，不免解來留下便了。（作解香囊看介）解香囊在手，解香囊在手，（悲介）他日君王見收，索強似人難重覯。（將香囊付副淨介）土地，你可將此香囊，放在塚內。（副淨接介）領仙旨。（虛下，即上）啟娘娘，香囊已放下了。（雜扮四仙女，音樂、旛幢上）（見旦介）蓬萊山太真院中仙姬叩見。請娘娘更衣歸院。（內作樂，旦作更仙衣介）（副淨）小神候送。（旦）請回。（副下，仙女、旦行介）

【單調風雲會】【一江風】指瀛洲，雲氣空濛覆，金碧開群岫。【駐雲飛】嗏，仙家歲月悠，與情同久。情到真時，萬劫還難朽。牢把金釵鈿盒收，直到蓬山頂上頭。（從高處行下）

銷耗胸前結舊香㉑，張　祜　　多情多感自難忘㉒。陸龜蒙
蓬山此去無多路㉓，李商隱　　天上人間兩渺茫㉔。曹　唐

㉑ 銷耗胸前結舊香：詩見張祜太真香囊子。
㉒ 多情多感自難忘：詩見陸龜蒙自遣詩三十首其二。

㉓ 蓬山此去無多路：詩見李商隱無題。

㉔ 天上人間兩渺茫：詩見曹唐玉女杜蘭香下嫁於張碩。

第三十八齣　彈詞

（末白鬚、舊衣帽抱琵琶上）「一從鼙鼓起漁陽，宮禁俄看蔓草荒。留得白頭遺老在，譜將殘恨說興亡。」老漢李龜年，昔為內苑伶工，供奉梨園，蒙萬歲爺十分恩寵。自從朝元閣教演霓裳，曲成奏上，龍顏大悅。與貴妃娘娘，各賜纏頭，不下數萬。誰想祿山造反，破了長安，聖駕西巡，萬民逃竄。俺每梨園部中，也都七零八落，各自奔逃。老漢來到江南地方，盤纏都使盡了。只得抱著這面琵琶，唱個曲兒餬口。今日乃青溪鷲峰寺❶大會，遊人甚多，不免到彼賣唱。（嘆科）哎，想起當日天上清歌，今日沿門鼓板，好不頹氣人也。（行科）

【南呂一枝花】不隄防餘年值亂離，逼拶得岐路遭窮敗。受奔波風塵顏面黑，嘆衰殘霜雪鬢鬚白。今日個流落天涯，只留得琵琶在。揣羞臉❷上長街又過短街。那裡是高漸離擊筑悲歌❸，倒做了伍子胥吹簫也那乞丐❹。

❶ 鷲峰寺：明英宗天順年間建造，故址在今江蘇南京市郊。

❷ 揣羞臉：用衣袖遮住害羞的臉。揣，藏。

❸ 高漸離擊筑悲歌：高漸離是戰國時燕國人，其友荊軻去刺殺秦王，高漸離擊筑送行。荊軻和而悲歌：「風蕭蕭兮易水寒，壯士一去兮不復還。」筑，古樂器名。事見史記刺客列傳。

❹ 伍子胥吹簫也那乞丐：伍子胥是春秋時楚國人，楚王害死了他的父兄。他逃亡到吳國，曾在吳市吹簫乞食。

【梁州第七】想當日奏清歌趨承金殿，度新聲供應瑤階。說不盡九重天上恩如海：幸溫泉驪山雪霽，泛仙舟興慶⑤蓮開，翫嬋娟⑥華清宮殿，賞芳菲花萼樓臺。正擔承雨露深澤，驀遭逢天地奇災：劍門關塵蒙了鳳輦鸞輿，馬嵬坡血汙了天姿國色。江南路⑦哭殺了瘦骨窮骸。可哀落魄，只得把霓裳御譜沿門賣，有誰人喝聲采！空對著六代⑧園陵草樹埋，滿目興衰。

（虛下）（小生巾服上）「花動游人眼，春傷故國心。霓裳人去後，無復有知音。」小生李暮，向在西京留滯，亂後方回。自從宮牆之外，偷按霓裳數疊，未能得其全譜。昨聞有一老者，抱著琵琶賣唱。人人都說手法不同，像個梨園舊人。今日鷲峰寺大會，想他必在那裡，不免前去尋訪一番。一路行來，你看遊人好不盛也。（外巾服，副淨衣帽，淨長帽、帕子包首，扮山西客，攜丑扮妓上）（外）「閑步尋芳惜好春」，（副淨）「且看勝會逐游人」。（淨）大姐，喒和你「及時行樂休空過」。（丑）客官，「好聽琵琶一曲新」。（小生向副淨科）老兄請了。動問這位大姐，說甚麼「琵琶一曲新」？（副淨）老兄不知，這裡新到一個老者，彈得一手好琵琶。今日在鷲峰寺趕會，因此大家同去一聽。（小生）小生正要去尋他，同行何如？（眾）如此極好。（同行科）行行去去，去去行行，已到鷲峰寺了。就此進去。（同進科）（副

事見史記范睢蔡澤列傳。

⑤ 興慶：即興慶池，在長安興慶宮內。

⑥ 翫嬋娟：賞月。嬋娟，指月亮。

⑦ 江南路：行政區域。為宋代至道年間所設十五路之一，治所在江寧（今江蘇南京）。此處即指南京。

⑧ 六代：指先後建都於南京的六個朝代，即三國時的吳、東晉、宋、齊、梁、陳。

淨）那邊一個圈子，四圍板凳，想必是波。我每一齊捱進去，坐下聽者。（眾作坐科）（末上見科）列位請了，想都是聽曲的。請坐了，待在下唱來請教波。（眾）正要領教。（末彈琵琶唱科）

【轉調貨郎兒】唱不盡興亡夢幻，彈不盡悲傷感嘆，大古裡⑨淒涼滿眼對江山。我只待撥繁弦傳幽怨，翻別調寫愁煩，慢慢的把天寶當年遺事彈。

（外）天寶遺事，好題目波。（淨）大姐，他唱的是甚麼曲兒，可就是喒家的西調⑩麼？（丑）也差不多兒。（小生）老丈，天寶年間遺事，一時那裡唱得盡者。請先把楊貴妃娘娘，當時怎生進宮，唱來聽波。（末彈唱科）

【二轉】想當初慶皇唐太平天下，訪麗色把蛾眉選刷⑪。有佳人生長在弘農楊氏家，深閨內端的玉無瑕。那君王一見了歡無那⑫，把鈿盒金釵親納，評跋⑬做昭陽第一花。

（丑）那貴妃娘娘，怎生模樣波？（淨）可有喒家大姐這樣標致麼？（副淨）且聽唱出來者。（末彈唱科）

【三轉】那娘娘生得來仙姿佚貌⑭，說不盡幽閒窈窕。真個是花輸雙頰柳輸腰，比昭君增妍

---

⑨ 大古裡：總是。

⑩ 西調：指山西、陝西一帶地方性的曲調。

⑪ 選刷：選取。

⑫ 歡無那：無比歡喜，十分喜愛。無那，無奈。

⑬ 評跋：評論。

⑭ 佚貌：美貌。

麗，較西子倍風標，似觀音飛來海嶠，恍嫦娥偷離碧霄。更春情韻饒，春酣態嬌，春眠夢悄。總有好丹青⑮，那百樣娉婷難畫描。

（副淨笑科）聽這老翁說的楊娘娘標致，恁般活現，倒像是親眼見的，敢則謊也。（淨）只要唱得好聽，管他謊不謊。那時皇帝怎麼樣看待他來，快唱下去者。（末彈唱科）

【四轉】那君王看承得似明珠沒兩，鎮日⑯裡高擎在掌。賽過那漢宮飛燕倚新妝，可正是玉樓中巢翡翠⑰，金殿上鎖著鴛鴦，宵偎晝傍。直弄得個伶俐的官家顛不剌懵不剌⑱撇不下心兒上。弛了朝綱，占了情場，百支支寫不了風流帳⑲。行厮並，坐厮當。雙，赤緊的倚了御床，博得個月夜花朝同受享。

（淨倒科）哎呀，好快活，聽的咱似雪獅子向火哩。（丑扶科）怎麼說？（淨）化了。（眾笑科）（小生）當日宮中有霓裳羽衣一曲，聞說出自御製，又說是貴妃娘娘所作。老丈可知其詳？請唱與小生聽咱。

（末彈唱科）

【五轉】當日呵，那娘娘在荷亭⑳把宮商細按，譜新聲將霓裳調翻。晝長時親自教雙鬟㉑。舒

⑮ 丹青：畫手。
⑯ 鎮日：整日。
⑰ 翡翠：鳥名。此處比喻楊貴妃。
⑱ 顛不剌懵不剌：顛顛倒倒，糊裡糊塗。不剌，語助詞，無義。
⑲ 百支支寫不了風流帳：纏綿繾綣地有說不盡的風流話。百支支，形容話多。

素手拍香檀，一字字都吐自朱唇皓齒間。恰便似一串驪珠，聲和韻閒，恰便似鶯與燕弄關關，恰便似鳴泉花底流溪澗，恰便似明月下泠泠清梵㉒，恰便似緱嶺㉓上鶴唳高寒，恰便似步虛㉔仙珮夜珊珊。傳集了梨園部、教坊班，向翠盤中高簇擁著個娘娘，引得那君王帶笑看。

（小生）一派仙音，宛然在耳，好形容波。（外嘆科）哎，只可惜當日天子寵愛了貴妃，朝歡暮樂，致使漁陽兵起。說起來令人痛心也！（小生）老丈，休只埋怨貴妃娘娘。當日只為誤任邊將，委政權奸，以致廟謨㉕顛倒，四海動搖。若使姚、宋猶存，那見得有此。（外）這也說的是波。（末）嗨，若說起漁陽兵起一事，真是天翻地覆，慘目傷心。列位不嫌絮煩，待老漢再慢慢彈唱出來者。（眾）願聞。（末彈唱科）

【六轉】恰正好嘔嘔啞啞霓裳歌舞，不隄防撲撲突突漁陽戰鼓。剗地裡㉖出出律律紛紛攘攘奏邊書，急得個上上下下都無措。早則是喧喧嗾嗾，驚驚遽遽，倉倉卒卒，挨挨拶拶㉗出

⑳ 荷亭：底本作「荷庭」，據第十二齣及暖紅室二刻本改。
㉑ 雙鬟：指宮女永新、念奴。
㉒ 清梵：誦經聲。
㉓ 緱嶺：即緱氏山，在今河南偃師。相傳周靈王太子晉（王子喬）在此騎鶴吹簫成仙而去。事見劉向列仙傳。
㉔ 步虛：指仙樂。步虛，本為道教音樂，渲染眾仙飄渺輕舉之態，參見樂府題解。
㉕ 廟謨：指朝政。
㉖ 剗地裡：平白地，突然地。

延秋西路，鑾輿後攜著個嬌嬌滴滴貴妃同去。又只見密密匝匝的兵，惡惡狠狠的語，鬧鬧炒炒、轟轟剨剨㉘四下喳呼，生逼散恩恩愛愛疼疼熱熱帝王夫婦。霎時間畫就了這一幅慘慘悽悽絕代佳人絕命圖。

（外、副淨同嘆科）（小生淚科）哎，天生麗質，遭此慘毒。真可憐也！（淨笑科）這是說唱，老兄怎麼認真掉下淚來！（丑）那貴妃娘娘死後，葬在何處？（末彈唱科）

【七轉】破不剌馬嵬驛舍，冷清清佛堂倒斜。一代紅顏為君絕，千秋遺恨滴羅巾血。半科樹是薄命碑碣，一抔土是斷腸墓穴。再無人過荒涼野，莽天涯誰弔梨花謝！可憐那抱幽怨的孤魂，只伴著嗚咽咽的望帝悲聲啼夜月㉙。

（外）長安兵火之後，不知光景如何？（末）哎呀，列位，好端端一座錦繡長安，自被祿山破陷，光景十分不堪了。聽我再彈波。（彈唱科）

【八轉】自鑾輿西巡蜀道，長安內兵戈肆擾。千官無復紫宸朝，把繁華頓消，頓消。六宮中朱戶掛蠨蛸㉚，御榻傍白日狐狸嘯。叫鵂鶹也麼哥，長蓬蒿也麼哥。野鹿兒亂跑，苑柳

㉗ 挨挨拶拶：擁擠混亂的樣子。

㉘ 轟轟剨剨：吵鬧叫喊聲。剨剨，音ㄏㄨㄛˋ ㄏㄨㄛˋ。東西破裂的聲音。此處指喧鬧聲。

㉙ 望帝悲聲啼夜月：戰國末年蜀王杜宇，號望帝。相傳他與宰相之妻私通，自慚德薄，讓位給宰相。他死後化為杜鵑鳥，鳴聲悲切。蜀人聞杜鵑悲鳴而思望帝。事見揚雄蜀王本紀、常璩華陽國志蜀志。

㉚ 蠨蛸：蜘蛛。

宮花一半兒凋。有誰人去掃，去掃！玳瑁空梁燕泥兒抛，只留得缺月黃昏照。嘆蕭條也麼哥，染腥臊也麼哥！染腥臊，玉砌空堆馬糞高。

（淨）呸，聽了半日，餓得慌了。大姐，喒和你喝燒刀子[31]，吃蒜包兒去。（作腰邊解錢與末，同丑諢下）（外）天色將晚，我每也去罷。（送銀科）酒資在此。（末）多謝了。（外）「無端唱出興亡恨，（副淨）引得傍人也淚流。」（同外下）（小生）老丈，我聽你這琵琶，非同凡手。得自何人傳授？乞道其詳。（末）

【九轉】這琵琶曾供奉開元皇帝，重提起心傷淚滴。（小生）這等說起來，定是梨園部內人了。（末）我也曾在梨園籍上姓名題，親向那沉香亭花裡去承值，華清宮宴上去追隨。（小生）莫不是賀老？（末）俺不是賀家的懷智。（小生）敢是黃旛綽？（末）黃旛綽同咱皆老輩。（小生）這等想必是雷海青？（末）我雖是弄琵琶卻不姓雷。他呵，罵逆賊久已身死名垂。（小生）這等，想必是馬仙期了。（末）我也不是擅場方響馬仙期，那些舊相識都休話起。（小生）因何來到這裡？（末）我只為家亡國破兵戈沸，因此上孤身流落在江南地。（小生）畢竟老丈是誰波？（末）您官人絮叨叨苦問俺為誰，則俺老伶工名喚做龜年身姓李。

（小生揖科）呀，原來卻是李教師。失瞻了。（末）官人尊姓大名，為何知道老漢？（小生）小生姓李，名謩。（末）莫不是吹鐵笛的李官人麼？（小生）然也。（末）幸會，幸會。（揖科）（小生）請問老丈，那霓裳全譜可還記得波？（末）也還記得，官人為何問他？（小生）不瞞老丈說，小生性好音律，向客

[31] 燒刀子：燒酒。

西京。老丈在朝元閣演習霓裳之時，小生曾傍著宮牆，細細竊聽，已將鐵笛偷寫數段。只是未得全譜，各處訪求，無有知者。今日幸遇老丈，不識肯賜教否？（末）既遇知音，何惜末技。（小生）如此多感，請問尊寓何處？（末）窮途流落，尚乏居停㉜。（小生）屈到舍下暫住，細細請教何如？（末）如此甚好。

【煞尾】俺一似驚烏繞樹向空枝外，誰承望做舊燕尋巢入畫棟來。今日個知音喜遇知音在，這相逢，異哉！恁相投，快哉！李官人呵，待我慢慢的傳與你這一曲霓裳播千載。

（末）桃蹊柳陌好經過㉝，張籍　（小生）聊復迴車訪薛蘿㉞。白居易
（末）今日知音一留聽㉟，劉禹錫　（小生）江南無處不聞歌㊱。顧況

㉜ 居停：居留之所。
㉝ 桃蹊柳陌好經過：詩見張籍無題：「桃溪柳陌好經過，燈下妝成月下歌。」
㉞ 聊復迴車訪薛蘿：詩見白居易偶題鄧公。薛蘿，即薜荔與女蘿兩種植物，借指隱士之服。此處指隱士。
㉟ 今日知音一留聽：詩見劉禹錫答楊八敬之絕句。
㊱ 江南無處不聞歌：詩見顧況奉和韓晉公晦呈諸判官。

第三十九齣　私祭

【南呂引子】【小女冠子】（老旦、貼道扮同上）（老旦）舊時雲髻拋宮樣，（貼）依古觀共焚香。（合）嘆夜來風雨催花葬，洗心好細翻經藏。

（老旦）「寂寂雲房❶掩竹扃，（貼）春泉漱玉響泠泠。（老旦）舞衣施盡餘香在，（貼）日向花前學誦經。」（老旦）吾乃天寶舊宮人永新是也。與念奴妹子，逃難出宮，直至金陵，在女貞觀中做了女道士。且喜十分幽靜，儘可修持。此間觀主，昨自西京購請道藏回來。今日天氣晴和，著我二人檢晒經函。且索細細翻閱則個。（場上先設經桌，老旦、貼同作翻介）

【雙調過曲】【孝南枝】【孝順歌】金函啟，玉案張，臨風細翻春晝長。只見塵影弄晴光，靈花❷滿空降。（老旦）想當日在宮中，聽娘娘教白鸚哥念誦心經❸。若是早能學道，倒也免了馬嵬之難。（貼）那熱鬧之時，那個肯想到此。（老旦）便是。昨日聽得觀主說，馬嵬坡酒家拾得娘娘錦襪一隻，還有游人

❶ 雲房：道士的居所。

❷ 靈花：佛教語。指神妙絢麗的天花。

❸ 聽娘娘教白鸚哥念誦心經：太平廣記卷四六〇引譚賓錄載，天寶年間，嶺南進貢白鸚鵡，養在宮中。此鸚鵡頗聰慧，洞曉言詞，唐明皇與楊貴妃稱牠為「雪衣女」。唐明皇還讓楊貴妃教牠念誦心經，自此誦記精熟。心經，即般若波羅蜜多心經的簡稱。

出錢求看哩，何況生前！（合）枉了雪衣提唱。是色非空，誰觀法相❹？【瑣南枝】贏得錦襪香殘，猶動行人想。（雜扮道姑捧茶上）「玉經日下晒，香茗雨前烹。」二位仙姑，檢經困乏了。觀主教我送茶在此。（老旦、貼）勞動了。（作飲茶介）（雜）阿呀，一片黑雲起來，要下雨哩。（老旦、貼）快把經函收拾罷。（作收拾介）（雜）你看鶯亂飛，草正芳，恰好應清明，雨漂蕩。

（下）（場上收經桌介）（老旦）不是小道姑說起，倒忘了今日是清明佳節哩。此時家家掃墓，戶戶燒錢。妹子，我與你向受娘娘之恩，無從報答。就把一陌紙錢，一杯清茗，遙望長安哭奠一番，多少是好。

（貼）姐姐，這是當得的，待我寫個牌位兒供養。（作寫位供介）（同拜哭介）娘娘呵，

【前腔】想著你恩難罄，恨怎忘，風流陡然沒下場。那裡是西子送吳亡❺，錯冤做宗周為褒喪❻。（貼）呀，庭下牡丹，雨中開了一朵。此花最是娘娘所愛，不免折來供在位前。（合）名花無恙，傾國佳人，先歸黃壤。總有麥飯香醪，澆不到孤墳上。（哭叫介）我那娘娘嗄，只落得望斷眸，叫斷腸，淚如泉，哭聲放！（暗下）

【鎖南枝】（末行上）江南路，偶踏芳，花間雨過沾客裳。老漢李龜年，幸遇李暮官人，相留在家。今日清明佳節，出門閒步一回。卻好撞著風雨。懊恨故國雲迷，白首低難望。且喜一所道院在

---

❹ 法相：佛教指宇宙間萬事萬物的真實之相。

❺ 西子送吳亡：春秋時吳王夫差沉溺於西施的美色，最終被越國所滅。事見吳越春秋。

❻ 宗周為褒喪：周幽王因寵愛褒姒而致使亡國。事見史記周本紀。宗周，周天子是當時分封國的宗主。

此，不免進去避雨片時。（作進介）松影閒，鶴唳長，且自暫徘徊，石壇上。

你看座列群真，經藏萬卷，好不莊嚴也。（作看牌念介）皇唐貴妃楊娘娘靈位。（哭介）哎喲，楊娘娘，不想這裡顛倒❼有人供養！（拜介）

【前腔】【換頭】一朝把身喪，千秋抱恨長。（老旦、貼一面上）那個啼哭？（作看驚介）這人好似李師父的模樣，怎生到此？（末）恨殺六軍跋扈，生逼得君后分離，奇變驚天壤。可憐小人李龜年，（老旦、貼）原來果是李師父，（末）不能夠逢令節，奠一觴，沒揣的過仙宮，拜靈爽❽。（老旦、貼出見介）李師父，弟子每稽首。（末）姑姑是誰？（作驚認介）呀，莫非永、念二娘子麼？（老旦、貼）正是。（各淚介）（末）你兩個幾時到此？（老旦、貼）師父請坐。我每去年逃難南來，出家在此。師父因何也到這裡？（末）我也因逃難，流落江南。前在鷲峰寺中，遇著李暮官人，承他款留到家，不想又遇你二人。（老旦、貼）那個李暮官人？（末）說起也奇。當日我與你每在朝元閣上演習霓裳，不想這李官人，就在宮牆外面竊聽。把鐵笛來偷記新聲數段。如今要我傳授全譜，故此相留。（老旦、貼悲介）唉，霓裳一曲倒得流傳，不想製譜之人已歸地下，連我每演曲的也都流落他鄉。好傷感人也。（各悲介）（老旦、貼）

【供玉枝】【五供養】言之痛傷，記侍坐華清，同演霓裳。玉纖抄秘譜，檀口教新腔。【玉交

❼ 顛倒：反倒。

❽ 靈爽：神靈。此處指靈位。

枝】他今日青青墓頭新草長，我飄飄陌路楊花蕩。【五供養】（合）驀地相逢處各沾裳，【月上海棠】白首紅顏，對話興亡。

（末）且喜天色晴霽，我告辭了。（老旦、貼）且自消停。請問師父，梨園舊人，都怎麼樣了？（末）賀老與我同行，途中病故；黃旛綽隨駕去了；馬仙期陷在城中，不知下落；只有雷海青罵賊而死。【前腔】追思上皇，澤遍梨園，若個❾能償！（泣介）那雷老呵，他忠魂昭白日，羞殺我遺老泣斜陽。（老旦、貼）師父，可曉得秦、虢二夫人都被亂兵殺死了？（末）便是。朱門麗人都可傷，長安曲水誰遊賞？（合）驀地相逢處各沾裳。白首紅顏，對話興亡。

（老旦、貼）不知萬歲爺，何日回鑾？（末）李官人向在西京，近因郭元帥復了長安，兵戈寧息，方始得歸。想上皇不日也就回鑾了。（老旦、貼）如此，謝天地。（末）日晚途遙，就此去了。（老旦、貼）待與娘娘焚了紙錢，素齋少敘。

（末）南來今祇一身存❿，韓　愈　（老、貼）新換霓裳月色裙⓫，王　建

（末）人世幾回傷往事⓬，劉禹錫　（老、貼）落花時節又逢君⓭。杜　甫

---

❾ 若個：哪個。

❿ 南來今祇一身存：詩見韓愈過始興江口感懷。

⓫ 新換霓裳月色裙：詩見王建霓裳詞十首其六。

⓬ 人世幾回傷往事：詩見劉禹錫西塞山懷古。

⓭ 落花時節又逢君：詩見杜甫江南逢李龜年。

第四十齣　仙憶

【南呂引子】【掛真兒】（旦仙扮、老旦扮仙女隨上）駕鶴驂鸞去不返，空回首天上人間。端正樓❶頭，長生殿裡，往事關情無限。

【浣溪紗】「縹緲雲深鎖玉房，初歸仙籍意茫茫，回頭未免費思量。忽見瑤階琪樹❷裡，彩鸞棲處影雙雙，幾番抛卻又牽腸。」我楊玉環，幸蒙玉旨，復位仙班，仍居蓬萊山太真院中。只是定情之物，身不暫離；七夕之盟，心難相負。提起來好不話長也！

【高平過曲】【九迴腸】【解三醒】沒奈何一時分散，那其間多少相關。死和生割不斷情腸絆，空堆積恨如山。他那裡思牽舊緣愁不了，俺這裡淚滴殘魂血未乾，空嗟嘆。【三學士】不成比目先遭難，拆鴛鴦說甚仙班。（出釵盒看介）看了這金釵鈿盒情猶在，早難道地久天長盟竟寒。【急三鎗】何時得，青鸞便，把緣重續，人重會，兩下訴愁煩！

（貼上）「試上蓬萊山頂望，海波清淺鶴飛來。」自家寒簧，奉月主娘娘之命，與太真玉妃索取霓裳新譜。來此已是，不免徑入。（進見介）玉妃，稽首。（旦）仙子何來？（貼笑介）玉妃還認得我寒簧麼？

❶ 端正樓：在華清宮內，為楊貴妃梳洗處。
❷ 琪樹：仙境中的玉樹。

（旦想介）哦，莫非是月中仙子？（貼）然也。（旦）請坐了。（貼坐介）（旦）夢中一別，不覺數年。今日遠臨，乞道來意。（貼）玉妃聽啟，

【清商七犯】【簇御林】只為霓裳樂，在廣寒，羨靈心，將譜細翻。特奉月主娘娘之命，【鶯啼序】訪知音遠叩蓬山，借當年圖譜親看。（旦）原來為此。當日幸從夢裡獲聽仙音，雖然摹入管弦，尚愧依稀❸錯誤。【高陽臺】何煩，蟾宮謬把遺調揀，我尋思起轉自潸潸。（淚介）（貼）呀，玉妃為何掉下淚來？（旦）【降黃龍】痛我歷劫遭磨，宮冷商殘❹。【二郎神】朱弦已斷，羞將此調重彈。煩仙子轉奏月主，說我塵凡舊譜，不堪應命。伏乞矜宥。（貼）玉妃休得固拒，我月主娘娘呵，慕你聰明絕世罕，【集賢賓】度新聲占斷人間。求觀恨晚，休辜負雲中青盼❺。（旦）既蒙月主下訪，前到仙山，偶然追憶，寫出一本在此。（貼）如此甚好。（旦）侍兒，可去取來。（老應下，取上）譜在此。（旦接介）仙子，譜雖取到，只是還須謄寫才好。（貼）為何？（旦）你看呵，【黃鶯兒】字闌珊❻，糢糊斷續，都染就淚痕斑。

---

❸ 依稀：少許，微少。

❹ 宮冷商殘：指霓裳曲被閑置而破殘，暗喻楊貴妃與唐明皇的關係斷而未續。宮與商，均為古代五聲音階之一，此處指樂曲。

❺ 青盼：指看重、重視。

❻ 闌珊：零亂。

（貼）這卻不妨。（旦付譜介）如此，即煩呈上月主，說夢中竊記，音節多訛，還求改正。（貼）領命，就此告別。

（貼）從初直到曲成時❼，王建 （旦）爭得姮娥子細知❽。唐彥謙

（貼）莫怪殷勤悲此曲❾，劉禹錫 （旦）月中流豔與誰期❿。李商隱

（貼持譜下）（旦）侍兒，閉上洞門，隨我進來。（老應隨下）

❼ 從初直到曲成時：詩見王建霓裳詞十首其五。

❽ 爭得姮娥子細知：詩見唐彥謙中秋夜玩月：「坐來離思憂將曉，爭得嫦娥仔細知。」

❾ 莫怪殷勤悲此曲：詩見劉禹錫聞道士彈思歸引。

❿ 月中流豔與誰期：詩見李商隱曲池。

第四十一齣　見月

【仙呂入雙調過曲】【雙玉供】【玉胞肚】（雜扮四將、二內侍，引生騎馬、丑隨行上）（合）重華❶迎待，促歸程把回鑾仗排。離南京❷不聽鵑啼，怕西京尚有鴻哀❸。【五供養】喜山河未改，復睹這皇圖風采。（眾百姓上，跪接介）扶風百姓迎接老萬歲爺。（生）生受你每，回去罷。（百姓叩頭呼「萬歲」下）（生眾行介）【玉胞肚】紛紛父老競攔街，叩首齊呼「萬歲」來。

（丑）啟萬歲爺，天色已晚，請鑾輿就在鳳儀宮駐蹕。（生下馬介）眾軍士，外廂伺候。（軍）領旨。（下）（生進介）高力士，此去馬嵬，還有多少路？（丑）只有一百多里了。（生）前已傳旨，令該地方官建造妃子新墳。你可星夜前往，催督工程，候朕到時改葬。（丑）領旨。「暫辭鳳儀去，先向馬嵬行。」（下）（內侍暗下）（生）「西川出狩乍東歸，駐蹕離宮對夕暉。記得去年❹嘗麥飯，一回追想一沾衣。」寡人自幸蜀中，不覺一載有餘。幸喜西京恢復，回到此間。你看離宮寥寂，暮景蒼涼。好傷感人也！

❶ 重華：虞舜名。此處借指唐肅宗。

❷ 南京：唐代指成都。

❸ 鴻哀：即哀鴻，喻指百姓流離失所。

❹ 去年：指天寶十五年（即至德元年）。唐玄宗幸蜀為天寶十五年六月，東還長安為至德二年十二月，前後一年有餘。

【攤破金字令】黃昏近也，庭院凝微靄。清宵靜也，鐘漏沉虛籟。一個愁人有誰偢倸？已自難消難受，那堪牆外，又推將這輪明月來。寂寂照空階，淒淒浸碧苔。獨步增哀，雙淚頻揩，千思萬量沒佈擺。

寡人對著這輪明月，想起妃子冷骨荒墳，愈覺傷心也！

【夜雨打梧桐】霜般白，雪樣皚，照不到冷墳臺。好傷懷，獨向嬋娟陪待。驀地回思當日，與你偶爾離開，一時半刻也難打捱，何況是今朝，永隔幽明界。（泣介）我那妃子呵，當初與你釵、盒定情，豈料遂為殉葬之物。歡娛不再，只這盒釵，怎不向人間守，翻教地下埋？

（嘆介）咳，妃子，妃子，想你生前音容如昨，教我怎生忘記也！

【攤破金字令】【換頭】休說他嬌嚬妍笑，風流不復偕，就是頳顏微怒，淚眼慵擡，便千金何處買。縱別有佳人，一般姿態，怎似伊情投意解，恰可人懷。思量到此呆打孩❺。我想妃子既歿，朕此一身雖生猶死，倘得死後重逢，可不強如獨活。孤獨愧形骸，餘生死亦該。惟只願速離塵埃，早赴泉臺，和伊地中將連理栽。

記得當年七夕，與妃子同祝女牛，共成密誓，豈知今宵月下，單留朕一人在此也！

【夜雨打梧桐】長生殿，曾下階，細語倚香腮。兩情諧，願結生生恩愛。誰想那夜雙星同

❺ 呆打孩：發呆的樣子。

照，此夕孤月重來。時移境易人事改。月兒，月兒，我想密誓之時，你也一同聽見的！記鵲橋河畔，也有你姮娥在，如何廝賴❻！索應該，攛掇❼他牛和女，完成咱盒共釵。

（內侍上）夜色已深，請萬歲爺進宮安息。

（生）銀河漾漾月輝輝❽，崔櫓　萬乘淒涼蜀路歸❾。崔道融

香散豔消如一夢❿，王道　離魂漸逐杜鵑飛⓫。韋莊

❻ 廝賴：抵賴。

❼ 攛掇：慫恿。

❽ 銀河漾漾月輝輝：詩見崔櫓聞笛。

❾ 萬乘淒涼蜀路歸：詩見崔道融馬嵬。

❿ 香散豔消如一夢：詩見王道金谷。

⓫ 離魂漸逐杜鵑飛：詩見韋莊春日。

第四十二齣　驛備

【越調過曲】【梨花兒】（副淨扮驛丞上）我做驛丞沒傝㑇❶，缺供應付常吃打。今朝駕到不是耍，嗏，若有差遲便拿去殺。

自家馬嵬驛丞，從小衙門辦役。考了雜職行頭❷，挖選馬嵬大驛。雖然陸路衝繁❸，卻喜津貼❹饒溢。送分例，落下些折頭❺；造銷算，開除些馬匹❻。日支正項俸薪，還要月扣衙門工食。怕的是公吏承差，嚇的是徒犯驛卒。求買免，設定常規❼；比月錢❽，百般威逼。及至擺站缺人，常把屁都急出。今更有大事臨頭，太上皇❾來此駐蹕。連忙喚各色匠人，將驛舍周圍收拾。又因改葬貴妃娘娘，重把

❶ 沒傝㑇：沒出息。傝㑇，音ㄊㄚˋ ㄙㄚˋ。
❷ 行頭：指役吏中的首領。
❸ 衝繁：衝要繁華之地。
❹ 津貼：補助。此處指不正當的收入。
❺ 送分例二句：給役吏發放工錢時，私下裡剋扣一部分。分例，按定例發放的錢物。落下，私留。
❻ 造銷算二句：給上級呈報結算清單時，多報些馬匹的開支。銷算，結算。開除，支出。
❼ 求買免二句：對請求交錢免去役使的人，按規定收取他們的錢財。
❽ 比月錢：追徵每月支付的錢款。
❾ 太上皇：底本作「大上皇」，據暖紅室初刻本改。

墳塋建立。恐土工窺見玉體，要另選女工四百。報道高公公已到，催辦工程緊急。若還誤了些兒，（彈紗帽介）怕此頭要短一尺。（末扮驛卒上）（見介）老爹，我已將各匠催齊，你放心，不須憂戚。（副淨）還有女工呢？（末）現有四百女工，都在驛門齊集。（副淨）快喚進來。（末喚介）女工每走動。（貼、淨、雜扮村婦，丑短鬚女扮，各攜鍬鋤上）「本是村莊婦，來充埋築人。」（見介）女工每叩頭。（末）起來點名。（副淨點介）周二媽。（淨應）（副淨）吳姥姥。（貼應）（副淨）鄭胖姑。（雜應）（副淨）尤大姐。（丑掩口作嬌聲應介）（副淨作細看介）咦，怎麼這個女工掩著了嘴答應，一定有些蹊蹺。驛子與我看來。（末應扯丑手開看介）老爹，是個鬍子。（副淨）是男，是女？（丑）是女。（副淨）女人的鬍子，那裡有生在嘴上的，我不信。驛子，再把他褲襠裡搜一搜。（末應作搜丑，諢介）老爹，這鬍子是假充女工的。（副淨）哎呀，了不得，這是上用欽工，非同小可。虧得我老爹精細，若待皇帝看見，險些把我這顆頭，斷送在你鬍子嘴上了。好打，好打。（丑）只因老爹這裡催得緊，本村湊得三百九十九名，單單少了一名，故此權來充數。明日另換便了。（副淨）也罷，快打出去。（末應，打丑下）（副淨看眾笑介）如今我老爹疑心起來，只怕連你每也不是女人哩。（眾笑介）我每都是女人。（副淨）口說無憑，我老爹只要用手來大家摸一摸，才信哩。（作撈摸，眾作躲避走笑介）（淨）笑你老爹好長手，（雜）剛剛摸著一個鬏剔帚⑩。（副淨）弄了一手白鮝香，（貼）拿去房中好下酒。（諢介）（老旦一面上）「欲將錦襪獻天子，權把鏵鍬充女工。」老身王嬤嬤，自從拾得楊娘娘錦襪，過客爭求一看，賺了許多錢鈔。目今聞說老萬歲爺回來，一則收藏禁物，恐有禍端；二則將此錦襪獻上，或有重賞，也未可知。恰好驛中僉報女

⑩ 鬏剔帚：隱喻男性生殖器。下文「白鮝」含義亦同。

工，要去攛上一名。葬完就好進獻，來此已是驛前了。（末上見介）你這老婆子，那裡來的？（老旦）來投充女工的。（末）住著。（進介）老爹，有一個投充女工的老婆子在外。（副淨）喚進來。（末出，喚老旦進見介）（副淨）你是投充女工的麼？（老旦）正是。（副淨）我看你年紀老了些，怕做不得工。只是現少一名，急切裡沒有人，就把你頂上罷。你叫甚名字？（老旦）叫做王嬤嬤。（副淨）好，好！恰好周、吳、鄭、王四人。你四人就做個工頭，每一人管領女工九十九人。住在驛中操演，伺候駕到便了。（眾）曉得。（作各見諢介）（副淨）你每各拿了鍬鋤，待我老爹親自教演一番。（眾應各拿鍬鋤，副淨作教演勢，眾學介）（副淨）

【亭前柳】鍬钁手中拿，挖掘要如法。莫教侵玉體，仔細撥黃沙。（合）大家，演習須熟滑，此奉欽遵，切休得有爭差。

（眾）老爹，我每呵，

【前腔】田舍業桑麻，慣見弄泥沙。小心齊用力，怎敢告消乏⓫。（合）大家，演習須熟滑，此奉欽遵，切休得有爭差。

（副淨）且到裡邊連夜操演去。（眾應介）

玉顏虛掩馬嵬塵⓬，高駢　　雲雨雖亡日月新⓭。鄭畋

⓫ 告消乏：叫苦，叫累。

⓬ 玉顏虛掩馬嵬塵：詩見高駢馬嵬驛：「玉顏雖掩馬嵬塵，冤氣和煙鎖渭津。」

曉向平原陳祭禮⓮，方干共瞻鑾駕重來巡⓯。僧廣宣

⓭ 雲雨雖亡日月新：詩見鄭畋馬嵬坡。

⓮ 曉向平原陳祭禮：詩見方干哭秘書姚少監：「曉向平原陳葬禮，悲風吹雨濕銘旌。」

⓯ 共瞻鑾駕重來巡：詩見僧廣宣安國寺隨駕幸興唐觀應制。

第四十三齣　改葬

【商調引子】【憶秦娥】（生引二內侍上）傷心處，天旋日轉迴龍馭❶。迴龍馭，踟躕到此，不能歸去。

寡人自蜀回鑾，痛傷妃子倉卒捐生，未成禮葬。特傳旨另備珠襦玉匣❷，改建墳塋，待朕親臨遷葬，因此駐蹕馬嵬驛中。（淚介）對著這佛堂梨樹，好悽慘人也！

【商調過曲】【山坡羊】恨悠悠江山如故，痛生生游魂血汙。冷清清佛堂半間，綠陰陰一本梨花樹。空自吁，怕夜臺人更苦。那裡有珮環夜月歸朱戶，也慢想顏面春風識畫圖。（丑暗上）（見介）奴婢奉旨，築造貴妃娘娘新墳，俱已齊備。請萬歲爺親臨啟墓。（生）傳旨起駕。（丑）領旨。（傳介）軍士每，排駕。（雜扮軍士上，引行介）「馬嵬坡下泥土中，不見玉容空死處。」（到介）（丑）啟萬歲爺，這白楊樹下，就是娘娘埋葬之處了。（生）你看蔓草春深，悲風日薄。妃子，妃子，兀的不痛殺寡人也。（哭介）號呼，叫聲聲魂在無？欷歔，哭哀哀淚漸枯。

（老旦、雜、貼、淨四女工帶鋤上）（老旦）老萬歲爺來了。我每快些前去，伺候開墳。（丑）你每都是女

---

❶ 天旋日轉迴龍馭：指叛亂平定，王朝中興，皇帝返京。龍馭，天子的車駕。
❷ 珠襦玉匣：古代帝王的葬衣。

工麼？（眾應介）（丑啟生介）女工每到齊了。（生）傳旨，軍士迴避。高力士，你去監督女工，小心開掘。（丑應傳介）（軍士下）（眾女工作掘介）（眾）

【水紅花】向高岡一謎下鍬鋤，認當初，白楊一樹。怕香銷翠冷伴蚍蜉❸，粉肌枯，玉容難睹。（眾驚介）掘下三尺，只有一個空穴，並不見娘娘玉體！早**難道為雲為雨，飛去影都無，但只有芳香四散襲人裾也囉。**

（淨）呀，是一個香囊。（丑）取來看。（淨遞囊，丑接看哭介）我那娘娘呵！你每且到那廂伺候去。（眾應下）（丑啟生介）啟萬歲爺，墓已啟開，卻是空穴。連裹身的錦褥和殉葬的金釵、鈿盒都不見了。只有一個香囊在此。（生）有這等事！（接囊看，大哭介）呀，這香囊乃當日妃子生辰，在長生殿上試舞霓裳，賜與他的。我那妃子呵，你如今卻在何處也！

【山坡羊】慘悽悽一匡空墓，杳冥冥玉人何去？便做**虛飄飄錦褥兒化塵，**怎那**硬撐撐釵盒也無尋處。空剩取，香囊猶在土。尋思不解緣何故，**恨不得**喚起山神責問渠❹。**（想介）高力士，你敢記差了麼？（丑）奴婢當日，曾削楊樹半邊，題字為記。如何得差！（生）敢是被人發掘了？（丑）若經發掘，怎得留下香囊？（生呆想不語介）（丑）奴婢想來，自古神仙多有尸解之事。或者娘娘尸解仙去，也未可知。即如橋山陵寢❺，止葬黃帝衣冠。這香囊原是娘娘臨終所佩，將來葬入新墳之內，

---

❸ 蚍蜉：一種大螞蟻。

❹ 渠：他。

也是一般了。（生）說的有理。高力士，就將這香囊裹以珠襦，盛以玉匣，依禮安葬便了。（丑）領旨。（生哭介）號呼，叫聲聲魂在無？欷歔，哭哀哀淚漸枯。

（丑持囊出介）（作盛囊入匣介）香囊盛放停當，女工每那裡？（眾上）（丑）你每把這玉匣，放在墓中，快些封起墳來。（眾作築墳介）

【水紅花】當時花貌與香軀，化虛無，一抔空墓；今朝玉匣與珠襦，費工夫，重泉深錮。更立新碑一統，細把淚痕書。從今流恨滿山隅也囉。

（丑）墳已封完，每人賞錢一貫。去罷。（眾謝賞，叩頭介）（淨、貼、雜先下）（丑問老旦介）你這婆子，為何不去？（老旦）稟上公公，老婦人舊年在馬嵬坡下，拾得楊娘娘錦襪一隻，帶來獻上老萬歲爺。（丑）待我與你啟奏。（見生介）啟萬歲爺，有個女工，說拾得楊娘娘錦襪一隻，帶來獻上。（生）快宣過來。（丑喚老旦進見介）婢子叩見老萬歲爺。（獻襪介）（生）取上來。（丑取送生介）（老旦起立介）（生看，哭介）呀，果然是妃子的錦襪，你看芳香未散，蓮印猶存。我那妃子呵，（哭介）

【山坡羊】俊彎彎一鉤重睹，暗濛濛餘香猶度。裊亭亭記當年翠盤，瘦尖尖穩逐紅鴛舞。還憶取，深宵殘醉餘，夢酣春透勾人覷。今日裡空伴香囊留恨俱。（哭介）號呼，叫聲聲魂在無？欷歔，哭哀哀淚漸枯。

高力士，賜他金錢五千貫，就著在此看守貴妃墳墓。（老旦叩頭介）多謝老萬歲爺。（起出看鋤介）「無心

---

❺ 橋山陵寢：在今陝西黃陵橋山上，相傳為黃帝的陵墓，又稱橋陵。橋山，因山呈橋狀、沮水穿山而過而得名。

再學持鋤女，有鈔甘為守墓人。」（下）（外引四軍上）「見闢乾坤新定位，看題日月更高懸❻。」（見介）
臣朔方節度使郭子儀，欽奉上命，帶領鹵簿❼，恭迎太上皇聖駕。（生）卿蕩平逆寇，收復神京，宗廟重新，乾坤再造，真不世之功也。（外）臣忝為大帥，破賊已遲。負罪不遑，何功之有！（生）卿說那裡話來。高力士，分付起行。（丑）領旨。（傳介）（生更吉服介）（眾引生行介）

【水紅花】五雲芝蓋❽簇鑾輿，返皇都，旌旗溢路。黃童白叟共相扶，盡歡呼，天顏重睹。從此新豐行樂，少帝奉輿居❾。千秋萬載鞏皇圖也囉。

腸斷將軍改葬歸❿，徐夤　下山回馬尚遲遲⓫。杜牧
經過此地千年恨⓬，劉滄　空有香囊和淚滋⓭。鄭嵎

❻見闢乾坤新定位二句：詩見唐沈佺期再入道場紀事應制。
❼鹵簿：古代帝王出行時扈從的儀仗隊。
❽五雲芝蓋：五色祥雲簇擁著的華貴車蓋。
❾從此新豐行樂二句：漢高祖劉邦定都長安，他的父親太上皇想故鄉豐邑。劉邦就在長安附近仿照豐邑的格式，建造了一座城市，並遷來豐邑之民，地名稱為「新豐」。太上皇每日與故人飲酒聚會，生活過得很愉快。事見史記高祖本紀張守貞正義引括地志、漢書地理志上應劭注。少帝，此處指唐肅宗。輿居，起居。
❿腸斷將軍改葬歸：詩見徐夤再幸華清宮。腸斷將軍，指高力士。高力士曾被唐玄宗封為驃騎大將軍。
⓫下山回馬尚遲遲：詩見杜牧送薛邽二首其一。
⓬經過此地千年恨：詩見劉滄題吳宮苑。
⓭空有香囊和淚滋：詩見鄭嵎津陽門詩。

第四十四齣　慫合

【南呂引子】【阮郎歸】（小生上）碧梧天上葉初飛，秋風又報期。雲中遙望鵲橋齊，隔河影半迷。

「豈是仙家好別離，故教迢遞作佳期。只緣碧落銀河畔，好在金風玉露時❶。」吾乃牽牛是也。今當下界上元二年❷七月七夕，天孫將次渡河，因此先在河邊伺候。記得天寶十載，吾與天孫相會之時，見唐天子與貴妃楊玉環，在長生殿上拜禱設誓，願世世為夫婦。豈料轉眼之間，把玉環生生斷送，好不可憐人也。

【南呂過曲】【香遍滿】佳人絕世，千秋第一寃禍奇。把無限綢繆輕拋棄，可憐非得已。死生無見期，空留萬種悲，枉罰下多情誓。

【朝天懶】【朝天子】（貼引雜扮二仙女上）好會年年天上期，不似塵緣淺，有變移。【水紅花】見仙郎河畔獨徘徊，把駕頻催。（雜報介）天孫到。（小生迎介）天孫來了。（同織女對拜介）（合）【懶

❶ 豈是仙家好別離四句：語本唐李商隱辛未七夕：「恐是仙家好別離，故教迢遞作佳期。由來碧落銀河畔，可要金風玉露時。」

❷ 上元二年：西元七六一年。上元，唐肅宗的年號。

畫眉】相逢一笑深深拜，隔歲離情各自知。

（小生）天孫，請同到斗牛宮去。（攜貼行介）「攜手步雲中，（貼）仙裾颺好風。（合）河明烏鵲渚，星聚斗牛宮。」（到介）（雜暗下）（小生）天孫請坐。（坐介）

【二犯梧桐樹】【金梧桐】瓊花繞繡帷，霞錦搖珠珮。（貼合）斗府星宮，歲歲今宵會。【梧桐樹】銀河碧落神仙配，地久天長豈但朝朝暮暮期。【五更轉】願教他人世上夫妻輩，都似我和伊，永遠成雙作對。

（小生）天孫，

【浣溪紗】你且慢提，人間世，有一處怎偏忘記？（貼）忘了何處？（小生）可記得長生殿裡人一對，曾向我焚香密誓齊？（貼）此李三郎與楊玉環之事也，我怎不記得。（小生）天孫既然記得，須念彼，墮萬古傷心地，他願世世生生，忍教中路分離。

（貼）提記玉環之事，委實可傷。我前因馬嵬土地之奏，

【劉潑帽】念他獨抱情無際，死和生守定不移，含冤流落幽冥地。因此呵，為他奏玉墀，令再證蓬萊位。

（小生笑介）天孫雖則如此，只是他呵，

【秋夜月】做玉妃，不過群仙隊，寡鵠孤鸞白雲內，何如並翼鴛鴦美。念盟言在彼，與

圓成仗你。

（貼）仙郎，我豈不欲為他重續斷緣。只是李三郎呵，

【東甌令】他情輕斷，誓先隳，那玉環呵，一個鍾情枉自癡。從來薄倖男兒輩，多負了佳人意。伯勞東去燕西飛❸，怎使做雙棲！

（小生）天孫所言，李三郎自應知罪。但是當日馬嵬之變呵，

【金蓮子】國事危，君王有令也反抗逼，怎救的，佳人命摧。想今日也不知，怎生般悔恨與傷悲。

（貼）仙郎恁般說，李三郎罪有可原。他若果有悔心，再為證完前誓便了。（二雜上）啟娘娘，天雞將唱，請娘娘渡河。（貼）就此告辭。（小生）河邊相送。（攜手行介）

【尾聲】沒來由將他人情事閒評議，把這度良宵虛廢。唉，李三郎、楊玉環，可知俺破一夜工夫都為著你！

雲階月地一相過❹，杜　牧　爭奈閑思往事何❺！白居易
一自仙娥歸碧落❻，劉　滄　千秋休恨馬嵬坡❼。徐　夤

---

❸ 伯勞東去燕西飛：比喻分離。樂府詩集東飛伯勞歌：「東飛伯勞西飛燕，黃姑織女時相見。」伯勞，鳥名。

❹ 雲階月地一相過：詩見杜牧七夕。

❺ 爭奈閑思往事何：詩見白居易強酒：「不然秋月春風夜，爭那閑思往事何。」

❻ 一自仙娥歸碧落：詩見劉滄經麻姑山。

❼ 千秋休恨馬嵬坡：詩見徐夤開元即事。

第四十五齣 雨夢

【越調引子】【霜天曉角】（生上）愁深夢杳，白髮添多少？最苦佳人逝早，傷獨夜，恨閑宵。

「不堪閒夜雨聲頻，一念重泉❶一愴神。挑盡燈花眠不得，淒涼南內❷更何人？」朕自幸蜀還京，退居南內，每日只是思想妃子。前在馬嵬改葬，指望一睹遺容，不想變為空穴，祇剩香囊一個。不知果然尸解，還是玉化香消？徒然展轉尋思，怎得見他一面？今夜對著這一庭苦雨、半壁愁燈，好不淒涼人也！

【越調過曲】【小桃紅】冷風掠雨戰長宵，聽點點都向那梧桐哨也。蕭蕭颯颯，一齊暗把亂愁敲，才住了又還飄。那堪是鳳幃空，串煙銷，人獨坐，廝湊著孤燈照也，恨同聽沒個嬌嬈。（淚介）猛想著舊歡娛，止不住淚痕交。

（內打初更介）（小生內唱，生作聽介）呀，何處歌聲，淒淒入耳，得非梨園舊人乎？不免到簾前，憑闌一聽。（作起立憑闌介）此張野狐❸之聲也，且聽他唱的是甚曲兒？（作一面聽，一面欷歔掩淚介）（小生在場內立高處，唱介）

❶ 重泉：九泉，即死者的歸所。此處指楊貴妃。

❷ 南內：又稱「南宮」或「南苑」，即興慶宮，因其在大明宮（東內）之南，故稱。內，皇帝的宮禁。

❸ 張野狐：即張徽，最擅長吹篳篥。事見楊太真外傳。

【下山虎】萬山蜀道，古棧岧嶢❹。急雨催林杪❺，鐸鈴亂敲。似怨如愁，碎聒不了。響應空山魂暗消。一聲兒忽慢娟，一聲兒忽緊搖。無限傷心事，被他鬥挑，寫入清商傳恨遙。

（內二鼓介）（生悲介）呀，原來是朕所製雨淋鈴之曲。記昔朕在棧道，雨中聞鈴聲相應，痛念妃子，因採其聲，製成此曲。今夜聞之，想起蜀道悲悽，愈加腸斷也。

【五韻美】聽淋鈴，傷懷抱。淒涼萬種新舊繞，把愁人禁虐❻得十分惱。天荒地老，這種恨誰人知道。你聽窗外雨聲越發大了。疏還密，低復高。才合眼，又幾陣窗前把人夢攪。

（丑上）「西宮南苑多秋草，夜雨梧桐落葉時。」（見介）夜已深了，請萬歲爺安寢罷。（內三鼓介）（生）呀，漏鼓三交，且自隱几❼而臥。哎，今夜呵，知甚夢兒得到俺眼裡來也！（仰哭介）

【哭相思】悠悠生死別經年，魂魄不曾來入夢。

（睡介）（丑）萬歲爺睡了，咱家也去歇息兒咱。（虛下）（小生、副淨扮二內侍帶劍上）「幽情消未得，入夢感君王。」（向上跪介）萬歲爺請醒來。（生作醒看介）你二人是那裡來的？（小生、副淨）奴婢奉楊娘娘之命，來請萬歲爺。

---

❹ 岧嶢：音ㄊㄧㄠˊ ㄧㄠˊ。高峻的樣子。

❺ 林杪：樹梢。

❻ 禁虐：攪擾。

❼ 隱几：憑几。几，古人坐時憑依的小桌。

【五般宜】只為當日個亂軍中，禍殃慘遭，悄地向人叢裡，換妝隱逃，因此上流落久蓬飄。（生驚喜介）呀，原來楊娘娘不曾死，如今卻在那裡？（小生、副淨）為陛下朝想暮想，恨縈愁繞，因此把驛庭靜掃，（叩頭介）望鑾輿幸早。說要把牛女會深盟，和君王續未了❽。（生淚介）朕為妃子百般思想，那曉得卻在驛中。你二人快隨朕前去，連夜迎回便了。（小生、副淨）領旨。（引生行介）

【山麻稭】【換頭】喜聽說，如花貌，猶兀自現在人間，當面堪邀。忙教，潛出了御苑內夾城❾複道，顧不得夜深人靜，露涼風冷，月黑途遙。（末上攔介）陛下久已安居南內，因何深夜微行，到那裡去？（生驚介）

【蠻牌令】何處潑官僚，攔駕語嘵嘵？（末）臣乃陳元禮，陛下快請回宮。（生怒介）唗，陳元禮，你當日在馬嵬驛中，暗激軍士逼死貴妃，罪不容誅。今日又待來犯駕麼？君臣全不顧，輒敢肆狂驍。（末）陛下若不回宮，只怕六軍又將生變。（生）唗，陳元禮，你欺朕無權柄閒居退朝，只逞你有威風卒悍兵驕。法難恕，罪怎饒。叫內侍，快把這亂臣賊子，首級懸梟❿。（小生、副淨）領旨。（作拿末殺下，轉介）啟萬歲爺已到驛前了。請萬歲爺進去。（暗下）（生進介）

❽ 續未了：接續未了的姻緣。
❾ 夾城：兩邊築有高牆的通道。
❿ 懸梟：斬首後將首級懸掛在木杆上示眾。

【黑麻令】只見沒多半空寮廢寮，冷清清臨著這荒郊遠郊。內侍，娘娘在那裡？（回顧介）呀，怎一個也不見了。單則聽颯剌剌風搖樹搖，啾唧唧四壁寒蛩⓫，絮一片愁苗怨苗。（哭介）哎喲，我那妃子呵，叫不出花嬌月嬌，料多應形消影消。（內鳴鑼，生驚介）呀，好奇怪，一霎時連驛亭也都不見，倒來到曲江池上了。好一片大水也。不隄防斷砌頹垣，翻做了驚濤沸濤。

（望介）你看大水中間，又湧出一個怪物。豬首龍身，舞爪張牙，奔突而來。好怕人也！（內鳴鑼，扮豬龍，項帶鐵索，跳上撲生，生驚奔，趕至原處睡介）（二金甲神執鎚上，擊豬龍喝介）咗，孽畜，好無禮！怎又逃出到此，驚犯聖駕，還不快去。（作牽豬龍，打下）（生作驚叫介）哎喲，唬殺我也。（丑急上，扶介）萬歲爺，為何夢中大叫？（生作呆坐，定神介）高力士，外邊什麼響？（丑）是梧桐上的雨聲。（內打四更介）（生）

【江神子】【別體】我只道誰驚殘夢飄，原來是亂雨蕭蕭。恨殺他枕邊不肯相饒，聲聲點點到寒梢，只待把潑梧桐鋸倒。

高力士，朕方才夢見兩個內侍，說楊娘娘在馬嵬驛中來請朕去。多應芳魂未散。朕想昔時漢武帝思念李夫人，有李少君為之召魂相見⓬，今日豈無其人！你待天明，可即傳旨，遍覓方士來與楊娘娘召魂。

⓫ 寒蛩：深秋的蟋蟀。蛩，音ㄑㄩㄥˊ。

⓬ 朕想昔時漢武帝思念李夫人二句：李夫人是漢武帝的寵姬。她死後，漢武帝十分想念她。方士李少翁於夜間為漢武帝召來李夫人的魂魄，出現在帷帳內。事見漢書外戚傳。又，李少君卒於李夫人前，此處當為作者誤記。

（丑）領旨。（內五鼓介）（生）

【尾聲】紛紛淚點如珠掉，梧桐上雨聲廝鬧。只隔著一個窗兒直滴到曉。

半壁殘燈閃閃明⑬，吳融　雨中因想雨淋鈴⑭。羅隱

傷心一覺興亡夢⑮，方壺居士　直欲裁書問杳冥⑯。魏樸

---

⑬ 半壁殘燈閃明：詩見吳融中夜聞啼禽。

⑭ 雨中因想雨淋鈴：詩見羅隱上亭驛。

⑮ 傷心一覺興亡夢：詩見方壺居士隋堤詞。

⑯ 直欲裁書問杳冥：詩見魏樸和皮日休悼鶴：「直欲裁詩問杳冥，豈教靈化亦浮生。」

第四十六齣　覓魂

（淨扮道士，小生、貼扮道童，執旛引上）「臨邛❶道士鴻都客❷，能以精誠致魂魄。為感君王展轉思，便教遍處殷勤覓。」貧道楊通幽是也。籍隸丹臺❸，名登紫籙❹。呼風掣電，御氣天門。攝鬼招魂，遊神地府。只為太上皇帝思念楊妃，遍訪異人召魂相見，俺因此應詔而來。太上皇十分歡喜，詔於東華門內，依科行法。已曾結就法壇，今晚登壇宣召。童兒，隨我到壇上去來。（童捧劍、水同行科）（淨）

【仙呂點絳唇】仔為他一點情緣，死生銜怨。思重見，憑著咱道力無邊，特地把神通顯。

（場上建高壇科）（小生、貼）已到壇了。（淨）是好一座法壇也。

【混江龍】這壇本在虛空闢建，象涵太極法先天。無中有陰陽攢聚，有中無水火陶甄❺。（童）基址從何而立？（淨）基址呵，遣五丁❻，差六甲❼，運戊己❽中央當下立。（童）用何工夫而成？

---

❶ 臨邛：地名，在今四川邛崍。

❷ 鴻都客：神仙中人。參見第一齣⑲。「鴻都客」與「臨邛道士」均為道士楊通幽自指。

❸ 丹臺：道教指神仙的居處。

❹ 紫籙：道教指記錄神仙、靈官姓名的冊籍。

❺ 水火陶甄：水火相互作用。陶甄，陶冶。

❻ 五丁：神話傳說中五個大力士。

（淨）用工夫，養嬰兒⑨，調奼女⑩，配**乙庚金木**⑪**剎那全**。（童）壇上可有戶牖？（淨）戶牖呵，對**金雞**⑫，朝玉兔⑬，**坎離卯酉**⑭。（童）方向呢？（淨）方向呵，鎮黃庭⑮，通紫極⑯，**子午坤乾**⑰。（童）這壇可有多少大？（淨）雖只是倚方隅，占基階，**壇場咫尺**，卻可也納須彌⑱，藏世界，**道里由延**⑲。（童）原來包羅恁寬！（淨）上包著一周天⑳三百六十躔度㉑，內㉒**星辰日月**。（童）想那分

---

⑦ 六甲：道教所指的陽神，為天帝所役使；道士可用符籙召請，以供驅使。

⑧ 戊己：分別為十天干中的第五位與第六位，居於正中位置。己，底本作「巳」，據掃葉山房本改。

⑨ 嬰兒：道教指人的心血。

⑩ 奼女：道教指人的腎精。

⑪ 乙庚金木：指東方與西方。乙、庚，屬天干；金、木，屬五行。乙、木主東方；庚、金主西方。

⑫ 金雞：指太陽。

⑬ 玉兔：指月亮。

⑭ 坎離卯酉：指北南東西四個方位。坎，八卦之一，為北方之卦；離，八卦之一，為南方之卦。卯、酉，屬十二地支，分別表示東方與西方。

⑮ 黃庭：中央。

⑯ 紫極：天宮。

⑰ 子午坤乾：表示北、南、西南、西北四個方向。子、午，屬十二地支，分別表示正北與正南方；坤，八卦之一，表示西南方位；乾，八卦之一，表示西北方位。

⑱ 須彌：即須彌山。佛教傳說中的山，在四大部洲的中心，高三百三十六萬里。

⑲ 由延：即由旬，古印度的長度單位，有八十里、六十里、四十里諸種說法。

統處量也不小。（淨）中分統四大洲㉓，億萬百千閻浮界㉔岳瀆山川。（童）壇上誰聽號令？（淨）聽號令，則那些無稽滯㉕，司風司火，司雷司電。（童）誰供驅遣？（淨）供驅遣，無非這有職掌，值時值日，值月值年。（童）繞壇有何景象？（淨）半空中繞噰噰鸞吟鳳嘯，兩壁廂列森森虎伏龍眠。端的是一塵不染，眾妄都蠲。（童）若非吾師無邊道力，安能建此無上法壇。（淨）這全托賴著大唐朝君王分福，敢誇俺小鴻都道力精虔。（童）請吾師上壇去者。（內細樂，二童引淨上壇科）（淨）趁天風，隨仙樂，雙引著鸞旌高步斗㉖。（內鐘鼓科）（淨）響金鐘，鳴法鼓，恭擎象簡迴朝元。（童獻香科）請吾師拈香。（淨拈香科）這香呵，不數他西天竺旃檀林青獅窟根蟠鸑鷟㉗，東洋海波斯國瑞龍腦㉘形

---

⑳ 周天：指整個天體。

㉑ 躔度：日月星辰在天空運行的度數。

㉒ 內：同「納」。容納。

㉓ 四大洲：佛教認為在須彌山四周大海中有四大部洲，即東勝身洲、南贍部洲、西牛貨洲、北拘盧洲。

㉔ 閻浮界：指人世間。

㉕ 無稽滯：不拖延。

㉖ 步斗：即步罡踏斗，為道士作法時禮拜星斗、召請神靈的儀式。罡即天罡，斗即北斗。

㉗ 西天竺旃檀林青獅窟根蟠鸑鷟：指以西印度青獅窟所產的旃檀木樹根製成的香料。西天竺，西印度。旃檀林，檀香樹。根蟠鸑鷟，樹根彎曲呈鸑鷟狀。鸑鷟，鳳的別名。

㉘ 瑞龍腦：波斯國進貢的香料，形如蠶蟬。

似蠶蟬。結祥雲，騰寶霧，直沖霄漢；透清微㉙，縈碧落，普供真玄。第一炷，祝當今皇帝、享無疆聖壽，保洪圖社稷，鞏國祚延綿。第二炷，願疆埸靜，烽燧銷，普天下各道、各州、各境裡，民安盜息無征戰；禾黍登，蠶桑茂，百姓每若老、若幼、若壯者，家封戶給樂田園。第三炷，單只為死生分，情不滅，待憑這香頭一點，溫熱了夜臺魂；幽明隔，情難了，思倩此香煙百轉，吹現出春風面。（童獻花介）散花。（淨散花科）這花呵，不學他老瞿曇對迦葉糊塗笑撚㉚，謾勞他諸天女訪維摩撒漫飛旋㉛。俺特地採蘅蕪㉜，踏穿閬苑㉝，幾度價尋懷夢㉞摘遍瓊田㉟。顯神奇，

㉙ 清微：天空。

㉚ 老瞿曇對迦葉糊塗笑撚：傳說釋迦牟尼在靈山會上，拈花示眾，眾弟子皆默然無聲，只有摩訶迦葉微笑以對。釋迦牟尼便將「正法眼藏」傳授給他。事見五燈會元迦葉佛。瞿曇，釋迦牟尼的姓。

㉛ 諸天女訪維摩撒漫飛旋：相傳有一次，釋迦牟尼命大弟子去維摩詰那裡問病。當時諸天人正在聽維摩詰說法，一個天女在散花，花至諸菩薩即墮落，至文殊便不墮。事見維摩詰經觀眾生品。維摩，即維摩詰，釋迦牟尼時代的大居士。

㉜ 蘅蕪：香草名。傳說漢武帝夢見李夫人授給他蘅蕪香，驚醒之後，香氣仍沾在衣枕上，歷月不散。事見拾遺記。

㉝ 閬苑：崑崙山上仙人的居處。

㉞ 懷夢：仙草名。傳說漢武帝思念李夫人，東方朔獻上一枝懷夢草。漢武帝果然於夜間夢見李夫人。事見洞冥記。

㉟ 瓊田：仙人種仙草的地方。

要將他殘英再接相思樹，施伎倆，管教他落花重放並頭蓮。（童獻燈科）獻燈。（淨捧燈科）這燈呵，爛輝輝靈光常向千秋照，爍熒熒心燈㊱只為一情傳。抵多少衡遙石懷中秘授，還形燭帳裡高燃㊲。他則要續癡情，接上這殘燈焰，俺可待點神燈，照徹那舊冤愆。（童獻法盞科）請吾師咒水㊳。（淨捧水科）這水呵，曾游比目，曾汎雙鴛。你漫道當日個如魚也那得水，可知道到頭來，水、米也沒有半點交纏。數不盡情河愛海波終竭，似那等幻泡浮漚浪易掀。他只道曾經滄海難為水㊴，怎如俺這一滴楊枝徹九泉㊵。（童）供養已畢，請問吾師如何行法召魂咱？（淨）你與我把招魂衣攝，遺照圖懸，龍墀淨掃，鳳幄高褰。等到那二更以後，三鼓之前，眠猧㊶不吠，宿鳥無喧，葉寧樹杪，蟲息階沿，露明星黯，月漏風穿，潛潛隱隱，冉冉翩翩，看步珊珊是耶非一個佳人現，才折證人間幽恨，地下殘緣。

㊱ 心燈：心靈。佛教認為心靈能照亮一切事物。

㊲ 抵多少衡遙石懷中秘授二句：傳說楊貴妃死後，唐明皇日夜思念她。有個道士將五色石研成粉末，和以諸藥，外畫五色花，稱為還形燭。夜間點燃還形燭，唐明皇走進帳子內，便可見楊貴妃之形。事見嫏嬛記。衡遙石，即五色石。

㊳ 咒水：一邊念咒，一邊以柳枝沾法水灑向四周。

㊴ 曾經滄海難為水：語出唐元稹離思五首其四。

㊵ 這一滴楊枝徹九泉：指一滴楊枝淨水能穿透九泉，召回楊貴妃。

㊶ 猧：小狗。

（內奏法音科）（丑捧青詞㊷上）「九天青鳥使，一幅紫鸞書㊸。」（進跪科）高力士奉太上皇之命，謹送青詞到此。（童接詞進上科）（淨向丑拱科）中官，且請壇外少候片時。（丑應下）（淨）

【油葫蘆】俺子見御筆青詞寫鳳箋，漫從頭仔細展。單子為死離生別那嬋娟，牢守定真情一點無更變。待想他芳魂兩下重相見，俺索召李夫人來帳中，煞強如西王母臨殿前，穩情取漢劉郎㊹遂卻心頭願，向今宵同款款話因緣。

（動法器科）（淨作法、焚符念科）此道符章，鶴翥鸞翔，功曹符使，速涖壇場。（雜扮符官騎馬舞上，見科）仙師，有何法旨？（淨付符科）有煩使者，將此符命，速召貴妃楊氏陰魂到壇者。（雜接符科）領法旨。（作上馬繞場下）（淨）

【天下樂】俺只見力士黃巾㊺去召宣，揚也波鞭，不暫延。管教他閃陰風一靈兒勾向前。俺這裡靜悄悄壇上躬身等，他那裡急煎煎宮中望眼穿。呀，怎多半日雲頭不見轉？

為何此時還不到來，好疑惑也！

【那吒令】闊迢迢山前水前，望香魂渺然。黯沉沉星前月前，盼芳容杳然。冷清清階前砌

㊷ 青詞：原為道士上奏天庭或徵召神將的符籙。此處指齋醮時用來祈禱的一種文體。

㊸ 紫鸞書：指青詞。紫鸞，傳說中的神鳥。

㊹ 漢劉郎：指漢武帝。此處借指唐明皇。

㊺ 力士黃巾：即黃巾力士。道教傳說中在天界值勤的神將。

前，聽靈蹤悄然。不免再燒一道催符去者。（焚符科）蠢硃符不住燒，歹劍訣㊻空掐遍，枉念殺波沒准的真言㊼。

（雜上見科）覆仙師：小聖人間遍覓楊氏陰魂，無從召取。（淨）符使且退。（雜）領法旨。（舞下）（淨下壇科）童兒，請高公公相見者。（童向內請科）高公公有請。（丑上）「玉漏聽長短，芳魂問有無？」（見科）仙師，楊娘娘可曾召到麼？（淨）方才符使到來，說娘娘無從召取。（丑）呀，如此怎生是好？（淨）公公且去覆旨，待貧道就在壇中，飛出元神，不論上天入地，好歹尋著娘娘。不出三日，定有消息回報。（丑）太上皇思念甚切，仙師是必用意者。「且傳方士語，去慰上皇情。」（下）（內細樂，淨更鶴氅科）童兒在壇小心祇候，俺自打坐出神去也。（童）領法旨。（內鳴鐘、鼓各二十四聲，淨上壇端坐，叩齒作閉目出神科）（童）你看我師出神去了。不免放下雲幃，壇下伺候則個。（作放壇上帳幔，淨暗下）（童）「壇上鐘聲靜，天邊雲影閒。」（同下）（末扮道士元神從壇後轉行上）

【鵲踏枝】瞑子裡出真元，抵多少夢遊仙。俺則待踏破虛空，去訪嬋娟。貧道楊通幽，為許上皇尋覓楊妃魂魄，特出元神，到處遍求。如今先到那裡去者？（思科）嗄，有了，且慢自叫閶闔㊽輕干玉殿，索先去赴幽冥大索黃泉。

㊻ 劍訣：齋醮時，道士右手持劍，左手做出一定的姿勢，表示作法制邪。
㊼ 真言：指咒語。
㊽ 閶闔：天門。

來此已是酆都城了。（向內科）森羅殿上判官何在？（判跳上，小鬼隨上）「善惡細分鐵算子，古今不出大輪迴。」仙師何事降臨？（末）貧道特來尋覓大唐貴妃楊玉環鬼魂。（判）凡是宮嬪妃后，地府另有文冊。仙師請坐，且待呈簿查看。（末坐科，鬼送冊，判遞冊科）（末看科）

【寄生草】這是一本宮嬪冊，歷朝妃后編。有一個檿弧箕服把周宗殄㊾，有一個牝雞野雉把劉宗煽㊿，有一個蛾眉狐媚把唐宗變(51)。好奇怪，看古今來椒房金屋盡標題，怎沒有楊太真名字其中現。

地府既無，貧道去了。不免向天上尋覓一遭也。（虛下）（判跳舞下，鬼隨下）（二仙女旌幢，引貼朝服，執拂上）「高引霓旌朝絳闕，緩移鳳舄踏紅雲。」吾乃天孫織女，因向玉宸朝見，來到天門。前面一個道士來了。看是誰也？（末上）

【幺篇】拔足才離地，飛神直上天。（見貼科）原來是織女娘娘，小道楊通幽叩首。（貼）通幽免禮，到此何事？（末）小道奉大唐太上皇之命，尋訪玉環楊氏之魂。適從地府求之不得，特來天上找尋。誰

㊾ 檿弧箕服把周宗殄：指周幽王的寵妃褒姒把周朝滅亡了。檿弧，山桑做的弓。箕服，箭袋。相傳周宣王時有民謠云：「檿弧箕服，實亡周國。」周宣王下令捕殺販賣檿弧、箕服的一對夫婦，結果給逃走了。這對夫婦在路上收留了一個棄嬰，她便是後來的褒姒。事見史記周本紀。

㊿ 牝雞野雉把劉宗煽：指漢高祖劉邦死後，皇后呂雉立諸呂而殺劉姓諸王。牝雞，即牝雞司晨，指女人專權用事，語本尚書牧誓：「牝雞無晨。」牝雞、野雉指呂雉。事見史記呂太后本紀。

(51) 蛾眉狐媚把唐宗變：指唐高宗李治死後，皇后武則天自立稱帝，改國號為周。事見新唐書則天武皇后傳。

知天上亦無，因此一逕出來。若不是伴嫦娥共把蟾宮戀，多敢是趁雙成同向瑤池現。（貼）通幽，那玉環之魂，原不在地下，不在天上也。（末）呀，早難道逐梁清又受天曹譴52，要尋那霓裳善舞的俊楊妃，到做了留仙不住的喬飛燕53。

（貼）通幽，楊妃既無覓處，你索自去覆旨便了。（末）娘娘，覆旨不難。不爭54小道呵，

【後庭花滾】沒來由向金鑾出大言，運元神排空如電轉。一口氣許了他上下裡尋花貌，莽擔承向虛無中覓麗娟。（貼）誰教你弄嘴來？（末）非是俺沒干纏55，自尋驅遣，單則為老君王鍾情生死堅，舊盟不棄捐。（貼）馬嵬坡下既已碎玉揉香，還討甚情來？（末）娘娘，休屈了人也。想當日亂紛紛乘輿值播遷，翻滾滾羽林生鬧喧，惡狠狠兵驕將又專，焰騰騰威行虐肆煽，鬧炒炒不由天子宣，昏慘慘結成妃后冤。撲刺刺生分開交頸鴛，格支支輕撏撦56並蒂蓮，致使得嬌怯怯遊魂逐杜鵑，空落得哭哀哀悲啼咽楚猿。恨茫茫高和太華57連，淚漫漫平將滄海填。（貼）如

---

52 逐梁清又受天曹譴：指曾被驅逐的梁玉清又遭到天帝的譴謫。相傳織女星的侍女梁玉清曾與太白星私奔，在衛城少仙洞中共同生活，被天帝譴謫到北斗下。事見太平廣記卷五九梁玉清。梁清，即梁玉清，此處借指楊貴妃。

53 留仙不住的喬飛燕：指趙飛燕成仙而去。參見第十六齣34。此處以趙飛燕借指楊貴妃。

54 不爭：只為。

55 沒干纏：沒事找事，自尋煩惱。

56 撏撦：音ㄒㄧㄣˊ ㄔㄜˇ。扯開。

今死生久隔，歲月頻更，只怕此情也漸淡了。（末）那上皇呵，精誠積歲年，說不盡相思累萬千。鎮日家[58]把嬌容心坎鐫，每日裡將芳名口上編。聽殘鈴劍閣懸，感衰梧秋雨傳。暗傷心肺腑煎，漫鎖魂形影憐。對香囊呵惹恨綿，抱錦襪呵空淚漣，弄玉笛呵懷舊怨，撥琵琶呵憶斷弦。坐淒涼，思亂纏，睡迷離，夢倒顛。一心兒癡不變，十分家病怎痊！痛嬌花不再鮮，盼芳魂重至前。（貼）前夜牛郎曾為李三郎辨白，今聽他說來，果如此情真。煞亦可憐人也！（末）小道呵，生憐[59]他意中人緣未全，打動俺閒中客情慢牽，因此上不辭他往返蹎，甘將這辛苦肩。猛可把泉臺踏的穿，早又將穹蒼磨的圓。誰知他做長風吹斷鳶，似晴曦散曉烟。莽桃源尋不出花一片，冷巫山找不著雲半邊。好教俺向空中難將袖手展，竚雲頭惟有睜目延。百忙裡幻不出春風圖畫面，揑不就名花傾國妍。若不得紅顏重出現，怎教俺黃冠[60]獨自還！娘娘呵，則問他那精靈何處也天？

（貼）通幽，你若必要見他，待我指一個所在，與你去尋訪者。（末稽首科）請問娘娘，玉環見在何處？

【青哥兒】謝娘娘與咱與咱方便，把玉人消息消息親傳，得多少花有根芽水有源。則他落在

[57] 太華：即陝西華山。

[58] 鎮日家：整日的。日，底本作「自」，據暖紅室初刻本改。

[59] 生憐：可憐。

[60] 黃冠：道士帽。此處代指道士。

誰邊，望賜明言。我便疾到跟前，不敢留連。（貼）通幽，你不聞世界之外，別有世界，山川之內，另有山川麼？（末）聽說道世外山川，另有周旋，只不知洞府何天，問渡何緣？（貼）那東極巨海之外，有一仙山，名曰蓬萊。你到那裡，便有楊妃消息了。（末）多謝娘娘指引。枉了上下俄延，都做了北轍南轅[61]。元來只隔著弱水[62]三千，溟渤[63]風烟，在那麟鳳洲[64]偏，蓬閬山巔。那裡有蕙圃芝田，白鹿玄猿，琪樹翩翩，瑤草芊芊，碧瓦雕欂[65]，月館雲軒，樓閣蜿蜒，門闥勾連。隔斷塵喧，合住神仙。（貼）雖這般說，只怕那裡絕天涯，跨海角，途路遙遠，你去不得。（末）哎，娘娘，他那裡情深無底更綿綿，諒著這蓬山路何為遠。

（貼）既如此，你自前去咱。「又聞人世無窮恨，待縮機絲補斷緣」。（引仙女下）（末）不免御著天風，到海外仙山，找尋一遭去也。（作御風行科）

【煞尾】穩踏著白雲輕，巧趁取罡風[66]便，把碗大滄溟跨展。回望齊州何處顯，淡濛濛九點

---

[61] 北轍南轅：人欲南行而車卻向北走，比喻目的與行為適得其反。戰國策魏策四載，魏王準備攻打趙國邯鄲，季梁以有人想南至楚國而車駕卻向北行駛為喻，勸魏王不可恃國大兵強而欺凌他國，應取消這次行動。

[62] 弱水：神話傳說中險惡難渡的河海。

[63] 溟渤：溟海和渤海。此處泛指大海。

[64] 麟鳳洲：即鳳麟洲，神話傳說中西海中央的仙山。

[65] 欂：音ㄇㄧㄢˊ。屋檐板。

[66] 罡風：即剛風，道家指高空的勁風。

飛煙⑰。說話之間，早來到海東邊，萬仞峰巔。這的是三島十洲⑱別洞天，俺只索繞清虛閬苑，到玲瓏宮殿。是必破工夫找著那玉天仙。

與招魂魄上蒼蒼⑲，黃滔　誰識蓬山不死鄉⑳？趙嘏
此去人寰知遠近㉑，秦系　五雲遙指海中央㉒。韋莊

⑰ 回望齊州何處顯二句：語本唐李賀夢天詩：「遙望齊州九點煙。」齊州，即中州，中國。九點煙，指九州。
⑱ 三島十洲：神話傳說中的仙山。三島，指蓬萊、方丈、瀛洲。十洲，即祖洲、瀛洲、玄洲、炎洲、長洲、元洲、流洲、生洲、鳳麟洲、聚窟洲。
⑲ 與招魂魄上蒼蒼：詩見黃滔傷蔣校書德山。
⑳ 誰識蓬山不死鄉：詩見趙嘏經王先生故居。
㉑ 此去人寰知遠近：詩見秦系題茅山李尊師山居：「此去人寰今遠近，回看雲壑一重重。」
㉒ 五雲遙指海中央：詩見韋莊王道者。

第四十七齣　補　恨

【正宮引子】【燕歸梁】（貼扮織女上）憐取君王情意切，魂遍覓，費周折。好和蓬島那人❶說，邀雲珮，赴星闕。

前夕渡河之時，牛郎說起楊玉環與李三郎長生殿中之誓，要我與彼重續前緣。今適在天門外，遇見人間道士楊通幽，說上皇思念貴妃一意不衰，令他遍覓幽魂。此情實為可憫。已指引通幽到蓬山去了，又令侍兒召取太真到此，說與他知。再細探其衷曲❷，敢待來也。（仙女引旦上）

【錦堂春】聞說璇宮有命，雲中忙駕香車。強驅愁緒來天上，怕眉黛恨難遮。

（仙女報，旦進見介）娘娘在上，楊玉環叩見。（貼）太真免禮，請坐了。（旦坐介）適蒙娘娘呼喚，不知有何法旨？（貼）一向不曾問你，可把生前與唐天子兩下恩情，細說一遍與我知道。（旦）娘娘聽啟，

【正宮過曲】【普天樂】嘆生前，冤和業。（悲介）才提起聲先咽。單則為一點情根，種出那歡苗愛葉。他憐我慕兩下無分別。誓世世生生休拋撇，不隄防慘悽悽月墜花折，悄冥冥雲收雨歇，恨茫茫只落得死斷生絕。

❶ 蓬島那人：住在蓬萊島的那個人。此處指楊貴妃。
❷ 衷曲：內心隱秘之事。

【雁過聲】【換頭】（貼）聽說，舊情那些。似荷絲劈開未絕❸，生前死後無休歇。萬重深，萬重結。你共他兩邊既恁疼熱，況盟言曾共設，怎生他陡地心如鐵，馬嵬坡便忍將伊負也？

【傾盃序】【換頭】（旦淚介）傷嗟，豈是他頓薄劣！想那日遭磨劫，兵刃縱橫，社稷阽危❹，蒙難君王怎護臣妾？妾甘就死，死而無怨，與君何涉！（哭介）怎忘得定情釵盒那根節。

（出釵盒與貼看介）這金釵、鈿盒，就是君王定情日所賜。妾被難之時，帶在身邊。攜入蓬萊，朝夕佩玩，思量再續前緣。只不知可能夠也？（貼）

【玉芙蓉】你初心誓不賒，舊物懷難撇。是千秋慘痛此恨獨絕。誰道你不將殞骨留微憾，只思斷頭香再爇。蓬萊闕，化愁城萬疊。（還旦釵盒介）只是你如今已證仙班，情緣宜斷。若一念牽纏呵，怕無端又令從此墮塵劫。

（旦）念玉環呵，

【小桃紅】位縱在神仙列，夢不離唐宮闕。千迴萬轉情難滅。（起介）娘娘在上，倘得情絲再續，情願謫下仙班。雙飛❺若註鴛鴦牒，三生❻舊好緣重結。（跪介）又何惜人間再受罰折！

❸ 荷絲劈開未絕：即藕斷絲連，指楊貴妃與唐明皇的情絲未斷。

❹ 阽危：臨近危險。阽，音ㄉㄧㄢˋ。

❺ 雙飛：成對飛翔。此處比喻夫妻感情深厚。

❻ 三生：佛教語，指前生、今生、來生。

（貼扶介）太真，坐了。我久思為你重續前緣。只因馬嵬之事，恨唐帝情薄負盟，難為作合。方才見道士楊通幽，說你遭難之後，唐帝痛念不衰，特令通幽昇天入地，各處尋覓芳魂。我念他如此鍾情，已指引通幽到蓬萊山了。還怕你不無遺憾，故此召問。今知兩下真情，合是一對。我當上奏天庭，使你兩人世居忉利天中，永遠成雙，以補從前離別之恨。

【催拍】那壁廂人間痛絕，這壁廂仙家念熱：兩下癡情恁奢，癡情恁奢。我把彼此精誠，上請天闕。補恨填愁，萬古無缺。（旦背淚介）還只怕孽障週遮❼，緣尚蹇，會猶賒。

（轉向貼介）多蒙娘娘憐念，只求與上皇一見，於願足矣。（貼）也罷。聞得中秋之夕，月中奏你新譜霓裳，必然邀你。恰好此夕正是唐帝飛昇❽之候。你可回去，令通幽屆期徑引上皇，到月宮一見。何如？（旦）只恐月宮之內，不便私會。（貼）不妨。待我先與姮娥說明。你等相見之時，我就奏請玉音到來，使你情緣永證便了。（旦）多謝娘娘，就此告辭。（貼）

【尾聲】團圓等待中秋節，管教你情償意愜。（旦）只我這萬種傷心見他時怎地說！

（旦）身前身後事茫茫❾，天竺牧童　卻厭仙家日月長❿。曹唐

（貼）今日與君除萬恨⓫，薛逢　月宮瓊樹是仙鄉⓬。薛能

---

❼ 週遮：深重。

❽ 飛昇：道家語，指人死後飛昇成仙。

❾ 身前身後事茫茫：詩見天竺牧童別李源二首其二。

❿ 卻厭仙家日月長：詩見曹唐小游仙詩九十八首其九十五。

⓫ 今日與君除萬恨：詩見薛能柳枝四首其三：「此日與君除萬恨，數篇風調更應無。」洪昇誤將「薛能」題作「薛逢」。

⓬ 月宮瓊樹是仙鄉：詩見薛能鄜州進白野鵲。

第四十八齣　寄情

【南呂過曲】【懶畫眉】（末扮道士元神上）海外曾聞有仙山，山在虛無縹緲間。貧道楊通幽，適見織女娘娘，說楊妃在蓬萊山上。即便飛過海上諸山，一逕到此。見參差宮殿彩雲寒。前面洞門深閉，不免上前看來。（看介）試將銀榜端詳覷。（念介）「玉妃太真之院」。呀，是這裡了。（作抽簪叩門介）不免抽取瓊簪輕叩關。

【前腔】（貼扮仙女上）雲海沉沉洞天寒，深鎖雲房鶴逕閒。（末又叩介）（貼）誰來花下叩銅環？（開門介）是那個？（末見介）貧道楊通幽稽首。（貼）到此何事？（末）大唐太上皇帝，特遣貧道問候玉妃。（貼）娘娘到璇璣宮去了，請仙師少待。（末）原來如此。我且從容佇立瑤階上。（貼）遠遠望見娘娘來了。（末）遙聽仙風吹珮環。

【前腔】（旦引仙女上）歸自雲中步珊珊，聞有青鸞信遠頒。（見末介）呀，果然仙客候重關。（貼迎介）（旦）道士何來？（貼）正要稟知娘娘，他是唐家天子人間使，啣命迢遙來此山。（旦進介）既是上皇使者，快請相見。（仙女請末進介）（末見科）貧道楊通幽稽首。（旦）仙師請坐。（末坐介）（旦）請問仙師何來？（末）貧道奉上皇之命，特來問候娘娘。（旦）上皇安否？（末）上皇朝夕思念娘娘，因而成疾。

【宜春令】自回鑾後，日夜思，鎮昏朝潸潸淚滋。春風秋雨，無非即景傷心事。映芙蓉人面俱非，對楊柳新眉誰試？特地將他一點舊情，倩咱傳示。

【前腔】（旦淚介）腸千斷，淚萬絲。謝君王鍾情似茲。音容一別，仙山隔斷違親侍。蓬萊院月悴花憔，昭陽殿人非物是。漫自將咱一點舊情，倩伊回示。

（末）貧道領命。只求娘娘再將一物，寄去為信。（旦）也罷。當年承寵之時，上皇賜有金釵、鈿盒，如今就分釵一股，劈盒一扇，煩仙師代奏上皇。只要兩意能堅，自可前盟不負。（作分釵盒，淚介）侍兒，將這釵盒送與仙師。（貼遞釵盒與末介）（旦）仙師請上，待妾拜煩。（末）不敢。（拜介）

【三學士】舊物親傳全仗爾，深情略表孜孜❶。半邊鈿盒傷孤另，一股金釵寄遠思。幸達上皇，只願此心堅似始，終還有相見時。

（末）貧道還有一說，釵盒乃人間所有之物，獻與上皇，恐未深信。須得當年一事，他人不知者，傳去取驗，才見貧道所言不謬。（旦）這也說得有理。（旦低頭沉吟介）

【前腔】臨別殷勤重寄詞，詞中無限情思。哦，有了。記得天寶十載，七月七夕長生殿，夜半無人私語時。那時上皇與妾並肩而立，因感牛女之事，密相誓心：願世世生生，永為夫婦。（泣介）誰知道比翼分飛連理死，綿綿恨無盡止。

❶ 孜孜：急切，懇切。

（末）有此一事，貧道可❷覆上皇了。就此告辭。（旦）且住，還有一言。今年八月十五日夜，月中大會，奏演霓裳，恰好此夕，正是上皇飛昇之候。我在那裡專等一會，敢煩仙師屆期指引上皇到彼。失此機會，便永無再見之期了。（末）貧道領命。（旦）仙師，說我

含情凝睇謝君王❸，白居易　塵夢何如鶴夢長❹。曹唐

（末）密奏君王知入月❺，王建　眾仙同日聽霓裳❻。李商隱

---

❷ 可：底本字跡不清，據暖紅室初刻本補。

❸ 含情凝睇謝君王：詩見白居易長恨歌。

❹ 塵夢何如鶴夢長：詩見曹唐仙子洞中有懷劉阮：「不將清瑟理霓裳，塵夢那知鶴夢長。」塵夢，指人間之夢。鶴夢，指仙境之夢。

❺ 密奏君王知入月：詩見王建宮詞一百首其四十六。

❻ 眾仙同日聽霓裳：詩見李商隱留贈畏之：「空寄大羅天上事，眾仙同日詠霓裳。」

第四十九齣　得信

【仙呂引子】【醉落魄】（生病裝，宮女扶上）相思透骨沉疴久，越添消瘦。蘅蕪燒盡魂來否？望斷仙音，一片晚雲秋。

「黯黯愁難釋，綿綿病轉成。哀蟬將落葉，一種為傷情。」寡人夢想妃子，染成一病。因令方士楊通幽攝召芳魂，誰料無從尋覓。通幽又為我出神訪求去了。唉，不知是方士妄言，還不知果能尋著？寡人轉展縈懷，病體越重。已遣高力士到壇打聽，還不見來。對著這一庭秋景，好生懸望人也！

【仙呂過曲】【二犯桂枝香】【桂枝香】葉枯紅藕，條疏青柳。淅刺刺滿處西風，都送與愁人消受。【四時花】悠悠，欲眠不眠欹枕頭。非耶是耶睜望眸。問巫陽❶，渾未剖。【皂羅袍】活時難救，死時怎求？他生未就，此生頓休。【桂枝香】可憐他渺渺魂無覓，量我這懨懨病怎瘳。

【不是路】（丑持釵盒上）鶴轉瀛洲，信物攜將遠寄投。忙回奏，（見生叩介）仙壇傳語慰離憂。（生）高力士，你來了麼？問音由，佳人果有佳音否？莫為我淹煎把浪語❷謅。（丑）萬歲爺聽

❶ 巫陽：傳說中的女巫，善於占卜。
❷ 浪語：空話，假話。

啟，那仙師呵，追尋久，遍黃泉碧落俱無有。（生驚哭介）呀，這等說來，妃子永無再見之期了。兀的不痛殺寡人也！（丑）萬歲爺，請休僝僽❸。

那仙師呵，

【前腔】御氣遨遊，遇織女傳知在海上洲。（生）可曾得見？（丑）蓬萊岫，見太真仙院牓高頭。（生）元來妃子果然成仙了。可有甚麼說話？（丑）說來由，含情只謝君恩厚，下望塵寰兩淚流。（生）果然有這等事？（丑）非虛謬，有當年釵盒親分授，寄來呈奏。

（進釵盒介）這鈿盒、金釵，就是娘娘臨終時，付奴婢殉葬的。不想娘娘攜到仙山去了。（生執釵盒大哭介）我那妃子嗄，

【長拍】鈿盒分開，鈿盒分開，金釵拆對，都似玉人別後，單形隻影，兩載寡侶，一般兒做成離愁。還憶付伊收，助曉妝雲鬢，晚香羅袖。此際輕分遠寄與，無限恨個中留，見了怎生釋手。枉自想同心再合，雙股重儔。

且住。這釵盒乃人間之物，怎到得天上？前日墓中不見，朕正疑心，今日如何卻在他手內？（丑）萬歲爺休疑，那仙師早已慮及，向娘娘問得當年一件密事在此。（生）是那一事，你可說來。（丑）娘娘呵，

把

【短拍】天寶年間，天寶年間，長生殿裡，恨茫茫說起從頭。七夕對牽牛，正夜半憑肩

❸ 僝僽：音ㄔㄢˊ ㄓㄡˋ。煩惱。

私咒。（生）此事果然有之。誰料釵分盒剖！（泣介）只今日呵，翻做了孤雁漢宮秋❹。

（丑）萬歲爺，且省愁煩。娘娘還有話說。（生）還說甚麼？（丑）娘娘說，今年中秋之夕，月宮奏演霓裳，娘娘也在那裡。教仙師引著萬歲爺，到月宮裡相會。（生喜介）既有此話，你何不早說。如今是幾時了？（丑）如今七月將盡，中秋之期只有半月了。請萬歲爺將息龍體。（生）妃子既許重逢，我病體一些也沒有了。

【尾聲】廣寒宮，容相就。十分愁病一時休。倒捱不過人間半月秋！

海外傳書怪鶴遲❺，盧綸　詞中有誓兩心知❻。白居易

更期十五團圓夜❼，徐夤　縱有清光知對誰❽！戴叔倫

---

❹ 孤雁漢宮秋：王昭君自恃貌美而不賄賂畫工，結果未被漢元帝選為妃子。遠嫁匈奴前，元帝召見，才發現她是後宮第一美人。她出塞後，元帝在後宮聽見雁叫而無比傷感。事見西京雜記。元代馬致遠有破幽夢孤雁漢宮秋雜劇。

❺ 海外傳書怪鶴遲：詩見盧綸酬暢當尋嵩嶽麻道士見寄：「開雲種玉嫌山淺，渡海傳書怪鶴遲。」

❻ 詞中有誓兩心知：詩見白居易長恨歌。

❼ 更期十五團圓夜：詩見徐夤新月：「更期十五圓明夜，與破陰霾照八荒。」

❽ 縱有清光知對誰：詩見戴叔倫對月答袁明府。

第五十齣 重圓

【雙調引子】【謁金門】（淨扮道士上）情一片，幻出人天姻眷。但使有情終不變，定能償夙願。貧道楊通幽，前出元神在於蓬萊。蒙玉妃面囑，中秋之夕引上皇到月宮相會。上皇原是孔昇真人❶，今夜八月十五數合飛昇。此時黃昏以後，你看碧天如水，銀漢無塵，正好引上皇前去。道猶未了，上皇出宮來也。（生上）

【仙呂入雙調】【忒忒令】碧澄澄雲開遠天，光皎皎月明瑤殿。（淨見介）上皇，貧道稽首。（生）仙師少禮。今夜呵，只因你傳信，約蟾宮相見，急得我盼黃昏，眼兒穿。這青霄際，全托賴引步展。

（淨）夜色已深，就請同行。（行介）（淨）「明月在何許？揮手上青天。（生）不知天上宮闕，今夕是何年？（淨）我欲乘風歸去，只恐瓊樓玉宇，高處不勝寒。（合）起舞弄清影，何似在人間❷」。（生）仙師，天路迢遙，怎生飛渡？（淨）上皇，不必憂心。待貧道將手中拂子，擲作仙橋，引到月宮便了❸。

❶ 上皇原是孔昇真人：明皇雜錄逸文載，唐明皇成為太上皇後，時常玩弄一支紫玉笛。一日吹笛，有雙鶴飛到庭內，唐明皇對侍兒說：「上帝召我為孔昇真人。」不久就去世了。此事亦見楊太真外傳卷下。

❷ 明月在何許九句：語本宋蘇軾水調歌頭詞：「明月幾時有？把酒問青天。不知天上宮闕，今夕是何年。我欲乘風歸去，惟恐瓊樓玉宇，高處不勝寒。起舞弄清影，何似在人間。」

（擲拂子化橋下）（生）你看，一道仙橋從空現出。仙師忽然不見，只得獨自上橋而行。

【嘉慶子】看彩虹一道隨步顯，直與銀河霄漢連，香霧濛濛不辨。（內作樂介）**聽何處奏鈞天，想近著桂叢邊。**

（虛下）（老旦引仙女，執扇隨上）

【沉醉東風】助秋光玉輪正圓，奏霓裳約開清讌。吾乃月主嫦娥是也。月中向有霓裳天樂一部，昔為唐皇貴妃楊太真於夢中聞得，遂譜出人間。其音反勝天上。近貴妃已證仙班。吾向蓬山覓取其譜，補入鈞天。擬於今夕奏演。不想天孫憐彼情深，欲為重續良緣。要借我月府，與二人相會。太真已令道士楊通幽引唐皇今夜到此，真千秋一段佳話也。只為他**情兒久，意兒堅，合天人重見。**因此上感**天孫為他方便。**仙女每，候著太真到時，教他在桂陰下少待。等上皇到來見過，然後與我相會。（仙女）領旨。（合）**桂華正妍，露華正鮮。撮成好會**在**清虛府洞天。**

（老旦下）（場上設月宮，仙女立宮門候介）（旦引仙女行上）

【尹令】離卻玉山仙院，行到彩蟾月殿，盼著紫宸人面❹。三生願償，今夕相逢勝昔年。

---

❸ 待貧道將手中拂子三句：天寶初年，羅公遠侍奉唐玄宗。八月十五日夜裡，宮中賞月，公遠說：「陛下能隨我遊月宮嗎？」取來一枝桂，擲向天空，化為一座橋。他與唐玄宗一同上橋，走了約數十里，來到大城闕。公遠說：「這就是月宮。」事見楊太真外傳卷上引逸史。

❹ 紫宸人面：指唐明皇。紫宸，宮殿名，在大明宮內。

（到介）（仙女）玉妃請進。（旦進介）月主娘娘在那裡？（仙女）娘娘分付，請玉妃少待。等上皇來見過，然後相會。請少坐。（旦坐介）（仙女立月宮傍候介）（生行上）

【品令】行行度橋，橋盡漫俄延。身如夢裡，飄飄御風旋。清輝正顯，入來翻不見。只見樓臺隱隱，暗送天香撲面。（看介）「廣寒清虛之府」，呀，這不是月府麼？早約定此地佳期，怎不見蓬萊別院仙！

（仙女迎介）來的莫非上皇麼？（生）正是。（仙女）玉妃到此久矣，請進相見。（生）妃子那裡？（旦）上皇那裡？（生見旦哭介）我那妃子呵！（旦）我那上皇呵！（對抱哭介）（生）

【豆葉黃】乍相逢執手，痛咽難言。想當日玉折香摧，都只為時衰力軟，累伊冤慘，盡咱罪愆。到今日滿心慚愧，到今日滿心慚愧，訴不出相思萬萬千千。

（旦）陛下，說那裡話來！

【姐姐帶五馬】【好姐姐】是妾孽深命蹇，遭磨障❺累君幾不免。梨花玉殞，斷魂隨杜鵑。【五馬江兒水】只為前盟未了，苦憶殘緣，惟將舊盟癡抱堅。荷君王不棄，念切思專，碧落黃泉，為奴尋遍。

（生）寡人回駕馬嵬，將妃子改葬。誰知玉骨全無，只剩香囊一個。後來朝夕思想，特令方士遍覓芳魂。

❺ 磨障：即魔障，佛家語，泛指波折、意外。

【玉交枝】才到仙山尋見，與卿卿把衷腸代傳。（出釵盒介）釵分一股盒一扇，又提起乞巧盟言。（旦出釵、盒介）妾的釵盒也帶在此。（合）同心鈿盒今再聯，雙飛重對釵頭燕。漫回思，不勝黯然，再相看，不禁淚漣。

（旦）幸荷天孫鑒憐，許令斷緣重續。今夕之會，誠非偶然也。

【五供養】仙家美眷，比翼連枝，好合依然。天將離恨補，海把怨愁填。（生合）謝蒼蒼可憐，潑情腸翻新重建。添註個鴛鴦牒，紫霄邊，千秋萬古證奇緣。

（仙女）月主娘娘來也。（老旦上）「白榆歷歷月中影，丹桂飄飄雲外香。」（生見介）月姐拜揖。（老旦）上皇稽首。（旦見介）娘娘稽首。（老旦）玉妃少禮，請坐了。（各坐介）（老旦）上皇，玉妃，恭喜仙果重成，情緣永證。往事休提了。

【江兒水】只怕無情種，何愁有斷緣。你兩人呵，把別離生死同磨鍊，打破情關開真面，前因後果隨緣現。覺會合尋常猶淺，偏您相逢，在這團圓宮殿。

（仙女）玉旨降。（貼捧玉旨上）「織成天上千絲巧，綰就人間百世緣。」（生、旦跪介）（貼）「玉帝敕諭唐皇李隆基、貴妃楊玉環：咨爾二人，本係元始孔昇真人、蓬萊仙子。偶因小譴，暫住人間。今謫限已滿，准天孫所奏，鑒爾情深，命居忉利天宮，永為夫婦。如敕奉行。」（生、旦拜介）願上帝聖壽無疆。（起介）（貼相見，坐介）（貼）上皇，太真，你兩下心堅，情緣雙證。如今已成天上夫妻，不比人世了。

【三月海棠】忉利天，看紅塵碧海須臾變。永成雙作對總沒牽纏。游衍❻，抹月批風❼隨過遣，癡雲膩雨無留戀。收拾釵和盒，舊情緣，生生世世消前願。

（老旦）群真既集，桂宴宜張。聊奉一觴，為上皇、玉妃稱賀。看酒過來。（仙女捧酒上）酒到。（老旦送酒介）

【川撥棹】清虛殿，集群真，列綺筵。桂花中一對神仙，桂花中一對神仙，占風流千秋萬年。（合）會良宵人並圓，照良宵月也圓。

【前腔】【換頭】（貼向旦介）羨你死抱癡情猶太堅，（向生介）笑你生守前盟幾變遷。總空花幻影當前，總空花幻影當前，掃凡塵一齊上天。（合）會良宵人並圓，照良宵月也圓。

【前腔】【換頭】（生、旦）敬謝嫦娥把衷曲憐，敬謝天孫把長恨填。歷愁城苦海無邊，歷愁城苦海無邊，猛回頭癡情笑捐。（合）會良宵人並圓，照良宵月也圓。

【尾聲】死生仙鬼都經遍，直作天宮並蒂蓮，才證卻長生殿裡盟言。

（貼）今夕之會，原為玉妃新譜霓裳。天女每那裡？（眾天女各執樂器上）「夜月歌殘鳴鳳曲，天風吹落步虛聲❽。」天女每稽首。（貼）把霓裳羽衣之曲，歌舞一番。（眾舞介）

❻ 游衍：恣意遊逛。

❼ 抹月批風：吟嘯風月，自由欣賞。

❽ 步虛聲：指美妙的音樂。步虛，仙樂。

【高平調】【羽衣第三疊】【錦纏道】桂輪芳，按新聲分排舞行。仙珮互趨蹌，趁天風，惟聞遙送叮噹。【玉芙蓉】宛如龍起游千狀，翩若鸞迴色五章。霞裙蕩，對瓊絲袖張。【四塊玉】撒團團翠雲，堆一溜秋光。【錦漁燈】裊亭亭現緱嶺笙邊鶴氅，艷晶晶會瑤池筵畔虹幢，香馥馥蕊殿群姝❾散玉芳。【錦上花】呈獨立鵠步昂，偷低度鳳影藏。斂衣調扇恰相當，【一撮棹】一字一回翔。【普天樂】伴洛妃❿，凌波樣；動巫娥⓫，行雲想。音和態宛轉悠揚。【舞霓裳】珊珊步躡高霞唱，更泠泠節奏應宮商。【千秋歲】映紅蕊，含風放；逐銀漢，流雲漾。不似人間賞，要鋪蓮慢踏⓬，比燕輕颺⓭。【麻婆子】步虛步虛瑤臺上，飛瓊⓮引興狂。弄玉弄玉秦臺上，吹簫也自忙⓯。凡情仙意兩參詳。【滾繡毬】把鈞天換腔，

❾ 蕊殿群姝：蕊珠宮裡的眾仙女。蕊殿，蕊珠宮，相傳是仙女居住處。姝，底本作「妹」，據暖紅室初刻本改。

❿ 洛妃：洛水女神宓妃。

⓫ 巫娥：巫山神女。

⓬ 要鋪蓮慢踏：要用蓮花一樣的金片鋪地，讓她在上面輕輕地起舞。用齊東昏侯潘妃的典故。參見第二十四齣❽。

⓭ 比燕輕颺：指舞姿比趙飛燕還要輕盈。暗用趙飛燕的典故。飛燕外傳載，趙飛燕身材細長，體態輕盈。初學舞蹈時，舉止翩然，人稱她為「飛燕」。

⓮ 飛瓊：即許飛瓊，相傳為西王母的侍女。西王母去見漢武帝時，叫她鼓震靈之簧。事見班固漢武帝內傳。

⓯ 弄玉弄玉秦臺上二句：春秋時秦穆公的女兒弄玉，與善吹簫的蕭史結為夫妻。蕭史日夜教她吹簫，鳳凰聚集

巧番成餘弄兒盤旋未央。【紅繡鞋】銀蟾亮，玉漏長，千秋一曲舞霓裳。

（貼）妙哉此曲，真個擅絕千秋也。就借此樂，送孔昇真人同玉妃，到忉利天宮去。（老旦）天女每，奏樂引導。（天女鼓樂引生、旦介）

【黃鐘過曲】【永團圓】神仙本是多情種，蓬山遠，有情通。情根歷劫無生死，看到底終相共。塵緣倥偬⑯，忉利有天情更永。不比凡間夢，悲歡和哄，恩與愛，總成空。跳出癡迷洞，割斷相思鞚⑰。金枷脫，玉鎖鬆。笑騎雙飛鳳⑱，瀟灑到天宮。

【尾聲】舊霓裳，新翻弄。唱與知音心自懂，要使情留萬古無窮。

誰令醉舞拂賓筵⑲，張　說　上界群仙待謫仙⑳。方　干

一曲霓裳聽不盡㉑，吳　融　香風引到大羅天㉒。韋　絢

而來。穆公為他們夫婦建造鳳臺，他們居住臺上數年不下。一日，夫婦一起騎鳳凰昇天成仙而去。事見劉向神仙傳卷上。秦臺，指鳳臺。

⑯ 倥偬：困苦窘迫。

⑰ 相思鞚：指男女思戀的情絲。鞚，馬絡頭。

⑱ 笑騎雙飛鳳：用秦弄玉與蕭史乘鳳成仙的典故。參見本齣⑮。

⑲ 誰令醉舞拂賓筵：詩見張說三月三日詔定昆池宮莊賦得筵字。

⑳ 上界群仙待謫仙：詩見方干送杭州李員外。

㉑ 一曲霓裳聽不盡：詩見吳融華清宮四首其二：「一曲羽衣聽不盡，至今遺恨水潺潺。」

看修水殿號長生㉓，王　建

天路悠悠接上清㉔。曹　唐

從此玉皇須破例㉕，司空圖

神仙有分不關情㉖。李商隱

㉒ 香風引到大羅天：詩見韋絢牛僧儒。大羅天，道教指三十六重天中最高的一重天。

㉓ 看修水殿號長生：詩見王建曉望華清宮：「武帝自知身不死，看修玉殿號長生。」

㉔ 天路悠悠接上清：詩見曹唐送劉尊師衹詔闕庭三首其一。

㉕ 從此玉皇須破例：詩見司空圖戲題試衫。

㉖ 神仙有分不關情：詩見李商隱華嶽下題西王母廟：「神仙有分豈關情，八馬虛隨落日行。」

附錄一　洪昇傳

洪昇，字昉思，浙江錢塘人。國子生。游京師時，始受業於王士禎，後復得詩法於施閏章。其論詩引繩切墨，不順時趨，與士禎意見亦多不合，朝貴輕之，鮮與往還。見趙執信詩，驚異，遂相友善。所作高超閑淡，不落凡境。兼工樂府，宮商不差脣吻，旗亭畫壁，往往歌之。以所作長生殿傳奇，國恤中演於查樓，執信罷官，昇亦斥革。年五十餘，備極坎壈。道經吳興潯溪，墮水死。著有稗村集。

（原載清史列傳卷七一趙執信傳附傳）

附錄二　長恨歌

白居易

漢皇重色思傾國，御宇多年求不得。楊家有女初長成，養在深閨人未識。天生麗質難自棄，一朝選在君王側。迴眸一笑百媚生，六宮粉黛無顏色。春寒賜浴華清池，溫泉水滑洗凝脂。侍兒扶起嬌無力，始是新承恩澤時。雲鬢花顏金步搖，芙蓉帳暖度春宵。春宵苦短日高起，從此君王不早朝。承歡侍宴無閑暇，春從春遊夜專夜。後宮佳麗三千人，三千寵愛在一身。金屋妝成嬌侍夜，玉樓宴罷醉和春。姊妹弟兄皆列土，可憐光彩生門戶。遂令天下父母心，不重生男重生女。驪宮高處入青雲，仙樂風飄處處聞。緩歌慢舞凝絲竹，盡日君王看不足。漁陽鞞鼓動地來，驚破霓裳羽衣曲。九重城闕煙塵生，千乘萬騎西南行。翠華搖搖行復止，西出都門百餘里。六軍不發無奈何，宛轉娥眉馬前死！花鈿委地無人收，翠翹金雀玉搔頭。君王掩面救不得，迴看血淚相和流。黃埃散漫風蕭索，雲棧縈紆登劍閣。峨嵋山下少人行，旌旗無光日色薄。蜀江水碧蜀山青，聖主朝朝暮暮情。行宮見月傷心色，夜雨聞鈴腸斷聲。天旋日轉迴龍馭，到此躊躇不能去。馬嵬坡下泥土中，不見玉顏空死處。君臣相顧盡霑衣，東望都門信馬歸。歸來池苑皆依舊，太液芙蓉未央柳。芙蓉如面柳如眉，對此如何不淚垂？春風桃李花開夜，秋雨梧桐葉落時。西宮南苑多秋草，宮葉滿階紅不掃。梨園弟子白髮新，椒房阿監青娥老。夕殿螢飛思悄然，孤燈挑盡未成眠。遲遲鐘鼓初長夜，耿耿星河欲曙天。鴛鴦瓦冷霜華重，翡翠衾寒誰與共？悠悠生死別經年，魂魄不曾來入夢。臨邛道士鴻都客，能以精誠致魂魄。為感君王展轉思，遂教方士殷勤覓。排空馭氣奔如電，昇天入地求之遍。上窮碧落下黃泉，兩處茫茫皆不見。忽聞海上有仙山，山在虛無縹緲間。樓閣玲瓏五雲起，其中綽約多仙子。中有一人字太真，雪膚花貌參差是。金闕西廂叩玉扃，轉教小玉報雙成。聞道漢家天子使，九華帳裡夢魂驚。攬衣推枕起徘徊，珠箔銀屏迤邐開。雲鬢半偏新睡覺，花冠不整下堂來。風吹仙袂飄飄舉，猶似霓裳羽衣舞。玉容寂寞淚闌干，梨花一枝春帶雨。含情凝睇謝君王，一別音容兩渺茫。昭陽殿裡恩愛絕，蓬萊宮中日月長。迴頭下望人寰處，不見長安見塵霧。唯將舊物表深情，鈿合金釵寄將去。釵留一股合一扇，釵擘黃金合分鈿。但令心似金鈿堅，天上人間會相見。臨別殷勤重寄詞，詞中有誓兩心知。七月七日長生殿，夜半無人私語時。在天願作比翼鳥，在地願為連理枝。天長地久有時盡，此恨綿綿無絕期！

（原載明萬曆三十四年馬元調刊本白氏長慶集卷一二）

白居易（西元七七二～八四六年），字樂天，晚年號香山居士，又號醉吟先生，華州下邽人，祖籍太原。唐德宗貞元十六年進士，官終刑部尚書。著有白氏長慶集等。

附錄三　長恨歌傳

陳　鴻

開元中，泰階平，四海無事。玄宗在位歲久，勌於旰食宵衣，政無大小，始委於右丞相，稍深居遊宴，以聲色自娛。先是元獻皇后、武淑妃皆有寵，相次即世。宮中雖良家子千數，無可悅目者。上心忽忽不樂。時每歲十月，駕幸華清宮，內外命婦，熠燿景從，浴日餘波，賜以湯沐，春風靈液，澹蕩其間。上心油然，若有所遇，顧左右前後，粉色如土。詔高力士潛搜外宮，得弘農楊玄琰女於壽邸，既笄矣。鬢髮膩理，纖穠中度，舉止閑冶，如漢武帝李夫人。別疏湯泉，詔賜藻瑩。既出水，體弱力微，若不任羅綺。光彩煥發，轉動照人。上甚悅。進見之日，奏霓裳羽衣曲以導之；定情之夕，授金釵鈿合以固之。又命戴步搖，垂金璫。明年，冊為貴妃，半后服用。繇是冶其容，敏其詞，婉孌萬態，以中上意。上益嬖焉。時省風九州，泥金五嶽，驪山雪夜，上陽春朝，與上行同輦，止同室，宴專席，寢專房。雖有三夫人、九嬪、二十七世婦、八十一御妻，暨後宮才人，樂府妓女，使天子無顧盼意。自是六宮無復進幸者。非徒殊豔尤態致是，蓋才智明慧，善巧便佞，先意希旨，有不可形容者。叔父昆弟皆列位清貴，爵為通侯。姊妹封國夫人，富埒王宮，車服邸第，與大長公主侔矣。而恩澤勢力，則又過之，出入禁門不問，京師長吏為之側目。故當時謠詠有云：「生女勿悲酸，生男勿喜歡。」又曰：「男不封侯女作妃，看女卻為門上楣。」其為人心羨慕如此。

天寶末，兄國忠盜丞相位，愚弄國柄。及安祿山引兵嚮闕，以討楊氏為詞。潼關不守，翠華南幸。出咸陽，道次馬嵬亭。六軍徘徊，持戟不進。從官郎吏伏上馬前，請誅晁錯以謝天下。國忠奉犛纓盤水，死於道周。左右之意未快。上問之。當時敢言者，請以貴妃塞天下怨。上知不免，而不忍見其死，反袂掩面，使牽之而去。倉皇展轉，竟就死於尺組之下。既而玄宗狩成都，肅宗受禪靈武。明年大赦改元，大駕還都。尊玄宗為太上皇，就養南宮。自南宮遷於西內。時移事去，樂盡悲來。每至春之日，冬之夜，池蓮夏開，宮槐秋落。梨園弟子，玉琯發音，聞霓裳羽衣一聲，則天顏不怡，左右歔欷。三載一意，其念不衰。求之夢魂，杳不能得。

適有道士自蜀來，知上皇心念楊妃如是，自言有李少君之術。玄宗大喜，命致其神。方士乃竭其術以索之，不至。又能遊神馭氣，出天界，沒地府以求之，不見。又旁求四虛上下，東極天海，跨蓬壺。見最高仙山，上多樓闕，西廂下有洞戶，東嚮，闔其門，署曰「玉妃太真院」。方士抽簪扣扉，有雙鬟童女，出應其門。方士造次未及言，而雙鬟復入。俄有碧衣侍女又至，詰其所從。方士因稱唐天子使者，且致其命。碧衣云：「玉妃方寢，請少待之。」於時雲海沉沉，洞天日曉，瓊戶重闔，悄然無聲。方士屏息斂足，拱手門下。久之，而碧衣延入，且曰：「玉妃出。」見一人冠金蓮，披紫綃，珮紅玉，曳鳳舄，左右侍者七八人。揖方士，問：「皇帝安否？」次問天寶十四載已還事。言訖，憫然。指碧衣取金釵鈿合，各析其半，授使者曰：「為我謝太上皇，謹獻是物，尋舊好也。」方士受辭與信，將行，色有不足。玉妃固徵其意。復前跪致詞：「請當時一事，不為他人聞者，驗於太上皇。不然，恐鈿合金釵，負新垣平之詐也。」玉妃茫然退立，若有所思，徐而言曰：「昔天寶十載，侍輦避暑於驪山宮。秋七月，牽牛織女相見之夕，秦人風俗，是夜張錦繡，陳飲食，樹瓜華，焚香於庭，號為乞巧。宮掖間尤尚之。時夜殆半，休侍衛於東西廂，獨侍上。上凭肩而立，因仰天感牛女事，密相誓心，願世世為夫婦。言畢，執手各嗚咽。此獨君王知之耳。」因自悲曰：「由此一念，又不得居此。復墮下界，且結後緣。或為天，或為人，決再相見，好合如舊。」因言：「太上皇亦不久人間，幸惟自安，無自苦耳。」使者還奏太上皇，皇心震悼，日日不豫。其年夏四月，南宮宴駕。元和元年冬十二月，太原白樂天自校書郎尉於盩厔。鴻與瑯琊王質夫家於是邑，暇日相攜遊仙遊寺，話及此事，相與感嘆。質夫舉酒於樂天前曰：「夫希代之事，非遇出世之才潤色之，則與時消沒，不聞於世。樂天深於詩，多於情者也。試為歌之，如何？」樂天因為長恨歌。意者不但感其事，亦欲懲尤物，窒亂階，垂於將來者也。歌既成，使鴻傳焉。世所不聞者，予非開元遺民，不得知。世所知者，有玄宗本紀在，今但傳長恨歌云爾。

陳鴻，字大亮。唐貞元、元和間人。登太常第，官主客郎中。撰有大統紀等。

（原載文苑英華卷七九四）

附錄四　楊太真外傳

樂史

卷上

楊貴妃小字玉環，弘農華陰人也。後徙居蒲州永樂之獨頭村。高祖令本，金州刺史；父玄琰，蜀州司戶。貴妃生於蜀。嘗誤墜池中，後人呼為落妃池。池在導江縣前。（亦如王昭君生於峽州，今有昭君村；綠珠生於白州，今有綠珠江。）妃早孤，養於叔父河南府士曹玄璬家。開元二十二年十一月，歸於壽邸。二十八年十月，玄宗幸溫泉宮（自天寶六載十月，復改為華清宮。）使高力士取楊氏女於壽邸，度為女道士，號太真，住內太真宮。天寶四載七月，冊左衛中郎將韋昭訓女配壽邸。是月，於鳳凰園冊太真宮女道士楊氏為貴妃，半后服用。進見之日，奏霓裳羽衣曲。（霓裳羽衣曲者，是玄宗登三鄉驛，望女几山所作也。故劉禹錫詩有云：「伏睹玄宗皇帝望女几山詩，小臣斐然有感：開元天子萬事足，惟惜當時光景促，三鄉驛上望仙山，歸作霓裳羽衣曲。仙心從此在瑤池，三清八景相追隨。天上忽乘白雲去，世間空有秋風詞。」又逸史云：「羅公遠天寶初侍玄宗，八月十五日夜，宮中翫月，曰：『陛下能從臣月中游乎？』乃取一枝桂，向空擲之，化為一橋，其色如銀。請上同登，約行數十里，遂至大城闕。公遠曰：『此月宮也。』有仙女數百，素練寬衣，舞於廣庭。上前問曰：

『此何曲也？』曰：『霓裳羽衣也。』上密記其聲調，遂回橋，卻顧，隨步而滅。旦諭伶官，象其聲調，作霓裳羽衣曲。」以二說不同，乃備錄於此。）是夕，授金釵鈿合。上又自執麗水鎮紫庫磨金琢成步搖，至妝閣，親與插鬢。上喜甚，謂後宮人曰：「朕得楊貴妃，如得至寶也。」乃製曲子曰得寶子，又曰得鞡（方孔反）子。先是，開元初，玄宗有武惠妃、王皇后。后無子。妃生子，又美麗，寵傾後宮。至十三年，皇后廢，妃嬪無得與惠妃比。二十一年十一月，惠妃即世。後庭雖有良家子，無悅上目者，上心淒然。至是得貴妃，又寵甚於惠妃。有姊三人，皆豐碩修整，工於謔浪，巧會旨趣，每入宮中，移晷方出。宮中呼貴妃為娘子，禮數同於皇后。冊妃日，贈其父玄琰濟陰太守，母李氏隴西郡夫人。又贈玄琰兵部尚書，李氏涼國夫人。叔玄珪為光祿卿銀青光祿大夫，再從兄釗拜為侍郎，兼數使。兄銛又居朝列。堂弟錡尚太華公主。是武惠妃生，以母，見遇過於諸女，賜第連於宮禁。自此楊氏權傾天下，每有囑請，臺省府縣，若奉詔敕。四方奇貨，僮僕駝馬，日輸其門。時安祿山為范陽節度，恩遇最深，上呼之為兒。嘗於便殿與貴妃同宴樂，祿山每就坐，不拜上而拜貴妃。上顧而問之：「胡不拜我而拜妃子，意者何也？」祿山奏云：「胡家不知其父，只知其母。」上笑而赦之。又命楊銛以下，約祿山為兄弟姊妹，往來必相宴餞。初雖結義頗深，後亦權敵，不叶。

五載七月，妃子以妒悍忤旨。乘單車，令高力士送還楊銛宅。及亭午，上思之不食，舉動發怒。力士探旨，奏請載還，送院中宮人衣物及司農米麵酒饌百餘車。諸姊及銛初則懼禍聚哭，及恩賜浸廣，御饌兼至，乃稍寬慰。妃初出，上無聊，中官趨過者，或笞撻之，至有驚怖而亡者。力士因請就召。既夜，遂開安興坊，從太華宅以入。及曉，玄宗見之內殿，大悅。貴妃拜泣謝過。因召兩市雜戲以娛貴妃。貴妃諸姊進食作樂。自茲恩遇日深，後宮無得進幸矣。七載，加釗御史大夫，權京兆尹，賜名國忠。封大姨為韓國夫人，三姨為虢國夫人，八姨為秦國夫人。同日拜命，皆月給錢十萬，為脂粉之資。然虢國不施妝粉，自衒美豔，常素面朝天。當時杜甫有詩云：「虢國夫人承主恩，平明上馬入宮門。卻嫌脂粉涴顏色，淡掃蛾眉朝至尊。」又賜虢國照夜璣，秦國七葉冠，國忠鏁子帳，蓋希代之珍，其恩寵如此。銛授銀青光祿大夫鴻臚卿，將列棨戟，特授上柱國，一日三詔。與國忠五家於宣陽里，甲第洞開，僭擬宮掖，車馬僕從，照耀京邑。遞相誇尚，每造一堂，費逾千萬計，見制度宏壯於己者，則毀之復造。土木之工，不捨晝夜。上賜御食，及外方進獻，皆頒賜五宅。開元已來，豪貴榮盛，未之比也。上起動必與貴妃同行，將乘馬，則力士執轡授鞭。宮中掌貴妃刺繡織錦七百人，雕鏤器物又數百人，供生日及時節慶。續命楊益往嶺南，長吏日求新奇以進奉。嶺南節度張九章、廣陵長史王翼，以端午進貴妃珍玩衣服，異於他郡，九章加銀青光祿大夫，翼擢為戶部侍郎。

九載二月，上舊置五王帳，長枕大被，與兄弟共處其間。妃子無何竊寧王紫玉笛吹。故詩人張祜詩云：「梨花靜院無人見，閑把寧王玉笛吹。」因此又忤旨，放出。時吉溫多與中貴人善，國忠懼，請計於溫。遂入奏曰：「妃，婦人，無智識。有忤聖顏，罪當死。既嘗蒙恩寵，只合死於宮中。陛下何惜一席之地，使其就戮？安忍取辱於外乎？」上曰：「朕用卿，蓋不緣妃也。」初，令中使張韜光送妃至宅，妃泣謂韜光曰：「請奏：妾罪合萬死。衣服之外，皆聖恩所賜。惟髮膚是父母所生。今當即死，無以謝上。」乃引刀剪其髮一繚，附韜光以獻。妃既出，上憮然。至是，韜光以髮搭於肩上以奏。上大驚惋，遽使力士就召以歸，自後益嬖焉。又加國忠遙領劍南節度使。十載上元節，楊氏五宅夜遊，遂與廣寧公主騎從爭西市門。楊氏奴揮鞭誤及公主衣，公主墮馬。駙馬程昌裔扶公主，因及數撾。公主泣奏之，上令決殺楊家奴一人，昌裔停官，不許朝謁。於是楊家轉橫，出入禁門不問，京師長吏，為之側目。故當時謠曰：「生女勿悲酸，生男勿喜歡。」又曰：「男不封侯女作妃，君看女卻是門楣。」其天下人心羨慕如此。

上一旦御勤政樓，大張聲樂。時教坊有王大娘，善戴百尺竿，上施木山，狀瀛州方丈，令小兒持絳節，出入其間，而舞不輟。時劉晏以神童為祕書省正字，十歲，惠悟過人。上召於樓中，貴妃坐於膝上，為施粉黛，與之巾櫛。貴妃令詠王大娘戴竿，晏應聲曰：「樓前百戲競爭新，唯有長竿妙入神。誰謂綺羅翻有力，猶自嫌輕更著人。」上與妃及嬪御皆歡笑移時，聞聲於外，因命牙笏黃紋袍賜之。上又晏諸王於木蘭殿，時木蘭花發，皇情不悅。妃醉中舞霓裳羽衣一曲，天顏大悅，方知迴雪流風，可以迴天轉地。上嘗夢十仙子，乃製紫雲迴（玄宗嘗夢仙子十餘輩，御卿雲而下，各執樂器，懸奏之。曲度清越，真仙府之音。有一仙人曰：「此神仙紫雲迴。今傳授陛下，為正始之音。」上喜而傳受。寤後，餘響猶在。旦，命玉笛習之，盡得其節奏也。）并夢龍女，又製凌波曲（玄宗在東都，夢一女，容貌豔異，梳交心髻，大袖寬衣，拜於牀前。上問：「汝何人？」曰：「妾是陛下凌波池中龍女。衛宮護駕，妾實有功，今陛下洞曉鈞天之音，乞賜一曲以光族類。」上於夢中為鼓胡琴，拾新舊之曲聲，為凌波曲。龍女再拜而去。及覺，盡記之。會禁樂，自御琵琶，習而翻之。與文武臣僚，於凌波宮臨池奏新曲，池中波濤湧起，復有神女出池心，乃所夢之女也。上大悅，語於宰相，因於池上置廟，每歲命祀之。）二曲既成，遂賜宜春院及梨園弟子并諸王。時新豐初進女伶謝阿蠻，善舞。上與妃子鍾念，因而受焉。就按於清元小殿，寧王吹玉笛，上羯鼓，妃琵琶，馬仙期方響，李龜年觱篥，張野狐箜篌，賀懷智拍。自旦至午，歡洽異常。時唯妃女弟秦國夫人端坐觀之。曲罷，上戲曰：「阿瞞（上在禁中，多自稱也。）樂籍，今日幸得供養夫人。請一纏頭！」秦國曰：「豈有大唐天子阿姨，無錢用耶？」遂出三百萬為一局焉。樂器皆非世有者，才奏而清風習習，聲出天表。妃子琵琶邏逤檀，寺人白季貞使蜀還獻。其木溫潤如玉，光耀可鑒，有金縷紅文，蹙成雙鳳。弦乃末訶彌羅國永泰元年所貢者，淥水蠶絲也，光瑩如貫珠瑟瑟。紫玉笛乃姮娥所得也。祿山進三百事管色，俱用媚玉為之。諸王、郡主、妃之姊妹，皆師妃，為琵琶弟子。每一曲徹，廣有獻遺。妃子是日問阿蠻曰：「爾貧，無可獻師長，待我與爾為。」命侍兒紅桃娘取紅粟玉臂支賜阿蠻。妃善擊磬，拊搏之音泠泠然，多新聲，雖太常梨園之妓，莫能及之。上命採藍田綠玉，琢成磬；上方造簴，流蘇之屬，以金鈿珠翠飾之，鑄金為二獅子，以為趺，綵繪縟麗，一時無比。

先，開元中，禁中重木芍藥，即今牡丹也，（開元天寶花木記云：「禁中呼木芍藥為牡丹也。」）得數本紅紫淺紅通白者，上因移植於興慶池東沉香亭前。會花方繁開，上乘照夜白，妃以步輦從。詔選梨園弟子中尤者，得樂十六色。李龜年以歌擅一時之名，手捧檀板，押眾樂前，將欲歌之。上曰：「賞名花，對妃子，焉用舊樂詞為。」遽命龜年持金花牋，宣賜翰林學士李白立進清平樂詞三篇。承旨，猶苦宿酲，因援筆賦之。第一首：「雲想衣裳花想容，春風拂檻露華濃。若非群玉山頭見，會向瑤臺月下逢。」第二首：「一枝紅豔露凝香，雲雨巫山枉斷腸。借問漢宮誰得似？可憐飛燕倚新妝。」第三首：「名花傾國兩相歡，長得君王帶笑看。解釋春風無限恨，沉香亭北倚欄干。」龜年捧詞進，上命梨園弟子略約詞調，撫絲竹，遂促龜年以歌。妃持玻璃七寶杯，酌西涼州蒲萄酒，笑領歌，意甚厚。上因調玉笛以倚曲。每曲遍將換，則遲其聲以媚之。妃飲罷，斂繡巾再拜。上自是顧李翰林尤異於他學士。會力士終以脫靴為恥，異日，妃重吟前詞，力士戲曰：「始為妃子怨李白深入骨髓，何翻拳拳如是耶？」妃子驚曰：「何學士能辱人如斯？」力士曰：「以飛燕指妃子，賤之甚矣。」妃深然之。上嘗三欲命李白官，卒為宮中所捍而止。上在百花院便殿，因覽漢成帝內傳，時妃子後至，以手整上衣領，曰：「看何文書？」上笑曰：「莫問。知則又殢人。」覓去，乃是「漢成帝獲飛燕，身輕欲不勝風。恐其飄翥，帝為造水晶盤，令宮人掌之而歌舞。又製七寶避風臺，間以諸香，安於上，恐其四肢不禁」也。上又曰：「爾則任吹多少。」蓋妃微有肌也，故上有此語戲妃。妃曰：「霓裳羽衣一曲，可掩前古。」上曰：「我才弄，爾便欲嗔乎？憶有一屏風，合在，待訪得，以賜爾。」屏風乃虹霓為名，雕刻前代美人之形，可長三寸許。其間服玩之器、衣服，皆用眾寶雜廁而成。水精為地，外以玳瑁水犀為押，絡以珍珠瑟瑟。間綴精妙，迨非人力所製。此乃隋文帝所造，賜義成公主，隨在北胡。貞觀初，滅胡，與蕭后同歸中國，因而賜焉。（妃歸衛公家，遂持去。安於高樓上，未及將歸。國忠日午偃息樓上，至牀，睹屏風在焉。才就枕，而屏風諸女悉皆下牀前，各通所號，曰：「裂繒人也。」「定陶人也。」「穹廬人也。」「當壚人也。」「亡吳人也。」「步蓮人也。」「桃源人也。」「班竹人也。」「奉五官人也。」「溫肌人也。」「曹氏投波人也。」「吳宮無雙返香人也。」「拾翠人也。」「竊香人也。」「金屋人也。」「解佩人也。」「為雲人也。」「董雙成也。」「為煙人也。」「畫眉人也。」「吹簫人也。」「笑躄人也。」「垓中人也。」「許飛瓊也。」「趙飛燕也。」「金谷人也。」「小鬢人也。」「光髮人也。」「薛夜來也。」「結綺人也。」「臨春閣人也。」「扶風女也。」國忠雖開目，歷歷見之，而身體不能動，口不能發聲。諸女各以物列坐。俄有纖腰妓人近十餘輩，曰：「楚章華踏謠娘也。」迺連臂而歌之，曰：「三朵芙蓉是我流，大楊造得小楊收。」復有二三妓，又曰：「楚宮弓腰也。何不見楚辭別序云：『婥約花態，弓身玉肌？』」俄而遞為本藝。將呈訖，一一復歸屏上，國忠方醒，惶懼甚，遽走下樓，急令封鏁之。貴妃知之，亦不欲見焉。祿山亂後，其物猶存。在宰相元載家，自後不知所在。）

卷下

初，開元末，江陵進乳柑橘，上以十枚種於蓬萊宮。至天寶十載九月秋，結實。宣賜宰臣，曰：「朕近於宮內種柑子樹數株，今秋結實一百五十餘顆，乃與江南及蜀道所進無別，亦可謂稍異者。」宰臣表賀曰：「伏以自天所育者不能改有常之性，曠古所無者乃可謂非常之感。是知聖人御物，以元氣布和，大道乘時，則殊方叶致。且橘柚所植，南北異名，實造化之有初，匪陰陽之有革。陛下玄風真紀，六合一家，雨露所均，混天區而齊被；草木有性，憑地氣以潛通。故茲江外之珍果，為禁中之佳實。綠蒂含霜，芳流綺殿；金衣爛日，色麗彤庭。云云。」乃頒賜大臣。外有一合歡實，上與妃子互相持翫。上曰：「此果似知人意，朕與卿固同一體，所以合歡。」於是促坐，同食焉。因令畫圖，傳之於後。妃子既生於蜀，嗜荔枝。南海荔枝，勝於蜀者，故每歲馳驛以進。然方暑熱而熟，經宿則無味。後人不能知也。上與妃采戲，將北，唯重四轉敗為勝。連叱之，骰子宛轉而成重四，遂命高力士賜緋，風俗因而不易。廣南進白鸚鵡，洞曉言詞，呼為雪衣女。一朝飛上妃鏡臺上，自語：「雪衣女昨夜夢為鷙鳥所搏。」上令妃授以多心經，記誦精熟。後上與妃遊別殿，置雪衣女於步輦竿上同去。暫有鷹至，搏之而斃。上與妃嘆息久之，遂瘞於苑中，呼為鸚鵡塚。交趾貢龍腦香，有蟬蠶之狀，五十枚。波斯言老龍腦樹節方有。禁中呼為瑞龍腦，上賜妃十枚。妃私發明駝使（明駝使腹下有毛，夜能明，日馳五百里），持三枚遺祿山。妃又常遺祿山金平脫裝具、玉合、金平脫鐵面碗。

十一載，李林甫死。又以國忠為相，帶四十餘使。十二載，加國忠司空。長男暄，先尚延和郡主，又拜銀青光祿大夫，太常卿，兼戶部侍郎。小男朏，尚萬春公主。貴妃堂弟祕書少監鑑，尚承榮郡主。一門一貴妃，二公主，三郡主，三夫人。十二載，重贈玄琰太尉，齊國公。母重封梁國夫人。官為造廟；御製碑，及書。叔玄珪又拜工部尚書。韓國壻祕書少監崔珣女為代宗妃；虢國男裴徽尚代宗女延光公主，女為讓帝男妻；秦國壻柳澄男鈞尚長清縣主，澄弟潭尚肅宗女和政公主。上每年冬十月，幸華清宮，常經冬還宮闕，去即與妃同輦。華清宮有端正樓，即貴妃梳洗之所；有蓮花湯，即貴妃澡沐之室。國忠賜第在宮東門之南，虢國相對。韓國秦國，甍棟相接。天子幸其第，必過五家，賞賜燕樂。扈從之時，每家為一隊，隊著一色衣。五家合隊相映，如百花之煥發。遺鈿，墜舄，琴瑟，珠翠，燦於路岐，可掬。曾有人俯身一窺其車，香氣數日不絕。駝馬千餘頭疋。以劍南旌節器仗前驅。出有餞飲，還有軟腳。遠近餉遺珍玩狗馬，閹侍歌兒，相望於道。及秦國先死，獨虢國、韓國、國忠轉盛。虢國又與國忠亂焉。略無儀檢，每入朝謁，國忠與韓虢連轡，揮鞭驟馬，以為諧謔。從官嬚嫗百餘騎。秉燭如晝，鮮裝袨服而行，亦無蒙蔽。衢路觀者如堵，無不駭嘆。十宅諸王男女婚嫁，皆資韓虢紹介；每一人納一千貫，上乃許之。

十四載六月一日，上幸華清宮，乃貴妃生日。上命小部音聲，（小部者，梨園法部所置，凡三十人，皆十五已下。）於長生殿奏新曲，未有名，會南海進荔枝，因以曲名荔枝香。左右歡呼，聲動山谷。其年十一月，祿山反幽陵，（祿山本名軋犖山，雜種胡人也。母本巫師。祿山晚年益肥，垂肚過膝，自秤得三百五十斤。於上前胡旋舞，疾如風焉。上嘗於勤政樓東間設大金雞障，施一大榻，卷去簾，令祿山坐。其下設百戲，與祿山看焉。

肅宗諫曰：「歷觀今古，未聞臣下與君上同坐閱戲。」上私曰：「渠有異相，我禳之故耳。」又嘗與夜燕，祿山醉臥，化為一豬而龍首。左右遽告帝。帝曰：「此豬龍，無能為。」終不殺。卒亂中國。）以誅國忠為名。咸言國忠號國貴妃三罪，莫敢上聞。上欲以皇太子監國，蓋欲傳位，自親征，謀於國忠。國忠大懼，歸謂姊妹曰：「我等死在旦夕。今東宮監國，當與娘子等併命矣。」姊妹哭訴於貴妃。妃銜土請命，事乃寢。

十五載六月，潼關失守。上幸巴蜀，貴妃從。至馬嵬，右龍武將軍陳玄禮懼兵亂，乃謂軍士曰：「今天下崩離，萬乘震蕩。豈不由楊國忠割剝甿庶，以至於此。若不誅之，何以謝天下。」眾曰：「念之久矣。」會吐蕃和好使在驛門遮國忠訴事。軍士呼曰：「楊國忠與蕃人謀叛！」諸軍乃圍驛四合，殺國忠，并男暄等。（國忠舊名釗，本張易之子也。天授中，易之恩幸莫比。每歸私第，詔令居樓，仍去其梯，圍以束棘，無復女奴侍立。母恐張氏絕嗣，乃置女奴嬪姝於樓複壁中。遂有娠，而生國忠。後嫁於楊氏。）上乃出驛門勞六軍。六軍不解圍，上顧左右責其故。高力士對曰：「國忠負罪，諸將討之。貴妃即國忠之妹，猶在陛下左右，群臣能無憂怖？伏乞聖慮裁斷。」（一本云：「賊根猶在，何敢散乎？」蓋斥貴妃也。）上迴入驛，驛門內傍有小巷，上不忍歸行宮，於巷中倚杖欹首而立。聖情昏默，久而不進，京兆司錄韋鍔（見素男也）進曰：「乞陛下割恩忍斷，以寧國家。」逡巡，上入行宮。撫妃子出於廳門，至馬道北牆口而別之，使力士賜死。妃泣涕嗚咽，語不勝情，乃曰：「願大家好住。妾誠負國恩，死無恨矣。乞容禮佛。」帝曰：「願妃子善地受生。」力士遂縊於佛堂前之梨樹下。才絕，而南方進荔枝至。上睹之，長號數息，使力士曰：「與我祭之。」祭後，六軍尚未解圍。以繡衾覆牀，置驛庭中，敕玄禮等入驛視之。玄禮擡其首，知其死，曰：「是矣。」而圍解。瘗於西郭之外一里許道北坎下。妃時年三十八。上持荔枝於馬上謂張野狐曰：「此去劍門，鳥啼花落，水綠山青，無非助朕悲悼妃子之由也。」初，上在華清宮日，乘馬出宮門，欲幸號國夫人之宅。玄禮曰：「未宣敕報臣，天子不可輕去就。」上為之迴轡。他年，在華清宮，逼上元，欲夜遊。玄禮奏曰：「宮外即是曠野，須有預備。若欲夜遊，願歸城闕。」上又不能違諫。及此馬嵬之誅，皆是啟言之有便也。先是，術士李遐周有詩曰：「燕市人皆去，函關馬不歸。若逢山下鬼，環上繫羅衣。」燕市人皆去，祿山即薊門之士而來。函關馬不歸，哥舒翰之敗潼關也。若逢山下鬼，嵬字，即馬嵬驛也。環上繫羅衣，貴妃小字玉環，及其死也，力士以羅巾縊焉。又妃常以假髻為首飾，而好服黃裙。天寶末，京師童謠曰：「義髻拋河裡，黃裙逐水流。」至此應矣。初，祿山嘗於上前應對，雜以諧謔。妃常在座，祿山心動。及聞馬嵬之死，數日嘆惋。雖林甫養育之，國忠激怒之，然其有所自也。是時虢國夫人先至陳倉之官店。國忠誅問至，縣令薛景仙率吏人追之。走入竹林下，以為賊軍至，虢國先殺其男徽，次殺其女。國忠妻裴柔曰：「娘子何不借我方便乎？」遂并其女刺殺之。已而自刎，不死。載於獄中，猶問人曰：「國家乎？賊乎？」獄吏曰：「互有之。」血凝其喉而死。遂併坎於東郭十餘步道北楊樹下。

上發馬嵬，行至扶風道。道傍有花，寺畔見石楠樹團圓，愛玩之，因呼為端正樹，蓋有所思也。又至斜谷口，屬霖雨涉旬，於棧道雨中聞鈴聲，隔山相應。上既悼念貴妃，因採其聲為雨霖鈴曲，以寄恨焉。至德二年，既收復西京。十一月，上自成都還，使祭之。後欲改葬，李輔國等不從。時禮部侍郎李揆奏曰：「龍武將士以楊國忠反，故誅之。今改葬故妃，恐龍武將士疑懼。」肅宗遂止之。上皇密令中官潛移葬之於他所。妃之初瘞，以紫褥裹之。及移葬，肌膚已消釋矣。胸前猶有錦香囊在焉。中官葬畢以獻，上皇置之懷袖。又令畫工寫妃形於別殿，朝夕視之而歔欷焉。上皇既居南內，夜闌，登勤政樓，凭欄南望，煙月滿目。上因自歌曰：「庭前琪樹已堪攀，塞外征人殊未還。」歌歇，聞里中隱隱如有歌聲者。顧力士曰：「得非梨園舊人乎？遲明，為我訪來。」翌日，力士潛求於里中，因召與同去，果梨園弟子也。其後，上復與妃侍者紅桃在焉。歌涼州之詞，貴妃所製也。上親御玉笛，為之倚曲。曲罷相視，無不掩泣。上因廣其曲。今涼州留傳者益加焉。至德中，復幸華清宮。從官嬪御，多非舊人。上於望京樓下命張野狐奏雨霖鈴曲。曲半，上四顧淒涼，不覺流涕。左右亦為感傷。新豐有女伶謝阿蠻，善舞凌波曲，舊出入宮禁，貴妃厚焉。是日，詔令舞。舞罷，阿蠻因進金粟裝臂環，曰：「此貴妃所賜。」上持之，淒然垂涕曰：「此我祖大帝破高麗，獲二寶：一紫金帶，一紅玉支。朕以岐王所進龍池篇，賜之金帶。紅玉支賜妃子。後高麗知此寶歸我，乃上言『本國因失此寶，風雨愆時，民離兵弱。』朕尋以為得此不足為貴，乃命還其紫金帶。唯此不還。汝既得之於妃子，朕今再睹之，但興悲念矣。」言訖，又涕零。至乾元元年，賀懷智又上言，曰：「昔上夏日與親王棋，令臣獨彈琵琶，（其琵琶以石為槽，鵾雞筋為弦，用鐵撥彈之。）貴妃立於局前觀之。上數枰子將輸，貴妃放康國猧子上局亂之，上大悅。時風吹貴妃領巾於臣巾上，良久，迴身方落。及歸，覺滿身香氣。乃卸頭幘，貯於錦囊中。今輒進所貯幞頭。」上皇發囊，且曰：「此瑞龍腦香也。吾曾施於暖池玉蓮朵，再幸尚有香氣宛然。況乎絲縷潤膩之物哉。」遂淒愴不已。自是聖懷耿耿，但吟：「刻木牽絲作老翁，雞皮鶴髮與真同。須臾舞罷寂無事，還似人生一世中。」

有道士楊通幽自蜀來，知上皇念楊貴妃，自云：「有李少君之術。」上皇大喜，命致其神。方士乃竭其術以索之，不至。又能遊神馭氣，出天界，入地府求之，竟不見。又旁求四虛上下，東極，絕大海，跨蓬壺。忽見最高山，上多樓閣。洎至，西廂下有洞戶，東向，闔其門，額署曰「玉妃太真院」。方士抽簪叩扉，有雙鬟童女出應門。方士造次未及言，雙鬟復入。俄有碧衣侍女至，詰其所從來。方士因稱天子使者，且致其命。碧衣云：「玉妃方寢，請少待之。」逾時，碧衣延入，且引曰：「玉妃出。」冠金蓮，帔紫綃，佩紅玉，拽鳳舄。左右侍女七八人。揖方士，問皇帝安否，次問天寶十四載以還。言訖憫然，指碧衣女取金釵鈿合，折其半授使者曰：「為我謝太上皇，謹獻是物，尋舊好也。」方士將行，色有不足，玉妃因徵其意，乃復前跪致詞：「請當時一事，不聞於他人者，驗於太上皇。不然，恐金釵鈿合，負新垣平之詐也。」玉妃忙然退立，若有所思，徐而言曰：「昔天寶十載，侍輦避暑驪山宮。秋七月，牽牛織女相見之夕，上憑肩而望。因仰天感牛女事，密相誓心：『願世世為夫婦。』言畢，執手各嗚咽。此獨君王知之耳。」因悲曰：「由此一念，又不得居此，復墮下界，且結後緣。或為天，或為人，決再相見，好合如舊。」因言：「太上皇亦不久人間，幸唯自愛，無自苦耳。」使者還，具奏太上皇。皇心震悼。及至移入大內甘露殿，悲悼妃子，無日無之。遂辟穀服氣，張皇后進櫻桃蔗漿，聖皇並不食。常玩一紫玉笛，因吹數聲，有雙鶴下於庭，徘徊而去。聖皇語侍兒宮愛曰：「吾奉上帝所命，為元始孔昇真人。此期可再會妃子耳。笛非爾所寶，可送大收。」（大收，代宗小字。）即令具湯沐。「我若就枕，慎勿驚我。」宮愛聞睡中有聲，駭而視之，已崩矣。

妃子死日，馬嵬媼得錦袎襪一隻。相傳過客一玩百錢，前後獲錢無數。悲夫，玄宗在位久，倦於萬機，常以大臣接對拘檢，難徇私欲。自得李林甫，一以委成。故絕逆耳之言，恣行燕樂。衽席無別，不以為恥，由林甫之贊成矣。乘輿遷播，朝廷陷沒，百僚繫頸，妃王被戮，兵滿天下，毒流四海，皆國忠之召禍也。

史臣曰：夫禮者，定尊卑，理家國。君不君，何以享國？父不父，何以正家？有一於此，未或不亡。唐明皇之一誤，貽天下之羞。所以祿山叛亂，指罪三人。今為外傳，非徒拾楊妃之故事，且懲禍階而已。

（原載說郛卷三八）

樂史（西元九三〇～一〇〇七年），字子正，撫州宜黃人。仕南唐為祕書郎。入宋，賜進士及第，歷三館編修、直史館，知舒、黃、商州等。著有太平寰宇記、貢舉事、登科記、廣孝傳等。

附錄五　唐明皇秋夜梧桐雨（雜劇）

白樸

楔子

（沖末扮張守珪引卒子上，詩云）「坐擁貔貅鎮朔方，每臨塞下受降王。太平時世轅門靜，自把雕弓數鴈行。」某姓張，名守珪，見任幽州節度使。幼讀儒書，兼通韜略，為藩鎮之名臣，受心膂之重寄。且喜近年以來，邊烽息警，軍士休閒。昨日奚契丹部擅殺公主，某差捉生使安祿山，率兵征討，不見來回話。左右，轅門前覷者，等來時報復我知道。（卒云）理會的。（淨扮安祿山上，云）自家安祿山是也。積祖以來，為營州雜胡。本姓康氏，母阿史德，為突厥覡者，禱於軋犖山戰鬥之神而生某。生時有光照穹廬，野獸皆鳴，遂名為軋犖山。後母改嫁安延偃，乃隨安姓，改名安祿山。開元年間，延偃攜某歸國，遂蒙聖恩，分隸張守珪部下。為某通曉六蕃言語，膂力過人，現任捉生討擊使。昨因奚契丹反叛，差我征討。自恃勇力深入，不料眾寡不敵，遂致喪師。今日不免回見主帥，別作道理。早來到府門首也。左右，報復去，道有捉生使安祿山來見。（卒報科）（張守珪云）著他進來。（安祿山作見科）（張守珪云）安祿山，征討勝敗如何？（安祿山云）賊眾我寡，軍士畏怯，遂至敗北。（張守珪云）損軍失機，明例不宥。左右推出去，斬首報來。（卒推出科）（安祿山大叫云）主帥不欲滅奚契丹耶？奈何殺壯士！（張守珪云）放他回來。（安祿山回科）（張守珪云）某也惜你驍勇，但國有定法，某不敢賣法市恩；送你上京，取聖斷，如何？（安祿山云）謝主帥不殺之恩。（押下）（張守珪云）安祿山去了也。（詩云）「須知生殺有旗牌，只為軍中惜將才。不然斬一胡兒首，何用親煩聖斷來。」（下）（正末扮唐玄宗駕，旦扮楊貴妃，引高力士、楊國忠、宮娥上，正末云）寡人唐玄宗是也。自高祖神堯皇帝起兵晉陽，全仗我太宗皇帝，滅了六十四處煙塵，一十八家擅改年號，立起大唐天下。傳高宗、中宗，不幸有宮闈之變；寡人以臨淄郡王，領兵靖難，大哥哥寧王讓位於寡人。即位以來，二十餘年，喜的太平無事。賴有賢相姚元之、宋璟、韓休、張九齡同心致治，寡人得遂安逸。六宮嬪御雖多，自武惠妃死後，無當意者。去年八月中秋，夢遊月宮，見嫦娥之貌，人間少有。昨壽邸楊妃，絕類嫦娥，已命為女道士，既而取入宮中，策為貴妃，居太真院。寡人自從太真入宮，朝歌暮宴，無有虛日。高力士，你快傳旨排宴，梨園子弟奏樂，寡人消遣咱。（高力士云）理會的。（外扮張九齡押安祿山上）（詩云）「調和鼎鼐理陰陽，位列鵷班坐省堂。四海承平無一事，朝朝曳履侍君王。」老夫張九齡是也，南海人氏。早登甲第，荷聖恩直做到丞相之職。近日，邊帥張守珪解送失機蕃將一人，名安祿山。我見其身軀肥矮，語言利便，有許多異相。若留此人，必亂天下。我今見聖人，面奏此事。早來到宮門前也。（入見科，云）臣張九齡見駕。（正末云）卿來有何事？（張九齡云）近日邊臣張守珪解送失機蕃將安祿山，例該斬首，未敢擅便，押來請旨。（正末云）你引那蕃將來我看。（張九齡引安祿山見科，云）這就是失機蕃將安祿山。（正末云）一員好將官也。你武藝如何？（安祿山云）臣左右開弓，一十八般武藝，無有不會，能通六蕃言語。（正末云）你這等肥胖，此胡腹中何所有？（安祿山云）惟有赤心耳。（正末云）丞相，不可殺此人，留他做個白衣將領。（張九齡云）陛下，此人有異相，留他必有後患。（正末云）卿勿以王夷甫識石勒，留著怕做甚麼？兀那左右，放了他者。（作放科）（安祿山起謝云）謝主公不殺之恩。（作跳舞科）（正末云）這是甚麼？（安祿山云）這是胡旋舞。（旦云）陛下，這人又矬矮，又會舞旋，留著解悶倒好。（正末云）貴妃，就與你做義子，你領去。（旦云）多謝聖恩。（同安祿山下）（張九齡云）國舅，此人有異相，他日必亂唐室，衣冠受禍不小。老夫老矣，國舅恐或見之，奈何？（楊國忠云）待下官明日再奏，務要屏除為妙。（正末云）不知後宮中為什麼這般喧笑？左右，可去看來回話。（宮娥云）是貴妃娘娘與安祿山做洗兒會哩。（正末云）既做洗兒會，取金錢百文，賜他做賀禮。就與我宣祿山來，封他官職。（宮娥拿金錢下）（安祿山上，見駕科，云）謝陛下賞賜。宣臣那廂使用？（正末云）宣卿來不為別，卿既為貴妃之子，即是朕之子，白衣不好出入宮掖，就加你為平章政事者。（安祿山云）謝了聖恩。（楊國忠云）陛下，不可，不可！安祿山乃失律邊將，例當處斬；陛下免其死足矣，今給事宮庭，已為非宜，有何功勳，加為平章政事？況胡人狼子野心，不可留居左右。望陛下聖鑒。（張九齡云）楊國忠之言，陛下不可不聽。（正末云）你可也說的是。安祿山，且加你為漁陽節度使，統領蕃漢兵馬，鎮守邊庭，早立軍功，不次陞擢。（安祿山云）感謝聖恩。（正末云）卿休要怨寡人，這是國家典制，非輕可也呵。（唱）

【仙呂・端正好】則為你不曾建甚奇功，便教你做元輔，滿朝中都指斥鑾輿。眼見的平章

政事難停住，寡人待定奪些別官祿。

【么篇】且著你做節度漁陽去，破強寇，永鎮幽都。休得待國家危急才防護，常先事設權謀，收猛將，保皇圖。分鐵券，賜丹書，怎肯便辜負了你這功勞簿。（同下）

（安祿山云）聖人回宮去了也。我出的宮門來。叵奈楊國忠這廝，好生無禮，在聖人前奏准，著我做漁陽節度使，明陞暗貶。別的都罷，只是我與貴妃有些私事，一旦遠離，怎生放的下心？罷罷罷，我這一去，到的漁陽，練兵秣馬，別作個道理。正是：畫虎不成君莫笑，安排牙爪好驚人。（下）

第一折

（旦扮貴妃引宮娥上，云）妾身楊氏，弘農人也。父親楊玄琰，為蜀州司戶。開元二十二年，蒙恩選為壽王妃。開元二十八年八月十五日，乃主上聖節，妾身朝賀，聖上見妾貌類嫦娥，令高力士傳旨度為女道士，住內太真宮，賜號太真。天寶四年，冊封為貴妃，半后服用，寵幸殊甚。將我哥哥楊國忠加為丞相，姊妹三人封做夫人，一門榮顯極矣。近日邊庭送一蕃將來，名安祿山。此人猾黠，能奉承人意，又能胡旋舞。聖人賜與妾為義子，出入宮掖。不期我哥哥楊國忠看出破綻，奏准天子，封他為漁陽節度使，送上邊庭。妾心中懷想，不能再見，好是煩惱人也。今日是七月七夕，牛女相會，人間乞巧令節。已曾分付宮娥排設乞巧筵在長生殿，妾身乞巧一番。宮娥，乞巧筵設定不曾？（宮娥云）已完備多時了。（旦云）咱乞巧則個。（正末引宮娥挑燈拿砌末上，云）寡人今日朝回無事，一心只想著貴妃。已令在長生殿設宴，慶賞七夕。內使，引駕去來。（唱）

【仙呂・八聲甘州】朝綱倦整，寡人待痛飲昭陽，爛醉華清。卻是吾當有幸，一個太真妃傾國傾城。珊瑚枕上兩意足，翡翠簾前百媚生；夜同寢，晝同行，恰似鸞鳳和鳴。

（帶云）寡人自從得了楊妃，真所謂朝朝寒食，夜夜元宵也。（唱）

【混江龍】晚來乘興，一襟爽氣酒初醒，鬆開了龍袍羅扣，偏斜了鳳帶紅鞓。侍女齊扶碧玉輦，宮娥雙挑絳紗燈。順風聽，一派簫韶令。（內作吹打喧笑科）（正末云）是那裡這等喧笑？（宮娥云）是太真娘娘在長生殿乞巧排宴哩。（正末云）眾宮娥，不要走的響，待寡人自看去。（唱）多喒是胭嬌簇擁，粉黛施呈。

【油葫蘆】報接駕的宮娥且慢行。親自聽，上瑤階那步近前楹。悄悄蹙蹙款把紗牕映，撲簌簌風颭珠簾影。我恰待行，打個噷揜，恠玉籠中鸚鵡知人性，不住的語偏明。

（內作鸚鵡叫云）萬歲來了，接駕。（旦驚云）聖上來了！（作接駕科）（正末唱）

【天下樂】則見展翅忙呼萬歲聲，驚的那娉婷將鑾駕迎。一個暈龐兒畫不就，描不成。行的一步步嬌，生的一件件撐，一聲聲似柳外鶯。

（云）卿在此做甚麼？（旦云）今逢七夕，妾身設瓜果之會，問天孫乞巧哩。（正末看科，云）排設的是好也。（唱）

【醉中天】龍麝焚金鼎，花萼插銀缾，小小金盆種五生，供養著鵲橋會丹青幀，把一個米來大蜘蛛兒抱定；攙奪盡六宮寵幸，更待怎生般智巧心靈。

（正末與旦砌末科，云）這金釵一對，鈿盒一枚，賜與卿者。（旦接科，云）謝了聖恩也。（正末唱）

【金盞兒】我著絳紗蒙，翠盤盛，兩般禮物堪人敬，趁著這新秋節令，賜卿卿。七寶金釵盟厚意，百花鈿盒表深情。這金釵兒教你高聳聳頭上頂，這鈿盒兒把你另巍巍手中擎。

（旦云）陛下，這秋光可人，妾待與聖駕亭下閒步一番。（正末作同行科，唱）

【憶王孫】瑤階月色晃疏櫺，銀燭秋光冷畫屏。消遣此時此夜景，和月步閒庭，苔浸的凌波羅襪冷。

（云）這秋景與四時不同。（旦云）怎見的與四時不同？（正末云）你聽我說。（唱）

【勝葫蘆】露下天高夜氣清，風掠得羽衣輕，香惹丁東環佩聲。碧天澄淨，銀河光瑩，只疑是身在玉蓬瀛。

（旦云）今夕牛郎織女相會之期，一年只是得見一遭，怎生便又分離也？（正末唱）

【金盞兒】他此夕把雲路鳳車乘，銀漢鵲橋平。不甫能今夜成歡慶，枕邊忽聽曉雞鳴，卻早離愁情脉脉，別淚雨泠泠。五更長嘆息，則是一夜短恩情。

（旦云）他是天宮星宿，經年不見，不知也曾相憶否？（正末云）他可怎生不想來？（唱）

【醉扶歸】暗想那織女分，牛郎命，雖不老，是長生；他阻隔銀河信杳冥，經年度歲成孤另。你試向天宮打聽，他決害了些相思病。

（旦云）妾身得侍陛下，寵幸極矣；但恐容貌日衰，不得似織女長久也。（正末唱）

【後庭花】偏不是上列著星宿名，下臨著塵世生。把天上姻緣重，將人間恩愛輕，各辦著真誠，天心必應，量他每何足稱。

（旦云）妾想牛郎織女，年年相見，天長地久，只是如此，世人怎得似他情長也？（正末唱）

【金盞兒】咱日日醉霞觥，夜夜宿銀屏；他一年一日見把佳期等。若論著多多為勝，咱也合贏。我為君王猶妄想，你做皇后尚嫌輕；可知道斗牛星畔客，回首問前程。

（旦云）妾蒙主上恩寵無比，但恐春老花殘，主上恩移寵衰，使妾有龍陽泣魚之悲，班姬題扇之怨，奈何？（正末云）妃子，你說那裡話？（旦云）陛下，請示私約，以堅終始。（正末云）咱和你去那處說話去。（作行科，唱）

【醉中天】我把你半嚲的肩兒凭，他把個百媚臉兒擎。正是金闕西廂叩玉扃，悄悄迴廊靜，靠著這招綵鳳，舞青鸞，金井梧桐樹影；雖無人竊聽，也索悄聲兒海誓山盟。

（云）妃子，朕與卿儘今生偕老，百年以後，世世永為夫婦，神明鑒護者。（旦云）誰是盟證？（正末唱）

【賺煞尾】長如一雙鈿盒盛，休似兩股金釵另；願世世姻緣注定。在天呵做鴛鴦常比並，在地呵做連理枝生。月澄澄，銀漢無聲，說盡千秋萬古情。咱各辦著志誠，你道誰為顯證？有今夜度天河相見女牛星。（同下）

第二折

（安祿山引眾將上，云）某安祿山是也。自到漁陽，操練蕃漢人馬，精兵見有四十萬，戰將千員。如今明皇年已昏眊，楊國忠、李林甫播弄朝政；我今只以討賊為名，起兵到長安，搶了貴妃，奪了唐朝天下，才是我平生願足。左右，軍馬齊備了麼？（眾將云）都齊備了。（安祿山云）著軍政司先發檄一道，說某奉密旨討楊國忠等。隨後令史思明領兵三萬，先取潼關，直抵京師，成大事如反掌耳。（眾將云）得令。（安祿山云）今日天晚，明日起兵。（詩云）「統精兵直指潼關，料唐家無計遮攔。單要搶貴妃一個，非專為錦綉江山。」（同下）（正末引高力士，鄭觀音抱琵琶，寧王吹笛，花奴打羯鼓，黃翻綽執板，捧旦上）（正末云）今日新秋天氣，寡人朝回無事，妃子學得霓裳羽衣舞，同往御園中沉香亭下，閒耍一番。早來到也。你看這秋來風物，好是動人也呵。（唱）

【中呂・粉蝶兒】天淡雲閒，列長空數行征鴈。御園中夏景初殘，柳添黃，荷減翠，秋蓮脫瓣。坐近幽闌，噴清香玉簪花綻。

（帶云）早到御園中也。雖是小宴，倒也整齊。（唱）

【叫聲】共妃子喜開顏，等閒等閒，御園中列餚饌。酒注嫩鵝黃，茶點鷓鴣斑。

【醉春風】酒光泛紫金鍾，茶香浮碧玉盞。沉香亭畔晚涼多，把一搭兒親自揀、揀。粉黛濃妝，管弦齊列，綺羅相間。

（外扮使臣上，詩云）「長安回望繡成堆，山頂千門次第開。一騎紅塵妃子笑，無人知是荔枝來。」小官四川道差來使臣，因貴妃娘娘好啖鮮荔枝，遵奉詔旨，特來進鮮。早到朝門外了。宮官，通報一聲，說四川使臣來進荔枝。（作報科）（正末云）引他進來。（使臣見駕科，云）四川道使臣進貢荔枝。（正末看科，云）妃子，你好食此果，朕特令他及時進來。（旦云）是好荔枝也。（正末唱）

【迎仙客】香噴噴味正甘，嬌滴滴色初綻；只疑是九重天謫來人世間。取時難，得後慳；可惜不近長安，因此上教驛使把紅塵踐。

（旦云）這荔枝顏色嬌嫩，端的可愛也。（正末唱）

【紅繡鞋】不則向金盤中好看，便宜將玉手擎餐；端的個絳紗籠罩水晶寒。為甚教寡人醒醉眼，妃子暈嬌顏，物稀也人見罕。

（高力士云）請娘娘登盤，演一回霓裳之舞。（正末云）依卿奏者。（正旦作舞、眾樂攛掇科）（正末唱）

【快活三】囑付你仙音院莫怠慢，道與你教坊司要迭辦，把個太真妃扶在翠盤間，快結束宜妝扮。

【鮑老兒】雙撮得泥金衫袖挽，把月殿裡霓裳按。鄭觀音琵琶准備彈，早搭上鮫綃襻；賢王玉笛，花奴羯鼓，韻美聲繁；壽寧錦瑟，梅妃玉簫，嘹喨循環。

【古鮑老】屹剌剌撒開紫檀，黃翻綽向前手拈板。低低的叫聲玉環，太真妃笑時花近眼。紅牙筋趁五音擊著梧桐按，嫩枝柯猶未乾，更帶著瑤琴音泛。卿呵，你則索出幾點瓊珠汗。

（旦舞科）（正末唱）

【紅芍藥】腰鼓聲乾，羅襪弓彎，玉佩丁東響珊珊，即漸裡舞嚲雲鬟。施呈你蜂腰細，燕體翻，作兩袖香風拂散。（帶云）卿倦也，飲一盃酒者。（唱）寡人親捧盃玉露甘寒，你可也莫得留殘，拚著個醉醺醺直吃到夜靜更闌。

（旦飲酒科）（淨扮李林甫上，云）小官李林甫是也，見為左丞相之職。今早飛報將來，說安祿山反叛，軍馬浩大，不敢抵敵，只得見駕。（作見駕科）（正末云）丞相有何事這等慌促？（李林甫云）邊關飛報，安祿山造反，大勢軍馬殺將來了。陛下，承平日久，人不知兵，怎生是好？（正末云）你慌做甚麼？（唱）

【剔銀燈】止不過奏說邊庭上造反，也合看空便，覷遲疾緊慢。等不的俺筵上笙歌散，可不氣丕丕冒突天顏！那些個齊管仲鄭子產，敢待做假忠孝龍逢比干？

（李林甫云）陛下，如今賊兵已破潼關，哥舒翰失守逃回，目下就到長安了。京城空虛，決不能守，怎生是好？（正末唱）

【蔓菁菜】險些兒慌殺你個周公旦。（李林甫云）陛下，只因女寵盛，讒夫昌，惹起這刀兵來了。（正末唱）

你道我因歌舞壞江山，你常好是占姦。早難道羽扇綸巾，笑談間破強虜三十萬。

（云）既賊兵壓境，你眾官計議，選將統兵，出征便了。（李林甫云）如今京營兵不滿萬，將官衰老，如哥舒翰名將尚且支持不住，那一個是去得的？（正末唱）

【滿庭芳】你文武兩班，空列些烏靴象簡，金紫羅襴，內中沒個英雄漢，掃蕩塵寰。慣縱的個無徒祿山，沒揣的撞過潼關，先敗了哥舒翰。疑怪昨宵向晚，不見烽火報平安。

（云）卿等有何計策，可退賊兵？（李林甫云）安祿山部下蕃漢兵馬四十餘萬，皆是一以當百，怎與他拒敵？莫若陛下幸蜀，以避其鋒。待天下兵至，再作計較。（正末云）依卿所奏，便傳旨收拾。六宮嬪御，諸王百官，明日早起，幸蜀去來。（旦作悲科，云）妾身怎生是好也！（正末唱）

【普天樂】恨無窮，愁無限，爭奈倉卒之際，避不得驀嶺登山。鑾駕遷，成都盼，更那堪滻水西飛雁，一聲聲送上雕鞍。傷心故園，西風渭水，落日長安。

（旦云）陛下怎受的途路之苦？（正末云）寡人也沒奈何哩！（唱）

【啄木兒尾】端詳了你上馬嬌，怎支吾蜀道難！替你愁那嵯峨峻嶺連雲棧，自來驅馳可慣，幾程兒捱得過劍門關？（同下）

第三折

（外扮陳玄禮上，詩云）「世受君恩統禁軍，天顏喜怒得先聞。太平武備皆無用，誰料狂胡起戰塵。」某右龍武將軍陳玄禮是也。昨因逆胡安祿山倡亂，潼關失守。昨日宰臣會議，大駕暫幸蜀川，以避其鋒。今早飛報說，賊兵離京城不遠。聖主令某統領禁軍護駕，軍馬點就多時，專候大駕起行。（正末引旦及楊國忠、高力士，并太子、扈駕郭子儀、李光弼上）（正末云）寡人眼不識人，致令狂胡作亂。事出急迫，只得西行避兵，好傷感人也呵！（唱）

【雙調・新水令】五方旗招颭日邊霞，冷清清半張鑾駕；鞭倦裊，鐙慵踏，回首京華，一步步放不下。

（帶云）寡人深居九重，怎知閭閻貧苦也！（唱）

【駐馬聽】隱隱天涯，剩水殘山五六搭；蕭蕭林下，壞垣破屋兩三家。秦川遠樹霧昏花，灞橋衰柳風瀟灑。煞不如碧牕紗，晨光閃爍鴛鴦瓦。

（眾扮父老上，云）聖上，鄉里百姓叩頭。（正末云）父老有何話說？（眾云）宮闕，陛下家居；陵寢，陛下祖墓。今捨此，欲何之？（正末云）寡人不得已，暫避兵耳。（眾云）陛下既不肯留，臣等願率子弟，從殿下東破賊，取長安。若殿下與至尊皆入蜀，使中原百姓，誰為之主？（正末云）父老說的是。左右，宣我兒近前來者。（太子作見科）（正末云）眾父老說，中原無主，留你東還，統兵殺賊。就令郭子儀、李光弼為元帥，後軍分撥三千人，跟你回去。你聽我說。（唱）

【沉醉東風】父老每忠言聽納，教小儲君專任征伐。你也合分取些社稷憂，怎肯教別人把江山霸，將這顆傳國寶你行留下。（太子云）兒子只統兵殺賊，豈敢便登天位？（正末唱）勦除了賊徒，救了國家，更避甚稱孤道寡？

（太子云）既為國家重事，兒子領詔旨，率領郭子儀、李光弼回去也。（作辭駕科）（眾軍不行科）（正末唱）

【慶東原】前軍疾行動，因甚不進發？（眾軍吶喊科）一行人覷了皆驚怕，嗔忿忿停鞭立馬，惡噷噷披袍貫甲，明颩颩掣劍離匣，齊臻臻鴈行班排，密匝匝魚鱗似亞。

（陳玄禮云）衆軍士說，國有姦邪，以致乘輿播遷；君側之禍不除，不能歛戢衆志。（正末云）這是怎麼說？（唱）

【步步嬌】寡人呵萬里烟塵，你也合嗟訝；就勢兒把吾當諕，國家又不曾虧你半掐；因甚軍心有爭差，問卿咱，為甚不說半句兒知心話？

（陳玄禮云）楊國忠專權誤國，今又與吐蕃使者交通，似有反情，請誅之以謝天下。（正末唱）

【沉醉東風】據著楊國忠合該萬剮，鬥的個祿山賊亂了中華。是非寡人股肱難棄捨，更兼與妃子骨肉相牽掛。斷遣盡枉展汙了五條刑法。把他剝了官職，貶做窮民，也是陣殺。允不允，陳玄禮將軍鑒察。

（衆軍怒喊科）（陳玄禮云）陛下，軍心已變，臣不能禁止，如之奈何？（正末云）隨你罷。（衆殺楊國忠科）（正末唱）

【雁兒落】數層鎗，密匝匝，一聲喊，山摧塌。元來是陳將軍號令明，把楊國忠施行罷。

（衆軍仗劍擁上科）（正末唱）

【撥不斷】語喧譁，鬧交雜，六軍不進屯戈甲，把個馬嵬坡簇合沙，又待做甚麼？諕的我戰欽欽遍體寒毛乍。吃緊的軍隨印轉，將令威嚴，兵權在手，主弱臣強。卿呵，則你道波，寡人是怕也那不怕？

（云）楊國忠已殺了，您衆軍不進，卻為甚的？（陳玄禮云）國忠謀反，貴妃不宜供奉，願陛下割恩正法。（正末唱）

【攪箏琶】高力士道與陳玄禮，休沒高下，豈可教妃子受刑罰？他見請受著皇后中宮，兼踏著寡人御榻。他又無罪過，頗賢達；須不似周褒姒舉火取笑，紂妲己敲脛覷人。早間把他個哥哥壞了，總便有萬千不是，看寡人也合饒過他，一地胡拿。

（高力士云）貴妃誠無罪，然將士已殺國忠，貴妃在陛下左右，豈敢自安。願陛下審思之。將士安，則陛下安矣。（正末唱）

【風入松】止不過鳳簫羯鼓間琵琶，忽剌剌板撒紅牙；假若更添個么花十八，那些兒是敗國亡家。可知道陳後主遭著殺伐，皆因唱後庭花。

（旦云）妾死不足惜，但主上之恩，不曾報得。數年恩愛，教妾怎生割捨？（正末云）妃子，不濟事了。六軍心變，寡人自不能保。（唱）

【胡十八】似恁地對咱，多應來變了卦。見俺留戀著他，龍泉三尺手中拿，便不將他刺殺，也將他嚇殺。更問甚陛下，大古是知重俺帝王家？

（陳玄禮云）願陛下早割恩正法。（旦云）陛下，怎生救妾身一救！（正末云）寡人怎生是好！（唱）

【落梅風】眼兒前不甫能栽起合歡樹，恨不得手掌裡奇擎著解語花，盡今生翠鸞同跨；怎生般愛他看待他，忍下的教橫拖在馬嵬坡下！

（陳玄禮云）祿山反逆，皆因楊氏兄妹；若不正法，以謝天下，禍變何時得消？望陛下乞與楊氏，使六軍馬踏其尸，方得憑信。（正末云）他如何受的？高力士，引妃子去佛堂中，令其自盡，然後教軍士驗看。（高力士云）有白練在此。（正末唱）

【殿前歡】他是朵嬌滴滴海棠花，怎做得鬧荒荒亡國禍根芽？再不將曲彎彎遠山眉兒畫，亂鬆鬆雲鬟堆鴉，怎下的磣磕磕馬蹄兒臉上踏！則將細裊裊咽喉掐，早把條長攙攙素白練安排下。他那裡一身受死，我痛煞煞獨力難加。

（高力士云）娘娘去罷，悞了軍行。（旦回望科，云）陛下好下的也！（正末云）卿休怨寡人！（唱）

【沽美酒】沒亂殺，怎救拔？沒奈何，怎留他？把死限俄延了多半霎，生各支勒殺，陳玄禮鬧交加。

（高力士引旦下）（正末唱）

【太平令】怎的教酪子裡題名單罵，腦背後著武士金瓜。教幾個鹵莽的宮娥監押，休將那軟款的娘娘驚諕。你呀，見他，問咱，可憐見唐朝天下。

（高力士持旦衣上，云）娘娘已賜死了，六軍進來看視。（陳玄禮率眾馬踐科）（正末作哭科，云）妃子，閃殺寡人也呵！（唱）

【三煞】不想你馬嵬坡下今朝化，沒指望長生殿裡當時話。

【太清歌】恨無情捲地狂風刮，可怎生偏吹落我御苑名花。想他魂斷天涯，作幾縷兒綵霞。天那，一個漢明妃遠把單于嫁，止不過泣西風淚濕胡笳；幾曾見六軍廝踐踏，將一個尸首臥黃沙？

（正末作拿汗巾哭科，云）妃子不知那裡去了？止留下這個汗巾兒，好傷感人也！（唱）

【二煞】誰收了錦纏聯窄面吳綾襪，空感嘆這淚斑斕擁項鮫綃帕。

【川撥棹】痛憐他不能夠水銀灌玉匣，又沒甚綵爁宮娃，拽布拖麻，奠酒澆茶；只索淺土兒權時葬下，又不及選山陵，將墓打。

【鴛鴦煞】黃埃散漫悲風颯，碧雲黯淡斜陽下。一程程水綠山青，一步步劍嶺巴峽。唱道感嘆情多，恓惶淚灑，早得升遐，休休卻是今生罷。這個不得已的官家，哭上逍遙玉驄馬。（同下）

第四折

（高力士上，云）自家高力士是也。自幼供奉內宮，蒙主上擡舉，加為六宮提督太監。往年主上悅楊氏容貌，命某取入宮中，寵愛無比，封為貴妃，賜號太真。後來逆胡稱兵，偽誅楊國忠為名，逼的主上幸蜀。行至中途，六軍不進，右龍武將軍陳玄禮奏過，殺了國忠，禍連貴妃。主上無可奈何，只得從之，縊死馬嵬驛中。今日賊平無事，主上還國，太子做了皇帝。主上養老，退居西宮，晝夜只是想貴妃娘娘。今日教某掛起真容，朝夕哭奠；不免收拾停當，在此伺候咱。（正末上，云）寡人自幸蜀還京，太子破了逆賊，即了帝位。寡人退居西宮養老，每日只是思量妃子。教畫工畫了一軸真容供養著，每日相對，越增煩惱也呵。（作哭科）（唱）

【正宮・端正好】自從幸西川還京兆，甚的是月夜花朝。這半年來白髮添多少？怎打疊愁容貌！

【么篇】瘦岩岩不避群臣笑，玉叉兒將畫軸高挑，荔枝花果香檀卓，目覷了傷懷抱。

（作看真容科）（唱）

【滾繡毬】險些把我氣沖倒，身謾靠，把太真妃放聲高叫。叫不應，雨淚嚎咷。這待詔手段高，畫的來沒半星兒差錯。雖然是快染能描，畫不出沉香亭畔迴鸞舞，花萼樓前上馬嬌，一段兒妖嬈。

【倘秀才】妃子呵，常記得千秋節華清宮宴樂，七夕會長生殿乞巧，誓願學連理枝比翼鳥，誰想你乘綵鳳返丹霄，命夭。

（帶云）寡人越看越添傷感，怎生是好？（唱）

【呆骨朵】寡人有心待葢一座楊妃廟，爭奈無權柄，謝位辭朝。則俺這孤辰限難熬，更打著離恨天最高。在生時同衾枕，不能夠死後也同棺槨。誰承望馬嵬坡塵土中，可惜把一朵海棠花零落了。

（帶云）一會兒身子困乏，且下這亭子去閒行一會咱。（唱）

【白鶴子】那身離殿宇，信步下亭皋，見楊柳裊翠藍絲，芙蓉拆胭脂萼。

【么】見芙蓉懷媚臉，遇楊柳憶纖腰。依舊的兩般兒點綴上陽宮，他管一靈兒瀟灑長安道。

【么】常記得碧梧桐陰下立，紅牙筯手中敲；他笑整縷金衣，舞按霓裳樂。

【么】到如今翠盤中荒草滿，芳樹下暗香消；空對井梧陰，不見傾城貌。

（作嘆科，云）寡人也怕閒行，不如回去來。（唱）

【倘秀才】本待閒散心追歡取樂，倒惹的感舊恨天荒地老。快快歸來鳳幃悄，甚法兒捱今宵，懊惱！

（帶云）回到這寢殿中，一弄兒助人愁也。（唱）

【芙蓉花】淡氤氳串烟裊，昏慘刺銀燈照；玉漏迢迢，才是初更報。暗覷清霄，盼夢裡他來到。卻不道口是心苗，不住的頻頻叫。

（帶云）不覺一陣昏迷上來，寡人試睡些兒。（唱）

【伴讀書】一會家心焦燥，四壁廂秋蟲鬧，忽見掀簾西風惡，遙觀滿地陰雲罩。俺這裡披衣悶把幃屏靠，業眼難交。

【笑和尚】原來是滴溜溜遶閒階敗葉飄，疏刺刺刷落葉被西風掃，忽魯魯風閃得銀燈爆，廝琅琅鳴殿鐸，撲簌簌動朱箔，吉丁當玉馬兒向檐間鬧。

（作睡科，唱）

【倘秀才】悶打頦和衣臥倒，軟兀刺方才睡著。（旦上，云）妾身貴妃是也。今日殿中設宴，宮娥，請主上赴席咱。（正末唱）忽見青衣走來報，道太真妃將寡人邀、宴樂。

（正末見旦科，云）妃子，你在那裡來？（旦云）今日長生殿排宴，請主上赴席。（正末云）分付梨園子弟齊備著。

（旦下）（正末作驚醒科，云）呀，元來是一夢。分明夢見妃子，卻又不見了。（唱）

【雙鴛鴦】斜軃翠鸞翹，渾一似出浴的舊風標，映著雲屏一半兒嬌。好夢將成還驚覺，半襟情淚濕鮫綃。

【蠻姑兒】懊惱，窨約，驚我來的又不是樓頭過雁，砌下寒蛩，簷前玉馬，架上金雞；是兀那窗兒外梧桐上雨瀟瀟。一聲聲灑殘葉，一點點滴寒梢，會把愁人定虐。

【滾繡毬】這雨呵，又不是救旱苗，潤枯草，洒開花蕚；誰望道秋雨如膏，向青翠條，碧玉梢，碎聲兒刴剝增百十倍歇和芭蕉。子管裡珠連玉散飄千顆，平白地瀽甕番盆下一宵，惹的人心焦。

【叨叨令】一會價緊呵，似玉盤中萬顆珍珠落；一會價響呵，似玳筵前幾簇笙歌鬧；一會價清呵，似翠岩頭一派寒泉瀑；一會價猛呵，似繡旗下數面征鼙操。兀的不惱殺人也麼哥！兀的不惱殺人也麼哥！則被他諸般兒雨聲相聒噪。

【倘秀才】這雨一陣陣打梧桐葉凋，一點點滴人心碎了。枉著金井銀牀緊圍遶，只好把潑枝葉做柴燒，鋸倒。

（帶云）當初妃子舞翠盤時，在此樹下；寡人與妃子盟誓時，亦對此樹；今日夢境相尋，又被他驚覺了。（唱）

【滾繡毬】長生殿那一宵，轉迴廊，說誓約，不合對梧桐並肩斜靠，儘言詞絮絮叨叨。沉香亭那一朝，按霓裳，舞六么，紅牙筯擊成腔調，亂宮商鬧鬧炒炒。是兀那當時歡會栽排下，今日淒涼廝輳著，暗地量度。

（高力士云）主上，這諸樣草木，皆有雨聲，豈獨梧桐？（正末云）你那裡知道，我說與你聽者。（唱）

【三煞】潤濛濛楊柳雨，淒淒院宇侵簾幕；細絲絲梅子雨，妝點江干滿樓閣；杏花雨紅濕闌干，梨花雨玉容寂寞；荷花雨翠蓋翩翻，豆花雨綠葉瀟條：都不似你驚魂破夢，助恨添愁，徹夜連宵。莫不是水仙弄嬌，蘸楊柳洒風飄。

【三煞】 咊咊似噴泉瑞獸臨雙沼，刷刷似食葉春蠶散滿箔。亂灑瓊階，水傳宮漏，飛上雕簷，酒滴新槽。直下的更殘漏斷，枕冷衾寒，燭滅香消。可知道夏天不覺，把高鳳麥來漂。

【黃鍾煞】 順西風低把紗窗哨，送寒氣頻將繡戶敲。莫不是天故將人愁悶攪，度鈴聲響棧道。似花奴羯鼓調，如伯牙水仙操。洗黃花，潤籬落；漬蒼苔，倒墻角；渲湖山，漱石竅；浸枯荷，溢池沼。沾殘蝶粉漸消，灑流螢焰不著；綠窗前促織叫，聲相近鴈影高。催鄰砧處處搗，助新涼分外早。斟量來這一宵，雨和人緊廝熬，伴銅壺點點敲，雨更多淚不少。雨濕寒梢，淚染龍袍，不肯相饒，共隔著一樹梧桐直滴到曉。

題目　安祿山反叛兵戈舉
　　　陳玄禮拆散鸞凰侶
正名　楊貴妃曉日荔枝香
　　　唐明皇秋夜梧桐雨

（原載元曲選）

白樸（西元一二二六～約一三一〇年後），本名恒，字仁甫，一字太素，號蘭谷，真定人，祖籍隩州。終生不仕，放浪詩酒。有詞天籟集、雜劇牆頭馬上、東墻記等。

附錄六　各家序跋

一、汪熷序

曾聞秋士最易興悲，況說傾城由來多怨。青天恨滿，已無尋樂之區；碧海淚深，孰是寄愁之所。所以鄭生馬上，詩紀津陽；白傅筵中，歌傳長恨。踵為填詞，良有以也。逮余汎覽天寶之事，流連秘殿之盟，見夫元人雜劇多演太真，明代傳奇亦登阿犖。而或緣情之作，聊資子野清歌；累德之辭，間雜溫公穢語。春華秋實，未可相兼；樂旨潘辭，尤難互濟。今讀稗畦先生長生殿院本，事與囊符，意隨義異。聲傳水際，淵魚聽而聳鱗；響遏雲端，臯禽聞而振羽。曲調之工，疇能方駕。至所載敘合定情之後，羽霓奏曲之時，夢雨臺邊，朝朝薦枕；避風殿上，夜夜留裙。氏妁參媒，笑匏瓜之無匹；可離獨活，羨連理之交榮。今古情緣，非茲誰屬？或謂虛後宮而故劍是求，得遺世而傾國不惜。豈有他生未卜，旋嘆芝焚；此世難期，忍看玉碎。得無小過，取笑雙星？不知塵坌入而時異處堂，宗社危而勢難完璧。徐溫之刃，已漸及於楊庭；鬻拳之兵，行將凌於楚子。此而隱忍，不幾覆后稷之宗；若更依回，將且致夫差之蹈。權衡常變，夫豈渝盟，審察機宜，乃為善後。推斯意也，知其黃土之封，榮於金屋；白楊之覆，等於碧城。然吾於此竊有慨焉：設使包胥告急，依牆之計不行；燭武如秦，圍城之師未解。則是珠襦玉匣，安能對香佩以傷心；碧水青山，何止聽淋鈴而出涕。就令乘輿無恙，南內深居，而天孫無補恨之方，方士乏返魂之術，亦祗弔盛姬於泉下，何由效叔寶於臺邊？千古悲涼，何堪勝道。即如班姬失寵，感團扇之微風；陳后辭恩，望長門之明月。許婕妤不平之曲，淚溼朱弦；衛莊姜太息之言，心憂黃裡。他若明妃毳帳，侯媛錦囊，或遼落於江南，或飄零乎塞北。啜其泣矣，傷如之何。茲乃補媧皇之石，賴有蜀牋；

填精衛之波，幸存江筆。繁弦哀玉，適足寫其綢繆；短拍長歌，亦正形其怨咽。嗟乎！鄭衛豈導淫之作，楚騷非變雅之音。是以歸荑贈芍，每託諭於美人；扈茝滋蘭，原寄情於君父。而孔公正樂，不盡刪除；屈子抽思，竝存比興。猶之子虛烏有，未嘗實有其人；迴雪淩波，要亦絕無是事。於是循環寶帙，似屬寓言；倡嘆雕章，無非雅則。馬、鄭、王、白之外，饒有淵源；施、高、湯、沈之間，相推甲乙。使逢季札，定觀止而無譏；若遇周郎，亦低徊而罔顧。故知群推作者，洵為唐帝功臣；事竟硜然，恐是玉妃說客。

同里門人汪熷拜識

（原載康熙稗畦草堂刊本）

汪熷，字次顏，錢塘人。洪昇的門生。著有倚樓集、病已集。

二、吳舒鳧序

南北曲之工者，莫如西廂、琵琶矣。世既目西廂為淫書，而堯山堂雜紀又謂琵琶寓刺王四、不花，重誣蔡氏。此皆忮刻之論。夫則成感劉後村詩「死後是非誰管得，滿街爭唱蔡中郎」而作。牛、趙名氏自宋人彈詞已然，豈高臆造哉。余友洪子昉思，工詩，以其餘波填南北曲詞，樂人爭唱之。近客長安，采摭天寶遺事，編長生殿戲本。芟其穢嫚，增益仙緣。亦本白居易、陳鴻長恨歌、傳，非臆為之也。

元劇如漢宮秋、梧桐雨，多寫天子鍾情，而南曲絕少。每以閨秀、秀才勦說不已，間及宮闈，類如韓夫人、小宋事。數百年來，歌筵舞席間，戴冕披袞，風流歇絕。伶玄序飛燕外傳云：「淫於色，非慧男子不至也。」漢以後，竹葉羊車，帝非才子；後庭玉樹，美人不專。兩擅者，其惟明皇、貴妃乎！傾國而復平，尤非晉、陳可比。稗畦取而演之，為詞場一新耳目。其詞之工，與西廂、琵琶相掩映矣。

昔則成居櫟社沈氏樓，清夜按歌，几上蠟炬二枝，光忽交合，因名樓曰「瑞光」。明太祖嘗稱琵琶記「如珍玉百味，富貴家不可闕」。然則成以「不尋宮數調」自解，韻每混通，遺悮來學。昉思句精字研，罔不諧叶。愛文者喜其詞，知音者賞其律。以是傳聞益遠。畜家樂者攢筆競寫，轉相教習。優伶能是，升價什佰。他友遊西川，數見演此，北邊、南越可知已。是劇雖傳情豔，而其間本之溫厚，不忘勸懲。或未深窺厥旨，疑其誨淫，忌口勝說。余故於暇日評論之，並為之序。

同里弟吳人舒鳧題

（原載道光三十年小嫏嬛山館校刊本）

吳人，原名儀一，字瑹符，一字舒鳧，號吳山，錢塘人。工於詞，著有吳山草堂詞傳世。另有「吳吳山三婦合評本」牡丹亭還魂記行世。

三、徐麟序

元人多詠馬嵬事，自丹丘先生開元遺事外，其餘編入院本者，毋慮十數家。而白仁甫梧桐雨劇最著。迄明則有驚鴻、綵毫二記。驚鴻，不知何人所作，詞不雅馴，僅足供優孟衣冠耳。綵毫乃屠赤水筆，其詞塗金繢碧，求一真語、雋語、快語、本色語，終卷不可得也。

稗畦洪先生以詩鳴長安，交遊甚集，每白眼踞坐，指古摘今，無不心折。又好為金、元人曲子，嘗作舞霓裳傳奇，盡刪太真穢事。予愛其深得風人之旨。歲戊辰，先生重取而更定之。或用虛筆，或用反筆，或用側筆、閒筆，錯落出之，以寫兩人生死深情，各極其致。易名曰長生殿。一時朱門綺席、酒社歌樓，非此曲不奏，纏頭為之增價。若夫措詞協律，精嚴變化，有未易窺測者。自古作者大難，賞音亦復不易。試雜此劇於元人之間，直可並駕仁甫，俯視赤水。彼驚鴻者流，又烏足云！

長洲徐麟靈昭題

（原載道光三十年小嫏嬛山館校刊本）

徐麟，字靈昭，長洲人。洪昇的同學，精於音律。洪昇長生殿、四蟬娟二劇均署「長洲徐麟靈昭氏樂句」。

四、毛奇齡序

才人不得志於時，所至詘抑，往往借鼓子、調笑為放遣之音。原其初，本不過自攄其性情，並未嘗怨尤於人。而人之嫉之者，目為不平，或反因其詞而加詘抑焉。然而，其詞則往往藉之以傳。

洪君昉思好為詞，以四門弟子遨遊京師。初為西蜀吟，既而為大晟樂府，又既而為金、元間人曲子。自散套、雜劇以至院本，每用之作長安往來歌詠酬贈之具。嘗以不得事父母，作天涯泪劇，以寓其思親之旨。予方哀其志而為之序之。暨予出國門，相傳應莊親王世子之請，取唐人長恨歌事作長生殿院本。一時勾欄多演之。

越一年，有言日下新聞者，謂長安邸第，每以演長生殿，為見者所惡。會國恤止樂，其在京朝官大紅小紅已浹日，而纖練未除。言官謂遏密讀曲大不敬，賴聖明寬之，第褫其四門之員，而不予以罪。然而京朝諸官，則從此有罷去者。或曰，牛生周秦行其自取也；或曰，滄浪無過，惡子美，意不在子美也。今其事又六、七年矣。康熙乙亥，予醫痹杭州，遇昉思於錢湖之濱。道無恙外，即出其院本，固請予序。曰：「予敢序哉！雖然，在聖明固宥之矣。」

予少時選越人詩，而越人惡之，訟予於官。捕者執器就予家，捆予所為詩爨毀之。姜黃門贈予序曰：「膏以明自煎，所煎者固在膏也。然而象有齒以焚其身，未聞並其齒而盡焚之也。」昉思之齒未焚矣。

唐人好小說，爭為烏有。而史官無學，率摭而入之正史。獨是詞不然，誣罔穢褻概屏之而勿之及，與世之所為淫詞豔曲者大不相類。惟是世好新聞，因其詞以及其事；亦遂因其事，而並求其詞。則其詞雖幸存，而或妍或否，任人好惡。予又安得而豫為定之。

蕭山毛奇齡題

（原載西河合集序二十四）

毛奇齡（西元一六二三～一七一六年），本名甡，字大可，號初晴，浙江蕭山人。明諸生。康熙時薦舉博學鴻詞科，授檢討，充明史館纂修官。學者稱西河先生。著有西河合集。

五、尤侗序

自唐樂史作楊貴妃傳，陳鴻更為長恨傳，香山衍而歌之。從此，詩人公然播諸樂府，以視武媚娘、桑條韋，殆有甚焉。金元雜劇，有白仁甫梧桐雨、庾吉甫霓裳怨、岳伯川夢斷楊貴妃三種。考其弦索，亦寥寥矣。錢塘洪子昉思，素以填詞擅場。流寓青門，嘗取開元天寶遺事，譜成院本，名長生殿。一時梨園子弟，傳相搬演。關目既巧，裝飾復新，觀者堵牆，莫不俯仰稱善。亡何，以違例宴客，為臺司所糾。天子薄其罪，僅褫弟子員以去。洪子既歸，放浪西湖之上。吳越好事聞而慕之，重合伶倫，醵錢請觀焉。洪子狂態復發，解衣箕踞，縱飲如故。噫嘻！昔康對山罷官渼東，自彈琵琶，令青衣歌小令侑酒。彼曲子相公薄太史不為，況措大前程寧足惜乎！

若以本事言之，古來宮闈恩愛，無有過於玉奴者。華清賜浴，廣寒教舞，一騎荔枝香，固為風流佳話。至七月七夕，感牛女事，私誓生生世世，願為夫婦，則君王臣妾，得未曾有者。既而興慶樓前，秋風飛雁，馬嵬坡下，夜雨淋鈴；宛轉蛾眉，傷心千古。洎夫方士招魂，九華驚夢，金釵鈿盒，重話三生，比翼連理，天長地久，其與漢家天子，是耶非耶？迴不侔矣。計其離合姻緣，備極人生哀樂之至。今得洪子一筆揮寫，妙絕淋漓。假使妃子有靈，生既遇太白於前，死復逅昉思於後，兩人知己，可不恨矣。安知不酌葡萄、斂繡巾、笑領歌意，為清平調之續乎？

乃洪子持此傳奇，要余題跋。余八十老翁，久不作狡獪伎倆，兼之阿堵昏花，坐難卜夜。雖使妖姬踏筵，亦未見其羅袖動香香不已也。聊酬數語，以代周郎一顧而已。

西堂老人尤侗書於亦園之揖青亭

（轉錄自蔡毅編中國古典戲曲序跋彙編卷一二，並校以中山大學中文系編長生殿討論集附錄二）

尤侗（西元一六一八～一七〇四年），字同人，一字展成，號悔庵，晚號艮齋，長洲人。康熙十八年舉博學鴻詞科，授檢討，參與修明史。著有西堂雜俎、艮齋雜記、鶴棲堂文集及傳奇鈞天樂、雜劇讀離騷、吊琵琶等。

六、朱彝尊序

元人雜劇中，輒喜演太真故事，如白仁甫之幸月宮梧桐雨、庾吉甫之華清宮霓裳怨、關漢卿之哭香囊、李直夫之念奴教樂、岳伯川之夢斷貴妃是也。或謂古人有作，當引避之。譬諸登黃鶴樓，豈可和崔顥詩乎？此大不然。善書者必草蘭亭，善畫者多倣清明上河圖，就其同而不同乃見也。錢塘洪子昉思，不得志於時，寄情詞曲。所作長生殿傳奇，三易稿而後付梨園演習，匪直曲律之精而已。其用意，一洗太真之穢，俾觀覽者祇信其為神山仙子焉。方之元人，蓋不啻勝三十籌也。

秀水弟朱彝尊題

（轉錄自蔡毅編中國古典戲曲序跋彙編卷一二，並校以中山大學中文系編長生殿討論集附錄二）

朱彝尊（西元一六二九～一七〇九年），字錫鬯，號竹垞，秀水人。康熙時舉博學鴻詞科，授檢討，參加纂修明史。著有曝書亭集、經義考、日下舊聞、明詞綜、詞綜。

七、朱襄序

余於燕會之閒，時聽唱長生殿樂府，盖余友洪子昉思之所譜也。往至武林，過昉思，索其稿，僅得下半。後五年，為康熙庚辰歲，夏六月，復至武林，乃索其上半讀之。而後，驚詫其行文之妙。

竊惟黃帝命伶倫作為律，而樂與焉。下逮春秋時，郊廟燕饗朝會，莫不用樂。其所歌者，類皆三百篇之詩。漢興，至孝武帝始立樂府，采詩夜誦，有越代秦楚之謳，以李延年為協律都尉，舉司馬相如等數十人造為詩篇，論律呂以合八音之調。六代三唐，亦多以樂府題為詩。唐之末世，遂變為詞。至金，則以詞編入小說家言。至元而盛，至明而益揚其流。凡燕會閒，賓入大門而奏，卒爵而樂闋，奠酬而工升。歌者在上，匏竹在下，依然猶有先王之遺風焉。外此而弗用者，第郊廟而已。然論其文之工者，西廂、琵琶、牡丹亭而外，指不多屈。

昉思是編，凡三易稿乃成，故其文字有意以立句，句有意以連章，章有意以成篇。篇而章、章而句、句而字，纍纍乎端如貫珠，故其音悠揚婉轉，而出於歌者之喉，聽者但知其妙，而不知其所以妙。夫不知其所以妙者何也？以其不知行文之妙也。余因反之復之，諷詠徘徊，見其後者先者、反者正者、曲者直者、緩者急者、伏者見者、呼者應者，莫不合於先民之矩護。

昉思懷才不得志於時，胸中鬱結，不可告語，偶托於樂府，遂極其筆墨之致以自見。其文雖為昉思之文，而其事實天寶之遺事，非若西廂、琵琶、牡丹亭者，皆子虛無是之流亞也。窺其自命之意，似不在實甫、則誠、臨川之列，當與相如詞賦，上追律呂聲氣之元，而獨樂府云乎哉！

是歲嘉平月，弟無錫朱襄序

（轉錄自蔡毅編中國古典戲曲序跋彙編卷一二，並校以中山大學中文系編長生殿討論集附錄二）

朱襄，字贊皇，無錫人。諸生。康熙年間至京師，宗室蘊端禮為上賓。工於詩，亦通經學。著有續碧山吟、易韋。

八、王廷謨序

余嘗自負能論文，外而仰觀於天，見天之時時能變也，而善為文者，亦筆筆能變；內而俯察於心，見心之念念能轉也，而善為文者，亦筆筆能轉。余是以知文章之妙，固出之於天，發之於心，不必倣步前人，錮其所法，障我性靈。而自為之，則字字幻化、句句幻化、節節幻化、篇篇幻化，不可拘執，不可捉摸，縱橫肆出，衝亘八隅，如驚雷、如掣電、如暴風、如疾雨、如烈日、如寒冰，如秋空之皎月、如幽谷之香蘭，如桃李之鋪於萬頃、如松柏之不彫於歲寒，如天馬之馭空、如仙子之獨步，如處女、如脫兔，如忠臣孝子之愁思、如鰥夫寡婦之嘆息，如幽人之于于、如烈士之矯矯，奇怪百出，難以形狀。略舉數則，不能盡之。

然每際名下士，與之抵掌掀髯，傾翻古今，論列是非，指摘可否，始而瞪目，既而豎眉。則叱我恨我，讓我罵我，掉臂疾去，都欲殺我何哉？我則終日以思，終夜以泣，某某固名下士也，而何以出此言耶？必吾言之過也。遂反復檢聖人之言，以讀之終日，夜仰觀於天而問之，俯吾之靈明而心繼心以辨之，則翻然益信吾言之無過，而知名下士不識天與心也。嗚呼，哀哉！終日遊於天之下而不識天，終日馳於心之內而不識心，而執筆為文，號於天下曰：吾雄也、遷也、韓也、柳也、歐也、蘇也，能不自反而問諸天，問諸心耶？嗚呼，哀哉！彼名下士，固同受教於冬烘先生者也。同受教於冬烘先生，則同是一冬烘之天、冬烘之心、冬烘之手、冬烘之筆，同為冬烘之文，因而集天下之冬烘，同發冬烘之論，而共謀以殺夫違冬烘之言者，則安能與之敵也？

或者進余而問曰：子論文而言天與心，麾斥名下士，殆何所據耶？然今日名下士之文亦非可輕矣。吾嘗讀其文，有反有正、有呼有應、有迴有互、有承有轉、有收束、有開拓、有段絡、有辭華，子亦未可輕言也。嗚呼，哀哉！此余之所以謂此為冬烘也。舉世以此為文，所以余謂世無文也。我不識何時何人作此反正等法，流至於今，而群起而奔趨於內，為其所縛，忘其所自，死守其法而不出耶。天下至尊而可師者，莫若聖人。聖人曰：「吾法諸天，吾求之心。」以聖人而猶法天求心，而吾人獨何從乎！文章非細事也，所以明聖人之道也，明吾人之性也，明吾人之情也，而不法於天求於心，得乎？蓋名下士祇知其為文之法，而不知其法之所從出，故謂之冬烘也。能知天與心，乃法之所從出，則自能生，等等至百千萬億不可說不可說之法，而豈若冬烘不過一反正呼應數法而即已也哉！

余之論文而必歸諸天與心者，蓋謂天與心不知其所從來，不知其所從去，亦不知其為誰也。而能作斯天斯心，亦不知斯天斯心獨鍾於誰也。而能得其精天時而動也，不知其動自何因。則時寒時暑、時暖時涼、時風時雨、時晦時明，時發萬物於春夏，時枯萬物於秋冬。若憎若愛，若棄若珍，難量難測，恍惚杳冥。日日能變，日日能新，心因觸而動也。可歌可泣，可悲可欣，可恨可怒，可憎可矜，可笑可哭，可信可憑，可以發千古之祕密，可以抉吾人之性情，能一往而不迴，能百折而不屈。靈忽莫定，出入無窮，視不可見，聽不可聞。杳然而出於天地之先，即太始亦若出乎其後者也，同夫天亘萬古而不窮者也。蓋以其真故也。惟世間之最真者，莫如天與心。惟天與心為最真，故其動而觸也，為人所不能測。惟善能文者剖天抉心，自行所法，故其說亦為人所不能測。是故文之真也，能樸能茂、能肆能收、能微能顯、能精能粗、能雅能俗、能死能生、能奇能平、能直能曲、能衝能突、能紓能迴、能續能斷、能儉能華、能忽能常、能靈能頑、能戲能莊、能散能整、能有情能無情、能有心能無心，能幻化百千萬億形狀聲音：悲喜慨嘆、憎愛恨怒、離□夭矯、光怪堅深、孤潔寒儉、丰腴清勁、吞吐驚駭苦痛，大哭大笑，而莫可端倪，然亦並不知有若是之能，而行乎不得不行，止乎不得不止，亦若夫天與心之不測。而或者乃指其文曰：某處為反，某處為正，某處為呼為應、為承為轉、為收拾為開拓等等之法，學文者當以為宗，不亦痴乎！不悟法之原而自為法，而拘於法而失其原，此冬烘所以見悲於識者也，此余之所以為據者也。故曰：余嘗自負能論文。

壬午夏，洪子昉思自杭州來，持所作長生殿，擲余前曰：「聞子能論文，能識我文乎？」余以為是名下士也，置案頭三日不翻閱。偶朝起，俟水洗面，呆立案左，隨手掀定情篇讀之，不覺神為所攝。噫嘻異哉！昉思為誰也？而能是文耶？是文也，而竟出自昉思耶？急追次篇讀之，不自禁又追其次之次讀之，至晝午遂盡上卷。又急追下卷讀之，不自知其拍案呼曰：昉思，其耐庵後身耶，實甫、臨川後身耶？殆玉環後身耶，抑明皇後身耶？何其聲音悲笑，畢肖其人耶？抑得乎天得乎心，而幻化百千萬億不可測之境情，假此游戲人間耶？固超乎冬烘先生之法而自為法者耶。雖然，何其多情也。多情而出於性，殆將有悟於道耶。然歡娛之詞少，悲哀之詞多，昉思其深情而將至忘情，以悟情之即性即道耶。噫嘻異哉！此所謂心合乎天而發於真者耶。世有昉思之文，則吾儕之真能論文者，可無寂寞之憂，然不免冬烘先生之譏之殺也。昔卓吾云：「即為世人辱我罵我，打我殺我，終亦不忍吾文藏之深山，投之水火。」蓋其意欲公諸天下，而不忍文之真種子斷絕於世，使後人無所依歸也。余於昉思之文亦然。

金陵王廷謨議將拜序

（轉錄自蔡毅編中國古典戲曲序跋彙編卷一二，並校以中山大學中文系編長生殿討論集附錄二）

王廷謨，金陵人。其餘不詳。

九、無名氏序

洪君昉思客長安，衍明皇妃子事，曰長生殿，紀實亦□。始也一時紙貴都下，山左趙內翰尤為賞鑒。此自（疑奪一「有」字）精神命脉，絕不向詞句間討生活。故心之所發，動人最切。

余向作幻花緣數齣，好事者持付梨園，乃今而知紅氍毹上，不免使巧匠露齒。夫「絲不如竹，竹不如肉」，固也。然音節不細，頓乏天然之妙，令歌者舌撟不下，則亦安在肉之果勝哉！昉思此劇，不惟為案頭書，足供文人把玩。近時讌會家糾集伶工，必詢長生殿有無。設俳優非此，俱為下里巴詞，一如開元名人潛聽諸妓歌聲，引手畫壁，竟為角勝者。

然是此劇之動人，豈徒優孟衣冠，作傀儡故事已邪！我輩閒情著述，要當令及身享有榮名，方不負一生心血。昔王摩詰制郁輪袍曲，見知於時，卒致通顯。在昉思初何有他冀？而風流文采，殆過摩詰。後有識者，幸毋以才人本色，第作周郎顧誤。觀斯為知我昉思者矣。

容安弟□□拜草

（轉錄自蔡毅編中國古典戲曲序跋彙編卷一二，並校以中山大學中文系編長生殿討論集附錄二）

一〇、蘇輪序

唐宗禍患，實始屏藩，李氏顛危，率由宮寢。念牝雞之司旦，則九廟皆傾；恨封豕之當塗，則三靈皆晦。緬惟上皇穢德，幾於燕啄龍漦；原夫天寶頹綱，類彼易牛雊雉。傷心養子，意卸黃裙；太息窮途，長埋紫褥。此先朝阿監，難禁永夜悲來；而舊日梨園，時復數行泣下。粵自神堯應運而後，帶礪無虞；天策建議之初，闈闈整肅。好鷹愛馬，重思太穆遺言；流水游龍，曾睹昭陽快論。蓋襄陽公主之女，合奠坤維；且長孫無忌之門，應嫺內則。迨院入回心，人來感業，武媚娘之宣淫中篝，遠逾斗腕何妃；韋庶人之瀆亂宸居，更甚貽詩昭珮。災生棄婦之年，衅起裹兒之手，千古慨然，從來舊矣。既而受制中璫，移權節度，已忘祖父之艱難，頓使鐘簴之寥落。霓裳曲裡，骨肉飄零；羯鼓聲中，山河破碎。攬半鉤之錦襪，渾如白玉連環；捧下地之香囊，直似藍絲條脫。招魂滄海，返也無時；沉醉三郎，悔將何及？所以連昌故址，匪但哀感尚書；長恨新歌，不獨愁縈司馬也。

老友洪昉思先生，狂若李生，達於賀監。鐵撥銀箏之座，猥憐傾國佳人；柔絲脆竹之場，每說開元遺事。因寄情於樂部，遂傳習於教坊。宮中娘子，綽約如生；塞上吳兒，蹣跚斯在。還看繡褓以牽車，又見黃衫而舞馬。五家巷陌，雲霞之羅綺常新；十宅軒除，姊妹之衣香不散。望仙樓風景依稀，朝元閣恩波彷彿。乃復寫精心於初睡，傳密意於橫吹。深摹翦發之情，曲繪掃眉之態。可謂芙蓉帳底，親試鴛鴦，玳瑁筵前，微聞薌澤者矣。若夫漁陽突騎，潼關稠疊之霜戈；龍武頓軍，蜀道崎嶇之麥飯。竹林大去，奔馬何之？佛室端歸，含魚不得。莫不停杯慷慨，心推一騎紅塵；度曲淒涼，淚滴三條樺燭。至於殷勤鈿盒，再到人間；奄冉領巾，仍來天上。展畫圖於別館，想形影於前生，則又鬚眉畢肖。漢武帝之輾轉燈前，顏色宛然，殷淑儀之徘徊幕下也。嗚呼，笙簫兩部，頓教老興淋漓；風月一簾，不過才人游戲。而俯仰道衣遇主之處，追維長門伏地之始。范陽餘孽，殲滅無存；楊氏諸姨，風流何在？才終一闋，能消上客之雄心；試閱全篇，可作大唐之實錄。僕慣聽引喉，未嫺搞箸；生憎肥婢，誰憑小史？以新翻夢入瓊臺，不解中丞之絕調。何來協律，唱徹曼聲；留得庭蘭，偏增百感。明珠顆顆，須傾七寶頗梨；紅豆纍纍，欲下萬年鸜鵒。坐春風而按拍，快逢君於大令之園；瞻雲漢而相思，恍置我以長生之殿。

同里蘇輪拜題

（轉錄自蔡毅編中國古典戲曲序跋彙編卷一二，並校以中山大學中文系編長生殿討論集附錄二）

蘇輪，字子傳，號月查，錢塘人。諸生。著有月查詩鈔二卷。

一一、王晫跋

洪子昉思，少工五七言詩，而以餘波綺麗，溢為填詞，為雜劇院本，一時樂人爭唱之。其客長安日，取長恨歌傳，編為長生殿傳奇。非但藻思妍辭，遠接實甫，近追義仍，而賓白科目，具入元人閫奧。至其摭采天寶事，總以白、陳歌傳為準，亦未嘗臆為留棄也。自此劇風行天下，莫不知昉思為詞客，而若忘其為詩人也者。嗟乎，洪子遊名場四十餘年，其詩宗法三唐，矯然出流俗之外，而幾為詞曲所蔽。鄭廣文畫師之慼，何以異此？

仁和王晫題

（轉錄自蔡毅編中國古典戲曲序跋彙編卷一二，並校以中山大學中文系編長生殿討論集附錄二）

王晫（西元一六三六～？年），原名棐，號木菴、丹麓、松溪子，仁和人。諸生。博學多才，好交遊。著有遂生集、霞舉堂集、墻東草堂詞、今世說。

一二、胡梁跋

夫以旋娟蕪殿，飛蕪漢宮，金屋紀其纏綿，璧臺宣其繾綣，雖說鍾情，寧云盡美！今者一曲淋鈴，惜佳人之不再；半庭殘月，思往事之難忘。得方士以傳情，藉才人而寫怨。雙棲忉利，永聯釵盒之盟；並處仙宮，終守死生之約。空憐白傅，歌長恨以何為？足笑青蓮，賦清平而無當。

同里末學胡梁拜題

（轉錄自蔡毅編中國古典戲曲序跋彙編卷一二，並校以中山大學中文系編長生殿討論集附錄二）

胡梁，錢塘人。其餘不詳。

一三、吳牧之跋

名冠昭陽，爭說趙家飛蕪；恩承天寶，豔傳楊氏阿環。事本同符，情終異致。沉香亭畔，供奉之麗制猶新；凝碧池頭，賀老之琵琶未歇。而乃玉碎馬嵬，頓減六宮粉黛；愁牽秦棧，徒悲一曲淋鈴。寶鏡初分，彩虹長斷。欲紅絲之再續，未冷前盟；求仙路以非遙，還聞私語。每維遺事，實愴中懷。賴此繡口才人，為塡別怨；代彼白頭宮女，聊訴含冤。鸚鵡何求，探瑤編而領香斯在；馬牀詎舞，聆綺語而羅襪如看。爰紀短篇，附陳高制。

表弟吳牧之跋

（轉錄自蔡毅編中國古典戲曲序跋彙編卷一二，並校以中山大學中文系編長生殿討論集附錄二）

吳牧之，生平事跡不詳。

一四、吳作梅跋

湯臨川遊羅念庵之門，好為詞曲，念庵每以相規。臨川曰：「師言性，弟子言情。」至今藝林傳之。梅從稗畦先生遊，頗悉先生為人。大抵不合時宜，質直無機械，發而為文，則又空靈變化，不可端倪。長生殿一劇，梅竊附桓譚論大玄之例，決其必傳無疑也。昔陳子昂才名未高，於宣陽里中擊碎胡琴，文章遂達宮禁。先生詩文妙天下，負才不遇，布衣終老。此劇之作，其亦碎琴之微意歟！世人爭演之，徒以法曲相賞，且將因填詞而掩其詩文之名，孰知先生有齟齬於時宜者，姑託此以佯狂玩世而自晦於玉簫檀板之間耶！使遇臨川，定應莫逆而笑，第不知念庵見之以為何如也。

門人吳作梅拜書後

（轉錄自蔡毅編中國古典戲曲序跋彙編卷一二，並校以中山大學中文系編長生殿討論集附錄二）

吳作梅，生平事跡不詳。

竇娥冤

關漢卿／撰　王星琦／校注

《竇娥冤》是元代戲曲家關漢卿的代表作，也是中國古代經典悲劇。全劇曲詞渾樸自然，生動凝鍊，情節則跌宕起伏，反映了當時社會、吏制的腐敗黑暗。竇娥臨刑前因悲憤而發的三樁誓願，筆墨奇崛，創造全劇的高潮，也使竇娥含冤不屈的形象深植人心，撼動世人。本書校勘以王季思《全元戲曲》為本，同時比對各家校注，審慎斟酌擇善而從。注釋則顧及語詞出處以及時代用語，務求簡明扼要，以利讀者閱讀。

國家圖書館出版品預行編目資料

長生殿/洪昇著;樓含松,江興祐校注.——二版三刷.
——臺北市:三民,2019
面; 公分.——(中國古典名著)

ISBN 978-957-14-5117-6 (平裝)

853.67 97020383

中國古典名著
長生殿

著作人 洪 昇
校注者 樓含松 江興祐
封面繪圖 謝祖華

發行人 劉振強
出版者 三民書局股份有限公司
地 址 臺北市復興北路 386 號 (復北門市)
臺北市重慶南路一段 61 號 (重南門市)
電 話 (02)25006600
網 址 三民網路書店 https://www.sanmin.com.tw

出版日期 初版一刷 2003 年 5 月
二版一刷 2010 年 5 月
二版三刷 2019 年 11 月
書籍編號 S856140
ISBN 978-957-14-5117-6

三民書局